Wiebke Lorenz
Liebe, Lügen, Leitartikel

W0087174

SERIE PIPER

Zu diesem Buch

Die junge Journalistin Maike Kröger versteht die Welt nicht mehr: Jedesmal, wenn sie die ultimative Titelstory für ihre Zeitung geschrieben hat, erscheint sie genau einen Tag vorher beim Konkurrenzblatt. Mühevolle Recherchen, Lokaltermine, stundenlange Telefonate – alles völlig umsonst! Als Maike endlich Richard Baumann von der Konkurrenz an der Strippe hat, läßt der sie abblitzen. Maike schäumt vor Wut und schwört Rache! Da kommt ihr die zündende Idee: Sie läßt Baumann eine brisante Geschichte zukommen, an der allerdings nichts Wahres dran ist – davon ist zumindest Maike fest überzeugt. Prompt heißt es am folgenden Tag im Konkurrenzblatt: »Ärztepfusch in der Privatklinik Diederhoff!« Der Skandal ist perfekt: Richard Baumann wird fristlos entlassen. Eigentlich könnte Maike sich voller Genugtuung zurücklehnen, doch die Konkurrenz schläft nicht …

Wiebke Lorenz, geboren 1972 in Düsseldorf, hat Anglistik, Germanistik und Medienkommunikation studiert und bei verschiedenen Zeitschriften, Rundfunk- und Fernsehsendern gearbeitet. Heute arbeitet sie als freie Journalistin und Autorin in Hamburg. Neben Kurzgeschichten und ihrem erfolgreichen Debüt »Männer bevorzugt« veröffentlichte sie den Roman »Liebe, Lügen, Leitartikel«, der unter dem Titel »Welcher Mann sagt schon die Wahrheit?« fürs Fernsehen verfilmt wurde.

Wiebke Lorenz
Liebe, Lügen, Leitartikel

Roman

Piper München Zürich

Ungekürzte Taschenbuchausgabe
Januar 2000 (SP 2927)
August 2002
© 2000 Piper Verlag GmbH, München
Umschlag: ZERO, München
Foto Umschlagvorderseite: ZEFA / Benelux
Foto Umschlagrückseite: Torsten Kollmer, Hamburg
Gesamtherstellung: Clausen & Bosse, Leck
Printed in Germany   ISBN 3-492-26035-7

www.piper.de

Inhalt

*Für Maike, meine liebste »kleine« Freundin,
für Gerlind, meine liebste »große« Freundin,*

*und für Tina
»Die Literatur ist ein dreckiges Geschäft!«*

L aß Blumen sprechen! »Skandal! Stadt Hamburg beschäftigt Schwarzarbeiter!« Fassungslos starrte ich auf die Titelschlagzeile des Hamburger Kuriers, in meinem Kopf drehte sich alles.

»Er hat es wieder getan«, hörte ich mich selbst flüstern, »er hat es tatsächlich schon wieder getan.«

»Wer hat was getan?« wollte meine Kollegin Bea wissen und blickte von ihrem Frauenmagazin auf.

»Richard Baumann hat wieder zugeschlagen.«

»So?« Bea zuckte mit den Schultern. »Nimm's nicht so tragisch«, fügte sie recht lieblos hinzu und vertiefte sich wieder in den Artikel, der das endgültige Aus für Zellulitis prophezeite.

»Ich soll das nicht so tragisch nehmen?!« fuhr ich sie an. »Zwei Wochen lang habe ich mich für diese Geschichte dumm und dämlich recherchiert, habe mit Hinz und Kunz telefoniert, Leute bestochen, bei Nacht und Nebel mit einem Fotografen auf der Lauer gelegen – und jetzt kommt dieser Richard Baumann beim Hamburger Kurier einen Tag früher mit der Story raus! Das soll ich nicht so tragisch nehmen???« Mittlerweile war meine Stimme von einem schwachen Flüstern in ein hysterisches Kreischen umgeschlagen. Bea wirkte gänzlich unbeeindruckt, anscheinend konnte sie nicht nachvollziehen, weshalb ich mich derart aufregte.

»Journalistenpech, so was passiert«, meinte sie lakonisch.

»Ach ja, so was passiert. Mit heute ist das in den letzten drei Monaten schon sechsmal passiert, das geht doch nicht mit rechten Dingen zu!«

»Klar, weshalb sollte dieser Richard Baumann nicht den gleichen Riecher haben wie du?« Für Bea schien das nur allzu logisch zu sein. Ich schüttelte energisch den Kopf.

»Das kann überhaupt nicht sein!«

»Was kann nicht sein?« Die Stimme hinter meinem rechten Ohr ließ mich augenblicklich zusammenzucken. Chefredakteur Dr. Herbert Winkler stand direkt hinter mir und betrachtete interessiert die Montagsausgabe des Kuriers, die ausgebreitet auf meinem Schreibtisch lag. Linkisch versuchte ich, die Titelzeile zu verstecken, ich wollte ihm das neueste Ereignis lieber etwas schonender beibringen. Glücklicherweise war er erst heute morgen mit dem ersten Flieger aus seinem Urlaub zurückgekommen, sonst hätte er die Hiobsbotschaft sicher schon längst erfahren.

»Ach, gar nichts, Herr Dr. Winkler«, stotterte ich unbeholfen. »Ich hab nur schon wieder ein Knöllchen bekommen, das ist alles.« Dr. Winkler lächelte mich freundlich an.

»Ja, so was passiert.« Mit dieser Erklärung gab er sich zufrieden und schlenderte in sein Büro zurück. Auf dem Weg drehte er sich noch einmal um. »Ach, Frau Kröger, Frau Riediger, wir machen in einer halben Stunde große Konferenz. Schließlich muß ich doch wissen, was die letzte Woche hier ohne mich passiert ist.«

»In Ordnung«, erwiderte ich schwach. Auch das noch, große Konferenz, da müßte ich die Katastrophe gleich vor der gesamten Redaktion ausbreiten.

»Weshalb hast du es ihm nicht gleich gesagt?« zischte Bea durch die Zähne.

»Weil ich erst in Ruhe überlegen muß, *wie* ich es ihm am besten sage.«

»Ich würde vorschlagen, auf deutsch.« Haha, heute wieder sehr witzig, die Kollegin Riediger.

»Klar, ich sag ihm einfach: Tut mir leid, Herr Dr. Winkler, daß Sie ungefähr dreitausend Mark für Fotograf und Spesen ausgegeben haben, daß ich die letzten zwei Wochen für das aktuelle Ressort kaum Geschichten gemacht habe und wir morgen keinen Aufmacher haben, weil die Story bereits heute bei der Konkurrenz nachzulesen ist. Macht ja nichts.« Vor meinem inneren Auge sah ich, wie mir der sonst so liebe und nette Dr. Winkler mit blutunterlaufenen Augen an die Kehle sprang.

»Ein bißchen diplomatischer wirst du das schon hinbekommen, da bin ich mir sicher.«

»Fragt sich bloß, wie«, grummelte ich vor mich hin. Lieber Herr Dr. Winkler, formulierte ich im Geiste, Sie werden das jetzt nicht glauben ... Aber ein Journalist vom Hamburger Kurier hatte doch tatsächlich genau die gleiche Idee wie ich mit der Geschichte über die Schwarzarbeiter. Ja, so ein Zufall, was? Ich hab's auch fast nicht geglaubt. Aber Schwamm drüber, nehmen wir für morgen eben die Einweihung des Altenheims in der Stresemannstraße als Aufmacher, ist doch auch eine tolle Story, nicht?

»Maike«, störte mich Bea in meinen Gedanken, »dein Telefon klingelt.«

»Ich kann jetzt nicht. Geh ran und frag, wer was von mir will.«

»Hamburger Express, Bea Riediger, Apparat Kröger«, meldete Bea sich geschäftig. Kurzes Schweigen, ein »Moment, ich seh mal nach«, dann drückte sie die Stummtaste.

»Dein KEF ist am Telefon.«

»Wer?« Bea hatte die Angewohnheit, sich irgendwelche Abkürzungen auszudenken, die außer ihr natürlich niemand verstand.

»Na, dein klebriger Exfreund, er meint, es wäre dringend.« Ich seufzte schwer, Frank hatte mir in diesem Augenblick gerade noch gefehlt.

»Gib schon her, sonst ruft der heute noch zehnmal hier an.« Genervt griff ich nach dem Telefonhörer, den Bea mir reichte, und drückte auf Sprechen.

»Maike Kröger?«

»Ja, äh, hallo, Maike, ich bin's, Frank.«

»Ach, hallo! Schön, von dir zu hören. Was gibt's denn?«

»Ja, also weißt du, ich wollte dich fragen wegen Samstag, da ist doch mein Geburtstag.«

»Ach ja, richtig!« sagte ich. Das hatte ich doch tatsächlich schon wieder ganz vergessen.

»Ja, und da wollte ich dich fragen, ob du nicht Lust hättest, zu meiner Party ...«

»Oh, Frank, mein Chefredakteur kommt gerade rein, wir haben jetzt Konferenz. Ich ruf dich später noch einmal an, ja? Tschüs dann.«

»Ja, aber ...« Klick, ich hatte bereits aufgelegt. Frank konnte zwar nichts dafür, aber ich hatte in dieser schweren Stunde einfach nicht den Nerv dazu, mir einen guten Grund einfallen zu lassen, weshalb es mir unmöglich war, am Samstag zu seinem Geburtstag zu kommen. Nicht jetzt, in dem Augenblick, in dem meine Daseinsberechtigung als Journalistin gefährlich ins Wanken kam.

»Ich versteh dich echt nicht«, gab Bea wieder einen ihrer unqualifizierten und ungefragten Kommentare ab. »Weshalb sagst du ihm nicht endlich einmal klipp und klar, daß er dir auf den Keks geht und dich nicht mehr anrufen soll?«

»Das kann ich Frank doch nicht antun, schließlich liebt er mich!« meinte ich entrüstet.

»Eben«, erwiderte Bea knapp, »genau deshalb wäre es das beste für ihn, wenn er wüßte, daß er bei dir keine Chance mehr hat. Du trampelst dem armen Kerl doch nur auf dem Herzen herum.«

»Bekommst du jetzt deinen Sozialen, oder was?« fuhr ich Bea an, vermutlich, weil ich wußte, daß sie recht hatte. Aber ich war noch nie gut darin gewesen, jemandem klipp und klar die Meinung zu sagen. Ich war der Ansicht, mit der Zeit würde sich das alles schon von allein regeln. Dabei fiel mir die Sache mit dem Aufmacher wieder ein. Vielleicht mußte ich gar nichts sagen, und auch diese Sache würde sich von allein regeln. Allerdings bezweifelte ich das, schließlich war die Geschichte fest für die morgige Ausgabe eingeplant.

»Los, auf geht's in die Höhle des Löwen«, sagte Bea, als hätte sie meine Gedanken erraten, und sammelte ihre Unterlagen zusammen.

»Na dann, Hals- und Beinbruch«, meinte ich mehr zu mir selbst als zu ihr, während ich mit eingezogenen Schultern Richtung Konferenzraum schlich. Auf dem Weg blieb ich kurz stehen.

»Geh schon mal vor, Bea, ich muß noch einmal für kleine Mädchen.«

»Alles klar.« Bea grinste. Sie wußte, daß ich mir vor heiklen Situationen vor dem Spiegel Mut einredete. Und Mut konnte ich jetzt eine Menge gebrauchen.

»Also, Maike, du wirst das Kind schon schaukeln«, versuchte

ich im Waschraum mein Spiegelbild zu überzeugen. Allerdings blickte mir nicht gerade die Euphorie in Person entgegen. Meine sonst so gesunde Gesichtsfarbe war einer nervösen Blässe gewichen, die blonden Haare paßten sich gleich an und glänzten aschfahl. Meine blauen Augen wirkten heute einfach nur grau, und ich entdeckte, daß sich, um das perfekte Bild abzurunden, am Halsansatz bereits ein paar hysterische rote Flecken ausbreiteten.

»Mein Gott, Maike«, sagte ich laut, »für neunundzwanzig siehst du echt alt aus!« Ich drehte den Wasserhahn auf und spritzte mir ein wenig kühles Naß ins Gesicht. Ein Fehler, denn prompt zerfloß mein Mascara und bildete unter meinen Augen häßliche, schwarze Ränder. Mit Hilfe von Toilettenpapier versuchte ich das Malheur zu beseitigen, was zur Folge hatte, daß sich meine Augen wie bei einem Kaninchen mit Heuschnupfen röteten. Ich gab mir einen Ruck, stieß die Tür des Waschraums auf und machte mich auf den Weg.

Um den großen Mahagonitisch im Konferenzraum hatten sich bereits alle Redakteure versammelt. Am Kopfende saß Dr. Winkler, daneben die Chefsekretärin Rosi Kramer, Block und Bleistift wie immer parat, um die Redaktionssitzung zu protokollieren. Dr. Winkler lächelte mich aufmunternd an.

»Nur hereinspaziert, meine Dame, starten wir einen weiteren Tag bei Hamburgs bester Tageszeitung.« Dr. Winkler war wirklich guter Laune, vielleicht würde es gar nicht so schlimm werden.

»Was!?« Es war noch viel schlimmer. Dr. Winkler stand mit hochrotem Kopf vor der versammelten Runde, stützte seine Fäuste auf die Tischplatte und starrte mich entsetzt an.

»Sie wollen mir gerade sagen, daß der Kurier unsere Titelgeschichte hat? Das ist eine absolute Katastrophe!«

»Ja, ich weiß, es ist wirklich unangenehm. Aber wir haben ja noch das Altenheim …« krächzte ich eingeschüchtert. Diese Blamage! Und das auch noch vor versammelter Mannschaft!

»Unangenehm, Altenheim? Was faseln Sie denn da? Wir machen doch hier keine Schülerzeitung! Da trau ich mich in

Zukunft ja überhaupt nicht mehr, in Urlaub zu fahren!« So aufgeregt hatte ich Dr. Winkler noch nie erlebt. Selbst bei den fünf Geschichten, die in den letzten drei Monaten geplatzt waren, war er nicht so ausgeflippt.

»Herr Dr. Winkler«, griff glücklicherweise die Sekretärin ein, »bitte, so beruhigen Sie sich doch! Es ist doch nicht die Schuld von Frau Kröger, es handelt sich wohl eher um einen unglücklichen Zufall«, fuhr sie fort. Ich schickte ihr einen dankbaren Blick hinüber. Danke, Rosi, danke, daß du mein Leben rettest. Tatsächlich beruhigte sich Dr. Winkler augenblicklich und ließ sich zurück auf seinen Stuhl sinken.

»Entschuldigen Sie bitte meinen Ausraster, aber das ist doch wohl wirklich zum Wahnsinnigwerden.« Ich sagte vorsichtshalber gar nichts, denn ich wollte die aufkommende Versöhnungsstimmung nicht durch unbedachte Worte gefährden. Auch alle anderen anwesenden Redakteure blickten betreten zu Boden, keiner von ihnen wollte derjenige sein, der die Karre nun in einer Nacht- und Nebelaktion aus dem Dreck ziehen mußte. Dr. Winkler ließ seinen Blick von Redakteur zu Redakteur wandern.

»Haben wir noch irgendeine Geschichte in der Hinterhand, die wir kurzfristig auf den Titel nehmen können?«

Erneut betretenes Schweigen.

»Also gut, dann eben einer nach dem anderen.«

Sofort begann um mich herum ein hektisches Rascheln, alle kramten irgendwelche ausgerissenen Zeitungsartikel und dpa-Meldungen hervor, von denen eine hoffentlich die ersehnte Aufmachergeschichte liefern würde.

»Herr Robach?« wandte sich Dr. Winkler an Paul, den Ressortleiter Sport, der unglücklicherweise direkt neben ihm saß.

»Ähm, ja, ich hab da eine ganz tolle Geschichte«, stotterte er nervös. »In Bergedorf wird eine neue Rollschuhbahn geplant, da könnte ich schnell noch hinfahren …«

»Frau Heimann?« überging Dr. Winkler kurzerhand diesen aufregenden Vorschlag für die Seite eins und musterte nun die Lokalchefin Gabi mit herausforderndem Blick.

»Also, ich hätte da noch was Interessantes«, meinte Gabi im

Brustton der Überzeugung. »Und zwar eröffnet die Frauengruppe der evangelischen Gemeinde Eppendorf heute einen Basar zugunsten von ...«

Etwa zehn Minuten hörte sich Dr. Winkler ruhig und gelassen die Vorschläge seiner Mitarbeiter an. Ein lustiges Sammelsurium aus Vereinsfeiern, Schwimmbaderöffnungen und drittklassigen Popkonzerten war das Ergebnis. Alles, wirklich alles, nur kein Aufmacher. Schließlich war Bea an der Reihe. Sie war beim Kurier für das Ressort Show und Prominenz zuständig. Eigentlich glaubte ich nicht, daß sie eine aufregende Geschichte hätte, denn sie hatte mir gegenüber heute morgen nichts erwähnt. Trotzdem reichte sie Dr. Winkler mit siegesgewissem Lächeln ein Fax.

»Wie wär's denn mit der Scheidung von Top-Model Ikona und dem Fußballer Mike Hendriks? Hab ich vorhin reingekriegt, von unserem Korrespondenten in München. Die Geschichte bekommen wir exklusiv, heute noch.« Ein Lächeln breitete sich auf Dr. Winklers Gesicht aus. Der Raum war kurzfristig von erleichterten Stoßseufzern erfüllt.

»Wunderbar, Frau Riediger, das kommt auf die Seite eins.« Dr. Winkler nickte anerkennend. »Nehmen Sie sich daran mal ein Beispiel, Kollegen!« Bea blickte pseudobescheiden zu Boden. »Ein guter Journalist hat immer eine Titelstory in der Tasche«, setzte Dr. Winkler noch einen drauf.

»Du blöde Kuh!« meinte ich flüsternd zu meiner liebreizenden Kollegin. »Das hättest du auch früher sagen können.«

»Aber warum denn?« Bea lächelte versonnen. »Man muß eben wissen, wie man seinen Marktwert steigert.«

»Ja, auf Kosten anderer.«

»Aber Schätzchen«, meinte Bea ironisch, »der Journalismus ist eben ein hartes Geschäft. Außerdem ist alles ja gutgegangen, was willst du eigentlich?« Da hatte sie im Grunde recht.

Zehn Minuten später war die Konferenz vorbei, und Dr. Winkler entließ uns gnädig wieder an unsere Schreibtische. Das heißt, er entließ die anderen. Als ich mich ebenfalls wieder auf den Weg in mein Büro machen wollte, hielt er mich zurück.

»Ach, Frau Kröger, bleiben Sie bitte noch einen Augenblick.« Ich schluckte schwer, was kam denn jetzt? Ein Anflug von Panik stieg in mir auf, ich wollte keine Unterredung mit Dr. Winkler! Bea zwinkerte mir aufmunternd zu, aber so richtig beruhigte mich das auch nicht.

»Was ist denn noch?« fragte ich unsicher, als Dr. Winkler und ich allein waren.

»Wissen Sie, Frau Kröger, es liegt mir nicht, solche Dinge vor der gesamten Redaktion zu besprechen, aber Ihnen ist doch wohl hoffentlich klar, daß es so nicht weitergehen kann.«

»Aber ich, ich …«, erwiderte ich hilflos.

»Frau Kröger«, fuhr Dr. Winkler fort, »Sie wissen, daß ich Ihre Arbeit sehr schätze, aber die Vorkommnisse in den letzten Wochen geben mir doch sehr zu denken.«

»Ich, ich …« Mein Sprachzentrum versagte.

»Und ich möchte Ihnen ja auch gern glauben, daß Sie für diese eigenartigen Zufälle nichts können. Andererseits …«

»Herr Dr. Winkler!« meinte ich entrüstet und war froh, mich endlich wieder artikulieren zu können. »Sie wollen doch damit nicht etwa andeuten, daß ich …«

»Ich will gar nichts andeuten«, schnitt Dr. Winkler mir brüsk das Wort ab. »Aber ich muß Ihnen leider sagen, daß ich kein Geld in Geschichten stecken kann, die dann eine nach der anderen wegsterben. Schließlich muß ich mich vor dem Verleger rechtfertigen.«

»Ich weiß doch selbst nicht, wie das immer wieder passiert!« Mir stiegen die Tränen in die Augen. Jetzt fang bloß nicht an zu heulen, dachte ich.

»Wie auch immer«, ignorierte Dr. Winkler meinen plötzlichen Gefühlsausbruch, »in Zukunft kann ich darauf keine Rücksicht mehr nehmen.«

»Wie meinen Sie das?«

»Sollte so etwas noch einmal vorkommen, sehe ich mich leider gezwungen, auf Ihre Mitarbeit zu verzichten.«

»Aber Herr Dr. Winkler …«

»Danke, Frau Kröger, mehr gibt es zu dem Thema nicht zu sagen. Sie können jetzt wieder an Ihre Arbeit gehen.«

»Herr Dr. Winkler«, machte ich einen letzten, lieblosen Versuch, an sein Herz zu appellieren. In Hinblick auf seine entschlossene Miene war allerdings klar, daß ich mir das schenken konnte. Also schlich ich mit hängenden Schultern aus dem Konferenzraum.

Um meinen ohnehin schon ziemlich perfekten Montag noch weiter zu perfektionieren, erwartete mich abends zu Hause auf dem Anrufbeantworter die säuerliche Stimme meiner Mutter. Ob ich sie wohl, wenn es nicht zuviel der Mühe wäre, einmal gnädigerweise zurückrufen könnte. Das konnte ich, eine andere Wahl hatte ich sowieso nicht.

»Kröger«, meldete sie sich bereits nach dem ersten Klingeln.

»Ja, hallo, Mama, ich bin's, Maike.«

»Oh, Madame meldet sich auch einmal, das ist aber schön«, kam es sarkastisch. Bitte, nicht auch noch die »Meine-mißratene-Tochter-meldet-sich-nie-bei-mir«-Nummer, das war jetzt mehr, als ich ertragen konnte.

»Tut mir leid, Mama«, ging ich sofort in die Defensive, »aber ich hatte ein paar superstressige Tage und bin wirklich fertig mit den Nerven.« Ohne sie auch nur zu Wort kommen zu lassen, erzählte ich ihr lang und breit von den katastrophalen Ereignissen im Büro.

»So, das ist ja wirklich nicht schön«, reagierte sie knapp auf meine Erzählungen. Ein wenig mitleidiger könnte sie schon sein, fand ich. Schließlich stand ihre einzige Tochter so gut wie vor dem beruflichen Aus!

»Ich dachte nur, daß du dich wenigstens gestern einmal melden würdest«, kam sie sofort auf das anfängliche Thema zurück. Wirklich hartnäckig heute, da mußte etwas im Busch sein.

»Wieso?« fragte ich daher ganz direkt, auf lustige Ratespielchen hatte ich wirklich keine Lust.

»Na ja«, seufzte sie, »schließlich war gestern Muttertag, und da dachte ich …« Muttertag! Die nächste Katastrophe, mein Erbe war in Gefahr, gleich würde sie mir erklären, daß sie mich zur Adoption freigegeben hätte, und ich hatte mein Pulver an

Ausflüchten bereits verschossen. Wie hatte ich den Muttertag nur schon wieder vergessen können? Okay, Wechsel von der Defensive in die Offensive.

»Hast du denn meinen Strauß von Fleurop nicht bekommen?« fragte ich scheinheilig. Meine Mutter schwieg einige Sekunden, damit hatte ich ihr den Wind aus den Segeln genommen.

»Nein, hast du denn einen geschickt?« kam es schließlich verwundert.

»Aber natürlich!« Lieber Gott, ich weiß, daß ich ein schlechter Mensch bin, aber am nächsten Muttertag werde ich alles, alles wieder gutmachen, versprochen!

»Na so was, die sind doch sonst immer so zuverlässig«, meinte meine Mutter.

»Denen werde ich morgen früh gleich mal Dampf machen«, gab ich mich entrüstet. »Strauß mit Fleurop an Mama schikken!«, kritzelte ich währenddessen auf einen großen gelben Haftnotizzettel, den ich unübersehbar an meine Wohnungstür heftete. »Stell dir mal vor, so etwas passiert öfter! Tausende von enttäuschten Müttern, nur wegen dieser unfähigen Firma!« Dicker wollte ich nicht auftragen, sonst wäre sie noch mißtrauisch geworden.

»Und ich dachte wirklich, du hättest mich völlig vergessen«, seufzte sie erleichtert. »Na gut, Schatz, dann will ich dich nicht länger stören. Schlaf schön und laß dir wegen der Sache im Büro keine grauen Haare wachsen.« Wir schickten uns noch gegenseitig ein Küßchen durch den Hörer, dann legte ich mit einem schlechten Gewissen auf.

»Sieh es mal so«, sagte ich im Badezimmer zu meinem Spiegelbild, das mir vorwurfsvoll entgegenblickte, »durch diese kleine Notlüge ist Mama glücklich, ich muß mir keine Vorträge anhören, und Fleurop bekommt noch einen Auftrag. Dann sind doch alle zufrieden.«

Beas Artikel war wirklich ein Volltreffer, die Dienstagsausgabe des Express ging weg wie warme Semmeln. Während ich mit der U-Bahn zur Arbeit fuhr, beobachtete ich die Umsitzenden.

Jeder zweite hatte einen Express in der Hand und studierte interessiert die Titelgeschichte. Wieder einmal ein Beweis dafür, daß der Mensch im tiefsten Innern seines Herzens ein Voyeur ist, der wissen will, welcher Promi mit wem ins Bett geht, wer sich von wem trennt und wer gerade wieder mit wem anbandelt. Oder, wie Dr. Winkler es immer formulierte: Sex sells. Da konnte ich noch so gute Geschichten über Politikerskandale oder Tierquälerei ausbuddeln – sobald wir ein knapp bekleidetes Busenwunder auf der Titelseite hatten, schnellten die Verkaufszahlen in die Höhe.

Ich schüttelte mich bei dem Gedanken. Glücklicherweise war ich nicht berühmt, und niemand interessierte sich dafür, was sich in meinem Bett abspielte. Nun ja, wenn ich ehrlich war, spielte sich da seit Frank auch nicht allzuviel ab. Eigentlich gar nichts, um es auf den Punkt zu bringen. Natürlich hätte ich gern jemanden gehabt, der mich abends vor dem Einschlafen in den Arm nahm und mich morgens mit einem Küßchen wieder weckte. Aber wohin ich auch blickte – weit und breit kein Mann in Sicht, der mich auch nur annähernd interessiert hätte. Andererseits war es mir so fast lieber. Ich hatte lange genug gebraucht, um Frank loszuwerden, da wollte ich mich nicht gleich wieder auf irgendeinen Typen einlassen, nur, weil ich hin und wieder ein bißchen Sehnsucht nach einer männlichen Schulter hatte. Außerdem hatte ich mir vorgenommen, mich erst einmal ausgiebig meiner Karriere zu widmen. Wütend ballte ich meine Hand zur Faust. Würde mir dieser Richard Baumann nicht andauernd in die Quere kommen, hätte Dr. Winkler bestimmt schon längst festgestellt, was für eine gute Reporterin ich war! So aber mußte er den Eindruck gewinnen, daß ich mich besser um den wöchentlichen Veranstaltungskalender kümmern sollte. Wenn überhaupt noch, dachte ich in Anbetracht unseres gestrigen Gespräches.

Während ich vom Bahnsteig Richtung Redaktion marschierte, grübelte ich zum x-ten Mal darüber nach, wie dieser Baumann nur immer wieder an die gleichen Geschichten herankam wie ich. Aber ich fand einfach keine plausible Erklärung dafür. Vielleicht verfügte er ja über telepathische Kräfte.

Seit meiner nunmehr vierjährigen Tätigkeit als Journalistin wunderte mich jedenfalls überhaupt nichts mehr, da hatte ich schon seltsamere Dinge erlebt. Wenn Richard Baumann allerdings wirklich die Fähigkeit hätte, Gedanken zu lesen, schien sich das nur auf meinen Kopf zu beschränken, den anderen Kollegen war so etwas jedenfalls noch nie passiert. Ich mußte über mich selbst lachen, daß ich allen Ernstes überhaupt über so eine Möglichkeit nachdachte. Nein, irgend jemand steckte hinter der ganzen Sache, und ich würde auch noch herausfinden, wer.

Als ich an meinen Schreibtisch kam, blieb mir vor Überraschung der Mund offen stehen. In einer überdimensionalen Vase prangte dort ein nicht minder überdimensionaler Strauß roter Rosen. Bea stand grinsend daneben und wedelte mit einem verschlossenen Kuvert, das offensichtlich zu der Blumenpracht gehörte.

»Hat Fleurop jetzt statt meiner Mutter *mir* die Blumen geliefert?« fragte ich entgeistert. Aber das war ja Unsinn. Erstens hatten die nur meine Privatadresse, und zweitens konnte ich mich gerade noch beherrschen, meiner Mutter einen Riesenstrauß roter Rosen zu schicken!

»Rate mal!« meinte Bea und wedelte weiter mit dem Umschlag.

»Jetzt gib schon her!«

»Nö«, kicherte sie und hielt den Brief außer Reichweite, »das ist doch langweilig.« Kaum zu glauben, daß Bea zehn Jahre älter war als ich, manchmal – oder eher meistens – gebärdete sie sich wie ein alberner Teenager. Nur wenn es um ihre Geschichten ging, wurde sie plötzlich knallhart.

»Nun gib schon her«, fuhr ich sie schärfer an als beabsichtigt. Schlagartig veränderte sich Beas Miene, sauertöpfisch übergab sie mir den Brief.

»Deinen Humor hast du wohl zu Hause gelassen.«

»Wenn ich dich daran erinnern darf: Momentan habe ich keinen Grund, fröhlich pfeifend durch die Redaktion zu hopsen.« Ich warf einen Blick auf das Kuvert und gab einen entnervten Laut von mir. »Frank, war ja klar!« Auf die Karte in dem Umschlag hatte er mit geschwungenen Lettern die Einladung für ein romantisches Dinner bei Kerzenschein am Samstag gepinselt. Also wollte er zu seinem Geburtstag gar keine Party geben, sondern rechnete damit, daß er seinen Jahrestag zusammen mit mir in trauter Zweisamkeit verbringen würde. Diesem Mann war wirklich nicht zu helfen! Aber gut, daß er mich mit dieser Karte vorgewarnt hatte. Womöglich wäre ich aus lauter schlechtem Gewissen doch noch zu seiner »Party« gegangen und hätte mich unverhofft bei einem Candle-light-Dinner à deux wiedergefunden.

»Was mach ich denn jetzt nur?« grübelte ich laut vor mich hin.

»Ich hab dir ja gesagt, daß du ihm reinen Wein einschenken solltest. Das kommt davon«, gab Bea sich altklug. Nicht einmal, wenn sie eingeschnappt war, konnte sie ihren Senf für sich behalten. Zum beleidigten Schweigen brachte Bea einfach nicht die nötige Disziplin auf.

»Mein Gott, in welcher Sprache soll ich es ihm denn noch sagen? Er kapiert es einfach nicht! Dabei habe ich wirklich gedacht, er versteht langsam, daß es aus ist.«

»Falsch gedacht«, meinte Bea kurz angebunden.

Schweren Herzens griff ich zum Telefonhörer, das Problem würde ich jetzt sofort aus der Welt räumen. Mir graute vor diesem Gespräch, aber offensichtlich reagierte Frank nur auf die harte Tour. Nun ja, die würde er nun bekommen.

»Hallo, Frank, ich bin's, Maike.«

»Ach, hallo, meine Schöne!« Ich haßte diese Anrede, besonders dann, wenn sie von meinem Ex-Lover kam. »Hast du meine Blumen gefunden?« fragte Frank unnötigerweise.

»Sie waren nicht zu übersehen, ich mußte eher meinen Schreibtisch suchen«, erwiderte ich leicht ironisch.

»Fein! Was sagst du denn zu meiner Einladung?« Er klang so aufgeregt und hoffnungsvoll, daß ich regelrecht Mitleid bekam.

»Also, ehrlich gesagt, Frank«, ich schluckte, mir war die Sache wirklich unangenehm, »ehrlich gesagt: Ich werde nicht kommen.« Zuerst sagte er gar nichts, dann legte er einen kindlich-enttäuschten Tonfall an den Tag.

»Wieso denn nicht?«

»Ganz einfach: Weil wir nicht mehr zusammen sind und wir uns deshalb auch nicht mehr zu einem romantischen Abendessen treffen sollten.« So, jetzt war es heraus, ich war stolz auf mich.

»Aber das hat doch damit nichts zu tun. Wir können uns doch noch als gute Freunde treffen.« Himmel, war der hartnäckig!

»Sei doch mal ehrlich, Frank«, meinte ich fast mütterlich. »Ich weiß doch, daß du dir immer noch Hoffnungen machst, und es wäre einfach nicht fair von mir, wenn ich dich in dieser Hoffnung bestärken würde. Ich denke, es ist das beste, wenn wir eine Zeitlang überhaupt keinen Kontakt mehr haben.«

»Wenn du meinst«, gab Frank zu meiner Überraschung nach. Ein wenig mehr Kämpfernatur hätte ich ihm schon zugetraut. Aber mir sollte es recht sein.

»Ja, das meine ich.«

»Na gut, aber irgendwann können wir uns doch mal wiedersehen, oder?« Wieder klang ein bißchen Hoffnung in seiner Stimme. Ich seufzte.

»Natürlich, Frank. Gegen eine platonische Freundschaft ist überhaupt nichts einzuwenden, aber wir brauchen eben noch ein bißchen Zeit, damit die alten Wunden verheilen.« Wie pathetisch das klang, ich war selbst ganz beeindruckt von mir.

»In Ordnung, dann warte ich, bis du dich bei mir meldest.« Irgendwie tat er mir leid, wie er sich so unbeholfen in sein Schicksal fügte. Aber so war es wirklich am besten, sonst würde er nie von mir loskommen.

»Das mach ich ganz bestimmt«, versicherte ich Frank und wollte auflegen.

»Ach, Maike«, rief er noch in den Telefonhörer.

»Ja?«

»Wenn du mich irgendwann einmal brauchen solltest, egal, wann und warum, denk daran, ich bin immer für dich da!«

»Das ist sehr lieb von dir.« Als ich den Hörer auflegte, wären mir vor Rührung beinahe Tränen in die Augen gestiegen. So ein herzensguter Mensch. Schade nur, daß er als Partner einfach indiskutabel war.

»Gut gemacht«, meinte Bea, als ich versonnen auf die Rosen auf meinem Schreibtisch starrte, »jetzt hast du endlich mal T geredet.«

»Was?«

»Na, Tacheles.« Klar, darauf hätte ich diesmal auch selbst kommen können.

»Was liegt denn heute an?« fragte ich, um endlich das Thema zu wechseln.

»Eine kleine Umfrage zum Thema: Wie werde ich meinen Exfreund los?« Sie grinste.

»Viel besser fände ich: Wie bringe ich nervige Kollegen zum Schweigen?« konterte ich. »Aber jetzt mal im Ernst, hast du die Polizeiberichte von letzter Nacht vielleicht schon durchgesehen?«

»Absolut nichts passiert, nur ein Spielhallenraub in der Nordstraße.«

»Was schickt die dpa?«

»Bisher auch nichts Aufregendes, alles in allem gibt das nur ein paar Kurzmeldungen her.«

»Irgendwelche Angebote von unseren Freien?«

»Ne, auch nix, nur … He, Moment mal, bin ich eigentlich deine Sekretärin?« Bea blitzte mich gespielt vorwurfsvoll an. »Das ist schließlich nicht mein Ressort, sieh gefälligst zu, daß du dich selbst auf dem laufenden hältst!«

»Wieso denn, du erzählst mir doch alles wunderbar, wozu also selber lesen?« Mitten in unser Herumgealbere platzte mein Ressortkollege Jürgen.

»Maike, du mußt sofort los nach Blankenese«, eröffnete er mir ohne Umschweife, »irgendein Promi-Sohn hat ins Gras gebissen.« Jürgen war für seine feinfühlige Art bekannt. »Ich hab die Info gerade reingekriegt, Dr. Winkler will das exklusiv.«

»Wer, was, wann, wo?« Sofort war ich in meinem Element. Daß Dr. Winkler mich schickte, zeigte, daß er mir eine Chance geben wollte, meine Schlappe von gestern wettzumachen.

»Der Junge hieß Nick oder genauer Nikolas Ravenstedt, war so um die Dreißig, der Vater ist ein bekannter Immobilienmakler.«

»Immobilien*hai* meinst du wohl eher! Ich kenne die Geschichten, die es über ihn gibt.«

»Ist doch jetzt egal. Dr. Winkler will jedenfalls ein schönes Rührstück, so in der Art ›Was nützen mir Millionen, wenn ich mein Kind nicht mehr habe?‹, du weißt schon. Also, auf zu den Eltern! Vielleicht hast du ja Glück, und es ist noch niemand da. Dein Lieblingsfotograf Uwe wartet unten bereits auf dich.«

»Na dann, auf geht's zum Witwenschütteln.« Dieses nicht gerade pietätvolle Wort bezeichnete genau den Sachverhalt. Bei solchen Geschichten mußte man sich mit einer großen Portion Feingefühl auf die Couch der trauernden Witwe – oder, wie in diesem Fall, der Eltern – setzen, Kekse vertilgen und Tee trinken und möglichst unauffällig versuchen, den Leuten eine gute Geschichte zu entlocken. Der Journalist, dein Freund! Eigentlich verabscheute ich solche Storys, aber bei meiner derzeitigen Lage konnte ich es mir schlecht aussuchen. Bea schien mich um den Job auch nicht gerade zu beneiden.

»Dann drück mal heftig auf die Tränendrüse«, verabschiedete sie mich.

Als Uwe und ich die herrschaftliche Villa im noblen Hamburger Blankenese erreichten, tummelte sich vor dem Eingangsportal bereits eine beachtliche Menge von Journalisten. Und alle wollten eine »exklusive« Geschichte mitnehmen. Aussichtslos! Links und rechts den hohen Zaun entlang, der das Anwesen vor unerwünschten Gästen und Schaulustigen schützte, standen Übertragungswagen verschiedener Fernsehsender. Zwei nicht besonders freundlich aussehende Zeitgenossen schoben vor dem Tor Wache. Normalerweise hätte ich in so einem Fall auf dem Absatz kehrtgemacht, aber ich konnte bei meiner derzeitigen Situation unmöglich ohne Geschichte in die Redaktion zurückkommen. Jetzt war Einfallsreichtum gefragt! Gemeinsam mit dem Fotografen zermarterte ich mir das Hirn, aber uns kam einfach keine Idee. Mit Uwes Handy anrufen war mit Sicherheit auch zwecklos, das hatten alle anderen bestimmt auch schon probiert.

Nachdem wir eine Stunde lang mehr oder weniger ratlos im Auto gehockt hatten, kam mir auf einmal eine geniale Idee.

Dreißig Minuten später fuhr der dunkelgrüne Wagen von Floristik Binder vor. Schnell hüpfte ich aus dem Auto und rannte auf den Boten zu, der gerade mit einem großen Blumenstrauß ausstieg.

»Frau Kröger?« fragte er mich.

»Ja«, bestätigte ich und drückte ihm hundert Mark für die Blumen sowie ein gefaltetes Blatt Papier in die Hand. »Geben Sie diesen Zettel bitte Frau Ravenstedt. Das Restgeld können Sie behalten.«

»Oh, vielen Dank!« Der Bote strahlte, immerhin hatte ich ihm gerade fast vierzig Mark Trinkgeld gegeben. In der Eile vergaß ich sogar, mir eine Quittung ausstellen zu lassen, schließlich wollte ich die Kohle später von der Redaktion wiederhaben. Aber wenn diese Sache hier klappte, würde man mir sicher auch einen Eigenbeleg abnehmen. Der Bote lächelte immer noch glücklich, als er auf das Tor zuging.

»Hören Sie!« rief ich ihm hinterher. »Denken Sie daran, es handelt sich um einen Trauerfall!« Der Bote nickte und setzte ein ernstes Gesicht auf. Schon besser.

Jetzt kam es drauf an. Nervös kaute ich auf meinen Fingernägeln herum, während ich beobachtete, wie der Bote sich angeregt mit den beiden Wachen unterhielt. Bitte, bitte, laßt ihn rein, schickte ich ein Stoßgebet gen Himmel. Der rechte der beiden Aufpasser zückte ein Funkgerät und sprach etwas hinein. Dann wartete er einen Augenblick. Mir kam es vor wie Stunden. Doch dann nickte er, trat zur Seite und öffnete das Tor. Der Blumenlieferant durfte passieren.

»Es funktioniert!« rief ich aufgeregt und knuffte Uwe in die Seite.

»Abwarten«, meinte der nur wenig beeindruckt. Da hatte er recht, schließlich mußten Herr und Frau Ravenstedt uns jetzt noch hereinlassen.

Fünf Minuten später kam der Bote mit einem noch breiteren Grinsen zurück. Vielleicht hatte er bei den Ravenstedts auch noch einmal Trinkgeld abgestaubt. Er winkte mir kurz zu, setzte sich in seinen Wagen und düste davon. Im gleichen Moment zückte der Wärter wieder sein Funkgerät, um sich gleich darauf suchend umzusehen. Sofort stürzte ich auf ihn zu. Etwas irritiert musterte er mich, wie ich mit vor Aufregung roten Ohren auf ihn zugehechelt kam.

»Sind Sie Frau Kröger? Sie und Ihr Kollege dürfen passieren.« Der hatte wirklich das Vokabular des Geheimdienstes drauf. Hektisch winkte ich Uwe heran. Es hatte tatsächlich funktioniert! Maike Kröger, du bist eben doch eine gute Reporterin!

Während wir über den langen Kiesweg auf das Haus zugingen, drehte ich mich noch einmal um und erfreute mich ein wenig an den neidischen Blicken, die die Konkurrenz uns zuwarf. Hihi, da könnt ihr alle doof gucken, dachte ich beim Anblick der gut zwanzig Journalisten, die hilflos vor dem Zaun standen. Doch plötzlich blieb mein Blick hängen: Rechts neben dem Tor stand der – das konnte man getrost sagen – bestaussehende Mann, der mir je im Leben begegnet war! Groß, schwarze Haare, markantes Gesicht. Wie angewachsen blieb ich stehen und starrte ihn an. Uwe holte mich wieder auf die Erde zurück.

»Sag mal«, lachte er, »hast du einen Geist gesehen?«

»Äh«, stotterte ich verwirrt und versuchte, mich wieder unter Kontrolle zu bringen, »eine Art Erscheinung.« Ich drehte mich noch einmal um. Ich hatte mir nichts eingebildet, er stand noch immer da und schien jetzt sogar zu lächeln. Das war wieder typisch! Da sah ich den Mann, den ich augenblicklich und ohne zu zögern zum Vater meiner Kinder machen würde – aber leider in der ungünstigsten Situation, die man sich nur vorstellen konnte! Außerdem mußte ich im Moment meine grauen Zellen beisammen halten, schließlich hätte Dr. Winkler vermutlich nur wenig Verständnis dafür gehabt, wenn ich in einem Anfall von akutem Liebeswahn dieses Interview in den Sand gesetzt hätte. Ein letzter sehnsüchtiger Blick zum Tor, dann mußte ich mich wieder auf meinen Job konzentrieren. Immerhin war das hier eine einmalige Chance, mit solch einer Geschichte könnte ich Furore machen!

Als uns Frau Ravenstedt die Tür öffnete, vergaß ich für einen Augenblick meinen kurz bevorstehenden Ruhm als Starreporterin. Ihr Anblick versetzte mir einen Schlag in die Magengrube. Die Augen waren vom vielen Weinen verquollen, ihre Haut war fleckig. Beinahe überfiel mich ein schlechtes Gewissen, daß ich mich mit diesem Blumentrick in eine trauernde Familie eingeschlichen hatte. Diese Frau hatte gerade ihren Sohn verloren, und ich hatte nichts Besseres zu tun, als eine Story aus ihr herauszupressen.

»Frau Kröger, nehme ich an?« Obwohl ihre Stimme schwach klang, konnte man doch noch deutlich einen herrschaftlichen Unterton wahrnehmen. Diese Frau hatte Klasse, sie wahrte, wie hieß das noch gleich, die Contenance. »Bitte, kommen Sie herein.« Wortlos folgten Uwe und ich Frau Ravenstedt durch eine großzügige Empfangshalle ins Wohnzimmer. Hier steckte viel Geld drin, das konnte selbst ich als absolute Kunstbanausin erkennen. Unsere Schritte wurden von einem dicken Perserteppich verschluckt, die Einrichtung des Wohnzimmers sah aus, als stamme sie von einem exklusiven Antiquitätenhändler, kombiniert mit einigen modernen Elementen.

Als wir den Raum betraten, fiel mein Blick sofort auf die hochgewachsene Gestalt, die am Fenster stand und uns den Rücken zukehrte.

»Max, die beiden Journalisten sind hier«, sagte Frau Ravenstedt. Der Mann drehte sich zu uns um. Er mochte um die Sechzig sein, ein attraktiver Mann mit graumeliertem Haar und seltsam intensiven Augen. Trotz seiner beachtlichen Größe wirkte er gebeugt. Ebenso wie bei seiner Frau konnte man den Schmerz deutlich an seinem Gesicht ablesen.

»Bitte, setzen Sie sich«, forderte er uns mit einem Wink in Richtung Sitzgarnitur auf. Wie immer in solchen Momenten überfiel mich ein Anflug von Beklemmung, als ich den beiden gegenüber saß. Wie sollte ich nun bloß das Gespräch beginnen? Die Entscheidung wurde mir abgenommen.

»Meine Frau und ich haben uns entschlossen«, begann der Hausherr, »mit Ihnen zu reden, weil uns die Offenheit Ihres Briefes gefallen hat. Wie Sie sich denken können, Frau Kröger, haben wir bereits unzählige Anrufe von Reportern erhalten, die uns angeblich in dieser schweren Stunde beistehen wollen.« Ein zynischer Ausdruck trat auf sein Gesicht. »Das ist natürlich absoluter Humbug, jeder ist nur an der Geschichte interessiert, möchte möglichst viele blutige Details hören, um sie anschließend in eine herzzerreißende Story zu stecken.« Seine Frau nickte zustimmend.

»Was uns an Ihrem Brief gefallen hat, ist die Tatsache, daß Sie Ihre Absichten offen darlegen. Wir verabscheuen Heuchelei, aber Ihre Ehrlichkeit nötigt uns einigen Respekt ab«, stimmte sie ihrem Mann zu. »Wir möchten Sie nur darum bitten, uns die Endfassung Ihres Artikels zuzufaxen, bevor Sie ihn drucken. Schließlich geht es um unseren Sohn.«

»Selbstverständlich, das ist kein Problem«, antwortete ich ohne Zögern. Dr. Winkler würde das zwar nicht recht sein, aber er sollte sich freuen, daß ich es überhaupt geschafft hatte, die beiden zu einem Gespräch zu überreden. Innerlich triumphierte ich ein wenig. Ich hatte die Ravenstedts also richtig eingeschätzt. In meinem Brief hatte ich nur kurz und knapp erklärt, daß mein Chefredakteur von mir ein Interview erwartete, keine vor Beileid triefende Floskeln. Natürlich hätte der Schuß auch nach hinten losgehen können, aber ich hatte Glück gehabt.

»Sie werden vermutlich einige Fotos von uns machen wollen. Wahrscheinlich brauchen Sie auch noch ein paar aktuelle Bilder von Nikolas oder einige Fotos aus seiner Jugendzeit?« fragte Frau Ravenstedt. Ich war baff, die beiden schienen schon einige Erfahrung mit der Presse zu haben.

»Das wäre natürlich phantastisch«, meinte ich verunsichert. Die Offenheit dieser Frau schockierte mich fast. Herr Ravenstedt schien meinen verstörten Blick zu bemerken.

»Wie wir bereits sagten, die Karten liegen offen auf dem Tisch. Wir wissen, was Sie von uns möchten, also können wir auch gleich zur Sache kommen.« Er griff zu einem kleinen

Messingglöckchen auf dem Beistelltisch und klingelte einmal. Sekunden später betrat eine junge Frau den Raum. Auch sie hatte rote, verweinte Augen.

»Gertrud«, sagte Herr Ravenstedt zu ihr, »seien Sie bitte so gut und holen Sie die Fotoalben von Nikolas aus der Bibliothek. Sie liegen auf dem Tisch neben meinem Schaukelstuhl.«

»Sofort, Herr Ravenstedt.« Eilig verschwand Gertrud wieder. Im Kopf notierte ich dieses kleine Detail. Offenbar hatte Herr Ravenstedt sich die Alben gerade erst angesehen, was angesichts der Umstände auch natürlich war. Solche kleinen Einzelheiten würden die Geschichte später erst richtig rund machen. Im Kopf bastelte ich schon an einem möglichen Einstieg herum: »Ein Mann sitzt zurückgelehnt in seinem Schaukelstuhl. Neben ihm auf dem zierlichen Beistelltisch (vielleicht würde ich die Bibliothek ja noch zu sehen bekommen) ein Glas Brandy (Herr Ravenstedt hatte sich, bevor wir uns setzten, ein Glas davon eingeschenkt), auf seinem Schoß ein altes, vergilbtes Fotoalbum. Versonnen betrachtet er die Bilder eines kleinen Jungen. Es sind Dokumente einer Zeit, die unwiederbringlich vorbei ist. Denn der kleine Junge auf den Fotos ist tot …« Zugegeben, ein wenig triefend, aber Dr. Winkler liebte solche Einstiege. Ich konzentrierte mich wieder auf das Gespräch, über den Artikel konnte ich auch später noch nachdenken.

Während ich mein Aufnahmegerät aus der Tasche kramte, begann Uwe, Bilder von Herrn und Frau Ravenstedt zu machen. Die beiden verzogen keine Miene.

»Wie alt war denn Ihr Sohn?« eröffnete ich das Interview.

»Vorgestern war sein zweiunddreißigster Geburtstag«, antworte Frau Ravenstedt. Ich haßte mich dafür, aber die Reporterin in mir freute sich. Ein noch besserer Einstieg! »Gerade erst hatte er mit seinen Freunden seinen Geburtstag gefeiert, da riß das Schicksal ihn unvermutet aus dem Leben …« Aber ich mußte mich jetzt auf meine Fragen konzentrieren.

»Und wann genau hat man Sie über seinen Tod unterrichtet?« Die beiden sahen mich überrascht an.

»Nikolas starb gestern um halb neun morgens hier in diesem

Haus«, antwortete Frau Ravenstedt. Sie schluckte. »Er fiel direkt neben mir einfach um«, fügte sie fast flüsternd hinzu. Ein Schauer ging durch meinen Körper, kein Wunder, daß Frau Ravenstedt so fertig aussah. Und wieder meldete sich der kleine Journalistenteufel in meinem Kopf. Die Story wurde immer besser!

»Steht die Todesursache schon fest?« Frau Ravenstedt warf ihrem Mann einen fragenden Blick zu. Er nickte.

»Herzversagen aufgrund von Drogenmißbrauch«, sagte sie schließlich leise. Also wieder eine typische Geschichte: Reicher Yuppie-Sohn, vom Leben gelangweilt, nimmt Drogen, um einen neuen Kick zu bekommen. Irgendwann entgleitet ihm die Sache, er nimmt eine Überdosis und fällt um. Trotzdem hatte ich bei den Ravenstedts das Gefühl, daß sie anders waren als die meisten Neureichen. Keine Spur von Arroganz oder Oberflächlichkeit, und auch meine Vorstellungen von einem »Immobilienhai« wurden von Herrn Ravenstedt nicht gerade bestätigt. Auch wenn ich diesen Nikolas nicht kannte, konnte ich mir schwer vorstellen, daß er aus purer Langeweile und Abenteuerlust zu Drogen gegriffen hatte. Bei solchen Eltern paßte das irgendwie nicht ins Bild. Ich mußte ein wenig weiterbuddeln, hinter der Sache steckte mit Sicherheit noch mehr. Tatsächlich bekam ich in der folgenden halben Stunde eine Geschichte zu hören, aus der man getrost einen Film hätte machen können. Leider ohne Happy-End.

Frau Ravenstedt erzählte ausführlich und sehr gefaßt, wie es zu der Tragödie gekommen war. Nikolas hatte nach dem Abitur Betriebswirtschaftslehre studiert und war nach seinem Examen in die Immobilienfirma seines Vaters eingestiegen. Er verliebte sich in eine Angestellte und zog bereits nach wenigen Wochen mit ihr zusammen. Fünf Jahre lang hatte er der Frau die Welt zu Füßen gelegt, sie mit Geschenken überschüttet, ihren kostspieligen Geschmack finanziert. Auch wenn die Eltern mit der Verbindung nicht ganz einverstanden waren, redeten sie ihrem Sohn nicht hinein. Schließlich, so betonte Frau Ravenstedt, sei der Junge erwachsen gewesen.

Als die Frau ihn vor zwei Jahren wegen eines anderen verlassen hatte, war Nikolas in eine schwere Depression versunken. Zu diesem Zeitpunkt hatte er begonnen, Drogen zu nehmen, was die Eltern erst viel zu spät bemerkten. Speed, Ecstasy, Kokain und sogar Heroin – er nahm alles, was er bekommen konnte, um sich zu betäuben.

Als die Sache schließlich letztes Jahr aufgeflogen war, waren seine Eltern natürlich entsetzt gewesen und hatten ihren Sohn bekniet, sich in einer Suchtklinik behandeln zu lassen. Nikolas war dazu bereit gewesen, und nach einem halben Jahr war er wieder völlig »clean«. Das dachten zumindest die Eltern. Auch ein befreundeter Arzt, der Nikolas in regelmäßigen Abständen immer wieder untersuchte, konnte keine Anzeichen von weiterem Drogenmißbrauch feststellen. Vorsichtshalber verschrieb er dem Jungen »Antidepressiva«, in Wirklichkeit harmlose Johanniskrautkapseln, um Nikolas davon abzuhalten, erneut zu Drogen zu greifen. An seinem Geburtstag hatte Nikolas feierlich vor versammelter Mannschaft die letzte Tablette geschluckt. »Ab sofort brauche ich die nicht mehr!« hatte er gesagt. »Ich bin jetzt wieder völlig gesund.« Am nächsten Morgen brach er zusammen. Als der befreundete Arzt eintraf, den die Eltern sofort benachrichtigt hatten, konnte er nur noch den Tod des jungen Mannes feststellen. Wie die Blutprobe, die der Arzt im Labor untersuchen ließ, zeigte, mußte er kurz zuvor einen tödlichen Drogencocktail genommen haben.

Als die beiden mit ihrer Geschichte am Ende angelangt waren, fühlte ich mich wie erschlagen. Es war mir unmöglich, eine halbwegs professionelle Distanz zu der Sache aufzubauen. Ich schluckte schwer.

»Haben Sie eine Ahnung, weshalb Nikolas wieder zu Drogen gegriffen hat?« Beide schüttelten den Kopf.

»Es ist uns ein Rätsel«, meinte Herr Ravenstedt. »Wir dachten wirklich, er hätte es geschafft. Er war so vital, so gesund, so gut hatte er sich noch nie gefühlt.«

»Er ist sogar jeden Morgen joggen gegangen«, fügte Frau Ravenstedt hinzu. »Das hat er selbst vor seiner Drogensucht nicht getan. Ein bißchen Fitneßtraining, das ja, aber kurz vor seinem Tod war Nikolas richtiggehend aufgeblüht. Niemals wäre jemand auf die Idee gekommen, daß es ihm wieder so schlecht ging.« Sie schluchzte. »Ich kann es noch immer nicht verstehen. Warum nur?« Jetzt weinte sie richtig. Das schien selbst Uwe nicht kalt zu lassen, denn er senkte seinen Blick. In diesem Augenblick kam Gertrud mit den Fotoalben herein und bewahrte uns vor einem peinlichen Schweigen. Die Eltern erlaubten mir, drei Bilder mitzunehmen. Zwei Jugendfotos von Nikolas und eins aus dem letzten Frühjahr. Das Foto zeigte einen großen, schlanken Mann mit blonden Haaren und fröhlichen braunen Augen. Er stand vor einer Segeljacht und deutete mit seiner rechten Hand ein Victory-Zeichen an. Die frühere Drogensucht sah man ihm nicht an, er wirkte gesund und glücklich.

Schnell fragte ich Herrn und Frau Ravenstedt noch nach den üblichen Dingen wie Nikolas' Hobbys, seiner Lieblingsmusik, besonderen Charakterzügen und so weiter. Nach einer weiteren halben Stunde hatte ich alles, was ich für den Artikel brauchte. Ein wenig erleichtert erhob ich mich von dem Sofa.

»Gut, ich denke, das reicht«, meinte ich und streckte den beiden meine Hand zum Abschied entgegen. Herr Ravenstedt ergriff sie und hielt sie lange fest.

»Ich hoffe, daß Sie eine gute Geschichte schreiben«, sagte er. »Wir möchten nur nicht, daß unser Junge in die übliche Statistik der Drogentoten eingeht. Nikolas war ein guter Mensch.« Dann wandte er sich ab und ging zurück zum Fenster. Seine Frau begleitete uns zur Haustür.

»Geile Story!« entfuhr es Uwe, als wir über den Kiesweg zurück zum Eingangsportal gingen. Ich warf ihm einen vorwurfsvollen Blick zu.

»Du bist vielleicht feinfühlig!«

»Hör mal, ich mache hier nur meinen Job!« verteidigte er sich. Ich mußte mir selbst eingestehen, daß er recht hatte. Wenn ich auch noch so betroffen über die eben gehörten Geschehnisse war, in Wahrheit war es doch nur ein Job.

Vor dem Eingang lungerten immer noch mehrere Kollegen herum, wenn auch deutlich weniger als vorher. Suchend blickte ich mich nach dem dunkelhaarigen Typen um, mußte aber enttäuscht feststellen, daß er wohl auch das Feld geräumt hatte. Schade, dachte ich. Ob ich den noch einmal wiedersehen würde?

»Maike«, riß Uwe mich aus meinen Gedanken, »willst du hier übernachten?«

»Äh, nein.« Vor lauter Versonnenheit war ich tatsächlich einfach stehengeblieben.

»Dann ist ja gut«, meinte Uwe und öffnete die Autotür. »In der Redaktion warten sie bestimmt schon auf uns.«

Dr. Winkler war begeistert, als ich ihm zwei Stunden später den fertigen Artikel vorlegte.

»Na also«, stellte er zufrieden fest, »ich wußte doch, daß Sie es drauf haben!«

»Haben Sie je daran gezweifelt, Herr Dr. Winkler?« meinte ich etwas vorlaut. Vorsicht, ermahnte ich mich selbst, jetzt werd bloß nicht zu frech!

»Das würde ich mir nie erlauben«, erwiderte er lachend. Ein Glück, er war wieder gut auf mich zu sprechen und ging auf meine Witzchen ein. »Wie dem auch sei, die Story kommt in die morgige Ausgabe. Ha, da wird sich die Konkurrenz ärgern, daß wir das Ding exklusiv haben. Wie sind Sie eigentlich da reingekommen?« Ich lächelte hintergründig.

»Berufsgeheimnis.« Ich freute mich, daß endlich mal wieder etwas geklappt hatte. Das war schließlich auch allerhöchste Zeit gewesen. Und diesmal würde mir der Kollege vom Kurier mit Sicherheit nicht in die Quere kommen. Die beiden Wachen hatten schließlich niemanden außer uns hineingelassen.

»Wir müssen allerdings noch einen kleinen Moment warten, bevor wir die Story freigeben«, erinnerte ich den Chefredakteur. »Ich hab Ihnen ja gesagt, wir brauchen erst das Okay von Herrn und Frau Ravenstedt.«

»Hoffentlich entscheiden sich die beiden schnell. Wäre ärgerlich, wenn jetzt noch etwas dazwischenkommen würde.«

»Das glaube ich kaum«, meinte ich selbstbewußt, »ich denke, ich habe die Geschichte in ihrem Sinne geschrieben.«

Und ich sollte recht behalten. Zehn Minuten später klingelte mein Telefon, und Herr Ravenstedt bestätigte mir, daß er mein Fax erhalten habe und mit dem Abdruck meines Artikels einverstanden sei. Zum ersten Mal seit Wochen konnte ich zufrieden nach Hause gehen, meine Pechsträhne schien überwunden. Heute nacht würden mich keine Alpträume über das Ende meiner Karriere heimsuchen.

»Maike Kröger«, meldete ich mich verschlafen am Telefon. Wer zum Henker wagte es, eine hart arbeitende Journalistin um halb acht morgens, also quasi mitten in der Nacht, aus dem Schlaf zu reißen?

»Fleurop, Zentrale Berlin, Becker, guten Morgen.«

»Danke, mein Bedarf an Blumen ist ausreichend gedeckt«, gähnte ich ins Telefon und wollte gerade wieder auflegen. Jetzt verfolgten mich die Blumenlieferanten schon bis in meine Träume!

»Es geht um eine Beschwerde Ihrer Frau Mutter«, beeilte sich der Mann am anderen Ende der Leitung zu sagen, bevor ich ihn gnadenlos abwürgen konnte. Schlagartig war ich hellwach, die Kombination der Worte Mutter und Beschwerde verhieß nichts Gutes.

»Ja, bitte?« schenkte ich dem freundlichen Herrn Becker nun meine ungeteilte Aufmerksamkeit.

»Nun, einer unserer Boten hat Ihrer Frau Mutter gestern einen Blumenstrauß geliefert. Leider war Ihre Mutter sehr aufgebracht, da sie diesen Strauß schon am Muttertag erwartet hatte. Sie hat, nun ja, unserem Boten gegenüber ihre Unzufriedenheit doch recht deutlich zum Ausdruck gebracht.« Oh Gott, vermutlich hatte sie ihn die Treppe hinuntergestoßen, und nun war er für den Rest seines Lebens berufsunfähig, und ich mußte das alles bezahlen!

»Das tut mir wirklich leid, Herr Becker«, setzte ich zu einer Erklärung an.

»Aber nein«, unterbrach er mich, »das Bedauern liegt ganz auf unserer Seite. Wir als großes Unternehmen im Floristikbereich wissen ja, wie wichtig der Muttertag ist, und da ist es natürlich unverzeihlich, daß wir Ihren Auftrag, nun ja, übersehen haben.« Jetzt war ich platt. Anstelle von Schadenersatz- und Schmerzensgeldforderungen in Millionenhöhe eine formvollendete Entschuldigung von Herrn Becker, natürlich im Namen von Fleurop.

»Für die Unannehmlichkeiten, die Ihnen dadurch entstanden sind, werden wir selbstverständlich aufkommen«, fuhr Herr Becker fort, »schließlich möchten wir nicht, daß Sie ein falsches Bild von unserem Unternehmen bekommen, was sich … ähm … eventuell negativ auf Ihre Berichterstattung auswirken könnte.« Aha, daher wehte der Wind, Mutter hatte mal wieder mit der grauenhaften Rache ihrer Tochter, der Starjournalistin, gedroht. Wahrscheinlich hatte sie mich wie immer kurzerhand zur Mitarbeiterin einer einflußreichen überregionalen Zeitung gemacht, FAZ, Süddeutsche und Welt benutzte sie für solche Zwecke immer am liebsten.

»Jedenfalls möchte ich Ihnen nochmals mein Bedauern zum Ausdruck bringen«, versicherte Blumen-Becker, »und würde mich freuen, wenn Sie als kleine Entschädigung einen Gutschein über zehn Fleurop-Lieferungen im Wert von je vierzig Mark akzeptieren würden.«

»Akzeptiert«, antwortete ich, ohne zu zögern, ich konnte es nicht länger ertragen, Herrn Becker schwitzen zu hören.

»Sehr schön«, freute sich Herr Becker, »dann geht Ihnen der Gutschein morgen per Post zu, Frau Kröger.«

»Das ist mir recht«, gab ich mich gnädig und wollte bereits wieder auflegen. »Oder nein, halt«, rief ich in den Hörer.

»Ja, Frau Kröger?«

»Könnten Sie anstelle des Gutscheins auch einen Dauerauftrag für die nächsten zehn Jahre für mich einrichten?«

»Wie hätten Sie es denn gern?« fragte Herr Becker und nahm damit langsam hündische Züge an.

»Zehn Jahre lang jeden Muttertag einen Strauß an meine Mutter, die Adresse ist Ihnen ja bekannt.«

»Betrachten Sie die Angelegenheit als erledigt.« Ach, der Herr Becker, der wußte wirklich, wie man unzufriedene Kunden besänftigte.

»Fein, Herr Becker, damit wäre das Ärgernis mehr als aus der Welt geschafft.« Als ich mich zurück in meine Kissen kuschelte, freute ich mir einen kleinen Wolf. Das waren mindestens zwanzig Fliegen mit einer Klappe. Für die nächsten zehn Jahre mußte ich mich nicht mehr um den obligatorischen Muttertagsstrauß kümmern. Und es kostete mich noch nicht einmal etwas!

»Maike, du bist ein Genie«, sagte ich zu mir selbst, als ich zwei Stunden später die Redaktion betrat.

»Aber auch Genies müssen sich hin und wieder unters Fußvolk mischen«, ergänzte Bea meine lauten Gedanken und drückte mir die neueste Ausgabe vom Hamburger Kurier in die Hand. Richard Baumann hatte schon wieder zugeschlagen!

Das war zuviel, das war eindeutig zuviel! Die Buchstaben verschwammen vor meinen Augen. »Neureicher Yuppie stirbt den Drogentod«, stand es schwarz auf weiß auf der Titelseite des Kuriers. Das war gar nicht möglich, außer mir hatte doch niemand mit den Ravenstedts sprechen können! Meine schöne Exklusivstory, sie war dahin! Zwar war der Kurier mir diesmal nicht einen Tag zuvorgekommen, aber daß er die gleiche Titelgeschichte wie wir hatte, war fast noch schlimmer. Schnell überflog ich den Artikel. Es war unfaßbar, da stand fast genau dasselbe wie in meinem, nur anders formuliert. Na ja, schlechter formuliert, fand ich. Dr. Winkler würde ausrasten! Warum hatte ich ihm auch noch so großspurig erzählt, daß außer mir niemand zu den Ravenstedts vorgedrungen war? Das hätte ich ihm hinterher, wenn wir die Geschichte tatsächlich exklusiv im Blatt gehabt hätten, immer noch stecken können. Aber nein, ich hatte ja meinen Mund nicht halten können, hatte ihm mehrfach versichert, daß wir diese Story garantiert exklusiv hätten.

»Bea, was soll ich bloß machen?« schluchzte ich verzweifelt. »Dr. Winkler wird mich hochkant rausschmeißen!« Bea drückte mir wortlos eine Tasse heißen Kaffee in die Hand.

»Könnte sein«, meinte sie. »Ehrlich gesagt hat er eben schon hier angerufen und deinen Kopf gefordert.« Mir wurde schlecht, damit war ich erledigt. »Aber keine Sorge«, sagte Bea und tätschelte mein Händchen, »diesmal werde ich dich retten.«

»Wie denn? Die Sache ist aussichtslos! Am besten, ich gehe jetzt gleich zu ihm und lege meinen Kopf von selbst auf seinen Schreibtisch.«

»Gar nichts wirst du tun«, sagte Bea in einem unglaublich ruhigen Tonfall. »Du setzt dich jetzt an deinen Computer und schreibst an irgendeiner Geschichte weiter. Ich gehe zu Dr. Winkler und erledige das für dich.«

Wie ein Häufchen Elend kauerte ich vor meinem Computer, während ich darauf wartete, daß Bea aus Dr. Winklers Büro zurückkehrte. In meinem Kopf malte ich mir die furchtbarsten Szenen aus, von denen meine öffentliche Auspeitschung am Pranger noch die netteste war. Eine volle halbe Stunde saß ich so da, mittlerweile war ich dazu übergegangen, in der letzten Samstagsausgabe unserer Zeitung die Stellenangebote zu studieren. Kellnerin, das würde ich mir derzeit noch zutrauen, oder Straßenfegerin.

»Alles klar«, meinte Bea, als sie eine halbe Stunde später wieder in unser Büro kam.

»Darf ich hier noch weiter arbeiten und die Post ausfahren?« wollte ich kleinlaut wissen.

»Unsinn!« Bea lachte. »Ich konnte ihn wieder beruhigen, alles in trockenen Tüchern.«

»Wie hast du das denn geschafft?«

»Ich hab heute morgen ein Angebot reingekriegt. Nacktfotos von Ikona, zusammen mit irgendeinem Fußballer. Will sagen: nicht mit Mike Hendriks. Haben wir wieder exklusiv.«

»Aber das hat doch nichts mit mir zu tun.« Ich konnte mir zwar vorstellen, daß Dr. Winkler sich über die Fotos freute, aber trotzdem war er auf mich bestimmt mächtig sauer.

»In Sachen Ravenstedt hab ich ihm eine plausible Erklärung geliefert«, erklärte Bea. Ich blickte sie fragend an. »Also, ich hab ihm einfach erzählt, ich wüßte zufälligerweise, daß eine Nichte der Ravenstedts beim Kurier arbeitet, und daß sie ihr die Geschichte bestimmt auch erzählt hätten.«

»Ehrlich? Das ist ja ein Ding! Und mir gegenüber tun sie so, als wäre ich die einzige, mit der sie sprechen!« Wieso hatten Herr und Frau Ravenstedt mir nicht gesagt, daß sie dem Kurier auch ein Interview geben würden?

»Mein Gott, du glaubst auch wirklich alles! Natürlich stimmt das nicht, aber irgendwie mußte ich Dr. Winkler schließlich einen plausiblen Grund für die geplatzte Exklusivstory liefern. Und da dachte ich mir, schiebe ich den Schwarzen Peter einfach den Eltern zu, das erfahren die ja sowieso nicht, und du bist aus dem Schneider.«

»Danke, Bea! Wie soll ich das nur je wieder gut machen?«

»Och, da wird mir bei passender Gelegenheit schon noch etwas einfallen.« Dessen war ich mir sicher.

Während ich mich wieder meinem Computer zuwandte, begann mein Gehirn zu arbeiten. So unwahrscheinlich war Beas kleine Lüge eigentlich gar nicht. Wenn außer mir tatsächlich keiner mehr bei den Ravenstedts gewesen war, wie kam der Kurier dann an die Infos? Vielleicht hatten die beiden tatsächlich dort angerufen, für ausgeschlossen hielt ich das nicht. Wut stieg in mir auf. Und mir gegenüber taten sie so, als wäre es eine Ehre, daß sie ausgerechnet mit mir sprechen wollten! Als hätte jemand meine Gedanken erraten, klingelte in diesem Augenblick mein Telefon, und ein ziemlich aufgeregter Herr Ravenstedt brüllte durch den Hörer.

»Wie kommen Sie dazu, unser Gespräch noch an eine andere Zeitung weiterzuverkaufen?« schrie er. »Dazu waren Sie nicht berechtigt!«

»Aber …«, setzte ich an, doch er ließ mich gar nicht erst zu Wort kommen.

»Meine Frau ist erschüttert, wie konnten Sie das zulassen? Das war das letzte Mal, daß wir uns der Presse gegenüber geäußert haben. Sie hören von meinem Anwalt!« Dann legte er auf. Wie unter Schock starrte ich auf den Hörer in meiner Hand.

»Was war denn?« wollte Bea wissen.

»Ich würde sagen, von Familie Ravenstedt hat der Kurier die Geschichte nicht«, erwiderte ich matt. Behutsam legte ich den

Hörer auf die Gabel, das war alles sehr seltsam. »Sag mal«, fragte ich Bea, »wir haben doch eine gute Rechtsabteilung, oder?« Sie zuckte mit den Schultern. »Hoffentlich«, meinte ich mehr zu mir selbst als zu ihr. Ob ich Frau Ravenstedt wohl noch einmal einen Blumenstrauß schicken sollte?

Wer andern eine Grube gräbt Glücklicherweise verzichteten die Ravenstedts auf eine Klage. Eine Woche nach dieser unangenehmen Geschichte erhielt ich zwar noch einen bitterbös-enttäuschten Brief, aber damit war die Sache erledigt. Trotzdem fühlte ich mich nicht wesentlich besser. Vielleicht wurde ich langsam schon paranoid, aber in der Redaktion hatte ich das Gefühl, als würden meine Kollegen hinter vorgehaltener Hand über mich tuscheln. Und während Bea weiterhin auf Erfolgskurs segelte, bekam ich überhaupt kein Bein mehr auf den Boden. Als Dr. Winkler zehn Tage später zu mir kam und mich fragte, ob ich vielleicht ein oder zwei Wochen Urlaub nehmen wolle, gab mir das den Rest. Wenn der Chefredakteur einem freiwillig Urlaub anbot, war das wahrlich kein gutes Zeichen.

Ich überlegte hin und her, wie ich aus meiner miserablen Situation herauskommen könnte, aber mir fiel einfach nichts ein. Tatsache war, daß ich mittlerweile mit keinen wichtigen Geschichten mehr betraut wurde. Einerseits fand ich das ziemlich unfair, andererseits konnte ich Dr. Winkler auch verstehen. Da ich offensichtlich die einzige in der Redaktion war, der ihre Storys geklaut wurden, vergab er sie natürlich lieber an meine Kollegen. Da konnte er sicher sein, daß er sie nicht einen Tag früher beim Kurier lesen konnte.

Es gab nur einen Ausweg, ich mußte endlich aktiv werden. Eigentlich hatte ich mir das alles schon viel zu lange angesehen, ich mußte etwas unternehmen. Also beschloß ich, Richard Baumann höchstpersönlich anzurufen. Schließlich war er derjenige, der für mein Unglück verantwortlich war! Kurz entschlossen wählte ich die Nummer des Kuriers.

»Hamburger Kurier, Reetmüller«, meldete sich eine freundliche Dame.

»Ja, guten Tag, Maike Kröger vom Express hier. Ich müßte dringend mit Herrn Richard Baumann sprechen.«

»Einen Augenblick bitte.« Dingdong, dingdidong, erklang die Warteschleife.

»Tut mir leid, Frau Kröger«, meldete sich die Dame wieder,

»Herr Baumann ist momentan in einer Besprechung. Kann ich etwas ausrichten?«

»Könnten Sie mir wohl seine Durchwahl geben? Ich versuche es dann später noch einmal.«

»Das geht leider nicht, ich darf keine Durchwahlnummern unserer Redakteure herausgeben.« Ach herrje, wie wichtig!

»Dann richten Sie ihm doch bitte aus, er möge mich zurückrufen.« Die Frau notierte meine Nummer und versicherte mir, daß Herr Baumann mich so schnell wie möglich zurückrufen würde.

Natürlich rief Richard Baumann mich nicht zurück, das war ja auch irgendwie klar gewesen. Als ich es zwei Stunden später nochmals beim Kurier versuchte, teilte mir die freundliche Dame am Telefon mit, daß Herr Baumann die Redaktion bereits verlassen habe. Er war – angeblich – auf Recherche, aber das wußte ich besser! Vermutlich sahen seine Recherchen so aus, daß er völlig entspannt ins Kino ging oder sich mit ein paar Freunden traf (falls so ein charakterloser Mensch überhaupt Freunde hatte) und seelenruhig darauf wartete, daß ich ihm wieder eine gute Story lieferte.

Gegen Abend schleppte ich mich müde die Stufen zu meiner Dreizimmerwohnung hoch und freute mich auf ein warmes Bad. Niemanden sehen, mit niemandem reden und auf keinen Fall das Haus verlassen. Ich hatte mich in letzter Zeit aufgrund der Aufregung ohnehin viel zu wenig um mich selbst gekümmert, ich brauchte dringend ein paar seelische Streicheleinheiten. Als ich meine Wohnungstür erreichte, bemerkte ich einen kleinen, weißen Umschlag auf meiner Fußmatte. Obwohl kein Absender darauf stand, schwante mir Böses. In dem Umschlag fand ich einen Brief von Frank.

Liebe Maike,
zugegeben, die Idee mit dem Candle-light-Dinner war dämlich. Wie wär's dafür heute mit Kino? Zufälligerweise läuft im Ufa-Palast »unser Film«.

Dein Frank

An dem Brief hatte er mit einer Büroklammer zwei Kinokarten für eine Sondervorstellung von »Harry und Sally« befestigt, das war immer »unser Film« gewesen. So etwas nannte man wohl vollendete Tatsachen. Während ich die Wohnungstür aufschloß, fragte ich mich, ob dieser Mann eigentlich auch nur im entferntesten wußte, was Stolz war. Wahrscheinlich nicht. Dabei war es natürlich sehr gerissen von ihm, die Eintrittskarten gleich beizulegen. Er kannte mich ziemlich gut und wußte, daß ich, würde ich ablehnen und die Karten somit verfallen lassen, ein schlechtes Gewissen hätte.

»Ach Frank«, seufzte ich kopfschüttelnd und griff zum Telefon. Er würde einfach nie aufgeben. Ein bißchen schmeichelte mir das natürlich auch, aber ich konnte doch nicht mit einem Mann eine Beziehung haben, nur weil es meiner Eitelkeit guttat. Andererseits hatte meine Eitelkeit während der letzten Wochen ziemlich gelitten, ein paar aufbauende Worte konnte ich schon vertragen. Und ganz egal, was Dr. Winkler, die Redaktion oder auch die ganze Welt von mir halten würde – in Franks Augen wäre ich immer die Traumfrau.

»Also gut, Frank, du hast gewonnen«, eröffnete ich das Telefongespräch ohne Umschweife, »hol mich um halb acht ab, dann gehen wir ins Kino. Rein platonisch, versteht sich.«

»Prima! Ich fahre gleich los!« rief Frank euphorisch.

Pünktlich um halb acht stand Frank auf meiner Fußmatte, eingehüllt in eine dicke Wolke Antaeus von Chanel. Seit ich einmal erwähnt hatte, daß ich diesen Duft an Männern aufregend fände, badete Frank darin. Dazu trug er die Levi's 501, die ich ihm vor einem Jahr aufgenötigt hatte. Er wußte, daß ich seine Stoffhosen haßte wie die Pest. Seine Haare waren, seitdem wir uns zuletzt gesehen hatten, ein ganzes Stück gewachsen und reichten ihm nun fast bis zum Kinn. Prinz Eisenherz in Blond, dachte ich lächelnd. Aber immerhin versuchte er, das Beste aus sich zu machen. Als er mich wie immer zur Begrüßung in die Arme nahm, stellte ich fest, daß er offensichtlich auch einige Stunden im Fitneßstudio verbracht hatte. Unter seinem schwarzen T-Shirt konnte ich Muskeln erfühlen, die dort vorher noch nicht gewesen waren. Alles in allem recht annehmbar.

Wie immer lachte ich mich während des Films halb kaputt. Obwohl ich ihn bestimmt schon zehnmal gesehen hatte, fand ich immer wieder eine neue Stelle, die mir besonders gut gefiel. Frank musterte mich während der Vorführung mehrmals von der Seite. Ich wußte, daß er gern meine Hand genommen hätte, aber er traute sich nicht. Wahrscheinlich hoffte er, daß ich irgendwann, genau wie Sally, erkennen würde, daß er der einzig Richtige für mich war. Er war eben ein hoffnungsloser Romantiker! Plötzlich mußte ich wieder an den schwarzhaarigen Mann denken, den ich bei den Ravenstedts gesehen hatte. Ich warf Frank einen verstohlenen Blick zu und verglich ihn in Gedanken mit dem Unbekannten. Aber ein Vergleich war fast unmöglich. Ein einziger Blick damals bei den Ravenstedts hatte gereicht, um mich regelrecht aus den Schuhen zu hauen. Frank hingegen war zwar ein lieber Typ, aber, wenn ich ehrlich war, trotz der 501-Jeans, Antaeus und Bodybuilding eben kein Mann für mich. Ja, genau das war es: Er war einfach zu lieb für mich. Bei dem Gedanken mußte ich grinsen. Schon komisch, daß ein Mann zu lieb sein konnte. Was wollte ich denn? Doch nicht etwa jemanden, der mich schlecht behandelte? Na ja, ich blickte bei mir selbst nicht mehr so ganz durch.

Trotzdem tat es mir nicht leid, daß ich auf meinen geruhsamen Abend verzichtete hatte. Es war schön, einmal den Redaktionsstreß und die Sorgen beiseite schieben zu können. Als Frank mich nach dem Film noch zu einem Glas Wein einlud, fühlte ich mich in seiner Gegenwart bereits wieder so pudelwohl wie in alten Zeiten. Während wir in einer kleinen Bar saßen, erzählte ich ihm von meinen Problemen im Büro.

»Ich verstehe sowieso nicht, weshalb du dich bei dieser Zeitung so abrackerst«, meinte Frank, als ich mit meinen Erzählungen am Ende angelangt war. »Es gibt doch so viele andere Dinge, die du tun könntest.«

»Zum Beispiel?« wollte ich wissen.

»Nun ja, immerhin hast du das erste Staatsexamen in Geschichte und Englisch, du könntest immer noch dein Referendariat zu Ende machen und als Lehrerin arbeiten.«

»Keine zehn Pferde bringen mich wieder in eine Schule!«

gab ich entrüstet zurück. »Aus mir machst du nie eine vernünftige Pädagogin.«

»Aber du hättest ein geruhsames Leben. Nachmittags frei, jede Menge Ferien ...«

»Und blanke Nerven«, vollendete ich seinen Satz. »Kinder sind ja etwas Schönes, aber sobald sie in Massen auftreten ... grauenhaft!«

»Dafür powerst du dich in deinem Zeitungsjob total aus«, hielt Frank mir entgegen.

»Und ich bin verdammt froh, daß ich damals dieses Volontariat ergattert habe und damit dem Schuldienst aus dem Weg gehen konnte. Verstehst du nicht, daß ich als Lehrerin nie glücklich geworden wäre? Das wäre mir einfach nicht genug gewesen!« Frank und ich hatten diese Diskussion auch früher schon oft geführt, und sie regte mich jedesmal wieder auf.

»Du willst große Karriere machen, ich weiß. Der Welt etwas beweisen, so ein Unsinn. Glaubst du denn etwa, daß du eines Tages den Pulitzerpreis gewinnst?«

»Wäre das so ausgeschlossen?« gab ich beleidigt zurück. »Du scheinst mir ja nicht besonders viel zuzutrauen.«

»So meine ich das doch gar nicht«, beschwichtigte Frank mich sofort und bestellte beim Ober ein weiteres Glas Wein für mich. »Aber wenn ich sehe, wie fertig dich die Sache mit diesem Richard Baumann macht, frage ich mich, ob es das wert ist.«

»Natürlich ist es das!« Aber wie sollte ich das Frank, der seit fast zehn Jahren glücklich und zufrieden bei einer Krankenkasse arbeitete, nur klarmachen? »Weißt du«, versuchte ich es trotzdem, »wenn ich morgens die Zeitung aufschlage, und dann steht da ein Artikel mit meinem Namen darunter ... Das ist einfach ein tolles Gefühl!« Frank sah mich verständnislos an. »Das zeigt mir, daß ich etwas bewirke. Ich erreiche die Menschen mit dem, was ich schreibe«, fuhr ich fort.

»Du sprichst von Macht.« Ich nickte zögernd.

»Ja, vielleicht auch von Macht. Jedenfalls, wenn ich bedenke, wie oft meine Mutter meinen Beruf als Druckmittel benutzt, wenn jemand mal nicht nach ihrer Pfeife tanzen will. Aber es ist mehr als das. Es ist ein Stück Unsterblichkeit.« Ich war selbst ganz überrascht über meinen plötzlichen Gefühlsausbruch.

»Eine Unsterblichkeit, mit der schon einen Tag später Fische eingewickelt oder nasse Schuhe ausgestopft werden«, kam es ernüchternd von Frank.

»Laß uns mit dem Thema aufhören, wir kommen da sowieso nie auf einen Nenner«, wollte ich die Diskussion beenden.

»Ich möchte dich ja verstehen«, lenkte Frank ein, »aber es fällt mir wirklich schwer. Die Entbehrungen, die du für diesen Beruf in Kauf nimmst ...«

»Welche meinst du?«

»Na, zum Beispiel die Arbeitszeiten. Wie oft kommst du erst spätabends aus der Redaktion, mußt Verabredungen absagen, weil gerade eine wichtige Geschichte ansteht. Die Dienste am Wochenende, die Nachtschichten, nie kannst du richtig abschalten. Ich kann mich noch gut daran erinnern, wie oft du nachts nicht schlafen konntest, weil dir eine Story noch immer im Kopf herumgegeistert ist.«

»Das gehört eben dazu, aber das wußte ich von Anfang an.«

»Aber was ist mit Familie, mit Kindern, mit Beständigkeit?« Zur Abwechslung wurde Frank jetzt einmal pathetisch.

»Das sind alles Dinge, die *du* dir wünschst«, stellte ich fest. »Aber ich habe andere Ziele, deswegen hat es mit uns beiden auch nicht geklappt. Vielleicht möchte ich irgendwann eine Familie gründen, aufs Land ziehen, was weiß ich, Socken stricken und Obstkuchen backen. Aber im Moment bin ich noch nicht soweit.« Frank seufzte und nahm einen großen Schluck aus seinem Weinglas.

»Glaubst du, daß du überhaupt jemals soweit sein wirst?« Gute Frage, wer konnte die schon beantworten?

»Ich weiß es nicht«, antwortete ich wahrheitsgemäß. »Ich weiß nur, daß ich irgendwann einmal *die* Geschichte schreiben möchte, das ist mein allergrößter Traum.«

»Dann mußt du diesen Traum verwirklichen«, meinte Frank, und ich hatte plötzlich das Gefühl, daß er verstand, was ich meinte.

»Tja«, versuchte ich die mittlerweile recht philosophische Stimmung etwas aufzulockern, »dafür muß ich zuerst Richard Baumann aus dem Weg räumen.« Ich grinste unbeholfen, schließlich hatte ich soeben mein Innerstes nach außen gekehrt, so etwas passierte mir sonst eher selten. Schon gar nicht bei Frank.

»Das wirst du auch noch schaffen«, erwiderte Frank in einem Tonfall, der keinen Zweifel zuließ.

Als Frank mich leicht angeheitert um Mitternacht vor meiner Wohnung absetzte, war ich einen kurzen Moment lang versucht, ihn noch zu mir hoch zu bitten. Aber glücklicherweise hatte ich mich noch so weit unter Kontrolle, daß ich wußte, daß das in einer Katastrophe enden würde. Auch wenn ich mich Frank an diesem Abend seltsam nah gefühlt hatte, mehr als ein Gefühl von Freundschaft war da einfach nicht mehr. Und so sollte es auch bleiben, ich würde ihm sonst nur immer wieder weh tun. Trotzdem drückte ich ihm zum Abschied einen dikken Schmatzer auf die Wange.

»Danke für die Einladung. Es hat sehr gutgetan, mit dir über alles zu sprechen.«

»Ich habe zu danken«, meinte Frank. »Außerdem weißt du ja, daß ich jederzeit für dich da bin.«

»Ich weiß«, murmelte ich gedankenverloren, während ich seinem Wagen nachsah, der langsam in der Dunkelheit verschwand. Eigentlich ein toller Mann, dachte ich zum hundertsten Mal, nur leider nicht für mich. Weshalb konnte ich mich nicht einfach wieder in ihn verlieben? Er hatte doch alles, was ich mir bei einem Mann nur wünschen konnte: Er war liebevoll, aufrichtig und stand hundertprozentig hinter mir. Wo war es hin, das Prickeln, das ich anfangs gespürt hatte, wenn Frank in meiner Nähe war? Ich wollte dieses Gefühl wieder erleben, die Aufregung, das Herzklopfen, das nervöse Warten am Telefon. Aber so sehr ich es mir auch wünschte, Frank rief bei mir nur noch rein freundschaftliche Gefühle hervor. Maike, du bist wirklich dumm, sagte ich zu mir selbst, als ich mich in mein Bett kuschelte. Für ein blödes Kribbeln, das sowieso höchstens ein paar Monate anhält, wirfst du die Beziehung zu einem Mann weg, der dich nie enttäuschen würde. Obwohl ich Frank schon oft genug vor den Kopf geschlagen hatte, kümmerte er sich noch immer um mich, nahm meine Probleme ernst und versuchte mir zu helfen.

Als ich im Bett lag, mußte ich wieder an unser Gespräch über meine mißliche Lage im Büro denken. Was hatte Frank vorhin gesagt? Wenn du Richard Baumann aus dem Weg räumen möchtest, schaffst du das auch. Nun gut, gleich morgen früh würde ich mich darum kümmern.

Zunächst aber mußte ich ein ganz anderes Problem aus dem Weg räumen. Als ich am nächsten Morgen mein Büro betrat, stand Stefan Held, unser Redaktionsdepp, mit erwartungsvollem Gesichtsausdruck an meinem Schreibtisch. Na ja, eigentlich war er der Redaktionsvolontär, aber irgendwann hatte sich unter den Redakteuren diese wenig schmeichelhafte Bezeichnung für den Auszubildenden eingebürgert. Und wenn man ganz ehrlich war: Viel mehr war er in unserer Redaktion auch nicht. Eben der Depp, der alles das machen durfte, wozu kein anderer Lust hatte. Dabei war die Hauptsache, daß er einem nicht im Weg stand. Stefan war erst vierundzwanzig und hatte sein Studium (irgend etwas Geisteswissenschaftliches) abgebrochen, um beim Express ein Volontariat machen zu können. Natürlich brannte er darauf, große Geschichten zu machen, am besten auch noch anspruchsvoll. Und so tingelte er von Redakteur zu Redakteur, immer voller Hoffnung, endlich eine wichtige Aufgabe übertragen zu bekommen. An diesem Morgen stand er an *meinem* Schreibtisch.

»Morgen, Frau Kröger«, begrüßte er mich strahlend. »Herr Dr. Winkler sagte mir, daß ich heute mal zu Ihnen gehen soll.« Hatte ich es doch geahnt, der Junge stand nicht rein zufällig hier.

»Hat er das?« fragte ich. Stefan nickte. »Nun, dann wollen wir mal sehen, was du hier für mich tun kannst.« Tja, was nur? Ich war ein wenig ratlos, so auf Anhieb fiel mir eigentlich nichts ein. »Hm, laß mich mal einen Augenblick überlegen«, versuchte ich Zeit zu schinden. Mit etwas Mühe fiel mir vielleicht sogar etwas ein, wobei der Volontär tatsächlich etwas lernen könnte.

»Ich hab's«, meinte ich dann schließlich triumphierend. »Du machst eine Umfrage!«

»Eine Umfrage?« Stefan klang enttäuscht.

»Ja, das ist doch toll! Der Kontakt zu den Menschen auf der Straße ist ungemein wichtig.« Stefan sah noch immer nicht besonders begeistert aus.

»Aber ich hab schon so viele Umfragen gemacht«, meinte er.

»Davon kann man nie genug machen, das schult deine Interviewtechnik«, erwiderte ich ungerührt.

»Na gut«, seufzte der Junge, »mit welcher Frage soll ich heute losziehen?« Ich überlegte einen Augenblick. In sechs Wochen würden die Sommerferien beginnen, damit konnte man doch schon etwas anfangen.

»Wie wär's damit: Was haben Sie für Ihre diesjährigen Sommerferien geplant?« Ich konnte Stefan ansehen, daß er dies für eine äußerst dämliche Frage hielt, aber er zuckte ergeben mit den Schultern.

»In Ordnung, dann mach ich mich mal auf den Weg.« Braves Kerlchen, dachte ich, so wird einmal etwas aus dir. Und ich war bis auf weiteres das Problem los, was ich mit ihm anfangen sollte. Und – wer konnte schon sagen, ob wir diese Umfrage nicht tatsächlich kurz vor den Ferien drucken würden? Hatten wir jedenfalls, soweit ich wußte, bisher jedes Jahr im Blatt gehabt. Immerhin könnte Stefan dann endlich einmal seinen Namen in der Zeitung lesen.

Ich dachte daran, wie ich damals angefangen hatte. Schon während der Schulzeit hatte ich mir mit ein paar kleinen Artikeln in einem Anzeigenblättchen etwas Taschengeld dazuverdient. Keine tolle Sache, klar, aber damals hatte ich mich ziemlich großartig gefühlt. Trotzdem hätte ich damals nie daran gedacht, Journalistin zu werden. Nach der Schule hatte ich erst einmal ein halbes Jahr ziemlich orientierungslos in der Landschaft herumgestanden, bis meine Eltern mich davon überzeugt hatten, daß ich endlich etwas aus meinem Leben machen müßte. Also ging ich an die Uni – das taten eigentlich alle, die nicht so recht wußten, was sie sonst tun sollten. Mein Lehramtsstudium beendete ich nach dem ersten Staatsexamen bereits mit vierundzwanzig, mein Referendariat nach weiteren zwei Monaten, allerdings ohne Examen.

Natürlich schlugen meine Eltern und Freunde die Hände über dem Kopf zusammen, daß ich so mir nichts dir nichts alles hinschmiß. Stundenlang hielten sie mir Vorträge darüber, daß ich meine Zukunft aufs Spiel setzte, aber ich wußte einfach, daß ich in einer Schule niemals glücklich werden würde. Nach meinem Austritt aus dem Schuldienst folgte eine Reihe dämlicher Nebenjobs: Kellnerin, Telefonistin bei einer Marktforschungsfirma, sogar als Pizzabotin hatte ich es eine Weile versucht. Irgendwann fiel mir dann wieder meine Zeit beim Anzeigenblatt ein, und ich entschloß mich dazu, mir ein Volontariat zu suchen.

Nicht irgendwo, versteht sich. Welt, FAZ, taz, Süddeutsche – etwas in der Art schwebte mir vor, außerdem wollte ich meinen Eltern natürlich unbedingt beweisen, daß ich die richtige Entscheidung getroffen hatte. Mit einer Stelle bei einer dieser Zeitungen hätte ich sie mit Sicherheit schwer beeindruckt. Und so bewarb ich mich – fünfundzwanzig Jahre alt, Lehramtsstudium, bis auf meine kleinen Artikel im Anzeigenblatt noch nie eine Zeile geschrieben – bei den größten Presseorganen Deutschlands. Überraschenderweise wollte mich niemand haben, wahrscheinlich hatte meine Bewerbung in den meisten Redaktionen nichts weiter als ein herzhaftes Lachen hervorgerufen.

Doch so leicht wollte ich mich nicht unterkriegen lassen, jetzt, da ich endlich meine Bestimmung gefunden hatte! Gemeinsam mit einem Freund schrieb ich ein Porträt über eine Hamburger Kaufmannsfamilie und schickte sie kurzerhand an den Express und den Kurier. Einen Tag später hatte ich den Lokalchef vom Express an der Strippe, dem mein Artikel gut gefallen hatte. Er wurde gedruckt, und ich bekam ein paar weitere freie Aufträge. Das war besser als nichts, immerhin konnte ich so ein wenig Erfahrung sammeln. Ein halbes Jahr später dann die große Überraschung: der Express bot mir ein Volontariat an! Als ich die Höhe meines monatlichen Verdienstes erfuhr, wurde meine Freude deutlich gedämpft, trotzdem unterschrieb ich den Vertrag. Nach anderthalb Jahren mühseliger Volontärsarbeit (Umfragen in der Fußgängerzone, Vereinssitzungen, Sportveranstaltungen) hatte ich es geschafft: Ich war Redakteurin im aktuellen Ressort! Als ich an diese Zeit zurückdachte, mußte ich schmunzeln. Wie oft hatte ich mir damals geschworen, daß ich später, wenn ich selber einmal einen Volontär zu betreuen hätte, alles anders machen würde. Ich würde ihm große Geschichten anvertrauen, mir Zeit nehmen, um ihm alles zu erklären – eben all das, was ich selbst nie erfahren hatte. Und jetzt, mußte ich mir selbst eingestehen, behandelte ich Stefan genau so, wie man mich als Volontärin behandelt hatte.

Das Klingeln des Telefons riß mich aus meinen Gedanken. Ich warf einen Blick auf das Display, das mir dank ISDN anzeigte, wer mich anrief. 656565, lustige Nummer, mir nur leider gänzlich unbekannt.

»Hamburger Express, Kröger«, meldete ich mich routiniert.

»Guten Tag, Frau Kröger«, erklang eine Männerstimme, »Richard Baumann vom Hamburger Kurier.« Augenblicklich gefror mir das Blut in den Adern, der Teufel persönlich war am Telefon! Natürlich, die ersten vier Ziffern waren die Nummer des Kuriers, die 65 offensichtlich Baumanns Durchwahl!

»Guten Tag«, stotterte ich, nachdem der erste Schreck vorüber war. »Was kann ich für Sie tun?« fragte ich, weil mir auf die Schnelle nichts Besseres einfiel. Am anderen Ende der Leitung erklang ein amüsiertes Lachen.

»Die Frage ist doch wohl eher, was kann ich für *Sie* tun? Schließlich haben Sie in meiner Redaktion angerufen und eindringlich um ein Gespräch mit mir gebeten.«

»Ach so, ja.« Richtig, ich hatte ihn ja zur Minna machen wollen. »Genau«, setzte ich wieder an, »ich wollte einmal ein ernstes Wörtchen mit Ihnen reden, Herr Baumann.«

»Nur zu, für ernste Wörtchen bin ich immer zu haben.« Noch immer dieser überheblich-amüsierte Tonfall in der Stimme, aber das würde sich gleich ändern.

»Folgendes, Herr Baumann«, begann ich relativ ruhig und gelassen, »ich wollte Sie fragen, weshalb Sie Ihren Kollegen die Geschichten klauen. Fällt Ihnen selbst nichts ein?« So, damit hatte ich ihn völlig unerwartet getroffen.

»Ich verstehe nicht ganz, worauf Sie hinauswollen«, stellte Baumann sich dumm.

»Das liegt doch wohl auf der Hand«, entgegnete ich etwas heftiger, als ich wollte. »Seit Monaten klauen Sie mir meine Themen. Ich weiß nicht, wie Sie das anstellen, aber was Sie da tun, ist eine Schande!«

»Wie meinen Sie das?« Herr Baumann war offenbar etwas begriffsstutzig.

»So, wie ich es sage. Seit einiger Zeit haben Sie seltsamerweise genau die Storys, an denen ich auch gerade arbeite. Nur weil Sie meistens vor mir damit herauskommen, war meine Arbeit immer umsonst.«

»Und?«

»Ich möchte von Ihnen wissen, wie Sie immer an meine Themen herankommen.«

»Genau wie Sie, nehme ich an. Recherchieren.« So, so, er wollte mich auf den Arm nehmen. Aber es war ja klar, daß er nicht gleich unumwunden zugab, irgendeinen Trick zu benutzen, um mich anzuzapfen.

»Ach, und Sie wollen mir allen Ernstes erzählen, daß Sie rein zufällig immer den gleichen Riecher haben wie ich?«

»Scheint so, wenn Sie behaupten, daß Sie an denselben Geschichten dran sind wie ich.«

»Was heißt hier behaupten? Das sind *meine* Geschichten!« Allmählich regte ich mich wirklich auf, ich mußte mich schwer zusammenreißen.

»Hören Sie«, meinte Baumann, »ich weiß nicht, was Sie für ein Problem haben. Vielleicht hatten Sie einen schlechten Tag, Ihr Typ hat Sie versetzt, oder Sie haben Ihre Periode, was weiß ich. Jedenfalls kann ich mit dem wirren Zeug, das Sie da reden, nichts anfangen.« Ich konnte sein süffisantes Lächeln geradezu vor mir sehen. Bestimmt war er klein und dick, hatte fast keine Haare mehr und eine fettverschmierte Brille.

»Sie und ich wissen genau, daß ich kein wirres Zeug rede!«
Mit meiner Beherrschung war es vorbei. »Sie ruinieren vorsätzlich meine Karriere!« Bea kam herein und warf mir einen fragenden Blick zu. Ich drückte die Lautsprechertaste an meinem Telefon.

»Na, so eine Riesenkarriere kann das nicht sein. Jedenfalls wüßte ich nicht, wann ich Ihren Namen schon einmal im Express gelesen hätte«, versetzte er mir einen Tiefschlag.

»Das ist ja auch kein Wunder, denn meine Artikel können schließlich nicht mehr erscheinen, wenn sie schon einen Tag vorher im Kurier gestanden haben!«

»Tja, wer zuerst kommt, mahlt zuerst!«

»Jetzt kommen Sie mir bloß nicht mit irgendwelchen Volksweisheiten!«

»Wie man in den Wald hineinruft, schallt es heraus«, stachelte er meine Wut noch weiter an.

»Okay, wie Sie wollen. Dann hab ich jetzt auch einen für Sie: Wer andern eine Grube gräbt, fällt selbst hinein!« Dann knallte ich den Hörer auf. Ich war einem Heulkrampf nahe, so ein eiskaltes Schwein!

»Hast du das gehört?« fragte ich Bea aufgebracht. Sie nickte. »Das ist doch wohl nicht zu fassen! Was sagst du dazu?«

»Also wirklich, unglaublich! Er hat nicht mal zugegeben, daß er dir seit Monaten die Geschichten stiehlt, das haut mich echt um!«

»Meinst du das jetzt ironisch, oder was?«

»Wie kommst du denn auf *die* Idee? Ironie ist mir völlig fremd.«

Nach dem wenig erfolgreichen Gespräch mit Richard Baumann brodelte der pure Haß in mir. Nun gut, er wollte nicht kooperieren, dann mußte ich eben andere Saiten aufziehen. Der Kerl würde sich noch wundern! Zwar wußte ich noch nicht genau, wie ich es ihm heimzahlen wollte, aber mir würde schon noch etwas einfallen. Jetzt war mein analytischer Verstand gefragt.

Was hatte er gesagt? Meinen Namen hätte er noch nie im Express gelesen? Das ließ sich leicht ändern. Mit Feuereifer würde ich mich auf jede noch so kleine Geschichte werfen, irgendwann würde ich schon wieder den großen Coup landen. Wie eine Besessene würde ich von Termin zu Termin rasen, sollte bloß keiner denken, daß ich mich demoralisieren ließ.

Einen kurzen Augenblick lang hatte ich überlegt, ob ich mir seelische Unterstützung von Muttern geben lassen sollte, doch mir fiel wieder ein, was sie mit dem Fleurop-Menschen veranstaltet hatte. Hätte ich ihr die ganze Sache erzählt, wäre sie vermutlich beim Kurier aufmarschiert und hätte Richard Baumanns Hände auf seinem Schreibtisch festgenagelt. Nein, mein Konkurrent sollte sich in Sicherheit wiegen, schlimm genug, daß ich ihm gegenüber am Telefon so emotional geworden war. Noch einmal würde ich mich nicht so gehenlassen, die Genugtuung gönnte ich ihm nicht.

Von nun an studierte ich jeden Tag gewissenhaft den Kurier auf der Suche nach Artikeln von ihm. Ich war nicht sonderlich überrascht, als ich feststellte, daß er nie mit Titelthemen vertreten war. Das erschien mir nur logisch, denn solange ich keine Titelgeschichten machte, konnte er auch keine klauen. Ich war mir jetzt absolut sicher, Richard Baumann war ein skrupelloser Dieb, der ohne fremde Federn offensichtlich nichts zustande brachte.

Über Bekannte versuchte ich etwas über diesen Baumann herauszubekommen, aber keiner kannte ihn. Das wunderte mich, denn eigentlich war die Verlagswelt ziemlich klein, irgendwie kannte da jeder jeden. Vor allen Dingen darüber, wer mit wem schon einmal etwas hatte, waren alle immer bestens informiert. Richard Baumann schien eine Art Phantom zu sein. Keiner kannte ihn, niemand hatte ihn je auf einem Termin gesehen.

Wahrscheinlich war er erst seit kurzem in Hamburg, das würde auch erklären, weshalb meine Pechsträhne erst vor ein paar Monaten begonnen hatte. Ich grinste in mich hinein. Vermutlich kam er von irgendeinem Provinzblatt, dem Hintertupfinger Tageboten oder so. Klar, daß er sich nun bei einer großen Tageszeitung nicht behaupten konnte und auf unfaire

Tricks angewiesen war. Der Gedanke verschaffte mir eine Art Befriedigung. Selbst wenn es mir nicht gelingen würde, es ihm heimzuzahlen – irgendwann würde sein Chefredakteur schon noch merken, wen er da eingestellt hatte: eine absolute Null.

So vergingen die nächsten Wochen wenig aufsehenerregend. Nur schlug meine Wut langsam, aber sicher in Frustration um. Hatte ich mich vor kurzem mit Feuereifer in die Arbeit stürzen wollen, hatte ich plötzlich gar keine Lust mehr, mich an größere Themen heranzuwagen. Sie würden ja sowieso nicht ins Blatt kommen, nicht, bevor ich Richard Baumann aus der Welt geräumt hatte. Wozu sich also einen Arm ausrenken? Äußerlich machte ich auf meine Kollegen vermutlich einen ruhigen und gefaßten Eindruck. Ohne Murren lieferte ich täglich meine kleinen Meldungen ab, aber innerlich brodelte ich. Nur Bea wurde langsam mißtrauisch.

»Möchtest du eigentlich nicht irgendwann mal wieder was Richtiges machen?« fragte sie mich eines Tages nach der Konferenz, in der ich schicksalsergeben den Termin für das Treffen der Kelly-Family-Fans in Rahlstedt angenommen hatte. »Ich meine, so kenne ich dich gar nicht. Normalerweise würdest du dich doch mit so einem Kleinkram überhaupt nicht abgeben. Oder hast du deine großen Starreporterträume begraben?«

»Ach, weißt du, ich finde es ganz schön so«, log ich. »Der ewige Streß und so, ein bißchen weniger Aufregung tut mir ganz gut.« Ich sah ihr an, daß sie mir kein Wort glaubte. Bea konnte ich nichts vormachen, dafür teilten wir uns schon zu lange ein Büro. »Also gut«, gab ich zu, »ich bin eben ein bißchen frustriert. Was soll ich mich in Geschichten reinknien, wenn sie sowieso gleich im Kurier stehen, das lohnt doch nicht.«

»Das ist ja eine tolle Einstellung«, meinte Bea, »ein wenig mehr Biß könntest du schon an den Tag legen.«

»Du hast leicht reden, dich betrifft es ja nicht.«

»Selbst wenn, dann würde ich mich erst recht in die Arbeit stürzen.«

»Das hab ich ja zuerst auch gedacht. Aber es ist doch egal,

wieviel Mühe ich mir gebe, solange ich Richard Baumann nicht los bin, hat das alles doch sowieso keinen Sinn. Wenn ich wenigstens wüßte, wie er das anstellt, dann könnte ich es verhindern. Aber ich habe ja noch immer keine Ahnung, wer dieser Typ ist.«

»Ist dir denn schon einmal aufgefallen, daß er dir immer nur die Geschichten geklaut hat, die du von langer Hand vorbereitet hast?« wollte Bea wissen.

»Natürlich ist mir das schon aufgefallen, du hältst mich wohl für ziemlich bescheuert! Außerdem – so ganz stimmt das ja auch nicht. Denk doch mal an diese Sache mit den Ravenstedts. Da lag zwischen Interview und Druck nur ein einziger Tag, und trotzdem hatte er die Story. Also muß er eine Möglichkeit haben, ziemlich schnell an meine Unterlagen heranzukommen. Ich hab ja schon an Telepathie gedacht.«

»Jetzt dreh mal nicht durch! Aber allen Ernstes – ich weiß, daß ich mich am Anfang vielleicht ein bißchen lustig über dich gemacht und deine Behauptung, er würde dir deine Themen klauen, für Unsinn gehalten habe. Aber mittlerweile glaube ich auch, daß da was faul ist.«

»Sag ich doch!«

»Nur was?«

»Gute Frage!« Bea und ich grübelten angestrengt nach.

»Vielleicht hört er ja dein Telefon ab!« kam Bea plötzlich ein Geistesblitz.

»Daran hab ich auch schon gedacht, aber über die Ravenstedt-Sache hab ich mit niemandem am Telefon gesprochen, und trotzdem wußte er die Details. Das Telefon kann es also nicht sein.« Wir überlegten weiter.

»Und wenn er über Modem deine Festplatte anzapft und sich so deine vorgeschrieben Texte herunterzieht?«

»Gute Idee. Nur haben wir doch gar keinen Internetanschluß.« Diese Möglichkeit schied also auch aus. So sehr wir auch darüber nachdachten, uns fiel keine plausible Erklärung ein. Wahrscheinlich rauchten unsere Köpfe schon, als Dr. Winkler seine Nase in unser Büro steckte.

»Ah, schwer denkende Mitarbeiter, das sehe ich gern! Da

müssen ja brillante Artikel herauskommen!« Wenn der wüßte! Da wir nicht weiter auf ihn reagierten, verschwand er gleich wieder. Nach einem ausgiebigen Brainstorming gaben Bea und ich es auf. Uns blieb nichts weiter übrig, als zu hoffen, daß Richard Baumann irgendein Fehler unterlief.

Immerhin hatte Bea es geschafft, mich davon zu überzeugen, daß es rein gar nichts nützte, wenn ich mich nicht mehr an größere Geschichten heranwagte. Man mußte dem Feind die Zähne zeigen. Wenn Richard Baumann nichts mehr zu klauen hatte, meinte Bea, konnte ihm schließlich auch kein Fehler unterlaufen. Damit hatte sie wirklich recht.

Am Mittwochvormittag stand mein Telefon keine Minute still. Permanent riefen irgendwelche Leser an, die sich beschweren und mir einen heißen Tip für eine Story geben wollten.

»Sag mal«, meinte ich zu Bea, als sie sich mit zweistündiger Verspätung auch in die Redaktion bequemte, »ist Natascha vom Leserservice mal wieder krank, oder weshalb landen die Anrufe andauernd bei mir? Das ist ja nicht zum Aushalten.«

»Ach ja, das wollte ich dir noch sagen«, meinte Bea, »Natascha hat für eine Woche Urlaub und wollte ihr Telefon auf mich umstellen. Aber ich habe ihr gesagt, daß du weitaus besser darin bist, aufdringliche Leser abzuwimmeln.«

»Herzlichen Dank, Bea.«

»Keine Ursache.« Sie überhörte gekonnt den ironischen Unterton in meiner Stimme. Eine Stunde lang machte ich den Telefonterror noch mit, dann lagen meine Nerven blank.

»Wie soll ich mich denn da konzentrieren? So geht das nicht.«

»Drück das doch dem Redaktionsdepp aufs Auge«, schlug Bea vor, während sie sich die Fingernägel lackierte. »Dann ist der Junge beschäftigt.« Bea hatte recht, weshalb war ich nicht früher auf die Idee gekommen, einfach Stefan ans Telefon zu setzen? Dann hatte der Junge wenigstens einmal ein richtige Aufgabe. Seine Umfrage zum Thema Sommerferien war damals wirklich gut geworden, dann sollte er jetzt einmal zeigen, daß er auch mit unseren Lesern gut umgehen konnte.

»Wo steckt der denn im Moment?« fragte ich Bea. Die zuckte mit den Schultern.

»Keine Ahnung, da mußt du Rosi fragen.« Also klingelte ich die Chefsekretärin an.

»Sag mal, Rosi, wo ist denn unser Redaktionsdepp … ich meine Volontär?«

»Wieso?«

»Ich dachte, der könnte mir ein bißchen helfen, hier ist heute wieder der Teufel los.«

»Ach so«, meinte Rosi, »der ist momentan in der Poststelle und hilft Herrn Strubel.«

»Ist das denn wichtig?«

»Ich glaube, nicht so sehr. Er knibbelt die ungestempelten Briefmarken von den Umschlägen ab.«

»Na ja, das kann er ja auch später noch machen«, stellte ich fest. »Könntest du wohl für mich unten anrufen und ihn hochschicken?«

»Kein Problem, mach ich sofort.«

Fünf Minuten später stand Stefan mit roten Ohren vor meinem Schreibtisch.

»Was soll ich machen, Frau Kröger?« Seiner Stimme war anzumerken, daß er hoffte, jetzt endlich, nach fast einem Jahr Volontariat, auf eine Geschichte angesetzt zu werden. Beinahe tat es mir leid, ihn wieder enttäuschen zu müssen. Aber nur beinahe.

»Also, Stefan«, begann ich mit wichtiger Stimme, »diesmal habe ich eine äußerst bedeutungsvolle Aufgabe für dich.« Stefan schluckte vor Aufregung dreimal. »Du setzt dich dort drüben an den freien Tisch und betreust unsere Hotline.« Die Enttäuschung war ihm anzusehen.

»Sie meinen das Lesertelefon?«

»Nun ja, so könnte man es auch nennen«, gab ich zu. »Dennoch darf man diesen Job nicht unterschätzen«, versuchte ich Stefan ein wenig zu motivieren. »Hin und wieder erhalten wir von unseren Lesern wichtige Hinweise auf Geschichten. Daraus ist schon so manches entstanden.« Stefan musterte mich ziemlich skeptisch, es würde schwer werden, ihm diesen Job schmackhaft zu machen.«Für den Fall, daß dabei eine richtig gute Story herauskommt, machen wir sie dann auch zusammen«, lockte ich ihn. Darauf schien er tatsächlich anzuspringen.

»Ehrlich?«

»Klar«, versprach ich, »das ziehen wir dann gemeinsam durch.« Ich lächelte ihn noch einmal aufmunternd an.

»Das wäre ja toll!« begeisterte sich Stefan.

»Richtig. Also, am besten nimmst du dir einen dicken Block und schreibst alles ganz genau auf. Wir können dann später besprechen, was sich eventuell für unser Blatt eignet und was nicht.« Stefan nickte begeistert und machte sich auf den Weg zu seinem Platz. Damit war ich das lästige Lesertelefon los und konnte mich wieder auf meine Arbeit konzentrieren. Und für den Volontär war die Hotline schließlich eine wichtige Übung, beruhigte ich mein Gewissen, das mir undeutlich Worte wie »Ausbeutung« und »Idiotenjob« zunuschelte. Immerhin würde der Junge dabei lernen, am Telefon schnell mitzuschreiben, das A und O bei jedem Interview.

Nachdem ich die nervige Hotline an Stefan abgegeben hatte, verstrich der Nachmittag ohne größere Störungen. Ich redigierte ein paar Texte von Freien, telefonierte ein bißchen herum – ein angenehmer Tag.

Bea lieferte sich am Telefon heiße Diskussionen mit dem Manager von Mike Hendriks, der seit Wochen versuchte, wegen der Fotos von Ikona und ihrem Gespielen Geld vom Express einzufordern. Aber da die beiden schließlich Personen des öffentlichen Interesses waren, hatte er nicht viel in der Hand. Der Abdruck der Bilder war völlig legal, damit mußte man als Promi eben leben. Außerdem hatten wir ja nicht einmal Mike Hendriks abgedruckt, er hatte mit der Sache also eigentlich gar nichts zu tun. Trotzdem drohte der Manager mit einer Klage, aber auch das war im Geschäft üblich. Als ich das erste Mal von einem Promi verklagt worden und daraufhin aufgeregt zu Dr. Winkler gerannt war, hatte der nur gelächelt. »Wer in unserem Geschäft nicht mindestens einmal verklagt wird, ist nicht gut«, hatte er mich beruhigt.

Gegen sechs Uhr kam Stefan mit einem Riesenstapel Papier zu mir.

»Hier«, sagte er und deponierte den Packen auf meinem Schreibtisch.

»Mein Gott, sind das alles Notizen von deinem Tag an der Hotline?« fragte ich einigermaßen entgeistert. Stefan nickte matt, er sah wirklich erledigt aus.

»War eine Menge los«, erklärte er, »ich glaube, ich hab jetzt einen Krampf im Arm.« Der Arme, er hatte tatsächlich ein halbes Buch geschrieben.

»Gehen wir die Sachen jetzt durch? Ich glaube nämlich, daß die eine oder andere interessante Geschichte dabei ist.« Oje, ich hatte ihm ja versprochen, daß er, sollte sich etwas ergeben, die Story schreiben durfte. Ich warf einen Blick auf den dicken Stapel Papier. Den konnte ich jetzt unmöglich mit ihm durchgehen, da würden wir noch heute nacht um eins hier sitzen.

»Das machen wir morgen gleich als erstes«, versprach ich ihm. Stefan legte keinen Widerspruch ein, er war wohl wirklich erledigt.

»Kann ich denn jetzt nach Hause gehen?« fragte er.

»Natürlich«, meinte ich gönnerhaft, »du hast dein Soll für heute mehr als erfüllt.«

»Dann bis morgen«, verabschiedete sich Stefan und schlurfte mit kraftlosen Schritten aus dem Büro. Er würde heute nacht gut schlafen.

»Sag mal, was machst du denn heute abend noch?« fragte Bea. »Hast du schon etwas vor?« Ich nickte.

»UA.« Bea sah mich verständnislos an.

»Was ist das denn?«

»Unmotiviertes Abhängen!« Hihi, freute ich mich, jetzt hatte ich mir auch einmal eine dämliche Abkürzung ausgedacht.

»Nachmacher!« kommentierte Bea meine neue Wortschöpfung. »Aber jetzt mal im Ernst«, meinte sie dann, »sollen wir heute abend nicht zusammen auf die Rolle gehen?«

»Ich weiß nicht«, erwiderte ich zögernd, »ich müßte bei mir zu Hause endlich einmal aufräumen.«

»Ach komm schon, sei nicht so«, quengelte Bea. »Wir haben schon seit Ewigkeiten nichts mehr zusammen gemacht. Und dabei ist heute das Wetter so schön!«

»Also gut«, gab ich nach, »tut mir auch ganz gut, wenn ich mal rauskomme.«

»Vooorsicht! Anfänger!« brüllte ich, so laut es ging, und versuchte den Fußgängern vor mir elegant auszuweichen. Als Bea vorgeschlagen hatte, auf die Rolle zu gehen, hatte ich eher an einen gemütlichen Abend im Biergarten gedacht. Statt dessen war sie vor einer Stunde bei mir zu Hause mit ihren Inlineskates aufgekreuzt. Zwar war ich seit einem Monat auch stolze Besitzerin solcher Höllengefährte, aber bisher hatte ich mich noch nie getraut, sie auszuprobieren. Jetzt fuhr ich mit Bea gemeinsam um die Alster, jedesmal der Panik nahe, sobald ein Hindernis vor mir auftauchte.

»Puh, geschafft«, stieß ich hervor, als ich rettenden Halt an einer Straßenlaterne fand. »Die hätte ich beinahe umgenietet.« Bea lachte.

»Du mußt mit deinen Stoppern hinten bremsen, dafür sind sie da.«

»Sehr lustig, das ist gar nicht so einfach!«

»Mit der Zeit bekommst du den Bogen schon raus«, meinte Bea.

»Klar. Fragt sich nur, wie oft ich bis dahin im Krankenhaus war.«

»Ach was!« Bea winkte ab. »Solange du immer schön deine Knie- und Ellenbogenschützer trägst, kann da gar nichts passieren.«

»Aber vielleicht sollten wir irgendwo fahren, wo nicht so viele Menschen und Autos sind«, schlug ich vor. »Zum Beispiel draußen in Ahrensburg, da sollen ein paar schöne Wege sein.«

»Nee«, meinte Bea, »da kommt doch kein Thrill auf.«

»Aha, du bist also auf der Suche nach dem Thrill?«

»Unter anderem«, erwiderte Bea.

»Und was sonst noch?« wollte ich wissen.

»Nach tollen Typen, ist doch klar!«

»Wie soll das denn gehen?« Verschwitzt und ungelenk, wie ich auf diesen Dingern aussah, würde ich bestimmt kein Männerherz erobern.

»Ganz einfach«, erklärte Bea, »wenn du einen siehst, der dir gefällt, rollerst du auf ihn zu. Dann tust du so, als könntest du nicht bremsen. Und – peng – hast du sofort Körperkontakt!«

»Prima Idee!« meinte ich sarkastisch. »Das haut jeden Mann mit Sicherheit um!«

»Wart's nur ab, ich zeig es dir!« Schon rollerte Bea los, und ich stolperte unsicher hinterher. Nach etwa zehn Minuten hatte Bea ein passendes Opfer gefunden. Ein junger Mann, der auf der anderen Straßenseite joggte.

»Jetzt paß auf!« rief sie mir zu und überquerte die Straße. Sie tat es tatsächlich! Mit einem Affenzahn düste sie auf den Jogger zu. Wenn das mal gutging!

»Achtung!« rief Bea, verlangsamte aber ihr Tempo kein bißchen. Irritiert blickte der Jogger auf. Seine Augen weiteten sich vor Entsetzen, als er Bea erblickte, die auf ihn zuschoß. Kurz bevor sie ihn erreicht hatte, rettete er sich mit einem Hechtsprung zur Seite, und Bea sauste zielsicher an ihm vorbei den Abhang zur Alster hinunter. Ein gellender Schrei, dann konnte ich sie nicht mehr sehen.

»Scheiße!« fluchte ich und versuchte, so schnell es ging, auf die andere Straßenseite zu kommen. Aber diese blöden Inlineskates wollten einfach nicht so wie ich. Hoffentlich war Bea nichts passiert. Der Jogger starrte entgeistert den Abhang hinunter.

»Tu doch was!« rief ich ihm aufgeregt zu. Der junge Mann reagierte nicht. Mit fahrigen Händen löste ich die Schnallen an meinen Skates und zog sie aus. Wahrscheinlich sah ich aus wie eine Verrückte, als ich in Socken über die Straße rannte, aber das war mir egal. Schließlich ging es um das Leben meiner Freundin und Kollegin! Als ich endlich den Abhang erreichte, hörte ich seltsam glucksende Laute. Ich stolperte die Böschung hinunter, konnte Bea aber nicht entdecken. Hinter mir konnte ich den Jogger hören, der sich nun offensichtlich doch aus seiner Bewegungslosigkeit gelöst hatte.

»Bea!« rief ich. »Wo steckst du? Geht's dir gut?«

»Ja«, hörte ich von rechts, »hier bin ich!« Wir entdeckten sie ein wenig verrenkt unter einem Rhododendron, beide Beine weit von sich gestreckt. Gott sei Dank, sie lebte! Und nicht nur das: sie lachte! Während ich sie schon dem Tode nahe gewähnt hatte, saß Bea unter diesem dämlichen Busch und lachte sich schlapp.

Eine Stunde später verließen Bea, der Jogger und ich die Ambulanz der Universitätsklinik. Beas linker Arm war in einen dicken Verband gehüllt, glücklicherweise war es nur eine Zerrung im Gelenk gewesen. Der Jogger, der im übrigen Dirk hieß, hatte sich von seinem Schrecken erholt und erbot sich nun, uns nach Hause zu bringen. Bea willigte sofort ein und strahlte Dirk begeistert an.

»Siehst du«, raunte sie mir verschwörerisch zu, »ich hab dir doch gesagt, daß so eine Anmache hundertprozentig klappt.«

»Muß ich mir auf alle Fälle merken«, erwiderte ich ironisch, »und wenn es mit dem Auserwählten dann trotzdem nichts werden sollte – der Arzt auf der Unfallstation war ja auch ganz schnuckelig!«

Am nächsten Morgen war Bea dann nicht mehr ganz so gut drauf. Steif und unbeholfen kam sie ins Büro und ließ sich stöhnend auf ihren Stuhl fallen.

»Na?« neckte ich sie. »Anstrengende Nacht gehabt?«

»Sehr lustig! Ich bin steif wie ein Bügelbrett, hab doch ein paar Verspannungen.«

»Aber dafür hast du doch diesen wahnsinnig netten Dirk kennengelernt«, ärgerte ich sie weiter.

»Von wegen«, schnaubte Bea, »der hat mich ja noch nicht einmal nach meiner Telefonnummer gefragt.«

»Das ist ja ein Unding! Dafür gibt es nur eine Erklärung: Er muß schwul sein!« Jetzt sagte Bea gar nichts mehr und machte auf beleidigt. Sie konnte es nicht ausstehen, wenn man sie bei ihrer Eitelkeit packte. Aber es stimmte tatsächlich, die meisten Männer waren sofort hin und weg, sobald sie Bea sahen. Geschieht ihr nur recht, wenn sie auch einmal einen Dämpfer bekommt, dachte ich.

»Morgen, Frau Kröger«, begrüßte mich Stefan, der in der Tür zu meinem Büro auftauchte. »Sollen wir meine Notizen durchgehen?« Das wiederum war ein Dämpfer für mich, aber versprochen war versprochen.

Gegen Mittag war ich mit meinen Nerven am Ende. Die »aufregenden« Storys, die Stefan angeblich erzählt bekommen hatte, entpuppten sich samt und sonders als verrückte Spinnereien. Einer hatte ihm erzählt, daß sein Nachbar nachts zum Vampir wurde und durch die Nachbarschaft geisterte. Wenn das mal nicht ein Aufmacher war!

»Tut mir leid«, meinte ich irgendwann ermattet, »es ist wirklich nichts dabei. Am besten, du wirfst den ganzen Mist in die Mülltonne.«

»Moment noch«, ereiferte sich Stefan, »da ist ein Anruf, der bestimmt interessant ist.«

»In Ordnung, einen noch«, meinte ich ergeben. Ambitionen sollte man nicht stoppen.

»Also«, begann Stefan, »es geht um die Privatklinik von Dr. Diederhoff. Kennen Sie die?«

»Sicher kenne ich die, da lassen sich die Betuchten doch ihre Wehwehchen pflegen.«

»Genau. Jedenfalls hat eine Frau angerufen, die behauptet, daß ihr Mann dort aufgrund von Fahrlässigkeit gestorben ist.«

»Kann passieren«, gähnte ich müde. »Wo ist die Story?«

»Na ja«, fuhr Stefan fort, »ich finde das schon einen Hammer. Ihr Mann ging in die Klinik, weil er immer wieder starke Migräneanfälle hatte. Und auf einmal war er tot, Herzinfarkt. Die Frau behauptet aber steif und fest, daß ihr Mann nie Probleme mit dem Herzen hatte!«

»Stefan«, versuchte ich ihm zu erklären, »ein Herzinfarkt kann völlig überraschend kommen. Das gibt es sogar bei jungen Menschen, die sich bester Gesundheit erfreuen.«

»Ja schon, das weiß ich auch«, meinte Stefan leicht beleidigt, »aber es kommt noch besser.«

»Nämlich?«

»In der Klinik wurde auf einmal behauptet, daß der Mann von Anfang an wegen Herzproblemen dagewesen sei.«

»Siehst du, alles in Ordnung«, meinte ich.

»Ja, aber verstehen Sie denn nicht?« rief Stefan aufgebracht. »Da stimmt doch etwas nicht!« Vielleicht war ich etwas begriffsstutzig, aber ich wußte nicht, worauf der Junge hinauswollte.

»Wieso? Der Mann ist durch einen Herzinfarkt gestorben. Und er hatte sogar Herzprobleme, ist doch alles bestens!«

»Aber seine Frau schwört, daß er niemals Herzprobleme hatte. Weshalb behaupten die das dann? Da ist doch was faul!«

»Dann hatte er eben doch Schwierigkeiten mit der Pumpe.«

»Der Mann war erst vierzig und betrieb Extremsportarten. Free climbing und so«, versuchte Stefan mich zu überzeugen. »Außerdem hat er seiner Frau gegenüber nie irgendwelche Beschwerden erwähnt. Seine Frau ist sich sicher, daß die Ärzte nur einen Fehler vertuschen wollen.«

»Hat die Frau denn den zuständigen Arzt um eine Erklärung gebeten?«

Stefan nickte: »Ja, hat sie. Der hat behauptet, daß ihr Mann ihr nur nichts davon hatte sagen wollen, um sie nicht zu beunruhigen.«

»Klingt logisch.«

»Vielleicht. Aber die Frau wirkte so überzeugend, ich glaube wirklich, daß an der Geschichte etwas dran ist.«

»Wir können aber keine Artikel aufgrund unserer Überzeugung schreiben«, meinte ich. »Wir brauchen Beweise. Gib mir mal die Telefonnummer der Frau.«

»Die wollte sie mir nicht sagen«, meinte Stefan bedauernd.

»Ach, anonym auch noch! So etwas liebe ich!«

»Können wir da wirklich nichts machen?« fragte Stefan enttäuscht.

»Sieht nicht so aus. Was meinst du, was passiert, wenn wir ohne jeden Beweis schreiben, daß in der Privatklinik Diederhoff die Leute wegsterben, weil die Ärzte fahrlässig sind? Da kommen wir in Teufels Küche!«

»Wahrscheinlich haben Sie recht.« Er sah richtig traurig aus.

»Na ja«, sagte ich, »gib mir mal deine Notizen, vielleicht läßt sich irgendwann doch etwas daraus machen.« Stefan reichte mir ein paar Seiten, die ich in eine Klarsichthülle steckte und im obersten Fach meines Schubladenschranks deponierte. Zwar glaubte ich nicht, daß ich diese Geschichte irgendwann noch einmal gebrauchen könnte, aber ich wollte Stefan nicht vollends demoralisieren, indem ich sie vor seinen Augen in den Mülleimer verfrachtete.

Ein paar Tage später meldete Frank sich wieder. Ich saß gerade ein wenig gelangweilt auf meinem Sofa und ärgerte mich über das schlechte Fernsehprogramm, als er bei mir durchklingelte.

»Hallo, Maike, hier ist Frank. Ich wollte nur mal hören, wie's dir so geht.«

»Danke der Nachfrage, aber im Moment ist es ziemlich lau. Passiert irgendwie nichts, eben das typische Sommerloch.«

»Soll ich jemanden für dich umbringen?« fragte Frank. Ich mußte lachen.

»Nee, eine dramatische Geiselnahme wäre mir lieber. Am besten über mehrere Tage, dann kann ich ein paarmal über das Geschehen berichten.«

»Ist gebongt! Ich muß mir nur schnell noch eine Nylonstrumpfhose kaufen, von wegen Tarnung und so.« Manchmal war Frank doch wirklich zu süß!

»Aber jetzt etwas ganz anderes«, wechselte Frank das Thema, »ich hab ein bißchen herumrecherchiert.«

»Aha, willst du mir Konkurrenz machen?«

Frank kicherte. »Nein, ich meine in Sachen Baumann.«

»Was hast du denn da recherchiert?« Jetzt wurde ich neugierig.

»Na ja, ich hab mich mal wegen seiner Versicherung umgehört. War ganz interessant.«

»Ja? Nun mach's nicht so spannend!«

»Also, wie's aussieht, ist der nicht beim Presseversorgungswerk. Dabei ist das doch eine Pflichtversicherung! Wenn du mich fragst, gibt es den überhaupt nicht.«

»Wie kann das denn sein? Bist du ganz sicher?« Das kam mir alles sehr seltsam vor. Aber auch ich hatte ja bereits ohne jeden Erfolg versucht, etwas über ihn herauszubekommen.

»Ziemlich, aber natürlich kann man nie völlig sicher sein.«

»Hm, das ist wirklich komisch.«

»Finde ich auch«, stimmte Frank mir zu.

»Auf alle Fälle vielen Dank, daß du dich mal umgehört hast. Du bist wirklich ein Schatz!«

»Hab ich doch gern gemacht! Schade nur, daß ich dir überhaupt nicht helfen konnte.«

»Das würde ich nicht sagen. Immerhin bestärkt mich das in meinem Glauben, daß da irgend etwas faul ist.«

»Ich drück dir die Daumen, daß du es noch herausfindest!«

»Das hoffe ich auch.« Wir telefonierten noch eine Weile und verabredeten uns locker für die nächste Woche. Als ich auflegte, kreisten die Gedanken durch meinen Kopf. Wer war Richard Baumann? Weshalb kannte ihn keiner, und warum war er nicht im Presseversorgungswerk? Die Sache wurde zusehends unheimlicher.

Im Büro erzählte ich sofort Bea von der Geschichte. Die zeigte sich allerdings wenig beeindruckt.

»Also, ohne hier irgend etwas sagen zu wollen«, meinte sie, »aber ich halte Frank nicht gerade für ein detektivisches Genie. Wenn der nichts herausfindet, muß das noch lange nichts heißen.«

»Vielleicht hast du recht«, erwiderte ich, »aber trotzdem – das kommt mir alles spanisch vor.«

»Ich weiß ja, daß dir die Sache an die Nieren geht, aber langsam wirst du ein bißchen paranoid! Du hast doch selbst schon mit diesem Baumann gesprochen, das ist doch wohl der beste Beweis dafür, daß es ihn wirklich gibt.«

»Oder habe ich vielleicht mit seinem Geist gesprochen?« meinte ich und riß gespielt entsetzt die Augen auf. »Wie gruselig!«

»Wie dem auch sei«, meinte Bea, »ich muß jetzt los zu einem Termin.«

»Wo mußt du denn hin?« wollte ich wissen.

»Ins Atlantic Hotel, Pressekonferenz mit Pierce Brosnan.«

»Hast du's gut«, sagte ich neidisch, »den würde ich auch gern einmal treffen!«

»Tja, zu spät!« meinte Bea.

»Na ja, der ist ja sowieso schon vergeben.«

»Bis jetzt«, erwiderte Bea und setzte ihr verführerischstes Lächeln auf. »Das kann man ja ändern!« Ich schmunzelte.

»Okay, dann mach ich schon einmal die Titelstory für morgen fertig: Pierce Brosnan verläßt seine Freundin und brennt mit kleiner Hamburger Journalistin durch.«

»He!« empörte sich Bea. »Was soll das denn heißen? Kleine Journalistin!« Sie setzte sich aufrecht hin und streckte die Schultern. Gleich drauf fuhr sie mit schmerzerfülltem Gesicht zusammen. »Autsch! Mein Sportunfall ist noch immer zu spüren.«

»Vielleicht sollte ich hingehen, wenn du dich nicht wohl fühlst?« schlug ich vor.

»Auf keinen Fall«, erwiderte Bea und stand auf, »und wenn sie mich da auf einer Bahre reintragen müssen!«

»Na, dann zieh mal los, du Herzensbrecherin!«

»Mach ich. Bis nachher!«

»Tschüs!« Schade, jetzt mußte ich mich hier ganz alleine langweilen. Wie öde! Ich entschloß mich, meine Spesenabrechnung für den letzten Monat zu machen, das wäre wenigstens etwas Sinnvolles.

Nach der Mittagspause betrat ich das Chefsekretariat, um Rosi meine Abrechnung zu geben, aber sie war nicht da. Also wartete ich, lang war sie bestimmt nicht weg. Ich setzte mich auf ihren Platz und drehte mich ein bißchen auf ihrem Stuhl herum, bis mir fast schwindelig wurde. Jetzt müßte sie langsam mal wiederkommen. Wie sah das denn aus, wenn das Sekretariat nicht besetzt war? Die Telefonanlage klingelte, die Anzeige für Dr. Winklers Apparat blinkte. Was nun? Drangehen? Warum nicht, könnte ja wichtig sein.

»Hamburger Express, Chefredaktion, Kröger«, meldete ich

mich und hatte fast Spaß daran, mal die Sekretärin zu spielen. Es war ein Anzeigenkunde, der Dr. Winkler sprechen wollte.

»Augenblick, ich verbinde«, flötete ich ins Telefon und suchte auf der Anlage nach der richtigen Taste. Obwohl ich nicht gerade technisch begabt war, fand ich sie auf Anhieb, und Dr. Winkler hob ab.

»Herr Dr. Winkler, Maike Kröger hier. Da ist ein Gespräch für Sie.«

»Sind Sie seit neuestem meine Sekretärin?« fragte Dr. Winkler amüsiert.

»Na ja, nur aushilfsweise, ich warte hier eigentlich auf Frau Kramer. Ich stell mal durch, ja?«

»In Ordnung.« Ich stellte das Gespräch durch. So schwierig war das doch gar nicht. Wenn alle Stricke reißen, kannst du dich immer noch als Sekretärin bewerben, dachte ich.

Nachdem Rosi sich in den nächsten zehn Minuten noch immer nicht hatte blicken lassen, beschloß ich, zurück ins Büro zu gehen. Ich schrieb ihr zu meiner Abrechnung einen Zettel, daß ich leider zwei der Originalbelege verloren hätte und sie bitte mal checken sollte, ob das mit einem Eigenbeleg in Ordnung wäre. Dann wollte ich aufstehen. In diesem Augenblick klingelte erneut das Telefon. Diesmal nicht für Dr. Winkler, Rosis Lämpchen blinkte. 656565 zeigte das Display an. Ich stockte, irgendwie kam mir diese Nummer bekannt vor, sie weckte in mir negative Assoziationen. Wo hatte ich sie schon einmal gesehen? Dann fiel es mir schlagartig ein. Das war doch die Telefonnummer von Richard Baumann! Was hatte Rosi mit dem zu schaffen? Die einzige Möglichkeit, das herauszufinden, war wohl, das Gespräch entgegenzunehmen.

»Hallo?« sagte ich und bemühte mich, ein wenig wie Rosi zu klingen.

»Ja, Rosi, ich bin's. Bist du alleine?« Mich traf der Schlag, am anderen Ende der Leitung war tatsächlich kein anderer als Richard Baumann! Zwar hatte er sich nicht mit Namen gemeldet, aber ich war mir nun hundertprozentig sicher: Diese Telefonnummer hätte ich mein Lebtag nicht mehr vergessen! Und dieser vertrauliche Ton, den Baumann Rosi gegenüber anschlug, zeigte mir, daß es sich mit Sicherheit nicht um einen geschäftlichen Anruf handelte.

»Tut mir leid, Frau Kramer ist momentan nicht an ihrem Platz«, brachte ich ein wenig stockend hervor. »Kann ich etwas ausrichten?«

»Äh, nein danke, ich versuch's dann morgen noch einmal.«

In meinem Kopf ging alles durcheinander. Rosi kannte Richard Baumann. Und nicht nur das, die beiden waren sogar Duzfreunde. Und er hatte wissen wollen, ob sie alleine war, sprich, ob sie reden konnte. Langsam fügten sich die einzelnen Teile zusammen. Rosi und Richard, meine geklauten Aufmachergeschichten, die morgendlichen Konferenzen, bei denen Rosi immer mitprotokollierte. Rosi mußte die Verräterin sein! Sie wußte, welche Geschichten geplant waren, es war ihr ein Leichtes, die Konkurrenz darüber zu unterrichten. Und schon waren unsere Titelgeschichten gestorben. Das heißt: meine! Rosi hatte sich ja immer nur an meinen Themen vergriffen, offensichtlich hatte sie es auf mich abgesehen. *Meine* Geschichte über die Schwarzarbeiter, *mein* Exklusivinterview mit den Ravenstedts – all das hatte Rosi mir kaputtgemacht!

Das Blut in meinen Adern kochte, als ich an Rosis heuchlerisch-freundliches Lächeln dachte, an ihre verteidigenden Worte in den Konferenzen, an ihr aufbauendes »Kopf hoch, das wird schon wieder«. Und die ganze Zeit war sie es gewesen, die mich hintergangen hatte! Gut für Rosi, daß sie in diesem Moment nicht im Büro war, ich hätte sie wahrscheinlich umgebracht. Ich dankte meinem Schicksal, das mich so unverhofft auf des Rätsels Lösung gebracht hatte. Hätte ich nicht zufälligerweise diesen Anruf entgegengenommen – ich wäre im Leben nicht auf die Idee gekommen, daß ausgerechnet Rosi für mein Unglück verantwortlich war.

Nahezu bewegungsunfähig saß ich da und stellte mir vor, wie Rosi meine Geschichten an Richard Baumann weiterreichte. Am liebsten wäre ich jetzt sofort zu Dr. Winkler gegangen und hätte ihm die ganze Sache erzählt, aber ich mußte mir erst vollends sicher sein. Dann entwickelte ich langsam einen hinterhältigen Plan. Mit einem Mal mußte ich an die Frau denken, die Stefan diese Geschichte vom Ärztepfusch in der Privatklinik von Dr. Diederhoff erzählt hatte. Die Notizen hatte ich ja noch!

Aufgeregt lief ich zu meinem Schreibtisch, zog die oberste Schublade auf und suchte danach. Aber ich konnte sie nicht finden, dabei wußte ich noch ganz genau, daß ich sie zuoberst auf mein Recherchematerial gelegt hatte. Ungeduldig zerrte ich die verschiedenen Klarsichthüllen aus der Schublade, irgendwo mußte sie doch sein!

»Was suchst du denn da so hektisch?« wollte eine Stimme hinter mir wissen. Neugierig lugte Bea über meine Schulter. Sie war offensichtlich von dem Termin mit Pierce Brosnan zurückgekehrt, er war nicht mit ihr durchgebrannt.

»Ach, nichts Besonderes, nur eine Hülle mit Recherchematerial. Ich war mir ganz sicher, sie oben auf meine Unterlagen gelegt zu haben, aber jetzt finde ich sie nicht mehr.«

»Vielleicht hat Rosi sie ja woanders hingelegt.« Ich hielt in meiner Bewegung inne.

»Wieso Rosi?«

»Na, sie sollte doch neulich für dich ein paar Unterlagen abtippen, die du nur handschriftlich in deiner Schublade liegen hattest.«

»Wann soll das denn gewesen sein?« Allmählich begann ich zu verstehen, was hier gespielt wurde.

»Na, letzte Woche in der Mittagspause, du hast sie doch selbst darum gebeten.« Bea schüttelte verständnislos den Kopf, anscheinend wunderte sie sich über mein schlechtes Gedächtnis.

»Ach ja, richtig«, erwiderte ich schnell. Noch wollte ich Bea von meinem Verdacht nichts sagen, sie hätte es mir wahrscheinlich sowieso nicht geglaubt. Wenn ich selbst vorhin noch einige Zweifel gehabt hatte, so lag Rosis Verrat jetzt auf der Hand. Nicht nur, daß sie meine Themenvorschläge in der morgendlichen Konferenz weitergab, anscheinend ging sie auch noch mein Recherchematerial durch, um zu wissen, was ich sonst noch so in Planung hatte. Wütend ballte ich meine Hand zur Faust. Rosi Kramer, das wirst du mir büßen!

»Ach, da ist sie ja«, rief ich erleichtert aus, als ich die Mappe mit den Gesprächsnotizen schließlich unten aus der Schublade zerrte. Ich hoffte nur, daß Rosi diese Notizen noch nicht weitergegeben hatte, aber Stefans Geschmiere war ziemlich kryptisch. Also unwahrscheinlich, daß sich Richard Baumann schon mit der Klinik befaßt hatte. Ich lächelte in mich hinein. Das würde sich nun ändern!

Mit fahrigen Händen zog ich die Notizen aus der Mappe. Nun mußte ich die Geschichte nur noch aufschreiben. Ein bißchen dramatischer, als sie war, versteht sich. Keine zwanzig Minuten später hatte ich einen Artikel niedergeschrieben, bei dem sich die Balken bogen.

»Hallo, Rosi, wo warst du denn vorhin so lange?« Scheinheilig lächelnd betrat ich das Chefsekretariat.

»Ach, ich hab mich mit dem Einkauf herumgeschlagen.«

»So, so.« Ich mußte aufpassen, daß ich mich nicht durch ein allzu breites Grinsen verriet. Aber in mir tobte die wilde Vorfreude.

»Was kann ich denn für dich tun?«

»Unser Drucker drüben spinnt mal wieder, und da wollte ich fragen, ob ich eben bei dir was ausdrucken kann. Ist eilig.«

»Natürlich«, meinte Rosi.

»Ich hab den Text auf den Transfer gelegt, du mußt ihn nur noch runterziehen«, meinte ich und deutete auf ihren Bildschirm. Rosi lud den Text herunter und gab den Befehl zum Drucken. Während wir darauf warteten, daß der Drucker loslegte, studierte Rosi interessiert den Text vor ihrer Nase.

»Was ist das denn?« wollte sie wissen. Bingo! Gleich hatte ich sie am Haken!

»Das ist eine Sensation!« erwiderte ich gespielt aufgeregt. »Wenn ich Dr. Winkler die Story vorlege, flippt er aus!« Ich erzählte Rosi meine »Story des Jahres« und betonte dreimal, daß wir damit eine echte Hammergeschichte im Blatt hätten. Das müßte eigentlich reichen, damit Rosi darauf ansprang.

»Danke dir«, flötete ich, als ich den Text aus dem Drucker nahm und zur Tür ging.

»Keine Ursache«, flötete Rosi zurück. Ich war mir sicher: Kaum war ich aus dem Büro, würde sie den Artikel noch einmal ausdrucken, sie hatte ihn ja jetzt auf ihrer Festplatte gespeichert. Und dann ... Ich wäre vor Freude fast in die Luft gesprungen. Dann wären sie und Richard Baumann geliefert! Und noch ein Gutes hatte die Sache: Nun fand die Frau, die uns die Geschichte erzählt hatte, doch Gehör bei der Presse.

Wer andern eine Grube gräbt, dachte ich lächelnd. Also dann, diesmal hatte ich kräftig gebuddelt. Mal sehen, ob auch tatsächlich jemand hineinfiel!

Schluß mit lustig Eine geschlagene Stunde lang wanderte ich unruhig vorm Verlagshaus des Hamburger Kuriers auf und ab. Die Minuten vergingen quälend, es war einfach nicht zum Aushalten. Dann endlich, um zehn nach elf, rollten die dunklen Lieferwagen vom Hof, um die neueste Ausgabe des Kuriers auszuliefern. Todesmutig sprang ich vor den ersten Wagen. Mit hocherhobenen, fuchtelnden Händen brachte ich das Fahrzeug zum Stoppen.

»Bist du noch zu retten, soll ich dich über den Haufen fahren?« herrschte der Fahrer mich ungehalten an.

»Tut mir leid«, brachte ich atemlos vor, »aber ich brauche unbedingt die neueste Ausgabe des Kuriers, es ist wirklich wichtig!« Kopfschüttelnd langte der Fahrer nach hinten, zog eine Zeitung aus dem Stapel und reichte sie mir. Dann fuhr er ohne ein weiteres Wort davon.

Mit zitternden Händen schlug ich die Zeitung auf, jetzt würde sich zeigen, ob mein Plan funktioniert hatte. Vor Freude hätte ich beinahe einen Luftsprung gemacht, als ich die Titelzeile auf Seite eins las: »Ärztepfusch in der Privatklinik Diederhoff!« Richard Baumann hatte die Geschichte tatsächlich geschluckt! Richard Baumann, das ist dein Ende! Und, so viel war sicher, auch Rosi Kramers Tage als Chefsekretärin beim Hamburger Express waren gezählt. Sobald ich Dr. Winkler das Ganze erzählen würde, müßte er sie feuern, da blieb ihm gar nichts anderes übrig.

Zum ersten Mal seit Wochen fühlte ich mich richtig gut, als ich mich zu Hause in die weichen Kissen meines Bettes fallen ließ. Morgen würde ein schöner Tag werden!

Mit einem triumphierenden Lächeln auf den Lippen marschierte ich am nächsten Morgen in Dr. Winklers Büro. Rosi musterte mich verwundert, als ich an ihr vorbeistolzierte.

»Guten Morgen, Maike. Heute so gut gelaunt?«

»Das kann mal wohl sagen!« antwortete ich. Und du wirst gleich gar keine gute Laune mehr haben, dachte ich.

In knapp fünf Minuten schilderte ich Dr. Winkler den Sachverhalt. Der konnte es kaum glauben, aber die Beweise sprachen eindeutig gegen Rosi. Schließlich hatte er sich ja selbst auch schon gefragt, wie der Kurier immer an meine Informationen herankam. Ich zeigte Dr. Winkler noch meine Gesprächsnotizen und meinen vorgeschriebenen Artikel. Dann hielt ich ihm die Ausgabe des Kuriers unter die Nase, jetzt mußte er es glauben!

»Frau Kröger, es sieht so aus, als hätten Sie mit Ihrem Verdacht tatsächlich recht. So viel Zufall kann es gar nicht geben.«

»Was heißt hier, es sieht so aus? Brauchen Sie noch einen Beweis?« Dr. Winkler schüttelte den Kopf und sah dabei richtig traurig aus. Ich wußte, daß er über Rosis Verhalten maßlos enttäuscht war, die ganzen Jahre lang war er von ihrer unbedingten Loyalität überzeugt gewesen.

»Also dann«, meinte er, »ich nehme an, Sie wären gern dabei, wenn ich mit Frau Kramer rede.« Eigentlich wäre hier vornehme Zurückhaltung angebracht gewesen, aber diesen Augenblick des Triumphes wollte ich mir nicht nehmen lassen. Also nickte ich.

»Frau Kramer, kommen Sie bitte einmal zu mir herein?«, sagte Dr. Winkler in ungewohnt förmlichem Ton in die Sprechanlage. Keine Sekunde später stand Rosi Kramer in seinem Büro. Sie wirkte wie die Ruhe selbst, schien noch nichts zu ahnen. Wie sollte sie auch, immerhin war sie eine ganze Zeitlang gut mit ihrer Spionagetätigkeit gefahren.

»Frau Kramer«, begann Dr. Winkler das Gespräch, »haben Sie zufälligerweise schon einen Blick in die heutige Ausgabe des Kuriers geworfen?« Jetzt blickte Rosi tatsächlich etwas verständnislos drein.

»Ja, wieso?« wollte sie wissen.

»Dann haben Sie ja auch sicherlich die Titelgeschichte schon gelesen«, stellte Dr. Winkler fest.

»Ja, sicher.« Jetzt stockte Rosi ein wenig, offensichtlich überlegte sie, worauf Dr. Winkler hinauswollte. »Ich weiß, was Sie meinen«, sagte sie schließlich, »Frau Kröger hat mir gestern

noch von dem Artikel erzählt. Sie hat aber auch ein Pech!«
Aha, jetzt war ich plötzlich wieder ganz formvollendet Frau
Kröger, wie sich das vor unserem Chef gehörte. Rosi musterte
mich mit bedauernden Blicken. Wer hier Pech hat, bist du!
schrie es in mir. »Aber die Geschichte ist ja auch unglaublich,
nicht wahr?« fügte Rosi noch hinzu.

»In der Tat«, gab Dr. Winkler ihr recht, »um so unglaublicher, da sie gar nicht wahr ist.« Rosi starrte ihn verstört an.

»Wie meinen Sie das?« Irrte ich mich, oder war da ein leichtes Zittern in ihrer Stimme? In mir selbst stellte sich langsam,
aber sicher eine Art Feiertagsstimmung ein, gleich würde
Dr. Winkler die Bombe platzen lassen! Rosi ließ ihren Blick
unsicher zwischen Dr. Winkler und mir hin- und herwandern.

»Also, Herr Dr. Winkler«, meinte sie dann, »wenn das hier
eine dienstliche Besprechung wird, würde ich sie nicht so gern
in Frau Krögers Anwesenheit führen.« Damit warf sie mir
einen bösen Blick zu. Sieh an, die liebe Rosi Kramer ließ langsam ihre Maske fallen, und ihr wahres, häßliches Gesicht kam
zum Vorschein.

»Ich denke, Frau Kröger sollte unbedingt auch hören, was
ich Ihnen zu sagen habe. Sie hat ein Recht darauf, weil sie von
der Sache unmittelbar betroffen ist.« Seine Miene ließ keinen
Widerspruch zu.

»Jetzt verstehe ich überhaupt nichts mehr«, stotterte Rosi
verwirrt.

»Sie werden gleich verstehen, keine Sorge.« Haha, Dr. Winkler ließ sie wirklich schmoren. Wie ich meinen Chef dafür
liebte! »Sagen Sie, Frau Kramer, kennen Sie vielleicht einen
gewissen Richard Baumann?« Augenblicklich wich Rosi alle
Farbe aus dem Gesicht.

»Nein, nein«, flüsterte sie beinahe, »sollte ich?«

»Das möchte man aber meinen«, redete Dr. Winkler weiter
um den heißen Brei. »Schließlich lassen Sie Herrn Baumann
schon seit einiger Zeit Redaktionsgeheimnisse zukommen, da
sollten Sie ihn doch kennen!« Rums, das saß, Rosi war sprachlos. Mit weit aufgerissenen Augen starrte sie Dr. Winkler, dann
mich, dann wieder Dr. Winkler an. Ich freute mich diebisch auf

die lahme Ausrede, die nun gleich folgen würde. Tja, Rosi, dann laß dir mal was Gutes einfallen, frohlockte ich.

»Ich verstehe wirklich nicht, worauf sie hinauswollen«, flüchtete Rosi sich erneut in Unverständnis. Ha, wie in einem schlechten Film, ein wenig mehr Einfallsreichtum hätte ich Rosi schon zugetraut!

»Dann will ich Ihnen mal ein bißchen auf die Sprünge helfen«, erwiderte Dr. Winkler sarkastisch. »Sie können sich doch bestimmt daran erinnern, daß Frau Kröger in den letzten Wochen immer wieder Schwierigkeiten mit der Konkurrenz hatte. Andauernd platzten ihr Aufmachergeschichten, weil der Kurier sie schon hatte.«

»Ja, das weiß ich. Es tut mir auch sehr leid für Frau Kröger, aber ich schätze, so etwas nennt man Pech.«

»Hm«, meinte Dr. Winkler nachdenklich, »Pech nennen Sie so etwas? Ich würde das eher Spionage nennen.«

»Was? Beschuldigen Sie etwa mich?« setzte Rosi mit Entsetzen in der Stimme an. »Das ist doch unerhört!«

»Ja, Frau Kramer, das habe ich zuerst auch gedacht, als mir Frau Kröger davon erzählte. Aber ich bin leider eines Besseren belehrt worden.«

»Wie meinen Sie das?« Offensichtlich schien Rosi langsam zu dämmern, daß sie wohl einen Fehler gemacht hatte.

»Ganz einfach«, bestätigte Dr. Winkler ihre Vermutungen, »Frau Kröger hat bei Ihnen am Computer gestern einen Artikel ausgedruckt. Selbstverständlich war an der Story nichts Wahres dran, es war sozusagen ein Test. Aber wie wir sehen, sind Sie darauf hereingefallen und hatten nichts Eiligeres zu tun, als die Geschichte an die Konkurrenz weiterzugeben. Oder halten Sie es tatsächlich für Zufall, daß diese erfundene Geschichte heute beim Kurier auf Seite eins steht?« Schweigen, absolute Todesstille. Dann brach Rosi unvermutet in einen hysterischen Weinkrampf aus.

»Herr Dr. Winkler, Sie können doch nicht …«

»Und ob ich kann!« Dr. Winklers Stimme donnerte durch sein Büro. »So etwas ist mir in den gesamten zwanzig Jahren meiner journalistischen Laufbahn noch nicht untergekommen!

Sie packen jetzt sofort ihre Siebensachen zusammen und verschwinden!«

»Aber ich…«

»Halten Sie den Mund! Und seien Sie froh, wenn ich Sie nicht noch verklage!«

»Jawohl, Herr Dr. Winkler«, gab Rosi kleinlaut zurück und schlich aus seinem Büro.

»So, das hätten wir«, meinte Dr. Winkler. Ich konnte ihm anhören, daß ihn die ganze Sache ziemlich mitgenommen hatte. »Für die Zukunft hoffe ich, daß Ihre Artikel jetzt nur noch bei uns erscheinen.«

»Worauf Sie sich verlassen können«, versicherte ich ihm und wanderte, ein fröhliches Liedchen trällernd, aus seinem Büro.

Als ich im Vorzimmer an Rosi vorbeikam, die heulend ihre Sachen packte, blieb ich stehen. Eines mußte ich noch wissen, sonst würde es mir keine Ruhe lassen.

»Nur noch eine Frage: Weshalb hast du immer ausgerechnet meine Geschichten weitergegeben?« Rosi blickte auf, ein schnippischer Ausdruck trat auf ihr Gesicht.

»Ganz einfach. Ich kann dich nicht leiden!« Na, das war doch mal eine klare Antwort!

»Alles okay?« wollte Bea wissen. Ich hatte ihr heute morgen, bevor ich zu Dr. Winkler ging, doch noch alles erzählt.

»Alles paletti«, sagte ich zu ihr. »Die Verräterin wurde soeben aus dem Schloß gejagt.«

»Wirklich unfaßbar!« meinte Bea. »Aber gut, daß du es herausgefunden hast.«

»Das kann man wohl sagen, ich war zum Schluß schon ganz verzweifelt. Bin mal gespannt, wie es diesem Baumann ergeht, wenn er die Klage seines Lebens an den Hals kriegt!«

»Das wird bestimmt spaßig«, stimmte Bea mir zu.

»Ich würde sagen, für Richard Baumann ist jetzt Schluß mit lustig!« Ich freute mich wie ein kleines Kind, das war mehr als ein innerer Reichsparteitag!

»Na, dann kann's ja weitergehen«, meinte Bea und legte mir ein Fax auf den Tisch.

»Was ist das denn?«

»Die Einladung zur Eröffnung einer neuen Frauenbegegnungsstätte heute abend. Da mußt du wohl hin.«

»Na toll!« Das waren genau die Geschichten, mit denen ich mein neues Dasein als Starreporterin starten wollte!

Ich mußte nicht lange warten, bis ich erfuhr, wie die Privatklinik auf die Titelstory des Kuriers reagiert hatte. Am nächsten Tag ging es durch so gut wie alle Medien, es war das Gesprächsthema Nummer eins!

Im Abendjournal sah ich ein Interview mit Dr. Diederhoff, eine sympathische Erscheinung um die Sechzig, der sich empört zu den Vorwürfen dieses »Schmierfinks« äußerte. Er habe vom Kurier einen sofortigen Widerruf gefordert, ansonsten würde er mit der Angelegenheit vor Gericht ziehen.

»Und ich werde dafür sorgen«, meinte er, »daß dieser Richard Baumann nie wieder eine Zeile schreiben darf. Das ist Rufmord! Das lasse ich mir nicht bieten.« Richtig so, stimmte ich Dr. Diederhoff zu, mach ihn fertig!

Gleich darauf wurde der Chefredakteur des Kuriers interviewt. Der wirkte recht betreten, man konnte ihm ansehen, wie unangenehm ihm die Angelegenheit war.

»Wir werden prüfen müssen, ob Herr Baumann seine Sorgfaltspflicht verletzt hat. Sollte dies der Fall sein, wird das mit Sicherheit Konsequenzen haben. Doch bis das nicht endgültig geklärt ist, kann ich dazu nichts weiter sagen.«

Im Anschluß folgten noch ein paar Freunde und Patienten von Dr. Diederhoff, die einhellig der Ansicht waren, daß diese Beschuldigungen wahrlich ungeheuerlich seien. Ich lehnte mich entspannt zurück und stellte den Fernseher aus. Alles lief genau so, wie ich es mir vorgestellt hatte. Jetzt mußte der Kurier nur noch einen Widerruf drucken und Baumann vor die Tür setzen, dann war mein Leben wieder in Ordnung.

Ich rief Frank an, um ihm alles zu erzählen. Schließlich war er ja irgendwie auch beteiligt, da mußte ich ihn auf dem laufenden halten. Frank wirkte sehr kurz angebunden, als ich ihn erreichte.

»Du, Maike, ich hab leider gar keine Zeit«, meinte er, »bin schon fast auf dem Sprung.«

»Ach so.« Ich war enttäuscht, dabei wollte ich doch meinen Erfolg mit ihm teilen. »Wo mußt du denn hin?« wollte ich wissen.

»Ach, ich geh nur ins Kino«, erwiderte Frank.

»Allein?«

»Nö, eigentlich nicht.« Jetzt war ich neugierig. Ich wußte selbst nicht, warum, aber irgendwie hatte ich immer gedacht, daß Frank kein Privatleben hatte. Jedenfalls kam es mir komisch vor, daß er auf einmal mit jemandem ins Kino ging und deshalb für mich keine Zeit hatte. Das gab's doch gar nicht!

»Vielleicht kannst du ja danach noch auf einen Sprung vorbeikommen? Ich hab dir eine Menge zu erzählen«, schlug ich vor.

»Würde ich gern«, erwiderte Frank, »aber es wird wohl etwas später werden.«

»Mit wem gehst du denn ins Kino?« Eigentlich wollte ich diese Frage nicht stellen, aber es ließ mir keine Ruhe.

»Mit einer Arbeitskollegin.« So war das also! Kaum hatte ich mich beziehungstechnisch ausgeklinkt, hatte Frank nichts Besseres zu tun, als mit einer Kollegin auszugehen!

»Na, dann viel Spaß. Du kannst dich ja die Tage mal melden, wenn du Lust hast«, sagte ich. »Mußt du aber nicht, wenn du nicht willst«, fügte ich hinzu. Dabei kam ich mir ziemlich kindisch vor. Ich wußte selbst nicht, wieso mir das jetzt herausgerutscht war. Frank lachte.

»Also Maike, wenn ich es nicht besser wüßte, würde ich jetzt glatt denken, daß du eifersüchtig bist!«

»So ein Quatsch!« entgegnete ich aufgebracht. »Ich hätte dir eben nur gern ein paar Dinge erzählt.« Der sollte sich bloß nichts einbilden! Dabei fragte ich mich allerdings tatsächlich, ob ich vielleicht ein bißchen eifersüchtig war. Wieso nur?

»Ich ruf dich demnächst mal an, wenn ich etwas mehr Zeit habe«, schlug Frank vor, »dann kannst du mir in Ruhe alles erzählen.«

»Na gut«, stimmte ich zu.

»Alles klar. Ich wünsch dir noch einen schönen Abend!«
Dann legte er auf. Ein schöner Abend war das. Niemand, der
mit mir Richard Baumanns Ende feiern wollte, das machte
meinen Triumph nur noch halb so schön. Entschlossen wählte
ich die Nummer meiner Eltern, dann mußte ich eben mit Muttern darüber reden. Dort meldete sich auch nur der Anrufbeantworter, dabei gingen die beiden so gut wie nie aus dem
Haus. Anscheinend hatte das Schicksal etwas dagegen, daß ich
meinen Erfolg mit anderen teilte. Grummelnd verzog ich mich
wieder vor den Fernseher, dann eben nicht!

Gegen Mitternacht schreckte ich aus meinem Schlaf hoch. Ich
war vor dem laufenden Fernseher weggedöst, meine Glieder
schmerzten, als ich mich auf dem Sofa räkelte. Schemenhaft
konnte ich mich daran erinnern, einen sehr seltsamen Traum
gehabt zu haben. Rosi hatte darin mitgespielt, sie war mit einem
hocherhobenen Brieföffner hinter mir hergerannt. Und dann
war da auf einmal dieser dunkelhaarige Mann, den ich bei den
Ravenstedts gesehen hatte, gewesen und hatte mich vor ihr gerettet. Ich schüttelte meinen Kopf, um wieder klar zu werden,
komische Dinge träumte ich mir da zusammen. Ich beschloß,
mein Lager ins Bett zu verlegen. Wenigstens wäre ich dann morgen seit Ewigkeiten einmal ausgeschlafen, das täte mir auch
ganz gut. Immerhin konnte ich jetzt alle Energie gebrauchen,
denn schließlich würde ich mich ab morgen wieder auf große
Themen stürzen können. Die Zeiten, in denen meine Storys
nicht gedruckt werden konnten, waren ein für allemal vorbei!
  Als ich mich in mein Bettzeug kuschelte, dachte ich daran,
welche aufregenden Geschichten da draußen in der Welt auf
mich warteten. Nachdem meine »Pechsträhne« nun ein Ende
hatte, freute ich mich wieder richtig darauf, mich in die Arbeit
zu stürzen. Ich liebte diesen Beruf, und beinahe hätte mir dieser Richard Baumann alles weggenommen. Ich seufzte glücklich. Dafür hatte ich nun ihm alles weggenommen!

Der Kurier druckte tatsächlich einen Widerruf. Eine Woche
später prangte er direkt auf der ersten Seite. Damit war es klar,

sie hatten die Sache untersucht und festgestellt, daß Richard Baumann ihnen einen Bären aufgebunden hatte. Wie gern wäre ich dabei gewesen, als er seinem Chefredakteur erklären mußte, woher er seine Informationen hatte! Jetzt mußte ich natürlich noch wissen, welche Konsequenzen die Angelegenheit für Baumann hatte, vorher hätte ich keine Ruhe.

Kurz entschlossen rief ich beim Kurier an und verlangte Richard Baumann. Die Frau am anderen Ende der Leitung zögerte. Dann sagte sie schließlich die Worte, auf die ich mich schon so lange gefreut hatte.

»Tut mir leid, aber Herr Baumann ist hier nicht mehr tätig. Ich kann Ihnen auch nicht sagen, wo Sie ihn erreichen können.« Ich jubilierte. »Aber Sie können ihm eine Nachricht hinterlassen. Sollte er sich hier melden, richte ich es ihm gern aus.«

»Nein, danke, das ist nicht nötig. Die Sache hat sich bereits erledigt.« Und wie die sich erledigt hatte, erledigter ging schon gar nicht mehr!

Am Abend rief mich Frank dann endlich an, ich hatte schon gedacht, er hätte mich vergessen. Früher hätte ich nie eine ganze Woche lang auf seinen Anruf warten müssen, aber die Zeiten hatten sich offensichtlich geändert. Zuerst tat ich am Telefon etwas beleidigt, aber dann mußte ich ihm doch von den aufregenden Ereignissen erzählen, es platzte förmlich aus mir heraus.

»Das ist ja toll!« freute sich Frank, nachdem ich mit meinem Bericht am Ende angelangt war. »Dann hast du ja endlich des Rätsels Lösung!«

»Wurde auch Zeit«, stellte ich fest, »sonst wäre ich irgendwann durchgedreht.« Frank lachte.

»Na, so weit wäre es doch hoffentlich nicht gekommen. Ist schließlich auch nur ein Job.« Ich hatte keine Lust, mit Frank schon wieder über meinen Beruf zu diskutieren. Statt dessen wollte ich lieber feiern.

»Was hältst du davon«, fragte ich ihn, »wenn wir heute abend ausgehen und das alles mit ein paar Gläsern begießen?«

»Hm, hört sich gut an. Ich müßte nur noch eben einmal telefonieren.«

»Rufst du mich dann zurück?«

»Ja, so in zehn Minuten.«

»In Ordnung, ich warte.«

Während ich auf Franks Rückruf wartete, fragte ich mich, mit wem er vorher noch telefonieren mußte. Vielleicht war es ja seine Kollegin, der er sagen mußte, daß er heute abend keine Zeit für sie hatte. Die Vorstellung wurmte mich, zwischen den beiden schien tatsächlich etwas im Gange zu sein. Aber, tröstete ich mich, wenn er sie für mich sausen ließ, konnte es ja nichts Ernstes sein.

Wenige Minuten später rief Frank an, und wir verabredeten uns für neun Uhr. Gut gelaunt ließ ich mir ein Schaumbad ein. Ich konnte auch nicht sagen, weshalb, aber ich wollte heute abend ganz besonders hübsch aussehen.

Als Frank mich abholte, war ich mit meinem Aussehen durchaus zufrieden. Ich hatte meine Haare über die Rundbürste geföent, so daß sie jetzt voll und glänzend auf meine Schultern herabfielen. Zu meiner engen schwarzen Stoffhose trug ich einen weit ausgeschnittenen Body, darüber ein kurzes Bolerojäckchen. Anstelle meiner üblichen Straßentreter hatte ich mich heute sogar ausnahmsweise in ein paar hohe Schuhe gezwängt. Alles in allem war ich mit meinem Spiegelbild mehr als zufrieden.

»Wow!« rief Frank aus, als ich die Tür öffnete, »du siehst ja echt toll aus!«

»Danke«, erwiderte ich lächelnd, »hab ja auch heute allen Grund dazu.« Franks Blick zeigte mir, daß er das Kompliment durchaus ernst gemeint hatte. Er war hin und weg. Würde mich interessieren, ob seine Kollegin da mithalten kann, dachte ich, während wir zu seinem Wagen schlenderten.

Um dem Anlaß gerecht zu werden, fuhren Frank und ich in die Tower-Bar, von der aus man über ganz Hamburg blicken konnte. Wir machten es uns in einer kleinen Nische gemütlich und schlürften leckere Cocktails, während wir die glitzernden

Lichter im Hafen betrachteten. Ich war hier schon lange nicht mehr gewesen, das letzte Mal war bestimmt schon über ein Jahr her. Eigentlich war ich in den letzten Wochen insgesamt kaum weg gewesen, mein beruflicher Mißerfolg hatte mir die Lust dazu genommen. Jetzt genoß ich es, nie wieder würde ich mich so zu Hause verkriechen.

Frank war an diesem Abend wie ausgewechselt. Kaum zu glauben, daß ich ihn noch vor kurzem für einen Langweiler gehalten hatte, an diesem Abend sprühte er vor lauter Witz. Versonnen betrachtete ich ihn, wie er gestikulierend vor mir saß und mir die neuesten Ereignisse in seinem Leben erzählte. Dabei geisterte mir eine Frage ununterbrochen durch den Kopf: Warum hatte ich mich nur von ihm getrennt? Es war mir ein Rätsel, ich konnte es überhaupt nicht verstehen. Und je länger ich ihn betrachtete – und je mehr von diesen leckeren Cocktails ich zu mir nahm – desto mehr hatte ich das Gefühl, daß sich langsam, aber sicher wieder das Prickeln bei mir einstellte, das ich früher in seiner Gegenwart empfunden hatte.

Gegen zwei Uhr nachts brachen wir auf, die verschiedenen Cocktails hatten mich ganz schön müde gemacht. Vergnügt hakte ich mich bei Frank unter, alles in meinem Leben würde wieder in Ordnung kommen, im Job lief alles wieder so, wie es sollte, und vielleicht würde sich ja auch in Sachen Liebesleben bald wieder etwas tun. Ich warf Frank einen verstohlenen Seitenblick zu. Er war heute abend einfach zu süß!

Diesmal fragte ich Frank, ob er noch mit zu mir nach oben kommen wollte, als er vor meiner Wohnung anhielt. Frank wirkte seltsam nachdenklich, als ich ihn das fragte.

»Ich glaube nicht«, war seine überraschende Antwort. Sofort war ich verletzt, damit hatte ich nicht gerechnet.

»Aber weshalb denn nicht?« wollte ich enttäuscht wissen.

»Weil es nicht gut wäre«, antwortete er, »es wäre nicht gut, wenn wir uns jetzt so überstürzt wieder aufeinander einlassen würden.«

»Moment«, erwiderte ich leicht empört, »ich hab dich nur gefragt, ob du noch mit hochkommen und bei mir etwas trinken möchtest, das war alles!« In Wirklichkeit war mir die Situation unheimlich peinlich. Ausgerechnet von Frank einen Korb zu bekommen war ganz schön hart für mich. Frank lächelte und strich mit seiner Hand über meine Wange.

»Ach, Maike«, seufzte er, »dafür liebe ich dich! Natürlich wolltest du mir nicht nur einen Drink anbieten, ich kenne dich doch.« Jetzt schmollte ich, er behandelte mich wie ein kleines Kind.

»Gar nicht wahr«, erwiderte ich patzig, »bild dir bloß keine Schwachheiten ein!« Ich öffnete meinen Sicherheitsgurt und machte Anstalten auszusteigen. Sollte Frank doch zusehen, wo er blieb! So eine Gelegenheit würde ich ihm nicht noch einmal bieten, das stand für mich fest!

»Erinnerst du dich noch daran, was du vor ein paar Wochen zu mir gesagt hast?« wollte Frank wissen und legte mir dabei seine Hand auf den Arm.

»Ich sag viel zu dir, wenn der Tag lang ist«, meinte ich störrisch.

»Du hast gesagt, daß wir vielleicht wirklich gute Freunde werden können, aber daß wir keine Beziehung miteinander haben sollten. Ich habe lange darüber nachgedacht und bin zu dem Schluß gekommen, daß du vermutlich sogar recht hast.«

»So, so, bist du zu dem Schluß gekommen?« Das waren ja interessante Erkenntnisse von einem Mann, der noch vor kurzem winselnd um meine Liebe gebettelt hatte!

»Ich denke, wir sollten jetzt beide schlafen gehen und einfach abwarten, wie es mit uns weitergeht.« Frank beugte sich vor und gab mir einen Kuß auf die Stirn. Wie väterlich, gleich würde ich ausflippen.

»Wie du meinst«, antwortete ich, stieg aus und knallte die Tür heftig zu. Ich drehte mich nicht mehr um, als ich die Haustür aufschloß. Wer nicht will, der hat schon, dachte ich, als ich wütend die Treppe zu meiner Wohnung hochstapfte. Ich war enttäuscht, insgeheim hatte ich mich schon auf eine zärtliche Liebesnacht gefreut, ich hätte mich jetzt so gern in ein paar männliche Arme gekuschelt. Trotzdem kam ich nicht umhin, über Franks Worte nachzudenken. Vielleicht hatte er recht, vielleicht aber auch nicht. Ich war völlig durcheinander.

»Das findest du heute sowieso nicht mehr heraus«, sagte ich zu mir selbst. Am besten, ich würde ein paar Nächte darüber schlafen.

Als ich am Sonntag in die Redaktion kam, hatte ich meine kleine Niederlage vom Freitag schon so gut wie vergessen. Ich wußte auch nicht mehr, welcher Teufel mich geritten hatte, aber bei Tageslicht betrachtet erschien mir meine plötzliche Zuneigung zu Frank selbst absurd.

»Verletzte Eitelkeit«, war Beas Kommentar, nachdem ich ihr von meinem kurzfristigen Rückfall erzählt hatte. »Du bist in der Beziehung wie ein Mann. Kaum hast du gemerkt, daß Frank sich auch für andere Frauen interessiert, hat sich dein Jagdinstinkt gemeldet. So einfach ist das.«

»Meinst du wirklich?« fragte ich zweifelnd. »Das wäre doch idiotisch! Ich war mir wirklich sicher, daß ich für Frank wieder etwas empfinde, das hat doch nichts mit Eitelkeit zu tun!«

»Glaub mir, ich weiß, wovon ich rede«, beteuerte Bea, »ich bin nämlich zufälligerweise auch so.« Sie grinste breit. »Wenn ein Mann mich nicht mehr will, bin ich plötzlich Feuer und Flamme für ihn. Ich glaube, das ist genetisch bedingt, kann man nichts gegen tun.«

»Aha«, meinte ich, »aber trotzdem bin ich mir nicht sicher, daß das bei Frank und mir genauso ist.«

»Wann hast du das Gefühl gehabt, daß du für Frank doch wieder mehr empfindest?« fragte Bea. Ich mußte schwer nachdenken, wann war das nur gewesen?

»Na ja«, gab ich zu, »ich glaube, an dem Abend, an dem er keine Zeit für mich hatte, weil er mit einer Kollegin ins Kino wollte.«

»Da siehst du's, das ist doch der Beweis. Also, mach dich und ihn nicht unglücklich, und laß die Finger von ihm!« Je länger ich darüber nachdachte, um so einleuchtender klangen Beas Worte. Sollte es tatsächlich nur verletzte Eitelkeit sein, die mein Interesse für Frank neu entflammt hatte?

»Trotzdem«, meinte ich seufzend, »es wäre einfach schön, jemanden zu haben.«

»Klar wäre es das«, erwiderte Bea. »Was ist denn mit diesem Wunderknaben, von dem du mir nach deinem Interview mit den Ravenstedts erzählt hast?«

»Ach«, ich machte eine wegwerfende Handbewegung, »den habe ich ja nur ein einziges Mal gesehen. Und so, wie der aussah, lungern die Frauen vermutlich in Scharen vor seiner Haustüre herum. Da hätte ich wahrscheinlich sowieso keine Chance.«

»Na«, meinte Bea tadelnd, »wer wird denn hier so wenig von sich halten?« Dann lachte sie.

»Dabei fällt mir ein«, wechselte ich das Thema, »daß du noch gar nicht dazu gekommen bist, mir von deinem Interview mit Pierce Brosnan zu erzählen. Wie war er denn so?« Bea blickte träumerisch Richtung Decke.

»Himmlisch, phantastisch, wunderbar!« schwärmte sie. Dann verdunkelte sich ihre Miene. »Nur leider saß seine Freundin während des gesamten Gesprächs neben ihm und hielt besitzergreifend sein Händchen. Da hatte ich natürlich schlechte Karten.«

»Andernfalls wäre er selbstverständlich sofort mit dir durchgebrannt«, stellte ich fest.

»Aber selbstverständlich!« erwiderte Bea im Brustton der Überzeugung. »In der Beziehung bin ich selbstbewußter als du.« Sie zwinkerte mir scherzhaft zu. »Aber, wie gesagt, seine Freundin hat ihn ja leider festgehalten. Na ja«, fügte sie dann hinzu, »außerdem war es proppenvoll, und ich saß in der letzten Reihe, da hat er mich eigentlich gar nicht sehen können.«

»So ein Ärger!«

»Dafür habe ich aber mit der Filmverleihfirma, die den Termin arrangiert hatte, gleich ein weiteres Interview festmachen können.« Bea lächelte spitzbübisch. »Nächste Woche, mit Brad Pitt. Und diesmal keine große Konferenz mit zweihundert anderen, sondern ein nettes, kleines Roundtable-Gespräch mit fünf Leuten.«

»Oh! Laß mich da hingehen!« bettelte ich.

»Kommt nicht in Frage«, lehnte Bea augenzwinkernd ab, »So eine Chance bekommt man nur einmal im Leben!«

»Sei nicht so, du weißt genau, daß ich den toll finde!« versuchte ich es weiter.

»Keine Chance.«

»Du bist doch sowieso schon viel zu alt für den!«

»Vielen Dank!«, erwiderte Bea, »das nehm ich jetzt übrigens persönlich!« Hätte ich Bea nicht so gut gekannt, ich hätte wirklich geglaubt, daß sie mir das übelnahm, so überzeugend spielte sie jetzt die Eingeschnappte.

»Ach, komm schon«, wollte ich mich im Scherz mit ihr versöhnen.

»Nein, das war eindeutig zu viel!« Sie mußte sich das Lachen verkneifen.

»Bea!« rief ich aufgebracht. »Ich tu alles, nur laß mich zu Brad Pitt gehen!«

»Wenn du dich gut benimmst, überleg ich es mir vielleicht noch einmal.«

»Au ja, bitte, bitte!« quäkte ich mit Kleinmädchenstimme. »Ich will auch einmal einen Star treffen!«

»Tja, Pech«, meinte Bea, »das ist eben nicht dein Ressort.« Da hatte sie zwar recht, aber trotzdem durfte ich hin und wieder ein Interview machen, wenn Bea dazu keine Zeit oder Lust hatte.

»Bitte, bitte, bitte«, flehte ich, »Brad Pitt sehen und dann sterben, mehr will ich doch gar nicht!« Ich legte beide Hände auf mein Herz und verzog gespielt verzweifelt mein Gesicht. Jetzt mußte Bea doch lachen.

»Also gut, du Kindskopf! Brad Pitt gehört dir. Ich schicke gleich mal ein Fax los, um dem Verleiher mitzuteilen, daß er dich statt meiner auf die Liste setzt.«

»Danke, danke, danke! Das werde ich dir nie vergessen!«

»Wer's glaubt!« sagte sie und verließ das Büro, um vom Chefsekretariat aus das Fax loszuschicken. Wie meinte sie denn das jetzt schon wieder? grübelte ich. Aber egal, Hauptsache, ich durfte den umwerfenden Brad Pitt interviewen. Was sollte ich dazu bloß anziehen? Schließlich konnte ich da nicht irgendwie aufkreuzen. Vielleicht noch vorher zum Friseur gehen? Ach, schöne Männer waren doch was Wunderbares!

Mein Apparat klingelte.

»Hamburger Express, Maike Kröger«, hauchte ich verträumt in den Hörer.

»Hier spricht Richard Baumann.« Schlagartig verflog meine gute Stimmung.

»Was wollen Sie von mir?« fragte ich reserviert.

»Oh, ich wollte mich bei Ihnen bedanken!«

»Bedanken? Wofür?« Welchen Grund hatte Richard Baumann, mir seinen Dank auszusprechen?

»Nun ja, für die nette Geschichte, die Sie mir haben zukommen lassen.« Jetzt verstand ich, der meinte das ironisch. Ich war aber auch zu dämlich. »Immerhin hat die mich meinen Job gekostet, das wollten Sie damit ja wohl bezwecken.«

»In der Tat«, stimmte ich zu, »und ich freue mich, daß es auch geklappt hat.«

»Alles klar«, platzte Bea wieder ins Büro, »dein Interviewtermin mit Brad Pitt steht. Am Donnerstag um elf treffen sich alle im Foyer vom Atlantic.« Ich gab ihr ein Zeichen, daß sie leise sein sollte. »Baumann ist am Telefon«, kritzelte ich schnell auf einen Zettel und drückte auf den Lautsprecher des Telefons. Bea setzte sich hin und lauschte gespannt.

»Was sagten Sie gerade?« nahm ich das Gespräch mit Baumann wieder auf.

»Ich wollte Ihnen nur sagen, daß Sie sich nicht zu früh freuen sollen«, sagte Baumann.

»Ach, wollen Sie mir etwa drohen?«

»Ich möchte nur, daß Sie wissen, daß Sie ab heute einen Feind haben. Und ich werde alles daran setzen, daß Sie ebenfalls auf der Straße landen.«

»Da hab ich jetzt aber wirklich Angst«, spöttelte ich.

»Das sollten Sie auch.« Dann legte er auf. Fassungslos starrte ich auf den Hörer in meiner Hand.

»Keine Sorge«, meinte Bea, »Hunde, die bellen, beißen nicht.«

Einen Tag vor dem großen Treffen mit Brad Pitt stand ich extra eine Stunde früher auf, um in der Stadt nach einer passenden

Garderobe für mein Interview zu suchen. Etwas ganz Besonderes mußte her, etwas, das ihn aus den Schuhen werfen würde.

Auf Anhieb entdeckte ich in meiner Lieblingsboutique einen tollen Hosenanzug. Sehr schmal geschnitten und ziemlich tief dekolletiert. Das war es! Nicht zu aufgetakelt, aber trotzdem ein Hingucker. Allerdings kostete das gute Stück fast sechshundert Mark, Qualität hatte eben ihren Preis. Ich rang mit mir selbst, so viel Geld gab ich nur äußerst selten für Kleidung aus. Eigentlich trug ich meistens nur Jeans und ein T-Shirt, darin fühlte ich mich am wohlsten. Und genau genommen war es ja auch ziemlich kindisch, sich für ein Interview mit einem Schauspieler neu einzukleiden, das wußte ich natürlich. Trotzdem gab ich mir einen Ruck und nahm den Hosenanzug mit, ich würde ihn ja nicht nur einmal im Leben tragen. Hoffentlich würde Mr. Pitt jetzt wenigstens dahinschmelzen wie Eis in der Sonne! Ich mußte über mich selbst lachen. Da verhielt ich mich wie ein Teenager, der zum Konzert seiner Lieblingsgruppe ging. Aber ein bißchen kindliche Vorfreude konnte ja nicht schaden.

Bea war richtig beeindruckt, als ich ihr meine neueste Errungenschaft zeigte.

»Wow, da hat sich Frau Kröger ja einmal richtig in Unkosten gestürzt«, meinte sie mit einem Blick auf das Preisschild. »Aber es wurde auch allmählich einmal Zeit, daß du deinen Studentenlook ein wenig ummodelst.«

»Was soll das denn heißen?«

»Wie eine Frau von Welt läufst du nicht gerade herum«, meinte Bea.

»Vielen Dank! Mußt du gerade sagen«, erwiderte ich mit einem Blick auf ihre ausgefransten Jeans.

»In meinem Alter ist das was anderes«, behauptete Bea, »da ist das wieder schick.«

»Ach ja, du bist ja auch sooo alt.«

»Das betonst du doch immer gern«, erwiderte Bea. »Jedenfalls ist der Anzug wirklich schön, richtig nobel«, meinte sie dann. »Könntest du mir eigentlich mal leihen …«

»Ha, das könnte dir so passen!«

»Du hast wohl Angst, daß er an mir besser aussieht als an dir«, meinte Bea. »Ist ja auch egal, du kannst es dir ja noch überlegen.« Bea warf einen Blick auf die Uhr. »Mensch, es wird Zeit für die Konferenz.« Sie hatte recht, Dr. Winkler wartete bestimmt schon.

Seit Rosi uns so überraschend verlassen hatte, war Stefan die ehrenvolle Aufgabe zugefallen, ihren Job zu machen. Jedenfalls so lange, bis Dr. Winkler sich für eine neue Sekretärin entschieden hatte. Mit finsterer Miene saß Stefan am Ende des Konferenztisches, Block und Bleistift zum Protokoll bereit. Ich konnte mir vorstellen, daß er bald überhaupt keine Lust mehr auf das Volontariat haben würde. Langsam müßten wir ihn wirklich einmal etwas fürs Blatt schreiben lassen, sonst würde ihn noch der große Frust überkommen.

»Also, was gibt's Neues?« eröffnete Dr. Winkler die Konferenz. Er wirkte ziemlich schlecht gelaunt, Rosis Abgang schien ihn immer noch zu beschäftigen. Systematisch fragte er die einzelnen Ressorts ab, aber offensichtlich hatte das Sommerloch uns mittlerweile voll erwischt. Wie jedes Jahr hatten wir es in der Ferienzeit schwer, das Blatt mit interessanten Themen vollzubekommen. Jede noch so kleine Unwichtigkeit wurde gemeldet.

»In Sachen Prominente können wir diesmal eine Menge anbieten«, meinte Bea, als sie an der Reihe war. »Nächsten Montag ist eine Pressekonferenz mit Pamela Anderson, und morgen können wir Brad Pitt sprechen. Frau Kröger geht da hin.« Dr. Winkler guckte überrascht.

»Frau Kröger?«

»Ja«, bestätigte Bea, »ich habe einen anderen Termin, und Frau Kröger hatte noch Zeit.«

»In Ordnung, machen Sie zwei schöne Geschichten daraus. Die können wir dann ziemlich groß aufziehen, passiert ja sonst nichts.« Bea nickte.

»Um wieviel Uhr treffen Sie Pitt morgen?« wollte Dr. Winkler dann von mir wissen.

»Um elf«, antwortete ich.

»Prima. Haben wir für die Ausgabe am Freitag sonst noch etwas auf Halde, falls das nicht klappt? Diese Hollywoodstars sind ja manchmal unberechenbar.« Bea nickte.

»Ich hab noch die Geschichte über Torsten Wenningroth von vorletzter Woche, die hatten wir noch nicht im Blatt. Da wollten wir eigentlich warten, bis sein neuer Film anläuft.«

»Ach ja, richtig«, erinnerte sich Dr. Winkler, »dann nehmen wir den, aber nur im Notfall. Wäre mir lieber, wenn wir für den Wenningroth einen aktuellen Aufhänger hätten. Wenn da bald ein Film mit ihm anläuft, bietet sich das ja an.«

»Äh«, meldete sich Stefan zu Wort, »was soll ich denn jetzt in die Planung schreiben? Pitt oder Wenningroth?« Dr. Winkler warf ihm einen entnervten Blick zu.

»Schreiben Sie Schauspieler, dann stimmt es in jedem Fall.«

»In Ordnung«, meinte Stefan etwas verunsichert. Der arme Kerl, dachte ich wieder und nahm mir fest vor, mich ab nächster Woche um ihn zu kümmern. Jetzt mußte ich aber erst einmal mein Interview mit Brad Pitt vorbereiten, damit es auch wirklich gut wurde.

Auf meinem Schreibtisch lag bereits ein dicker Stapel Recherchematerial über Brad Pitt aus dem Archiv. Nach gut zwei Stunden hatte ich alles gelesen, was es über ihn zu lesen gab. Seine Jugend in Minnesota, seine Zeit am College, dann sein Aufbruch nach Hollywood, seine Filmerfolge und natürlich seine Liebschaften. So konnte ich beruhigt in das Interview gehen, ich war gewappnet.

»Frau Kröger?« Stefan steckte schüchtern seinen Kopf in mein Büro, als hätte er Angst, mich zu stören.

»Was gibt's?« meinte ich freundlich. Stefan sollte nicht das Gefühl haben, daß er hier jeden nervte.

»Das Management von Brad Pitt hat gerade im Sekretariat angerufen, die müssen den Interviewtermin verschieben.«

»Das fällt denen aber früh ein«, erwiderte ich. »Wann soll ich denn jetzt kommen?«

»Statt um elf um zwei, früher geht es nicht«, antwortete Stefan.

»Auch das noch! Das wird ja wieder eine Hetze, wenn die Geschichte noch in die Freitagsausgabe soll! Haben die gesagt, warum der Termin verlegt wird?«

»Pitt muß vorher noch zu einem Fotoshooting oder so, hab ich nicht so genau verstanden.«

»Okay, danke dir, dann weiß ich Bescheid.«

»Sagen Sie«, meinte Stefan noch und trat von einem Bein aufs andere, »ob ich wohl irgendwann einmal zu so einem Interview mitkommen könnte? Schließlich muß ich das ja auch mal lernen.«

»Klar«, antwortete ich ohne Zögern. Aber nicht zu Pitt, fügte ich im stillen hinzu, da kann ich keinen Volontär gebrauchen, der mich vom Wesentlichen ablenkt! »Wenn ich wieder was habe, bist du dabei. Und Frau Riediger nimmt dich bestimmt auch mal mit.«

»Klasse«, freute sich Stefan und machte sich mit einem breiten Lächeln wieder davon. Wie einfach dieser Junge doch zu erfreuen war, unglaublich!

Nervös und aufgeputzt wie zur Opernpremiere saß ich am Donnerstagmittag um kurz vor zwei in der Lobby des Atlantic-Hotels. Ich wunderte mich über mich selbst, aber ich hatte schweißnasse Hände vor Aufregung. Eilig überprüfte ich noch einmal die Fragen, die ich mir in mein Notizbuch geschrieben hatte. Wenn Brad Pitt jetzt nicht total übellaunig war, würde es ein gutes Gespräch werden. Suchend blickte ich mich nach den anderen Journalisten um, die an dem Roundtable teilnehmen würden, aber bisher schien ich hier die einzige zu sein.

Um kurz nach zwei war noch immer niemand aufgekreuzt, der auch nur annähernd nach Journalist aussah, von Pitts Manager ganz zu schweigen. Komisch, dachte ich, hier müßte es doch mittlerweile von Fotografen und Schreiberlingen nur so wimmeln.

Als um Viertel nach zwei noch immer niemand kam, begab ich mich zur Rezeption.

»Verzeihung«, meinte ich zu der Rezeptionistin, »mein Name ist Maike Kröger, ich bin hier zu einem Interview mit

Brad Pitt verabredet. Können Sie mir da weiterhelfen?« Die Rezeptionistin zog die Augenbrauen in die Höhe.

»Herr Pitt und seine Manager haben das Hotel vor einer Stunde verlassen«, teilte sie mir mit.

»Wie, verlassen?« fragte ich entgeistert.

»Sie sind abgereist«, bestätigte die Rezeptionistin meine schlimmsten Befürchtungen. »Und soweit ich weiß, hat heute morgen um elf ein Pressetermin stattgefunden.« Mir wurde schwindelig, das war eine Katastrophe!

»Sind Sie absolut sicher, daß die beiden nicht mehr hier sind?« flüsterte ich schwach. Die Frau nickte.

»Es tut mir leid, aber ich habe sie selbst vorhin ausgecheckt.«

»Danke«, würgte ich hervor und schlich mit hängenden Schultern hinaus. Wenn Dr. Winkler mir bisher auch immer alles hatte durchgehen lassen, das hier war das Ende. Das war so sicher wie das Amen in der Kirche!

»Schon zurück?« fragte Bea erstaunt, als ich um Viertel vor drei unser Büro betrat. Ich schluckte schwer.

»Er war nicht da«, krächzte ich.

»Nicht da?« meinte Bea verständnislos. »Ich dachte, der Termin war für vierzehn Uhr vereinbart.«

»Da muß es ein Mißverständnis gegeben haben«, versuchte ich Bea den Sachverhalt zu erklären, »das Gespräch hat doch wie ursprünglich geplant um elf Uhr stattgefunden, ich bin zu spät gekommen.« Bea musterte mich besorgt.

»Das ist ja furchtbar!«

»Mehr als das, das ist mein Todesurteil!«

»Nun dramatisier nicht gleich wieder, wir haben ja noch das Interview mit Wenningroth«, wollte sie mich aufbauen.

»Aber du weißt doch ganz genau, daß Dr. Winkler lieber Brad Pitt hätte! Außerdem: Wenn morgen alle was über ihn im Blatt haben, nur wir nicht, rastet der Chef aus.« Mein Telefon klingelte.

»Geh du ran«, bat ich Bea, »ich kann jetzt unmöglich mit jemandem sprechen.« Bea hob meinen Hörer ab und meldete sich. Dann überreichte sie mit das Telefon mit ernster Miene.

»Es ist Baumann.« Mit zittrigen Händen griff ich nach dem Hörer.

»Kröger?« Ein schallendes Lachen erklang am anderen Ende der Leitung.

»Dachte ich mir, daß Sie mittlerweile wieder im Büro sind«, sagte Richard Baumann dann. »Wie war das Interview mit Brad Pitt? Nicht so erfolgreich, nehme ich an!« Vor Schreck hätte ich beinahe das Telefon fallen lassen. Schlagartig wußte ich, was hier gespielt wurde. Richard Baumann hatte das arrangiert! Er mußte bei unserem letzten Telefonat gehört haben, wie Bea mir den Termin mitgeteilt hatte. Und daraufhin war es ihm natürlich ein Leichtes gewesen, in der Redaktion anzurufen und den Zeitpunkt zu verschieben!

»Sie! Sie!« Ich suchte nach Worten. »Sie haben hier angerufen und den Termin verschoben!«

»Äußerst scharfsinnig von Ihnen, Frau Kollegin!«

»Wagen Sie es nicht, mich Kollegin zu nennen!« fuhr ich ihn aufgebracht an. Wieder erklang ein Lachen.

»Ich habe Ihnen ja gesagt, daß Sie sich einen Feind gemacht haben«, meinte Baumann, »und das hier war erst der Anfang. Sie werden schon noch sehen!«

»Wenn ich Sie in die Finger bekomme, dann gnade Ihnen Gott«, schrie ich in den Hörer. Mit einer entschlossenen Geste drückte Bea auf die Gabel. Wütend starrte ich sie an.

»Was fällt dir ein? Ich war noch lange nicht fertig mit dem Kerl!«

»Das hat doch keinen Sinn, Maike. Du regst dich viel zu sehr auf, das will er doch gerade bezwecken. Am besten, du reagierst überhaupt nicht mehr auf ihn.« Wie sollte ich das denn machen? Nicht mehr auf den Mann reagieren, der dabei war, mein Leben zu zerstören!

»Letztendlich«, fuhr Bea fort, »sitzt du am längeren Hebel. Schließlich hast du im Gegensatz zu ihm einen festen Job!«

»Fragt sich nur, wie lange noch«, meinte ich pessimistisch. »Wenn das so weitergeht, sehe ich da ziemlich schwarz.«

»Nun beruhige dich«, sagte Bea. »Wir müssen jetzt jedenfalls etwas unternehmen.«

»Was denn?«

»Du hast doch noch das Recherchematerial über Pitt.« Ich nickte. »Dann mußt du die Geschichte eben jetzt daraus zusammenbasteln, das kriegen wir schon hin.« Sie zwinkerte mir aufmunternd zu. »Wäre schließlich nicht das erste gefakte Interview, das in unserem Blatt erscheint.« Bea hatte recht, das war die beste Lösung.

Eine Stunde später präsentierte ich Dr. Winkler ein Interview, das ihn zwar nicht vom Stuhl haute, er aber trotzdem schluckte.

»Na ja, viel Neues haben Sie ja nicht aus ihm herausbekommen, aber besser als gar nichts.«

»Tut mir leid, Chef«, log ich, »aber der Typ war total verschlossen, ich hab wirklich alles versucht.«

»Na, Hauptsache, wir haben ihn drin«, stellte Dr. Winkler fest. Ein paar Tropfen Angstschweiß flossen mir den Rücken hinunter. Das hatte ich gerade noch so hinbiegen können. Jetzt konnte ich nur hoffen, daß das Management von Brad Pitt nichts von dem getürkten Interview mitbekam. Manager waren da – nun ja, zu Recht – sehr empfindlich. Aber immerhin hatte ich nichts geschrieben, was Pitt nicht schon anderswo einmal gesagt hatte, daraus konnten sie mir keinen Strick drehen. Und natürlich betete ich, daß bei dem Interview, das ich verpaßt hatte, nichts sensationell Neues bekannt geworden war. In Zukunft mußte ich mich vor Richard Baumann in acht nehmen, anscheinend meinte er seine Drohung ernst.

Love is in the air   In den nächsten drei Wochen ereignete sich keine weitere Katastrophe. Ich hatte zwar die Hoffnung, daß Baumann mit dieser einen Racheaktion genug hatte, wollte mich aber trotzdem nicht in allzu großer Sicherheit wiegen. Vielleicht saß er in Wirklichkeit zu Hause und schmiedete weitere Pläne in seinem offensichtlich kranken Hirn.

Immerhin gelang es mir, ein paar gute Geschichten ins Blatt zu bekommen, mein Leben lief wieder in geordneten Bahnen. Wie versprochen nahm ich jetzt öfter Stefan mit zu einem Termin. Wie sich herausstellte, hatte der Junge sogar richtig Talent, wer hätte das gedacht! Als er das erste Mal seinen Namen unter einem richtigen Artikel – will heißen, keine Umfrage – lesen konnte, standen Stefan nahezu Freudentränen in den Augen. Schließlich war sogar Dr. Winkler der Ansicht, daß Stefan von nun an seine eigenen Geschichten recherchieren und schreiben könnte, die harte Zeit des Kaffeekochens und Fotokopierens war für ihn damit offiziell beendet. Nicht zur ungetrübten Freude der übrigen Redakteure, die sich um den nervigen Kleinkram jetzt wieder selbst kümmern mußten. Aber Dr. Winkler versprach, so bald wie möglich einen neuen Volontär einzustellen, und alle waren beruhigt. Auch für Rosi hatte er mittlerweile einen kompetenten Ersatz gefunden. Eine ziemlich junges und hübsches Mädchen, das er vorher eingehend zu ihren Kontakten befragt hatte. Nach einem zweistündigen Vorstellungsgespräch war Dr. Winkler zu der Überzeugung gelangt, daß diese Sekretärin sauber war.

Damit war alles beim alten. Bea kümmerte sich wieder ausgiebig um ihre Stars und Sternchen, während ich eifrig auf der Suche nach neuen Skandalen war. Mein Kontakt zu Frank war ein wenig eingeschlafen. Nach unserem letzten Treffen meldete er sich nur noch sporadisch, und ich wollte ihm auch nicht hinterhertelefonieren. Ich war mir nun sicher, daß Frank mit seiner Arbeitskollegin zusammen war, aber ich gönnte es ihm. Bea hatte recht gehabt, Frank und ich waren einfach nicht füreinander bestimmt. Trotzdem dachte ich manchmal noch ein bißchen wehmütig an ihn, und an den Abenden, an denen ich mich besonders einsam fühlte, juckte es mich in den Fingern, ihn anzurufen. Dabei fragte ich mich, ob diese plötzlichen Sehnsuchtsanfälle daher rührten, daß ich wirklich Frank vermißte, oder ob ich mich nur generell allein fühlte. Schließlich war ich mittlerweile schon fast ein Jahr lang Single, und zu zweit ist eben immer schöner als allein. Während ich in den letzten Monaten kaum Zeit gehabt hatte, über mein Dasein als alleinstehende Fastdreißigerin zu philosophieren, mußte ich jetzt, da im Büro wieder alles in Ordnung war, immer öfter daran denken.

Ich gestand es mir nicht gern ein, aber in Sachen Liebe war ich ein wenig frustriert. Die Tatsache, daß ich langsam aber sicher in dem Alter war, in dem ich fast wöchentlich Heiratsanzeigen meiner ehemaligen Schulkameradinnen zugeschickt bekam, hob meine Laune auch nicht gerade. Happy to be single, wer hatte sich nur den Spruch ausgedacht? Aber schließlich hatte Bea, die ja immerhin zehn Jahre älter war als ich, auch keinen Partner. Laut Statistik hatte man in unserem Beruf ohnehin gute Chancen, ziemlich früh, dafür aber einsam zu sterben. Der ständige Streß, die Herumreiserei und die plötzlichen Termine, derentwegen man so manche Verabredung absagen mußte – das konnten wohl nur die wenigsten tolerieren. Im Geiste ließ ich die Gesichter meiner Kollegen vorüberziehen. Insgesamt achtundzwanzig Redakteure waren wir. Davon waren ganze vier verheiratet, der Rest lebte in Scheidung, in einer verzofften Beziehung oder war wie ich Single. Rosige Aussichten, das konnte man nicht leugnen. Ich war entschlossen, daß ich der Statistik trotzen würde. Ich würde mich bestimmt bald wieder einmal verlieben, als Teenager war ich schließlich andauernd verknallt gewesen!

Wie ein Fingerzeig des Schicksals flatterte mir die Einladung zu einer großen Party ins Haus. Der Deutsche Journalistenverband veranstaltete sein diesjähriges Sommerfest. Das war die Gelegenheit, wieder einmal ein paar nette Männer kennenzulernen. Und nachdem Frank immer so große Schwierigkeiten gehabt hatte, die Probleme, die mein Beruf so mit sich brachte, zu akzeptieren, sollte ich es vielleicht doch einmal mit jemandem aus meiner Branche versuchen. Nun, bei dieser Feier würde es davon mehr als genug geben.

Bea hatte keine Lust, mich zu der Party zu begleiten.

»Also wirklich nicht«, meinte sie. »Es reicht mir schon, wenn ich diese Leute den gesamten Tag um mich ertragen muß, das muß ich mir nicht auch noch abends geben.« Trotzdem schaffte ich es irgendwie, sie zu überreden, und so betraten wir am Samstagabend gemeinsam den Ort des Geschehens.

Allerdings genügte ein Blick, um mir zu sagen, daß Bea recht hatte. Auf der Party tummelten sich die üblichen Leute. Es waren die üblichen Gespräche, die üblichen Häppchen und die üblichen Cocktails. Alles in allem nur Leute, die sich gegenseitig bestätigten, wie unglaublich wichtig sie waren.

»Hier willst du deinen Traummann finden? Da bin ich aber wirklich gespannt«, stellte Bea zweifelnd fest.

»Abwarten, der Abend hat ja gerade erst begonnen«, gab ich mich betont optimistisch. Ich würde mir von ihr nicht die Laune vermiesen lassen, der eine oder andere normale Mensch würde hier schon dabei sein. Voller Zuversicht mischte ich mich unters Volk. Irgendwie hatte ich ein gutes Gefühl. Heute abend würde es passieren!

Zwei Stunden später kam ich freilich langsam zu der Einsicht, daß heute abend überhaupt nichts passieren würde. Von einem Radioredakteur, der mir eine geschlagene Stunde lang das Ohr abgekaut hatte, abgesehen, tat sich in Sachen Männer überhaupt nichts.

»Also gut, du hast recht«, gestand ich Bea ein. »Das wird hier nichts, laß uns nach Hause fahren.«

»Endlich kommst du zur Vernunft«, freute sich Bea. »Man kann es eben nicht erzwingen.«

Ich verzichtete darauf, sie an ihre erfolgreiche Anmache auf Inlineskates hinzuweisen, die ja wohl auch mehr oder weniger erzwungen gewesen war. Statt dessen meinte ich nur: »Das stimmt wohl, aber ich mußte es wenigstens einmal versuchen.« Gemeinsam schlenderten wir Richtung Ausgang. Auf dem

Weg kamen wir an Stefan vorbei, der mit wichtiger Miene auf ein junges Mädchen einredete.

»Natürlich muß man erst einmal lernen, wie man an gute Themen herankommt«, hörte ich ihn erläutern. »Aber mit der Zeit bekommst du den Bogen auch raus.« Das Mädchen hing ihm bewundernd an den Lippen. Kaum zu glauben, wie Stefan sich in so kurzer Zeit vom schüchternen Volontär zum selbstbewußten Meisterjournalisten entwickelt hatte. Seine Arbeit war ihm offensichtlich etwas zu Kopf gestiegen, kaum durfte er ein paar eigene Geschichten schreiben, hatte ihn der Größenwahn ergriffen. Daß das bei Stefan so schnell gehen würde, hätte ich nicht gedacht. Bea zwinkerte mir zu, wir dachten in diesem Augenblick beide das gleiche.

»Na?« meinte ich zu Stefan, der erschrocken zusammenzuckte, als er mich sah. »Wie geht's unserem Herrn Volontär? Amüsierst du dich gut?« Verlegenheit breitete sich auf Stefans Gesicht aus, das Mädchen musterte ihn verwundert.

»Äh, ja, Frau Kröger«, stotterte er, »tolle Party hier, was?«

»Du bist noch Volontär?« wollte das Mädchen jetzt wissen. Ich mußte mir schwer das Grinsen verkneifen, die Show hatte ich ihm ordentlich vermasselt. Wahrscheinlich hatte er dem Mädchen erzählt, daß er beim Express eine unheimlich bedeutende Stellung innehatte.

»Ja, so in der Art, im Moment noch«, wollte Stefan die Situation retten.

»Einen schönen Abend«, flötete ich und wandte mich zum Gehen. Stefans peinlich berührte Erklärungen wollte ich mir jetzt nicht mehr anhören. Bea und ich lachten uns tot, während wir uns dem Ausgang näherten.

»Der Arme«, prustete Bea, »der hat bei dem Mädchen keine Chance mehr.«

»Tja«, meinte ich leichthin, »man soll sich eben nicht als etwas ausgeben, was man nicht ist. Der Schuß geht schnell nach hinten los.« Ich mußte noch immer lachen, als ich plötzlich wie angewurzelt stehenblieb. Donnerknispel, da war er! Direkt am Ausgang stand der Mann, den ich schon einmal bei den Ravenstedts gesehen hatte! Und er sah noch besser aus, als ich ihn in

Erinnerung gehabt hatte! Unter seinem T-Shirt zeichnete sich ein muskulöser Körper ab, ein leichter Dreitagebart ließ ihn richtig männlich aussehen. Mitte Dreißig mochte er sein, vielleicht auch ein bißchen älter.

»Ist was?« wollte Bea wissen, als ich so unvermittelt stehenblieb.

»Das kann man wohl sagen«, antwortete ich und deutete Richtung Ausgang. Bea folgte meinem Blick. »Das ist der Typ, den ich damals vor dem Grundstück der Ravenstedts gesehen habe!«

»Lecker!« stellte Bea fest.

»Was heißt hier lecker? Das ist doch der absolute Traumtyp!«

»Ja, sieht wirklich ganz nett aus.«

»Ich kann jetzt unmöglich gehen, diesen Mann muß ich haben!« Ich konnte meinen Blick immer noch nicht von ihm abwenden. Gerade in diesem Augenblick winkte er eine Frau zu sich heran, die ihm strahlend zulächelte. Sofort haßte ich diese Frau, die sollte bloß die Finger von *meinem* Mann lassen!

»Du kannst ja gern noch bleiben«, meinte Bea, »aber ich hab wirklich keine Lust mehr.«

»Du kannst mich doch hier nicht alleine lassen!« flehte ich Bea an.

»Wieso? Bei der Sache würde ich sowieso nur stören.«

»Aber was soll ich denn machen?« meinte ich verzweifelt. Ich fühlte mich ungelenk wie ein Backfisch, völlig rat- und hilflos.

»Das ist doch wohl klar: Sprich ihn an und laß deinen sagenumwobenen Charme spielen.«

»Ich kann nicht«, flüsterte ich ihr zu. »Ich bekomme mit Sicherheit keinen Ton heraus.«

»Dann mußt du dich wohl darauf beschränken, ihn den Rest des Abends anzustarren«, stellte Bea fest.

»Du bist vielleicht eine tolle Freundin!« sagte ich beleidigt.

»Was soll ich denn deiner Meinung nach tun? Zu ihm hingehen und ihm meine taubstumme Freundin vorstellen?«

»Ist ja schon gut. Geh nur, wenn du unbedingt willst!«

»Das mach ich auch.« Und tatsächlich, eine Minute später war sie fort und ließ mich in meinem Unglück allein.

Ein halbe Stunde lang zermarterte ich mir das Gehirn, wie ich diesen Mann am besten ansprechen könnte, aber mir fiel nichts ein. Meine Schlagfertigkeit und mein Ideenreichtum hatten sich kurzfristig verabschiedet, zurück blieb ich mit einem Kopf, der momentan den Gehalt eines Vakuums hatte. Aber es nützte nichts, ich würde es mir nie verzeihen, wenn ich ihn nicht ansprach. Unauffällig stellte ich mich in seine Nähe und lauschte der Unterhaltung zwischen ihm und der Frau.

»Ach Joe«, lachte die dämliche Zicke gerade, »du bist einfach zu witzig!« Na, die übertraf sich jedenfalls auch nicht gerade an geistreichen Bemerkungen.

»Oh, vielen Dank, Sybille.« Mit einer – auf den ersten Blick vielleicht etwas affektiert wirkenden Geste – strich er sich die Haare aus der Stirn und lächelte sie an. Ich konnte meinen Blick überhaupt nicht losreißen, jede Bewegung von ihm war pure Erotik. Angestrengt versuchte ich, die nicht ganz jugendfreien Bilder, die sich in meinem Kopf breitmachten, zu verdrängen. So etwas konnte ich jetzt überhaupt nicht gebrauchen. Sybille schien meine Ansicht zu teilen. Ihre Wangen glühten, während ihre Augen damit beschäftigt waren, jeden Millimeter seines Körpers abzutasten.

Es dauerte eine weitere halbe Stunde, bis Joe, wie er offensichtlich hieß, sich von der Frau loseisen konnte. Zu meiner Genugtuung hatte ich bemerkt, daß er hin und wieder unauffällig die Augen verdrehte, wenn sie gerade woanders hinsah. Sehr gut, sie ging ihm offensichtlich auf die Nerven. Er verabschiedete sich von ihr mit der fadenscheinigen Ausrede, einmal »für kleine Jungs« zu müssen. Das war meine Chance, unauffällig heftete ich mich ihm an die Fersen.

Als ich vor der Herrentoilette herumlungerte, kam ich mir dann doch etwas bescheuert vor. Vermutlich hätte ich mich lieber irgendwo in die Menge stellen sollen, aber ich befürchtete, ihn aus den Augen zu verlieren.

Von der Toilette aus ging Joe zum Getränkestand, und ich folgte ihm. Jetzt oder nie! sagte ich mir und stellte mich neben ihn an die Theke. Als er die Bedienung um ein Bier bat, nahm ich all meinen Mut zusammen.

»Entschuldigung«, sprach ich ihn an und lächelte so charmant wie irgend möglich, »könnten Sie mir wohl auch ein Bier bestellen?«

»Wieso?« Er sah mich nicht einmal an. »Sie können sich doch ganz gut selbst artikulieren.« Nun gut, vielleicht kein besonders gelungener Anfang, aber immerhin hatte er etwas zu mir gesagt.

»Ähm«, mehr fiel mir auf Anhieb darauf nicht ein. Peinlich, peinlich! »Ich dachte nur, Sie könnten mich vielleicht einladen«, entschloß ich mich zum dreisten Angriff. Joe zuckte mit den Schultern.

»Ist doch sowieso alles umsonst.« Herrje, es wurde immer schlimmer, der mußte mich für einen totalen Deppen halten!

»Weiß ich doch«, erwiderte ich, »aber ich meinte eher symbolisch.« Jetzt drehte er sich zu mir um und lächelte.

»Wenn das so ist – klar lade ich Sie symbolisch ein.« Er wandte sich der Bedienung zu und orderte noch ein Bier. Mein Herz klopfte den Rhythmus von Rimsskij-Korsakows Hummelflug, noch nie im Leben war ich auch nur annähernd so aufgeregt gewesen. Was nun? hämmerte es in meinem Kopf. Du mußt jetzt irgendwas zu ihm sagen.

»Trinken Sie gern Bier?« war meine nächste, äußerst intelligente Frage. Joe lachte laut.

»Ja, ganz gern.«

»Ach so.« Okay, Maike, vergiß es einfach, die Nummer hast du total versaut! Schon wollte ich mich von ihm verabschieden, da lenkte er das Gespräch in normale Bahnen.

»Kennen wir uns?« wollte er wissen, »Sie kommen mir bekannt vor.«

»Ähm, ich glaube, wir haben uns schon einmal gesehen. Draußen in Blankenese.« Joe kniff nachdenklich die Augen zusammen.

»Die Sache bei den Ravenstedts?« Ich nickte. Jetzt sah Joe richtig überrascht aus. »Sie waren das, die da einfach so reinmarschiert ist!« rief er aus.

»Ja, das war ich«, antwortete ich und freute mich, daß er sich an mich erinnerte. »Ich heiße Maike. Maike Kröger.«

»Ja«, erwiderte Joe und musterte mich nun, wie es mir vorkam, ziemlich intensiv, »ich meine, Ihren Namen damals in der Zeitung gelesen zu haben. Im Express, kann das sein?« Ich nickte. Dann streckte er mir seine Hand hin. »Ich heiße Joseph Müller.« Brrr, was für ein scheußlicher Name, paßte so gar nicht zu diesem Traum von einem Mann. Aber was war schon ein Name, Schall und Rauch! »Aber alle nennen mich Joe.« Das paßte schon besser.

»Sind Sie auch Journalist?« fragte ich. Er nickte. »Für welches Blatt schreiben Sie?«

»Ich arbeite nur frei, ich möchte mich nicht binden«, war seine Antwort. Hoffentlich bezog sich sein Bindungsunwille nur auf seine Arbeit, denn ich war schon jetzt fest entschlossen, ihn an mich zu binden. Gleichzeitig war mir klar, daß dieser Mann das totale Gegenteil von Frank war: selbstbewußt, vielleicht sogar ein bißchen arrogant, Typ Macho und einsamer Wolf. Also genau das, wovor Mütter ihre Töchter warnen. Und damit genau das, was ich wollte.

»Kommen Sie«, sagte er und deutete auf einen freien Tisch neben dem Getränkestand, »setzen wir uns hin. Sie müssen mir genau erzählen, wie Sie das damals angestellt haben, zu den Ravenstedts reinzukommen. Das war ja fast ein Hochsicherheitstrakt!«

Nachdem ich Joe meinen Blumentrick erklärt hatte, erzählte ich ihm noch von dem Ärger, den ich damals gehabt hatte. Eigentlich war das ja keine wirklich rühmliche Geschichte, aber vor lauter Aufregung sprudelte einfach alles aus mir heraus. Außerdem war Joe ein ziemlich dankbarer Zuhörer, jedenfalls sah er so aus, als würde ihn das, was ich erzählte, wirklich interessieren. Wie ich es genoß, mit diesem phantastisch aussehenden Mann den Abend zu verbringen, es war so romantisch! Das einzige, was ein bißchen störte, war sein Handy, das innerhalb einer Stunde ganze drei Male klingelte. Schien wirklich gefragt zu sein, dieser Mann. Aber ich konnte ihn ja schlecht bitten, es auszustellen.

Gegen Mitternacht war es langsam Zeit, die Party zu verlassen. Außer Joe und mir standen nur noch ein paar vereinzelte Gestalten herum.

»Wo mußt du jetzt hin?« fragte Joe, als wir zum Ausgang gingen. Im Verlauf des Gesprächs hatte er irgendwann einfach angefangen, mich zu duzen, und ich hatte nicht das geringste dagegen.

»Nach Eimsbüttel«, antwortete ich.

»Da kann ich dich mitnehmen. Oder bist du mit dem eigenen Auto da?« War ich nicht, aber selbst wenn, hätte ich das Gegenteil behauptet. Diese Gelegenheit hätte ich mir nie im Leben nehmen lassen!

»Das wäre toll!« erwiderte ich. Direkt vor dem Eingang parkte ein roter Porsche, und Joe ging zielstrebig darauf zu. Auweia, Handy und roter Porsche, solche Typen waren mir ja normalerweise die liebsten! Aber mit einem Seitenblick auf Joe beschloß ich für mich, daß er von mir aus sogar noch ein Goldkettchen hätte tragen können, noch nicht einmal das hätte meiner Begeisterung für ihn Abbruch getan. Als ich im Auto saß, mußte ich auf einmal kichern. Vielleicht hatte er ja auf seinem Bett eine Tagesdecke mit Leopardenmuster. Oder er trug Tangaslips. Oder ein Muskelshirt? Nein, danach sah er nun wirklich nicht aus. Ein bißchen Macho, das schon, aber so schlimm würde es wohl nicht sein.

»Was ist so lustig?« wollte Joe wissen.

»Ich denke gerade an Unterwäsche«, entfuhr es mir spontan. Joe warf mir einen verschmitzten Blick zu.

»Weißt du was? Ich auch!«

»Die Liiiebe ist die schööönste Sache der Welt«, trällerte ich, als ich nach einer stürmischen Nacht – übrigens ohne Tangas und Leopardenfell – am Sonntagmorgen noch immer in den Klamotten vom Vorabend und schwer übermüdet ins Büro kam.

»Es hat geklappt«, stellte Bea mit einem Blick auf mein leicht derangiertes Äußeres fest. Ich grinste wahrscheinlich so breit wie ein Honigkuchenpferd, als ich mich mit einem zufriedenen Seufzer auf meinen Stuhl plumpsen ließ.

»Das kann mal wohl sagen!« bestätigte ich Beas Annahme. »Dieser Mann ist der absolute Hammer.«

»Erzähl!« forderte Bea mich auf. »Und laß bloß keine wichtigen Details aus!« Ich berichtete ihr von meiner peinlichen Anmache, von meinen Überlegungen in Sachen Unterwäsche und von der darauffolgenden leidenschaftlichen Liebesnacht. Eigentlich war mir das ganze ein bißchen zu schnell gegangen, aber Joe war einfach kein Mann, dem man lange widerstehen konnte. Ich jedenfalls nicht. Hätte ich heute morgen nicht zur Arbeit gemußt, hätte ich mich wahrscheinlich immer noch mit Joe in den Kissen gewälzt.

»Hört sich an, als hättest du eine Menge Spaß gehabt.« Bea klang fast ein bißchen neidisch.

»Es war mehr als nur Spaß. Es war eine Offenbarung!«

»Mein Gott, da hast du wohl wirklich guten Sex gehabt!«

»Nicht nur das«, jubelte ich, »ich bin bis über beide Ohren verliebt! Joe ist einfach phantastisch, ein Traum! Ich schwebe im siebten Himmel!«

»Dann hoffe ich mal für dich, daß du keine Bruchlandung erlebst.«

»Wieso sollte ich?« fragte ich verwundert. Was wollte sie mir denn jetzt schon wieder mies machen?

»Ich meine, du kennst ihn ja noch nicht einmal vierundzwanzig Stunden. Wer kann da schon sagen, ob er auch gleich Feuer gefangen hat?«

»Da kann es überhaupt keinen Zweifel geben«, behauptete ich, »Joe ist auch völlig hin und weg von mir. Jedenfalls hat er das gesagt, weshalb sollte er lügen?«

»Weil Männer alles mögliche sagen, wenn ihr Gehirn in tiefere Regionen rutscht.«

»Kannst du bitte einmal aufhören, an allem immer die schlechte Seite zu sehen?« meinte ich entnervt. »Oder gönnst du mir mein Glück nicht?«

»Das ist doch Unsinn!« stritt Bea meinen Vorwurf ab. »Ich möchte dich nur vor einer möglichen Enttäuschung bewahren, das ist alles.«

»Kein Sorge, ich bin alt genug und kann selbst auf mich

aufpassen«, erwiderte ich patzig. Bea hob abwehrend die Hände.

»Schon gut, schon gut! Ich sag nichts mehr.« In diesem Moment klingelte mein Telefon.

»Maike Kröger?«

»Hi, ich bin's.« Ich kannte die Stimme, aber mit der Aussage »ich bin's« konnte ich gerade nicht so viel anfangen.

»Wer ist da?«

»Na, der Mann, dessen Bett du vor einer halben Stunde verlassen hast.«

»Joe!« Ich kicherte. »Tut mir leid, ich war gerade etwas durcheinander, du klangst am Telefon so anders. Was gibt's denn?«

»Eigentlich nichts Besonderes«, antwortete Joe. »Ich wollte dir nur sagen, daß ich gerade an dich denke und ich jetzt am liebsten ein paar Sachen mir dir anstellen würde.«

»Hm, das würde ich auch gern tun«, hauchte ich und merkte, wie ich schon wieder rote Öhrchen bekam. »Sehen wir uns nachher?« Eigentlich hatte ich ja vornehme Zurückhaltung üben wollen und warten, bis er sich wieder mit mir treffen wollte. Aber in diesem Moment konnte ich nicht anders.

»Gern«, kam es zu meiner Erleichterung, »komm doch nach der Arbeit bei mir vorbei, dann gehen wir vorher noch etwas essen.« Vorher? Mein Kopf wurde noch eine Spur röter.

»Hört sich gut an. So um sieben?«

»In Ordnung.«

»Dann bis dann.« Ich konnte mich gerade noch beherrschen, ihm nicht ein Küßchen durch den Hörer zu schicken. Das wäre dann doch zuviel des Guten gewesen, schließlich wollte ich Joe nicht gleich mit meinen Gefühlsausbrüchen überfordern, Männer konnten so etwas oft gar nicht gut vertragen. Als ich aufgelegt hatte, warf ich Bea einen triumphierenden Blick zu.

»Das war Joe«, klärte ich sie auf. »Er wollte mir nur sagen, daß er mich vermißt. Nachher gehen wir essen.« Na ja, so ungefähr hatte er das jedenfalls gesagt.

»Dann scheint ja wirklich alles bestens zu sein, hat ja wohl auch bei ihm heftig eingeschlagen«, mußte Bea mir nun recht geben. »Freut mich für dich.«

»Und mich freut das erst!« Am liebsten wäre ich durch die Redaktion getanzt, so glücklich war ich schon lange nicht mehr gewesen!

»Guten Morgen, Frau Kröger«, begrüßte Stefan mich mit säuerlicher Stimme und trat ins Büro. »Ich soll Ihnen vom Chef ausrichten, daß er Sie gleich sprechen möchte. Dringend!«

»Danke, Stefan.«

»Stets zu Diensten«, erwiderte er sarkastisch und funkelte mich böse an. Er war wohl noch sauer wegen meiner Bemerkung gestern. Wie nachtragend!

»Hattest du noch einen schönen Abend?« fragte ich, um ihn ein bißchen zu ärgern. Stefan reagierte überhaupt nicht, er drehte sich wortlos um und ging davon.

»Vielleicht solltest du dich bei ihm entschuldigen?« überlegte Bea. »Das war ja auch wirklich nicht gerade nett von dir, ihn vor dem Mädchen so bloßzustellen. Einem Jungen in seinem Alter ist das doch mit Sicherheit total peinlich!«

»Wenn du meinst, rede ich nachher einmal mit ihm. Aber jetzt muß ich erst zu Dr. Winkler.« Mit diesen Worten stand ich auf und machte mich auf die Socken in Richtung Chefredaktion.

»Frau Kröger, da sind Sie ja«, begrüßte Dr. Winkler mich freundlich. »Heute habe ich eine wirklich gute Nachricht für Sie!« Ich nahm vor seinem Schreibtisch Platz, gute Nachrichten hörte ich immer gern!

»Schießen Sie los«, sagte ich.

»Also, sagt Ihnen der Name Rudolf Ehrentraut etwas?«

»Nö«, gab ich unumwunden zu, »sollte er?«

»Das ist ein sehr bekannter Hamburger Pianist«, erklärte Dr. Winkler, »hat schon alle Musikpreise abgeräumt, die es so gibt.«

»Ach ja?«

»Morgen startet er seine Deutschlandtournee.«

»Und?«

»Ja, ich dachte mir, wir könnten ein schönes Porträt über ihn machen. Vielleicht sogar als Auftakt zu einer Serie. ›Berühmte Kinder Hamburgs‹ oder so ähnlich.«

»Klingt gut.«

»Finde ich auch. Jedenfalls hat eben sein Manager angerufen. Wir dürfen ihn auf seiner Konzertreise begleiten, um ein wirklich gutes Porträt über ihn zu schreiben.« Mir schwante Böses. »Und Sie sollen diese Aufgabe übernehmen«, bestätigte Dr. Winkler mich in meiner Vermutung.

»Wieso ich? Promis sind doch eigentlich Frau Riedigers Ressort?« sagte ich, um den Auftrag abzuwenden. Ich konnte unmöglich aus Hamburg weg, nicht jetzt, da ich doch gerade frisch verliebt war. Dr. Winkler zog mißbilligend seine Augenbrauen hoch.

»Oh. Ich hatte vermutet, daß Sie die Geschichte gern machen würden.«

»Würde ich ja auch, aber …« Aber was? Wie konnte ich Dr. Winkler eine plausible Erklärung dafür geben, daß ich diesen Auftrag nicht übernehmen wollte. Auch unter normalen Umständen hätte ich mich nicht gerade darum gerissen, aber andererseits konnte ich es mir nicht erlauben, den Chefredakteur zu verärgern. »Ich meine nur, Frau Riediger ist doch dann bestimmt sauer, oder?«

»Das soll nicht Ihre Sorge sein! Außerdem hat sie, soweit ich weiß, diese Woche jede Menge Termine hier in Hamburg.«

»Wenn das so ist«, erwiderte ich matt. Es hatte keinen Sinn, ich mußte auf diese Konzertreise gehen. »Wie lange dauert die Tournee?« Hoffentlich zog sich die ganze Sache nicht ewig hin!

»Sieben Tage«, antwortete Dr. Winkler zu meiner großen Erleichterung. »Am besten, Sie fahren am Nachmittag nach Hause und packen. Heute abend geht's bereits nach München. Ich hab Ihnen hier«, er reichte mir einen Zettel, »die Adresse von Rudolf Ehrentraut aufgeschrieben. Er erwartet Sie um sechs Uhr.«

»In Ordnung.« Das war einer der Momente, in dem ich meinen Beruf haßte und mir wünschte, ich hätte etwas Ordentliches gelernt.

Joe war enttäuscht, als ich ihn von zu Hause aus anrief.

»Das ist aber wirklich schade, Süße. Dann wird es wohl nichts mit heute abend?«

»Sieht so aus, aber ich kann es nicht ändern.« Ich hätte heulen können, so traurig war ich.

»Kann ich denn wenigstens noch kurz bei dir vorbeikommen um dir ... ähm ... auf Wiedersehen zu sagen?«

»Ja, natürlich, ich würde dich auch gern noch sehen!«

»Dann bin ich in gut zwanzig Minuten bei dir!« Ich warf einen Blick auf meine Uhr. Jetzt war es drei, von halb vier bis halb sechs? Das würde doch noch reichen ... Schäm dich, sagte ich zu mir selbst.

Joe war genauso schamlos wie ich. Kaum war er durch die Tür getreten, fand ich mich auch schon auf meinem Bett wieder. Wir paßten eben wirklich gut zusammen! Um Viertel vor sechs mußte ich mich dann leider auf den Weg zu Rudolf Ehrentraut machen. Ich kannte diesen Pianisten zwar noch nicht, aber ich wußte jetzt schon, daß ich ihn hassen würde. Was mußte dieser Mann auch ausgerechnet jetzt eine Konzerttournee machen? Es war doch Sommer, anständige Künstler machten so etwas im Herbst!

Rudolf Ehrentraut war ein selbstverliebter, arroganter Gockel. Das war mir bereits klar, als ich ihm meine Hand zur Begrüßung hinhielt und er sie geflissentlich übersah. Das konnten ja wirklich phantastische sieben Tage werden! Einen kurzen Augenblick überlegte ich, ob ich vielleicht eine plötzlich auftretende Krankheit vortäuschen sollte, um diesem Termin doch noch zu entgehen. Aber ich wußte, daß Dr. Winkler darüber nicht gerade begeistert sein würde, also ließ ich es bleiben. So schlimm würde es schon nicht werden.

Während ich eingepfercht zwischen Noten und Garderobenkoffern auf dem Rücksitz eines klapprigen Bullis Richtung München tuckerte, wurde mir klar, daß es noch schlimmer werden würde. Rudolf Ehrentraut redete ohne Punkt und Komma über seine bedeutende Karriere, über seine phänomenalen Erfolge, über seine einzigartige Virtuosität. Wenn das bis München so weiterging, war ich spätestens in Nürnberg taub! Ehrentrauts »Manager«, eine ziemlich verwahrlost aussehende Gestalt um die Fünfzig, steuerte den Wagen im Schneckentempo über die Autobahn. Bei der Geschwindigkeit würden wir München erst am nächsten Abend erreichen.

»Weshalb fliegen wir eigentlich nicht?« wollte ich wissen. »Wäre das nicht praktischer?«

»O nein!« Ehrentraut lachte süffisant. »Das ist für mich undenkbar! Der ständige Wechsel des Luftdrucks, dem man im Flugzeug ausgesetzt ist, könnte Einfluß auf mein absolutes Gehör nehmen.« Damit begann er, über seine erstaunlichen Hörfähigkeiten zu sprechen. Und wer dachte an meine armen, gequälten Ohren?

Als wir endlich nach einer halben Ewigkeit in den frühen Morgenstunden unser Hotel in München erreichten, war ich froh, Ehrentrauts Gerede für ein paar Stunden zu entkommen. Ermattet ließ ich mich in meinem Zimmer aufs Bett plumpsen, wahrscheinlich würde ich bis zu dem Konzert am Abend den ganzen Tag durchschlafen. Aber zuerst mußte ich natürlich Joe anrufen. Es war zwar eine unchristliche Uhrzeit, aber bei Verliebten tickt die Zeit schließlich anders.

Enttäuscht legte ich den Hörer wieder auf, als sich nur der Anrufbeantworter meldete. Dabei hätte ich jetzt so gern mit ihm gesprochen! Ich fühlte mich ziemlich mutterseelenallein, wieso war Joe denn um diese Uhrzeit nicht zu Hause?

Natürlich konnte er tun und lassen, was er wollte, und er war ehrlich gesagt auch nicht der Typ, der sehnsuchtsvoll wartend zu Hause vor dem Telefon saß. Traurig wickelte ich mich in die Bettdecke, ein paar aufmunternde Worte hätten mir jetzt wirklich gutgetan.

Ein leises Klopfen an der Zimmertür weckte mich. Verwirrt blickte ich auf die Uhr, es war schon fast Mittag, ich war tatsächlich richtig tief eingeschlafen. Benommen wankte ich zur Tür und öffnete sie. Verwundert rieb ich mir die Augen, ich mußte immer noch träumen! Vor mir stand kein anderer als Joe!

»Hallo, meine Süße!« begrüßte er mich überschwenglich und riß mich in seine Arme.

»Joe?« stotterte ich verwirrt, als er mich wieder losgelassen hatte, »was machst du denn hier?«

»Ich wollte dich einfach sehen. Heute morgen habe mich gleich in einen der ersten Züge gesetzt.«

»Und woher wußtest du, wo ich bin?«

»Hab von unterwegs in der Redaktion angerufen und deine Kollegin Bea gebeten, mir zu sagen, in welchem Hotel du in München wohnst.«

»Aha.« Ich war noch immer total baff.

»Oder hast du keine Lust auf mich?«

»Quatsch! Ich freue mich riesig!« versicherte ich ihm. »Damit hätte ich einfach nur nicht gerechnet.«

»Bei mir muß man mit allem rechnen«, meinte Joe.

»Das Gefühl habe ich auch langsam«, erwiderte ich, »aber das gefällt mir.« Ich konnte es immer noch nicht richtig glauben, daß Joe sich tatsächlich kurzerhand in den Zug gesetzt hatte. Und Bea hatte Angst gehabt, daß er meine Gefühle nicht erwidern würde. So ein Unsinn!

»Aber sag mal, kannst du denn so einfach deine Arbeit in Hamburg liegenlassen?« wollte ich dann wissen. Schließlich hatte Joe doch bestimmt jede Menge zu tun.

»Das ist der Luxus, den man als freier Journalist hat. Ich kann arbeiten, wann, wo und wieviel ich will.«

»Das stimmt, das ist ein eindeutiger Vorteil«, pflichtete ich ihm bei. »Willst du mich denn die gesamte Reise begleiten?« fragte ich hoffnungsvoll.

»Wenn der Maestro nichts dagegen hat, werde ich dir gern deine Arbeit etwas versüßen.«

»Damit könntest du eigentlich gleich anfangen«, stellte ich fest, nahm ihn bei der Hand und zog ihn in Richtung Bett. Doch kaum hatten wir uns in die Kissen geworfen, fing Joes Handy mal wieder an zu klingeln.

»Mußt du dieses Ding überall dabeihaben?« fragte ich etwas gereizt, nachdem Joe es ausgestellt hatte und wieder neben mir im Bett lag.

»Na ja«, erwiderte er, »ein Handy ist dafür da, daß man es immer dabeihat.« In Ordnung, das war logisch. Aber ich kannte kaum jemanden, bei dem es so oft bimmelte wie bei Joe, das nervte schon ein bißchen. Vor allen Dingen in bestimmten Situationen!

»Außerdem hab ich's jetzt ja ausgeschaltet«, meinte er und fing an, an meinem Ohr herumzuknabbern. Damit hatte er mich sofort wieder angeschaltet!

Der Maestro reagierte zunächst etwas pikiert, als ich abends zu dem ersten Konzert mit Joe im Schlepptau auftauchte, schließlich ließ er sich in keiner Beziehung gern die Show stehlen. Aber nachdem wir ihm erzählt hatten, daß Joe ihn ebenfalls porträtieren wollte, willigte er schließlich ein. Wahrscheinlich schmeichelte es ihm sogar, gleich mit zwei Journalisten im Gepäck zu reisen. So gondelten wir zu viert durch die deutschen Lande, und diese furchtbare Reise entpuppte sich überraschenderweise als eine Art Liebesurlaub. Jetzt konnte ich sogar Rudolf Ehrentrauts Angeberei ertragen. Während er vorne im Bulli weiterhin von seinem bedeutsamen Dasein als Pianist erzählte, stellten Joe und ich die Ohren auf Durchzug und widmeten uns weitaus bedeutsameren Dingen.

»Aber nicht«, drohte ich Joe spaßeshalber, »daß du mir diese phantastische Geschichte klaust. Rudolf Ehrentraut habe ich exklusiv, damit das klar ist.«

»Sicher, Süße«, erwiderte Joe, »ich bin dir nur nachgefahren, um eine Chance zu haben, mit dem großartigen Rudolf Ehrentraut zu sprechen.«

»Na ja, so schlecht ist die Geschichte nun auch wieder nicht.« Im ersten Moment war ich ein bißchen beleidigt, weil Joe sich so offensichtlich über meine Arbeit lustig machte. Wenn ich das tat, was das schließlich etwas anderes, aber er mußte ja nicht gleich darauf einsteigen. Aber wie hätte ich ihm das erklären sollen, Frauengedanken waren für Männer manchmal einfach nicht nachzuvollziehen. Der einzige, den ich bisher kennengelernt hatte, der das konnte, war Frank. Er hätte in dieser Situation bestimmt etwas gesagt wie: »Na, nun mach dich mal selbst nicht so klein.« Andererseits, dachte ich, als Joe den Arm um mich legte und mich leidenschaftlich küßte, fehlten Frank dafür andere Qualitäten. Und daß Joes manchmal etwas überhebliche Art nur Show war, da war ich mir ganz sicher. Ich würde seine harte Schale schon knacken!

Zurück in Hamburg lieferte ich Dr. Winkler ein Porträt, das dem Leser die Tränen in die Augen treiben mußte. Von der Liebe beflügelt flogen meine Hände nur so über die Tastatur, in rekordverdächtiger Zeit war der Artikel fertig.

»Sehr gut«, lobte mich Dr. Winkler. »Es ist Ihnen wirklich gelungen, Rudolf Ehrentrauts private, empfindsame Seite zu zeigen.« Das war der Lacher des Jahrhunderts, seine private, empfindsame Seite! Ich hatte meine Phantasie ziemlich ankurbeln müssen, um überhaupt ein nettes Wort über Rudolf Ehrentraut schreiben zu können. Aber immerhin hatte ich dank ihm eine tolle Woche mit Joe verbracht, da konnte ich mir auch ein nettes Porträt aus den Rippen schneiden. Jedenfalls würde Ehrentraut sich diesen Artikel mit Sicherheit einrahmen und übers Bett hängen, so großartig stellte ich ihn und seine unglaubliche Begabung dar! Und obwohl er es als Kind nicht leicht gehabt hatte, kämpfte er mit aller Kraft darum, einmal das zu werden, was er heute war: ein Künstler, der den Menschen mit seiner Musik Hoffnung gab, der Liebe in ihre Herzen brachte. Schluchz, heul, ich war selbst noch ganz ergriffen, wenn ich an mein Porträt dachte.

Bea war begeistert, als ich ihr von den Ereignissen berichtete.

»Hach«, seufzte sie, »wie aufregend! Ich wünschte, mir würde so etwas mal passieren.«

»Mich hat das auch völlig umgehauen«, meinte ich.

»Dieser Joe scheint ja wirklich mächtig verliebt in dich zu sein«, stellte sie fest.

»Könnte sein«, meinte ich. Ich hatte in meine Erzählung noch ein paar romantische Liebesbekundungen eingeflochten. Zwar hatte Joe sich zu so etwas bisher noch nicht hinreißen lassen, aber das ging Bea ja nichts an. Und schließlich gab es

Dinge, die man besser zeigte als sagte. Ich spürte ein angenehmes Kribbeln im ganzen Körper, wenn ich nur an ihn dachte. Hatte ich noch vor knapp zwei Wochen Trübsal ob meines ereignislosen Liebeslebens geblasen, konnte ich mich jetzt wahrlich nicht mehr beschweren. Das Leben war doch herrlich!

Am Abend telefonierte ich das erste 'Mal seit längerer Zeit wieder mit Frank. Nachdem ich mir nun sicher war, für ihn nichts mehr zu empfinden, konnte ich mir auch gelassen anhören, wie er mir von seiner neuen Freundin vorschwärmte.

»Sie heißt Karin«, erzählte er, »und es ist einfach toll mit ihr. Ehrlich, Maike, wir liegen voll auf einer Wellenlänge.«

»Das freut mich für dich!« sagte ich, und ich meinte es wirklich so. »Du hast auf alle Fälle einen ganz besonderen Menschen verdient«, fügte ich noch hinzu.

»Das ist sie. Sie ist genau das, wonach ich immer gesucht habe.« Das versetzte mir nun doch einen kleinen Stich, immerhin war ich auch nicht das Schlechteste, was Frank je passiert war! Aber ich wollte mich nicht aufregen, Frank war schließlich frisch verliebt, da neigte man zu Übertreibungen.

»Und was gibt es bei dir Neues?« wechselte Frank das Thema.

»Och, nicht viel – außer, daß ich den Mann meines Lebens gefunden habe«, meinte ich betont lässig. Für einen kurzen Augenblick sagte Frank gar nichts.

»Maike, das ist ja großartig!« rief er dann. Allerdings klang es nicht ganz so euphorisch, wie es offensichtlich klingen sollte. Er war also doch ein bißchen eifersüchtig, stellte ich erfreut fest. »Wer ist denn der Glückliche?« hakte er nach.

»Er heißt Joseph Müller«, erzählte ich eifrig, »ist sechsunddreißig und freier Journalist.«

»Hört sich doch gut an«, mußte Frank zugeben, »ein Journalist ist wahrscheinlich auch das Richtige für dich. Für welche Blätter schreibt er denn so?« Das war eine gute Frage, wußte ich eigentlich auch nicht. Bisher hatten wir noch nie über seine Arbeit gesprochen, wir waren eher mit anderen Dingen beschäftigt gewesen.

»Weiß ich ehrlich gesagt gar nicht, muß ich ihn mal fragen«, antwortete ich.

»Ist ja auch nicht so wichtig«, lenkte Frank ein, »hätte mich nur einmal interessiert. Jedenfalls wüßte ich nicht, wo ich den Namen Joseph Müller schon einmal gelesen hätte. Aber das will ja nichts heißen, gibt ja so viele Zeitschriften und Zeitungen.« Ich kannte Frank zu gut, um nicht zu merken, daß er damit in der Tat etwas sagen wollte. Das war seine subtile Art, mir Joe madig zu machen, aber darauf fiel ich nicht rein.

»Das ist absolut richtig«, erwiderte ich, »du liest schließlich auch nicht alles. Irgendwo wird er schon veröffentlichen, weshalb sollte er mich da anlügen.«

»Da hast du mich völlig falsch verstanden«, meinte Frank entrüstet, »ich wollte keinesfalls behaupten, daß dich Joseph Müller eventuell angeschwindelt hat.« O doch, genau das wolltest du, du Schlitzohr! Trotzdem nahm ich es ihm nicht übel, ich hatte mich auch zusammenreißen müssen, um nicht irgendeinen abfälligen Kommentar über Franks Arbeitskollegin und Freundin abzulassen.

»Schon gut«, wiegelte ich ab, »ich will mich nicht mit dir streiten. Wenn du Joe erst einmal kennenlernst, wirst du zugeben müssen, daß er ein toller Kerl ist.«

»Da bin ich sicher.«

Joe und Frank konnten sich nicht leiden. Genauer gesagt: Sie haßten sich. Als wir uns zwei Wochen später mit Frank und Karin zu einem Abendessen zu viert trafen, musterten sich die beiden Männer mit feindseligen Blicken. Auch Karin und ich wurden nicht so richtig miteinander warm.

Die Atmosphäre war reichlich verklemmt. Schon bald verfluchte ich mich dafür, daß ich den Vorschlag gemacht hatte, einmal etwas gemeinsam essen zu gehen. Der Abend war ein totaler Reinfall!

»Sie sind also Journalist?« versuchte Frank, eine Unterhaltung anzuleiern.

»Richtig«, bestätigte Joe. »Und Sie sind Versicherungsvertreter, nicht wahr?« Dabei lächelte er Frank freundlich an. Ich sog die Luft ein, auf diesem Fuß war Frank empfindlich.

»Ich bin Versicherungsfachangestellter bei einer der größten deutschen Krankenkassen«, gab er giftig zurück. Die beiden Männer musterten sich kämpferisch, hoffentlich würden sie nicht gleich aufeinander losgehen! Karin und ich saßen schweigend daneben und stocherten lustlos in unserem Essen herum. Offensichtlich waren wir hier einer Meinung, wir fanden das Benehmen der Männer ziemlich peinlich.

Ich mußte zugeben, daß Karin sehr hübsch war. Sie hatte langes rotbraunes Haar, eine zierliche Figur und einen blassen Teint. Dabei war sie höchstens zweiundzwanzig, eigentlich viel zu jung für Frank. Sie redete nicht viel, und wenn sie etwas sagte, klang ihre Stimme leise und schüchtern. Ein extremeres Gegenteil zu mir wäre kaum möglich gewesen. Seltsam, daß Frank sich in so eine Frau verliebt hatte, nachdem er mit mir zusammen gewesen war. Na ja, vielleicht brauchte er nach mir eine Partnerin, der er sagen konnte, wo es langging. Als Ausgleich, sozusagen.

Frank und Joe setzten ihren freundlichen Austausch von Unverschämtheiten den gesamten Abend über fort.

»Für welche Blätter schreiben Sie denn?« fragte Frank hinterhältig. »Ich habe noch nie etwas von Ihnen gelesen.«

»Für Fachzeitschriften«, antwortete Joe, »ich bezweifle, daß Sie da jemals Ihre Nase hineinstecken. Es handelt sich um, nun ja, komplexere Themen, das ist eher nichts für Sie.«

»So, meinen Sie?« Franks Augen verengten sich zu zwei Schlitzen. »Und was für exklusive Zeitschriften sind das, wenn man fragen darf?«

»Jetzt hört endlich auf! Es reicht!« fuhr Karin auf einmal mit erstaunlich energischer Stimme dazwischen. »Ihr benehmt euch wie zwei Schuljungen, das ist ja nicht auszuhalten!« Ich warf ihr einen überraschten Blick zu, so etwas hätte ich ihr gar nicht zugetraut. Karin sah die beiden Männer böse an, die auch prompt verstummten.

»Tut mir leid, Karin«, sagte Frank schließlich, »wir haben uns etwas in Rage geredet.«

»Das kann man wohl sagen. Wie bei einem Hahnenkampf! Kaum zu glauben, daß ihr zwei erwachsene Männer seid!«

»Wollen wir noch ein Dessert bestellen?« fragte ich in die Runde, um die Situation wieder zu normalisieren. Wie zu erwarten wollte niemand ein Dessert. Wir alle wollten diesen Ort so schnell wie möglich verlassen. Eilig tauschten wir vor der Tür noch ein paar gezwungene Höflichkeiten aus, bevor Frank und Karin in die eine, Joe und ich in die andere Richtung gingen.

»Ein totaler Depp«, entfuhr es Joe, als wir in seinem Auto saßen. »Und mit dem warst du zusammen? Ist ja wirklich unglaublich!«

»Nun mach mal halblang«, fuhr ich ihn an. Ein paar entschuldigende Worte wären hier angebracht gewesen, aber statt dessen mußte Joe über Frank herziehen. »Du hast dich echt unmöglich benommen«, fügte ich hinzu und hoffte, daß Joe einsehen würde, daß die Szene im Restaurant absolut unnötig gewesen war.

»Tut mir leid«, erwiderte er lapidar. »Aber so einen Hanswurst kann ich wirklich nicht ernst nehmen. Ein Versicherungsfuzzi, der mir ans Bein pinkeln will, lächerlich!«

»Jetzt reicht's!« Wütend öffnete ich die Autotür und machte Anstalten auszusteigen. Dieses Gerede würde ich mir nicht länger anhören.

»He, Süße«, rief Joe und hielt mich am Arm fest. »Nun sei doch nicht gleich eingeschnappt.«

»Ich bin nicht eingeschnappt«, versetzte ich, »ich bin sauer, weil du dich wie ein Riesenidiot verhältst! Und auch wenn ich nicht mehr mit Frank zusammen bin – er ist immer noch einer meiner besten Freunde, und ich lasse es nicht zu, daß du so über ihn redest. Du kennst ihn doch gar nicht!«

»Okay, du hast recht«, lenkte Joe jetzt plötzlich ein. »Das war nicht fair von mir.« Er zog mich an sich und versuchte mir einen Kuß zu geben.

»Laß das«, sagte ich und schob ihn von mir weg, »darauf habe ich jetzt keine Lust.« Zum ersten Mal, seit ich Joe kannte, hatte ich den Eindruck, in seinem Gesicht so etwas wie Verunsicherung zu entdecken.

»Es tut mir wirklich leid«, meinte er jetzt, und es klang tatsächlich so, als würde er es ernst meinen. Augenblicklich legte sich meine Wut, ich konnte ihm einfach nicht böse sein. »Ich glaube, es ist mit mir durchgegangen, ich war wohl ein bißchen eifersüchtig.«

»Das hab ich gemerkt«, erwiderte ich knapp. In Wahrheit freute ich mich. Daß Joe zugab, eifersüchtig zu sein, war für mich der erste richtige Liebesbeweis. »Laß uns jetzt losfahren, ich will nach Hause«, meinte ich in einem noch immer beleidigten Tonfall. Schweigend ließ Joe den Motor an und sagte für den Rest der Fahrt nichts mehr. Auch ich war schweigsam, sollte er ruhig noch etwas schmoren.

»Soll ich noch mit zu dir hochkommen?« fand Joe seine Sprache wieder, als er vor meiner Wohnung anhielt.

»Lieber nicht, ich möchte ein bißchen nachdenken.« Ich wußte, daß das gemein von mir war. Aber das gehörte zur weiblichen Taktik. Ein kleiner Dämpfer würde Joe nicht schaden, sondern ihn am Ende nur noch fester an mich binden. Hatte ich jedenfalls neulich in einer Frauenzeitschrift gelesen. Ein Mann durfte sich nie zu sicher fühlen.

»Ich verstehe«, meinte Joe. Beinahe hätte ich meine Meinung geändert, schließlich hätte ich auch liebend gern die Nacht mit ihm verbracht. Aber ich mußte jetzt hart bleiben, sonst würde Joe irgendwann glauben, daß er bei mir mit allem durchkam.

»Ich ruf dich morgen an«, meinte ich dann schließlich noch.

»In Ordnung, tu das.« Aha, jetzt machte er auf beleidigt, aber da hatte er sich selbst reingeritten. Ich gab Joe noch ein Küßchen, dann stieg ich aus. Ich steckte gerade den Schlüssel ins Schloß, da hörte ich Joe noch etwas rufen.

»Was ist?« Ich drehte mich um und ging ein Stück zum Auto zurück. Joe streckte seinen Kopf aus dem offenen Beifahrerfenster.

»Es gibt da noch etwas, das ich dir sagen müßte«, setzte er an.

»Ich höre.«

»Tja, ich weiß nicht so recht«, begann er, verstummte aber sofort wieder. Plötzlich wirkte er gar nicht mehr so cool und überlegen wie sonst.

»Na, so schwer wird es schon nicht sein«, erwiderte ich.

»Vielleicht ist das doch nicht der richtige Augenblick, vergiß es einfach.«

»Na, jetzt sag schon!« Langsam wurde ich etwas ungeduldig. Gleichzeitig spürte ich auf einmal ein beklemmendes Gefühl. Was, wenn er mir jetzt sagte, daß er in der Sache zwischen uns eigentlich nur eine Affäre sah und daß er sich nun, da die ersten Schwierigkeiten aufgetreten waren, lieber von mir trennen wollte? Ein dicker Kloß steckte mir im Hals, vielleicht hatte ich doch ein wenig übertrieben mit meiner zickigen Sturheit.

»Ich …«, sagte er, dann brach er wieder ab. Wenn er nicht gleich mit der Sprache herausrückte, würde ich wahnsinnig werden. Falls er wirklich einen Schlußstrich ziehen wollte, dann sollte er es wenigstens kurz und schmerzlos machen

»Jetzt rück endlich mit der Sprache raus!« fuhr ich ihn an.

»Ich bin …« Aha, schon zwei Worte. Hoffentlich war es kein allzu langer Satz, den er von sich geben wollte! »Ich … ich glaube, ich liebe dich.« Dann ließ er schnell den Motor an und brauste davon. Ich stand wie festgenagelt auf dem Bürgersteig. Hatte Joseph Müller, alias Joe Superwichtig, tatsächlich eben die drei magischen Worte gesagt? Dieser Mann verfügte wirklich über ein perfektes Timing!

Nach Joes unverhoffter Liebeserklärung war ich völlig durch den Wind. Im Büro konnte ich keinen klaren Gedanken fassen, permanent mußte ich an Joe denken. Erst führte er sich wie ein arroganter Gockel auf, um im nächsten Augenblick so pathetische Worte von sich zu geben, das paßte einfach nicht zusammen. Wie hatte er das nur gemeint? Tatsächlich so, wie er es gesagt hatte? Liebte er mich? Oder meinte er nur, daß er mich ziemlich gern mochte?

»Ich liebe dich heißt, ich liebe dich.« Für Bea war der Fall absolut klar.»Ich weiß überhaupt nicht, weshalb du darüber so lange nachgrübelst.«

»Weil das alles so schnell ging, das kann ich nicht verstehen. Wir kennen uns doch eigentlich kaum, wie kann er mich da schon lieben?«

»Wieso? Du warst doch auch sofort hin und weg von ihm. Liebe auf den ersten Blick, so etwas soll's ja geben.«

»Aber doch nicht in *meinem* Leben, so was passiert nur anderen! Mir macht das, ehrlich gesagt, ein bißchen Angst.«

»Dir kann man es auch nicht recht machen«, stellte Bea fest. »Statt daß du dich freust, suchst du gleich wieder nach einem Haken an der Sache. Das ist doch normalerweise meine Spezialität.«

»Du hast ja recht«, stimmte ich ihr zu, »ich möchte eben nur nicht, daß die Sache sich als ein kurzes Strohfeuer entpuppt. Lieber alles langsamer angehen, dafür aber mit einer Perspektive für die Zukunft. Und diese plötzliche Liebeserklärung paßt nicht zu Joe.« Allerdings hatte ich Bea gegenüber die Sache immer etwas anders dargestellt. Tatsächlich zog sie sofort fragend die Augenbrauen hoch. »Na ja«, fügte ich hinzu, »ganz so liebevoll, wie ich ihn beschrieben habe, war er eigentlich gar nicht. Ehrlich gesagt hab ich schon ein paarmal gedacht, daß er nur auf eine Bettgeschichte aus ist.«

»Nun«, meinte Bea und zuckte mit den Schultern, »dann weißt du es ja jetzt besser.«

»Meinst du?« fragte ich unsicher.

»Ja, klar, sonst hätte er doch wohl nicht gesagt, daß er dich liebt, oder? Also, jetzt sei mal nicht so pessimistisch! Wenn du mich fragst, hört sich die Geschichte doch echt gut an. Du bist verliebt, er ist verliebt – besser geht es doch gar nicht!«

»Stimmt.«

»Hast du Joe eigentlich mittlerweile einmal gefragt, wofür er arbeitet?« wollte Bea dann wissen.

»Nein, irgendwie vergeß ich das immer wieder«, antwortete ich, »das werde ich bei unserem nächsten Treffen gleich nachholen, würde mich allmählich auch interessieren.«

»Hoffentlich schreibt er nicht für irgendein seltsames Blatt wie ›Angelsport‹ oder ›Schach spezial‹«, meinte Bea. »Dann könntest du dir zu Recht überlegen, ob bei Joe alles normal ist.«

Joe schrieb weder für das eine, noch für das andere. Derzeit schrieb er eigentlich überhaupt nicht, wie er mir verlegen gestand.

»Ich hab momentan eine kleine Flaute«, gab er zu. »Läuft nicht ganz so gut. Aber das ändert sich sicher bald.« Soso, Joe war also mit anderen Worten schlicht und ergreifend arbeitslos. Nun verstand ich auch, weshalb er sich bisher immer so ausgeschwiegen hatte, wenn es um die Arbeit ging. Es war ihm peinlich! Aber egal, niemand war perfekt.

»Soll ich mal beim Express nachfragen, ob wir noch jemanden gebrauchen können?« bot ich an.

»Nee, laß mal, im Moment komme ich auch so noch ganz gut über die Runden.« Das Thema war ihm offensichtlich wirklich sehr peinlich. »Außerdem tut es mir auch ganz gut, ein wenig auszuspannen.« Typisch Mann, nur keine Schwäche zeigen, immer die Haltung wahren. Aber ich beließ es dabei. Würde Joe irgendwann meine Hilfe brauchen, würde er schon etwas sagen.

Joes Arbeitslosigkeit hatte noch weitere Vorteile: Er konnte seine gesamte Aufmerksamkeit auf mich richten, das fand ich auch nicht schlecht. Nach seiner unverhofften Liebeserklärung hatte er sich zudem in eine, wie ich fand, positive Richtung verändert. Sein lässiges Machogehabe hatte er so gut wie abgelegt, und nachdem ich ja nun wußte, wie es beruflich bei ihm aussah, konnte er mir auch in dieser Beziehung nicht mehr allzuviel vormachen. Einerseits war ich ganz froh, daß er ein bißchen von seinem Sockel herabgestiegen war, anderseits hoffte ich, daß er nun nicht zum totalen Weichei mutierte.

Fast jeden Abend holte Joe mich jetzt von der Arbeit ab. Alles in allem war es eine wirklich schöne Zeit. Ich genoß es, so umsorgt zu werden, hoffentlich würde sich das nicht so schnell ändern. Das einzige, was mich ein bißchen störte, war Joes Angewohnheit, mir in meine Geschichten reinzureden. Da ging dann plötzlich wieder seine arrogante Art mit ihm durch. Keinen meiner Artikel ließ er unkommentiert, mit Argusaugen überwachte er meine Arbeit. Vielleicht, dachte ich nach einer Weile, wäre es doch besser, wenn er bald wieder etwas anderes zu tun hätte, als sich nur um mich zu kümmern.

Eines Abends hätten wir sogar beinahe einen handfesten Streit bekommen. Als ich nach einem anstrengendem Arbeitstag bei Joe aufkreuzte und eigentlich nur noch ein bißchen verwöhnt werden wollte, begrüßte er mich tatsächlich mit den Worten: »Also, dein Artikel heute über die Steuerreform war ja nicht sehr ordentlich recherchiert.« Vielen Dank, so etwas hörte ich immer gern!

»So, findest du?« gab ich einigermaßen beleidigt zurück.

»Ja. Ich meine, du hättest die Hintergründe noch mehr herausarbeiten können. So ist die Geschichte zu eindimensional.« In diesem Moment platzte mir der Kragen.

»Dafür, daß du derzeit höchstens deine Einkaufsliste schreibst, nimmst du den Mund ganz schön voll!« giftete ich ihn an. Ich wußte selbst nicht, wie mir das herausrutschen konnte. Es tat mir schon in dem Moment leid, in dem ich es sagte.

»Verzeihung, ich werde dich nie wieder kritisieren.« Tatsächlich hatte ich ihn in seiner Eitelkeit getroffen.

»Es tut mir leid!« versuchte ich das Gesagte rückgängig zu machen. »Ich bin einfach nur sehr angespannt.«

»Was soll ich denn sagen?« fuhr Joe mich nahezu an. »Meinst du, ich bin glücklich darüber, daß ich keinen Job finde? Ich könnte mir auch Schöneres vorstellen, als den ganzen Tag zu Hause zu sitzen und auf den Postboten zu warten, der mir doch wieder nur Absagen bringt.«

»Aber es kann doch nicht so schwierig sein, etwas zu finden«, meinte ich. Joes Miene verdüsterte sich.

»Wenn du wüßtest!« Tröstend nahm ich ihn in die Arme und drückte ihn fest an mich.

»Irgendwann geht deine Flaute auch vorüber«, beruhigte ich ihn.

»Hoffentlich«, antwortete Joe. »Und jetzt habe ich keine

Lust mehr, darüber zu reden.« Damit war das Thema vom Tisch. Joe schien es noch immer schwer zu fallen, mir gegenüber seine schwachen Seiten zu zeigen. Vielleicht, so überlegte ich, als ich mich im Bett an ihn kuschelte, könnte ich doch einmal mit Dr. Winkler sprechen. Andererseits wäre es mir gar nicht so recht, mit Joe zusammen in derselben Redaktion zu arbeiten. Beziehungen am Arbeitsplatz waren meist nicht sonderlich gut für die Arbeitsmoral. Aber für heute wollte ich nicht länger darüber nachdenken. Ich wollte lieber das Gefühl genießen, neben einem wunderbaren Mann zu liegen. Einem wunderbaren Mann, der eben ein paar kleine Macken hatte.

Wölfe im Schafspelz   Wie so oft im Leben kommt es dann, wenn man es gar nicht erwartet, plötzlich knüppeldicke. Diese Weisheit hatte ich von meiner Mutter gelernt, und an einem Sonntagnachmittag Ende September sollte sie sich als wahr herausstellen.

Ich hatte seit langem ein freies Wochenende und genoß es, am Sonntag nicht aufstehen zu müssen, sondern solange ich wollte mit Joe im Bett zu kuscheln. So lagen wir aneinandergeschmiegt in seinem großen Doppelbett, Joe kraulte mir den Nacken, und ich stellte für mich selbst zum wiederholten Mal fest, der glücklichste Mensch auf der ganzen Welt zu sein. Dann zerriß das Klingeln des Telefons die friedliche Stille.

»Geh nicht ran«, bettelte ich und umschlang ihn noch fester, »ist gerade so gemütlich mit dir.«

»Wird sowieso nichts Wichtiges sein«, meinte Joe, »soll der Störenfried sein Anliegen dem Anrufbeantworter erzählen.«

Nach dem dritten Klingeln nahm der Anrufbeantworter das Gespräch entgegen. »Hier ist der Anschluß von Joseph Müller«, hörte ich Joes Stimme aus dem Flur schallen. »Ich bin im Moment leider nicht zu Hause, aber hinterlassen Sie eine Nachricht, ich rufe Sie dann zurück.« Piep.

»Hallo, Joe, mein Lieber«, erklang eine mir vertraute Frauenstimme. Unbewußt horchte ich auf. Mein Lieber? Wer war das? »Ich bin's, Rosi.« Ich erstarrte, war das möglich? Rosi Kramer, unsere ehemalige Chefsekretärin? Joe reagierte nicht, offensichtlich hatte er gar nicht richtig hingehört. Ich lauschte dafür um so genauer. »Ich hab gute Nachrichten für dich! Ein Bekannter von mir hat erzählt, daß sie bei seiner Zeitschrift noch einen Redakteur für das aktuelle Ressort suchen. Die Stelle ist noch nicht ausgeschrieben. Wenn du dich jetzt bewirbst, hast du bestimmt noch gute Chancen. Ruf mich zurück, ich erzähl dir dann die Einzelheiten. Allerdings«, Rosi kicherte, »laß den Richard Baumann lieber unter den Tisch fallen. Möglich, daß das keinen guten Eindruck machen würde.«

Jetzt kam endlich Bewegung in Joe. Hektisch sprang er aus

dem Bett und hechtete zum Telefon. Ein Klicken verriet mir, daß er den Anrufbeantworter abgestellt hatte. Ich hingegen blieb einfach nur liegen, ich konnte mich nicht bewegen. Von einer Sekunde zur nächsten war meine schöne, heile Welt eingestürzt, das mußte ein Alptraum sein!

Joe kam zurück ins Zimmer, stellte sich vor das Bett und sah mich verlegen an. Minutenlang sagte keiner von uns beiden etwas.

»Du bist …«, begann ich schließlich zaghaft. Doch ich wagte das Unglaubliche nicht auszusprechen. Zu absurd, zu katastrophal erschien mir diese Vorstellung. Aber Joe nickte.

»Ich bin Richard Baumann.« Ohne Luft zu holen redete er weiter, anscheinend war er froh, daß es jetzt endlich raus war. »Ungefähr zwei Jahre lang habe ich unter diesem Pseudonym für den Kurier geschrieben. Mein richtiger Name gefiel mir noch nie besonders gut.« Seine Worte hallten in meinen Ohren. Ich konnte sie zwar hören, aber es fiel mir schwer, ihren Sinn zu erfassen. In meinem Kopf drehte sich alles, wahrscheinlich mußte ich mich gleich übergeben. Der Mann, mit dem ich in den letzten Wochen das Bett geteilt hatte, war in Wahrheit mein Erzfeind. Der Teufel höchstpersönlich! Jetzt verstand ich auch, weshalb niemand mit dem Namen Richard Baumann etwas hatte anfangen können, offiziell hieß er schließlich Joseph Müller. Aber das Schlimmste war: Joe hatte die ganze Zeit gewußt, wer *ich* bin! Wahrscheinlich hatte er nichts von all dem, was er gesagt und getan hatte, ernst gemeint, sondern sich lediglich einen Spaß gemacht, um mir dann irgendwann den Todesstoß zu verpassen! Ein perfider Racheplan, den er sich da ausgetüftelt hatte! Das war zuviel, ich spürte die Übelkeit in mir aufsteigen.

Mit einem Satz war ich aus dem Bett und stürzte ins Badezimmer. Während ich mich übergab, klopfte Joe zaghaft an die Tür.

»Maike? Geht's dir nicht gut?«

»Verschwinde!« konnte ich zwischen zwei Würgeanfällen hervorbringen. Leider befand ich mich in seiner Wohnung, er würde wahrscheinlich nicht das Weite suchen. Ich hatte mich in meinem Leben noch nie so hilflos gefühlt. Nach zehn Minuten kam ich ermattet aus dem Bad gekrochen. Joe saß mit zerknirschter Miene auf dem Bett. Wortlos griff ich nach meinen Sachen und begann, mich anzuziehen.

»Bitte, Maike, laß mich das doch erklären«, setzte Joe an. Dann klingelte sein Handy, wie passend. Joe stürzte hin, um es auszustellen.

»Geh lieber ran«, meinte ich schnippisch, »das ist bestimmt die liebe Rosi, die dir die frohe Kunde jetzt noch mobil mitteilen will!« Joe pfefferte das ausgeschaltete Handy in die Ecke, so daß es krachend auseinanderflog.

»Oh, dein liebstes Spielzeug ist kaputt, was für ein Jammer!« Mit einem Mal sah ich Joe mit anderen Augen: ein Großmaul und nichts dahinter. Oder besser gesagt: dahinter steckte das Schlimmste, was man sich nur vorstellen konnte! Die Erkenntnis tat mir so weh, daß ich fast angefangen hätte zu weinen.

»Das blöde Handy ist mir egal!« erwiderte Joe. »Ich will mit dir reden!«

»Ich wüßte absolut nicht, was es da noch zu reden gibt.«

»Ich kann mir ja gut vorstellen, daß du jetzt ziemlich sauer auf mich bist …«

»Ziemlich sauer?« schrie ich ihn an. »Noch nie bin ich so hintergangen worden! Wochenlang hast du mich angelogen, dir einen Spaß mit meinen Gefühlen gemacht! Du bist wirklich das Allerletzte!«

»Ich habe mir keinen Spaß gemacht«, behauptete Joe jetzt dreisterweise, »aber was hätte ich denn tun sollen?« Ich langte nach meiner Tasche und wollte aus der Wohnung stürzen. Keine Minute konnte ich es hier länger aushalten. Joe griff nach meinem Arm. Mit einem Ruck machte ich mich von ihm los.

»Faß mich nicht an!«

»Bitte, hör mir nur fünf Minuten zu! Fünf Minuten, mehr will ich ja gar nicht!«

»Also gut, sag, was du zu sagen hast.« Ich konnte mir selbst nicht so recht erklären, weshalb ich mir tatsächlich noch seine fadenscheinigen Ausreden anhören wollte. Vielleicht, weil ich irgendwo doch noch die verzweifelte Hoffnung hatte, daß es für alles eine ganz simple Erklärung gab. Joe atmete tief durch.

»Es stimmt, ich habe dich angelogen«, begann er, »aber nur, weil ich wußte, daß du durchdrehen würdest, wenn ich dir die Wahrheit sagen würde.« Er schluckte. »Bevor wir uns kannten, habe ich dich gehaßt. Schließlich warst du dafür verantwortlich, daß ich meine Stellung beim Kurier verloren hatte.«

»Ich?« rief ich. »Das wird ja immer besser! Du warst es doch, der mit der ganzen Geschichte angefangen hat!«

»Sicher, du hast recht. Aber damals habe ich das nicht so gesehen. Ich war eben nur sauer auf dich. Als ich dich dann auf der Party kennengelernt habe, war plötzlich alles anders. Nach unserer gemeinsamen Nacht und der Konzertreise habe ich mich Hals über Kopf in dich verliebt, das mußt du mir wirklich glauben!« Er sah mich traurig an. »Und ich wußte doch, daß ich als Richard Baumann bei dir keine Chance haben würde, nur deshalb habe ich es dir nicht gesagt. Einmal wollte ich es ja sogar, aber ich habe mich dann doch nicht getraut.«

»Das ist alles keine Entschuldigung«, blieb ich hart, »wie könnte ich dir jemals wieder vertrauen? Jemandem, der mir ohne Skrupel meine Geschichten geklaut hat!«

»Das war ein Fehler, ich weiß. Aber als meine Tante damals diese Idee hatte, war sie einfach zu verlockend.«

»Deine Tante?« Joe nickte.

»Ja, Rosi Kramer ist die Schwester meiner Mutter.« Das wurde ja immer besser, ein Familienkomplott! »Eines Tages machte sie mir den Vorschlag, daß ich ganz einfach an ein paar gute Geschichten herankommen könnte. Ich hatte zu dem Zeitpunkt ein berufliches Tief, und der neue Chefredakteur beim Kurier hatte mich auf dem Kieker. Ich war schon mehrmals abgemahnt worden, er konnte mich nicht ausstehen.«

»Ist mir sehr sympathisch, der Mann«, warf ich ein. Joe ging nicht weiter darauf ein.

»Ich hatte Angst«, fuhr er fort, »mir schwammen die Felle weg. Aber je mehr ich mich bemühte, um so schlimmer wurde es. Tja, und dann habe ich mich dazu durchgerungen, Tante Rosis Angebot anzunehmen, obwohl ich kein gutes Gefühl dabei hatte. Aber ich sah einfach keinen anderen Ausweg. Ich machte mir über die Herkunft der Storys auch gar keine Gedanken, ich war einfach nur froh, daß ich langsam wieder ein Bein auf den Boden bekam. Erst, als du mich angerufen hast, ist mir ein Licht aufgegangen.«

»Was dich aber trotzdem nicht davon abgehalten hat, es weiter zu tun«, stellte ich fest.

»Mein Gott!«, rief Joe jetzt aus, »Hättest du es denn nicht getan?« Ich starrte ihn angewidert an.

»Nein.« Ich verließ die Wohnung, ohne mich noch einmal nach Joe umzudrehen. Von diesem Moment an war Joseph Müller für mich Geschichte.

Ich weinte den ganzen Sonntag lang. Selbst Bea, die nach meinem Hilferuf sofort aus der Redaktion zu mir gekommen war (»Ein wichtiger Termin!«), konnte mich nicht trösten.

»Wie konnte er mir das nur antun?« brachte ich immer wieder unter Schluchzen hervor. »Ich dachte, er liebt mich.«

»Sei froh, daß du es so früh herausgefunden hast. Ich bin mir fast sicher, daß er in Wahrheit schon die ganze Zeit einen Rachefeldzug gegen dich geplant hat«, meinte Bea und reichte mir ein weiteres Taschentuch. »So ein mieser Schurke, das ist wirklich nicht zu fassen!«

»Und dabei war ich mir völlig sicher, endlich den Mann fürs Leben gefunden zu haben!« stieß ich hervor.

»Ach, Schätzchen«, tröstete mich Bea, »für dich kommt irgendwann auch noch einmal der Richtige.« Ich schüttelte energisch den Kopf.

»Nein, ich hab die Nase voll. Nie wieder lasse ich mich auf jemanden ein! Ich bleibe lieber allein, das ist sicherer.« Bea lachte leise.

»Das glaubst du jetzt. In ein paar Wochen sieht alles schon wieder anders aus. Glaub mir, schon bald wirst du über diesen Joe oder Richard oder Joseph oder wie auch immer er heißen mag lachen.« Das konnte ich mir in diesem Augenblick zwar überhaupt nicht vorstellen, aber immerhin gab Bea sich jede erdenkliche Mühe, mich wieder aufzubauen.

»Nein«, sagte ich trotzig, »ab sofort schwöre ich den Männern ab. Ab heute gibt es für mich nur noch die Karriere, etwas anderes interessiert mich nicht mehr!«

»Abwarten«, erwiderte Bea, »aber es kann natürlich auf keinen Fall schaden, wenn du dich jetzt voll und ganz auf deinen Job konzentrierst. Und wenn es nur dazu dient, daß du nicht an Joe denken mußt. Arbeit ist immer noch das beste Mittel gegen Liebeskummer, da kenne ich mich aus.«

Ein Klingeln an meiner Wohnungstür ließ uns hochschrekken.

»Ich geh schon hin«, sagte Bea.

»Wenn es Joe ist, sag ihm, er soll es nicht noch einmal wagen, hier aufzukreuzen.«

»Das werde ich ihm schon deutlich machen, da kannst du sicher sein.«

Zwei Minuten später kam Bea mit Frank im Schlepptau in mein Zimmer zurück. Irgendwie war ich ein bißchen enttäuscht, daß es nicht Joe gewesen war, der angeklingelt hatte. Obwohl er eigentlich der letzte Mensch sein müßte, den ich sehen wollte, hatte ich trotzdem die Hoffnung, daß sich doch noch alles auflösen würde.

»Die Haustür unten stand offen«, sagte Frank. Ich nickte, meine Mitmieter veranstalteten hier häufiger den »Tag der offenen Tür«, aber das war im Moment mein geringstes Problem. Erst jetzt bemerkte Frank mein tränenüberströmtes Gesicht. »Was ist denn los, um Himmels willen?« fragte er bestürzt.

»Ist nicht so wichtig«, meinte ich. »Was verschlägt dich denn hierher?«

»Ich muß dir etwas Wichtiges erzählen, aber du bist nicht ans Telefon gegangen, und dein Anrufbeantworter lief auch nicht.«

»Habe ich beides ausgestöpselt«, erklärte ich.

»Egal, jetzt bin ich ja da. Ich fürchte, ich habe eine schlechte Nachricht für dich«, meinte er dann.

»Schieß los, dann hab ich alles in einem Aufwasch weg.«

»Ich hab mal wieder ein bißchen recherchiert«, begann Frank, »und dabei habe ich eine interessante Entdeckung gemacht. Ich weiß jetzt, warum ich damals keinen Richard Baumann finden konnte. Den Menschen gibt es gar nicht, es ist nur ein Pseudonym. Und jetzt rate mal, von wem? Richard Baumann ist niemand anderes als dein Freund Joseph Müller!«

»Ich weiß«, erwiderte ich knapp.

»Du weißt das? Seit wann?« Frank starrte mich entgeistert an.

»Seit heute.« Sofort kam Frank auf mich zu und ergriff meine Hand.

»Dann versteh ich, weshalb du so aufgewühlt bist. Meine arme Kleine, das muß furchtbar für dich sein!« Er drückte mich an sich. »Aber ich hab bei diesem Typen von Anfang an ein komisches Gefühl gehabt. Jetzt wissen wir wenigstens auch, warum.«

»Welch ein Trost«, meinte ich sarkastisch. »Aber trotzdem danke, daß du sofort vorbeigekommen bist, um mir das zu erzählen. Auch wenn ich es schon wußte. Du bist ein echter Freund.« Ich schnaubte noch einmal kräftig in mein Taschentuch. »Wie hast du es denn herausgefunden?« wollte ich wissen.

»Das war eigentlich eher ein Zufall«, erklärte Frank. »Ein Freund von mir arbeitet bei der VG Wort. Du weißt schon, diese Gesellschaft, bei der man seine Artikel anmelden kann, so ähnlich wie die GEMA für Musik.« Ich nickte, auch ich war dort gemeldet. »Jedenfalls hab ich diesen Freund gebeten, einmal unter dem Namen Joseph Müller nachzusehen. Ich dachte, ich könnte so vielleicht herausfinden, für welche Blätter der schreibt. Und siehe da – unter dem Namen Joseph Müller spuckte der Computer gleichzeitig das Pseudonym Richard Baumann aus. Vorhin hat er mich angerufen und es mir erzählt. Ich konnte es erst gar nicht glauben, aber jetzt sehe ich ja, daß es stimmt!« Der gute, alte Frank! Da hatte er sich für mich richtig reingekniet!

»Tja, sieht so aus, als wäre ich ihm wirklich auf den Leim gegangen«, stellte ich fest. Aber was konnte ich auch erwarten, wenn ich mich Hals über Kopf in eine Beziehung stürzte, so etwas konnte ja nur daneben gehen.

Bea und Frank blieben bis zum nächsten Morgen. Ich war angesichts so treuer Freunde richtig gerührt, womit hatte ich das verdient? Gegen neun Uhr machte Bea sich auf den Weg Richtung Büro. Sie wollte mich für heute entschuldigen, ich konnte jetzt einfach nicht in die Redaktion gehen. Frank hatte bereits um sieben bei seiner Kasse angerufen und sich krank gemeldet. Auf meinen Protest hatte er überhaupt nicht reagiert. »Kommt nicht in Frage, daß ich dich heute alleine lasse«, hatte er gesagt, und eigentlich war ich ganz froh darüber. Alleine wäre ich mit Sicherheit in dunkelste Depressionen versunken.

So verbrachten Frank und ich den Tag miteinander. Mit allen Mitteln versuchte er, mich abzulenken, was ihm aber nicht so richtig gelang. Immer wieder mußte ich an Joe denken. Ich war eben richtig verliebt in ihn, das konnte ich nicht von heute auf morgen abstellen. Aber ich gab mir alle Mühe. Wieso nur war ich auf diesen Wolf im Schafspelz hereingefallen? Ich hätte doch viel früher merken können, daß mit Joe etwas nicht in Ordnung war. Während ich bei meinen Geschichten sonst immer so einen treffsicheren Instinkt hatte, war ich hier völlig naiv gewesen und hatte alles geglaubt. Wenn ich nur daran dachte, daß ich beinahe versucht hätte, ihm beim Express Aufträge zu besorgen! Das wäre wirklich noch die Krönung gewesen! Aber wenigstens das konnte mir eine Genugtuung sein: Joe hatte keinen Job, und im Moment sah es auf dem Markt auch nicht besonders rosig aus. Vor allem, wenn jemand von Joes Pseudonym erfuhr – die Geschichte war ja ausgiebig in der Branche breitgetreten worden, da mußte noch eine Menge Gras drüberwachsen. Eigentlich müßte ich dafür sorgen, daß jeder erfuhr, wer Joseph Müller in Wirklichkeit war. Jawohl, keinen Fuß dürfte er je wieder in eine Redaktion setzen! Frank war da ganz meiner Meinung.

»Was ist eigentlich mit Karin?« fragte ich Frank, als mir nach zwei weiteren Stunden Diskussion über Joe bewußt wurde, daß ich mich ein wenig egoistisch nur um mein eigenes – nicht mehr vorhandenes – Liebesleben sorgte. »Ich kann mir nicht vorstellen, daß sie begeistert ist, wenn du deiner Exfreundin das Händchen hältst.«

»Da mach dir mal keine Gedanken«, wehrte Frank ab, »das versteht sie schon.«

»Bist du sicher? Ich möchte nicht, daß ihr wegen mir auch noch Zoff habt. Eine verkrachte Beziehung reicht für heute.« Frank lachte.

»Wirklich, das ist schon in Ordnung. Karin ist lange nicht so besitzergreifend wie du.« Vielen Dank, das waren genau die Worte, die ich hören wollte. Frank merkte, daß er mir damit auf den Schlips getreten war, und lenkte sofort ein. »Das hab ich jetzt so nicht gemeint. Ich wollte nur sagen, daß Karin und ich uns vertrauen und keiner den anderen einengt.«

»Da solltest du aufpassen«, meinte ich, »was gegenseitiges Vertrauen bringen kann, haben wir ja eben gesehen.« Schon wieder war ich den Tränen nahe.

Es klingelte an der Wohnungstür. Ich wollte hingehen, aber Frank hielt mich zurück.

»Warte, ich mach das schon.«

Mein Herz machte einen Hüpfer, denn einige Sekunden später konnte ich laut und deutlich Joes Stimme vernehmen. Mit aller Gewalt mußte ich mich zusammenreißen, um nicht in den Flur zu stürzen.

»Ich möchte mit Maike sprechen«, sagte er.

»Maike ist für Sie nicht zu sprechen«, erwiderte Frank.

»Sagt wer?« wollte Joe wissen. »Sind Sie jetzt seit neuestem ihr Pressesprecher?«

»Gehen Sie bitte«, sagte Frank noch immer höflich, »Maike möchte Sie nicht sehen.«

»Das soll sie mir selbst sagen«, meinte Joe und blieb hartnäckig.

»Das geht aber nicht, weil sie nicht mit Ihnen reden möchte.« Ziemlich logisch, fand ich. Nur leider nicht ganz richtig, wenn ich ehrlich war.

»Jetzt hör mir mal zu, du Hansel«, sagte Joe und wurde plötzlich etwas ausfallend. »Ich gehe hier nicht eher weg, bevor ich mit ihr gesprochen habe.«

»Na, dann fröhliches Warten!« rief Frank und warf die Tür zu. Dann kam er kopfschüttelnd zu mir zurück.

»Das gibt's doch gar nicht!« sagte er. »Traut sich dieser Typ tatsächlich hierher!« Es klingelte noch ein paarmal, und fünf Minuten später hörte ich, wie Joe die Treppe wieder hinunterging. So richtig hartnäckig war das ja nicht gewesen. Natürlich hätte ich es Frank gegenüber nie zugegeben, aber ich hätte Joe doch ganz gern gesehen. Wäre Frank nicht gewesen, ich wäre mit Sicherheit weich geworden.

»Keine Sorge«, beruhigte mich Frank, »ich glaube nicht, daß der sich so schnell wieder hier blicken läßt.« Das glaubte ich auch nicht. Leider.

Nachdem ich am Montag ohnehin schon in der Redaktion gefehlt hatte, ließ ich mich für die ganze Woche krankschreiben. Halbe Sachen lagen mir nicht. Frank konnte sogar kurzfristig Urlaub nehmen und kümmerte sich rührend um mich. Einerseits war ich wirklich froh, daß jemand bei mir war, andererseits wunderte es mich nun wirklich langsam, daß von Karins Seite kein Protest kam. Hätte mein Lover sich extra wegen seiner liebeskummerigen Ex Urlaub genommen, ich hätte ihm sonstwas erzählt! Meiner Ansicht nach hatte das nicht das geringste mit »besitzergreifend« zu tun – jeder normale Mensch würde eine gesunde Eifersucht an den Tag legen, wenn der Partner sich so aufopferungsvoll um die Verflossene kümmerte.

Aber schließlich sollte das nicht mein Problem sein, ich hatte selbst schon genug davon. Joe war nicht noch einmal bei mir aufgekreuzt, dafür hatte er, nachdem ich am Mittwoch das Telefon und den Anrufbeantworter wieder eingestöpselt hatte, noch dreimal angerufen und mir das Band vollgesprochen. Als ich auf keinen seiner Anrufe reagierte, ließ er es bleiben. Besonders viel Ausdauer hatte er nicht, fand ich. Ihm fehlte es eben an der richtigen Portion Biß, sowohl privat als auch beruflich. Mit dem richtigen Killerinstinkt hätte er es damals auch nicht nötig gehabt, meine Geschichten zu klauen.

Am Sonntagabend lud Frank mich bei sich zu Hause zum Abendessen ein. Mittlerweile hatte ich meinen Liebeskummer so weit überwunden, daß ich wenigstens wieder feste Nahrung zu mir nehmen konnte. Frank hatte sich besonders viel Mühe mit seinem Menü gegeben: Zuerst servierte er eine klare Oxtail, dann Ragout fin in Pastetchen, als Hauptgericht gab es Zürcher Geschnetzeltes mit Rösti. Nur der Nachtisch fiel ein wenig aus dem Rahmen. Das eigentlich geplante Mousse au chocolat war aufgrund von zahlreichen Klümpchen ungenießbar, also löffelten Frank und ich jeder einen Erdbeerjoghurt. Trotzdem war ich beeindruckt, für Franks Verhältnisse war das Essen gar nicht übel. Als ich ihm später half, das Geschirr in die Küche zu tragen, konnte ich es mir allerdings nicht verkneifen, in den Mülleimer zu lugen. Wie zu erwarten fand ich dort mehrere leere Dosen: Ochsenschwanzsuppe, Ragout fin und sogar das Geschnetzelte stellten sich als Fertiggericht heraus. Ich mußte schmunzeln, in diesem Haushalt fehlte eindeutig eine Frau. Dieser Gedanke erinnerte mich wieder an Karin, in den letzten Tagen hatte Frank kein Wort über sie verloren. Langsam fragte ich mich, ob die beiden überhaupt noch zusammen waren. Nicht, daß ich besonders ernsthaft darüber nachdachte, es hätte mich einfach nur interessiert.

Als Frank und ich später mit einem Glas Rotwein auf seinem Sofa saßen und zum siebenundsiebzigsten Mal »Harry und Sally« auf Video sahen, ertappte ich mich plötzlich wieder bei dem Gedanken, ob wir beide nicht vielleicht doch das ideale Paar wären. Auf Frank konnte ich mich immerhin verlassen. Er war fürsorglich und sah sogar gut aus, was wollte ich mehr? Gut, ein Sachbearbeiter bei einer Krankenkasse war nicht gerade das, wovon ich mein Lebtag geträumt hatte. Aber immerhin solide, wie meine Mutter sagen würde. Zu dumm, daß Frank keinerlei amouröse Anstalten machte, wie ein guter Kumpel saß er neben mir und lachte sich über den Film kaputt. Hatte er noch vor wenigen Wochen steif und fest behauptet, keine andere Frau so zu lieben wie mich, schien er nun tatsächlich lediglich an einer platonischen Freundschaft interessiert zu sein.

Wieder einmal spürte ich, wie das kleine Teufelchen in mir sich langsam, aber sicher zu regen begann, und rutschte unauffällig ein Stückchen näher an Frank heran. Doch er reagierte noch immer nicht und starrte weiterhin wie gebannt auf die Mattscheibe. Wahrscheinlich war mein etwas verwirrter Seelenzustand daran schuld, aber im nächsten Augenblick überkam es mich. Ich beugte mich über Frank und begann, ihn ziemlich leidenschaftlich und hemmungslos zu küssen. Das konnte selbst Frank nicht mehr ignorieren. Für den Bruchteil einer Sekunde schien er zu überlegen, wie er am besten reagieren sollte. Doch dann legte er seine Arme um mich und erwiderte meine Küsse. Ich hatte es gewußt, er konnte mir nicht widerstehen! Während wir küssend auf dem Sofa saßen, überlegte ich gleichzeitig, ob ich wohl gerade einen Fehler begangen hatte. Immerhin hatte Frank eine Freundin, und ich selbst war ja eigentlich noch bis über beide Ohren in Joe verliebt. Aber ich entschloß mich, alle Zweifel bis auf weiteres aufzuschieben und einfach nur den Augenblick zu genießen.

Nach einer halben Ewigkeit löste Frank sich von mir und sah mich verlegen an. Jetzt würde er mir gleich sagen, daß er mich noch immer liebte, schoß es mir durch den Kopf.

»Ähm, Maike, ich glaube, wir sollten das lieber lassen«, kam statt dessen. Ich hörte wohl nicht richtig, Frank war gerade dabei, mir schon wieder eine Abfuhr zu erteilen.

»Wieso?« fragte ich ihn.

»Weil ich glaube, daß es ein Fehler wäre«, erklärte Frank. »Du bist noch immer sehr aufgewühlt wegen der Sache mit Joe, da spielen dir deine Emotionen wohl einen Streich. Und dann ist da ja auch noch Karin …« Er meinte es tatsächlich ernst, er wollte nichts mehr von mir. Statt dessen vertrödelte er seine Zeit lieber mit diesem kleinen Mädchen, es war nicht zu fassen! Und was sollte das überhaupt heißen, meine Emotionen spielten mir einen Streich? Ich wußte sehr gut, was mit meinen Emotionen war! Ich schluckte, Frank sollte mir meine Enttäuschung nicht anmerken.

»Du hast recht«, pflichtete ich ihm deshalb bei, »ich weiß auch nicht, wie das eben passiert ist. Vielleicht ist es am besten, wenn du mich jetzt nach Hause bringst.«

»Ja, wahrscheinlich«, stimmte Frank mir zu. Keine zehn Minuten später saß ich tatsächlich in seinem Wagen und gondelte

Richtung Heimat. Die Sache wurmte mich ungemein. Es kam mir ziemlich blöd vor, ausgerechnet von Frank immer wieder zurückgewiesen zu werden.

»Schlaf gut«, verabschiedete ich mich vor meiner Wohnung und wollte Frank noch ein Küßchen geben. Er drehte den Kopf, so daß ich nur noch seine Wange erwischte.

»Du auch.« Mein Selbstbewußtsein befand sich im Keller, während ich die Stufen zu meiner Wohnung hochstieg. Das ist nur verletzte Eitelkeit, rief ich mir Beas Worte ins Gedächtnis, weiter nichts.

Trotzdem rief ich Frank am nächsten Morgen direkt vom Büro aus an. Ich wollte sichergehen, daß der letzte Abend unser Verhältnis zueinander nicht trübte. Frank war nett wie immer, so als wäre nie etwas passiert. Bea schüttelte den Kopf, als ich den Hörer auflegte.

»Fängt das mit euch beiden jetzt wieder an?« wollte sie wissen. Ich lächelte hintergründig.

»Wer weiß?« Bea wollte ich diesmal lieber nichts von meiner Abfuhr erzählen, das paßte nicht so recht zu meinem Image. Peinlich genug, daß Frank mich quasi von der Bettkante gestoßen hatte, damit wollte ich nicht noch unbedingt hausieren gehen.

»Na, egal wie es auch weitergeht, immerhin scheinst du die Sache mit Joe darüber vergessen zu haben«, meinte Bea. Das hatte ich leider ganz und gar nicht, aber ich gab mir die allergrößte Mühe.

Unser Volontär Stefan hatte sich mittlerweile zu einem richtig guten Reporter gemausert. Am Dienstag verkündete Dr. Winkler in der morgendlichen Konferenz feierlich, daß er Stefans Volontariat verkürzt habe und der Junge ab sofort Jungredakteur sei. Um den Anlaß gebührend zu feiern, gab es nach der Konferenz für die gesamte Redaktion eisgekühlten Sekt. Ich liebte solche kleinen Feiern, nach ein paar Gläschen ging man gleich viel entspannter an die Arbeit. So standen wir alle im Konferenzraum herum, schlürften Sekt und beglückwünschten unser neuestes Redaktionsmitglied. Ich freute mich wirklich für Stefan, schließlich hatte er lange genug darum gekämpft, als vollwertige Kraft anerkannt zu werden.

Als ich ihm zu seiner Festanstellung gratulierte, drückte er mich spontan an sich. Sein Ärger über meinen Kommentar auf der Party war schon lange verflogen, und inzwischen hatten wir ein recht freundschaftliches Verhältnis zueinander aufgebaut.

»Danke, Frau Kröger«, meinte er, »ich bin wirklich froh, daß ich es geschafft habe.«

»Ab heute bin ich für dich Maike, schließlich gehörst du jetzt dazu.« Stefans ohnehin breites Grinsen wurde noch breiter.

»In Ordnung, Maike. Dann kannst du mich ab sofort Herr Held nennen.« Ich lachte. Ganz schön frech, der Kleine. Während Stefan noch ein paar Worte mit Dr. Winkler wechselte, gesellte sich Bea zu mir.

»Sieht eigentlich ganz gut aus, unser neuer Jungredakteur«, stellte sie fest, »das ist mir bisher gar nicht aufgefallen.«

»Bea!« meinte ich nicht wenig entsetzt. »Stefan ist fünfzehn Jahre jünger als du!«

»Und?«

»Der spielt einfach nicht in deiner Liga. Du wirst dich doch nicht etwa an dem Kleinen vergehen wollen?«

»Mein Gott, bist du spießig!« erwiderte Bea. »Immerhin ist er nun Redakteur und kein Volontär mehr – damit ist er zum Abschuß freigegeben.«

»Zum Abschuß freigegeben«, regte ich mich über Beas Bemerkung auf, als Frank mich abends zu Hause besuchte und ich ihm davon erzählte. »Was soll man nun dazu sagen? Stefan ist doch noch ein halbes Kind.«

»Na ja, als Kind würde ich einen vierundzwanzigjährigen Mann nicht mehr bezeichnen.«

»Aber im Vergleich zu Bea, meine ich. Stefan braucht ein nettes Mädchen in seinem Alter und keine erwachsene Frau, die zudem mit allen Wassern gewaschen ist.«

»Das wird er schon allein entscheiden können«, meinte

Frank. »Wenn man dich so sieht, könnte man fast meinen, daß du in den Jungen verliebt bist.«

»Das ist doch völlig absurd! Aber irgendwie fühle ich mich für ihn ein bißchen verantwortlich. Er ist doch noch so neu in der Branche, und …«

»Und er wird genauso wie jeder andere lernen, wie er sich darin zurechtfindet.« Frank legte den Arm um mich. »Trotzdem finde ich es süß, daß du dir so viele Gedanken machst.«

»Du hast ja recht«, lenkte ich ein. »Im Grunde genommen geht mich das nichts an. Ich war von Bea nur etwas schockiert.«

»Vielleicht hat sie das ja überhaupt nicht so gemeint, wie sie es gesagt hat.«

»Und ob sie das hat! Du hättest sie einmal sehen müssen! Richtig gierig sah sie aus!«

»Na, nun übertreib mal nicht.«

»Doch«, meinte ich, »es kommt mir so vor, als würden plötzlich alle Leute um mich herum ihr wahres Gesicht zeigen.« Dabei dachte ich natürlich wieder an Joe.

»Du denkst dabei an Joseph Müller«, kam es prompt von Frank.

»Ach, woher denn! Na ja, vielleicht ein bißchen«, gab ich dann zu. Ich seufzte und lehnte mich an Frank. »Sei bloß froh, daß du nichts mit den Medien zu tun hast, da rennen offenbar nur Verrückte durch die Gegend.«

»Stimmt«, meinte Frank und grinste mich spitzbübisch an.

»Hey, Moment mal! Anwesende natürlich ausgenommen!«

»Selbstverständlich!« erwiderte Frank gespielt entrüstet. »Ich würde nie etwas anderes behaupten!« Jetzt mußten wir beide lachen.

»Ich muß los«, meinte Frank unvermittelt, »Karin wartet auf mich.«

»Och, schade! Ich dachte, wir würden den ganzen Abend zusammen verbringen.«

»Ich würde ja auch gern«, sagte Frank, »aber ich muß mich hin und wieder auch einmal um meine Freundin kümmern. Außerdem wollte ich mit Karin noch ein paar Unterlagen durchgehen, sie soll demnächst ein paar Kunden von mir übernehmen.« Dagegen konnte ich nichts einwenden, wenn Karin seine Hilfe brauchte, ging das natürlich vor. Ich war eben nur noch die zweite Frau in seinem Leben. Frank schnappte sich seine Jacke, gab mir noch ein Küßchen auf die Wange und versprach, mich morgen anzurufen. Dann war er auch schon aus der Tür und überließ mich mir selbst.

Ich ging ins Bad und ließ mir eine Wanne einlaufen. Während ich wartete, studierte ich die Programmzeitschrift. Ich entdeckte einen schönen Kitschfilm mit Doris Day und Rock Hudson, mit dem ich mir wenigstens die Zeit vertreiben könnte. Als ich durch die Diele ins Schlafzimmer ging, um mir schon einmal mein Nachthemd zu holen, blieb mein Blick an meiner Kommode hängen. Frank hatte seine Aktentasche darauf stehenlassen. Ich drehte das Badewasser ab. Sicherlich würde er jeden Moment zurückkommen, wenn er es bemerkte. Schließlich würde er seine Tasche brauchen, um mit Karin seine Kundenkartei durchzusprechen. Also setzte ich mich mit der Tasche ins Wohnzimmer und schaltete den Fernseher ein.

Eine halbe Stunde später war Frank noch immer nicht zurückgekommen. Vielleicht hatte er noch gar nicht bemerkt, daß er seine Tasche vergessen hatte, oder suchte sie woanders? Ich griff zum Hörer und wollte ihn anrufen, aber dann fiel mir ein, daß er ja gar nicht zu Hause war, sondern bei Karin. Vielleicht konnte ich ihn da ja erreichen, aber ich hatte die Nummer nicht. Unschlüssig betrachtete ich Franks Aktentasche. Möglicherweise hatte Frank Karins Nummer irgendwo notiert. Ist ja kein Schnüffeln, beruhigte ich mich selbst, als ich die Tasche öffnete und den Inhalt begutachtete. Tatsächlich fand ich ein kleines Adreßbüchlein darin. Wie war noch einmal Karins Nachname? Frank hatte ihn mir irgendwann einmal gesagt. Ich dachte angestrengt nach. Irgend etwas mit B, da war ich mir ziemlich sicher. Ich schlug das Adreßbuch beim Buchstaben B auf und studierte die Namen. Tatsächlich, auf der zweiten Seite fand ich sie: Karin Ballauf, so hieß sie. Ich griff zum Telefon und wählte ihre Nummer. Nach dem zweiten Klingeln ging sie ran.

»Hallo?«

»Ja, hallo, hier ist Maike Kröger. Die Exfreundin von Frank«, fügte ich vorsichtshalber hinzu, obwohl ich mir sicher war, daß Karin sofort wußte, wer ich bin. Ich jedenfalls hätte genau gewußt, wie die Ehemalige meines Liebsten heißt.

»Ach, hallo! Das ist ja eine Überraschung!« Karin klang etwas verwirrt. »Was gibt es denn?«

»Eigentlich wollte ich mit Frank sprechen. Er hat vorhin seine Aktentasche bei mir vergessen und es offensichtlich noch nicht gemerkt.«

»Frank ist nicht hier«, erwiderte Karin.

»Dann sagen Sie ihm doch, wenn er kommt, daß seine Tasche noch bei mir ist.«

»Wieso sollte er herkommen?« Jetzt war ich verwirrt.

»Er sagte mir, daß Sie miteinander verabredet sind«, antwortete ich. »Um ein paar Unterlagen durchzugehen.«

»Wir sind nicht verabredet«, kam es jetzt vom anderen Ende der Leitung, »und daß wir etwas miteinander durchgehen wollten, ist mir völlig neu.«

»Aber, ich dachte …« Ich verstand jetzt gar nichts mehr, was hatte Frank mir denn da erzählt? »Er kommt also heute abend nicht zu Ihnen?« fragte ich noch einmal, um sicherzugehen, daß ich nichts durcheinanderbekommen hatte.

»Nein«, räumte Karin alle noch eventuell bestehenden Zweifel aus, »und ich wüßte auch nicht, was er bei mir sollte.« Oh, das klang ja ziemlich hart. Ob die beiden meinetwegen doch Streit gehabt hatten und Frank es mir nicht hatte erzählen wollen, um mir kein schlechtes Gewissen zu machen? Das konnte ich ja für ihn wieder geradebiegen, das war ich ihm schuldig.

»Hören Sie«, begann ich, »ich weiß, daß Frank Sie in letzter Zeit furchtbar vernachlässigt haben muß. Es ging mir wirklich schrecklich, aber ich versichere Ihnen …«

»Wieso vernachlässigt?« erwiderte Karin erstaunt.

»Na ja, wenn der Partner andauernd bei der Exfreundin ist, dann kann ich mir vorstellen, daß …«

»Partner? Wessen Partner?«

»*Ihren* Partner, meine ich, Frank!« Zuerst sagte Karin gar

nichts, dann brach sie unvermittelt in schallendes Gelächter aus.

»Frank?« prustete sie. »Wie kommen Sie denn auf die Idee, daß ich mit ihm zusammen bin?«

»Er hat mir doch selbst erzählt, daß Sie seit einiger Zeit ein Paar sind. Wir waren doch sogar schon einmal zu viert essen.«

»Ja, stimmt«, meinte Karin. »Allerdings bin ich nicht mit Frank zusammen, er hatte mich damals einfach nur so gefragt, ob ich mit zum Abendessen kommen wollte, weil er nicht das dritte Rad am Wagen sein wollte.«

»Jetzt versteh ich gar nichts mehr«, sagte ich wahrheitsgemäß. »Ich dachte die ganze Zeit, Sie und Frank …«

»Wir sind Kollegen und gute Bekannte, nichts weiter«, erklärte Karin. »Ansonsten bin ich an Frank nicht weiter interessiert.« Aha, so war das also.

»Dann kapiere ich bloß nicht«, meinte ich nachdenklich, »weshalb Frank mir erzählt hat, daß Sie seine neue Freundin seien.«

»So wie ich das sehe«, sagte Karin, »ist die Erklärung ganz einfach.«

»Da bin ich aber mal gespannt.«

»Er wollte Sie eifersüchtig machen!«

»Das glaube ich nicht!« entfuhr es mir. So etwas konnte ich mir bei Frank nicht vorstellen.

»Aber sicher«, beharrte Karin, »das ist doch der älteste Trick der Welt!« Na, vielen Dank, dann war ich wohl darauf hereingefallen. »Ich weiß«, fuhr Karin fort, »daß Frank noch immer sehr an Ihnen hängt, das hört man ihm an, wenn er über Sie spricht.«

»Ist das so?«

»Das kann man wohl sagen! Moment mal …« Sie überlegte einen Augenblick. »Könnte sogar sein, daß ich ihn auf die Idee gebracht habe.«

»Wieso das?«

»Ich kann mich erinnern, daß ich ihm irgendwann mal etwas gesagt habe wie: Manchmal bewirkt man mehr, wenn man sich rar macht, als wenn man jemandem hinterherläuft, weil der andere vielleicht erst merkt, was er verloren hat, wenn es nicht mehr da ist. So etwas in der Art. Aber ich konnte ja auch nicht ahnen, daß Frank das gleich wörtlich nimmt.«

»Tja, das hätte wohl keiner von uns geahnt.« Ich verabschiedete mich von ihr und legte auf. So war das also! Frank hatte Karin nur als Vorwand benutzt, um mich eifersüchtig zu machen! Und seine vornehme Zurückhaltung mir gegenüber war in Wirklichkeit auch nur gespielt! Wer hätte gedacht, daß der liebe Frank es so faustdick hinter den Ohren hatte? Ich jedenfalls nicht! Eigentlich hätte ich mich ja geschmeichelt fühlen können, daß Frank mit allen Tricks versuchte, mich zurückzuerobern, aber ich fühlte mich einfach nur hintergangen. Und das konnte ich im Moment überhaupt nicht gebrauchen, mein Grundvertrauen in die Menschheit war schon erschüttert genug. Wenn Frank sich seine Tasche abholte, würde er jedenfalls etwas zu hören bekommen!

Es dauerte keine zehn Minuten, da stand Frank tatsächlich vor meiner Tür.

»Na«, wollte ich süffisant grinsend wissen, »wie war's bei Karin?« Ich wollte ihn erst ein bißchen schmoren lassen, bis ich ihn mit der Tatsache konfrontierte, daß ich Bescheid wußte.

»Ähm, ganz nett, aber ich war noch nicht lange da«, erwiderte Frank, »ich mußte ja erst meine Tasche holen.«

»Stimmt«, meinte ich und reichte sie ihm. Frank wollte sich gleich wieder verabschieden, doch jetzt kam mein großer Auftritt. »Ach, Moment!« rief ich.

»Ja?« Er dreht sich zu mir um.

»Da fehlt noch etwas.« Ich wedelte mit seinem Adreßbuch. Frank blickte es verstört an. »Ich hatte es vorhin aus der Tasche genommen«, erklärte ich, »weil ich Karins Nummer nachschlagen wollte, um dir zu sagen, daß du deine Tasche bei mir vergessen hast.« Frank erstarrte, ein nervöser Ausdruck trat auf sein Gesicht. Vermutlich rätselte er jetzt gerade, ob Karin zu Hause gewesen war.

»Da haben wir das Telefon wohl nicht gehört«, stotterte er. Also hoffte er, daß ich Karin nicht erreicht hatte.

»O nein!« mußte ich seine letzte Hoffnung zerstören, »ich hatte sogar ein äußerst interessantes Gespräch mit Karin.«

»So, hattest du?« würgte er hervor.

»Das kann man wohl sagen.« Weitere Ausführungen konnte ich mir schenken, man sah es Frank nur allzu deutlich an, daß er wußte, was die Stunde geschlagen hatte.

»Ich ... ähm ...«, setzte Frank an. Weiter kam er nicht, denn ich hatte bereits die Tür zugeworfen. Die Nummer konnte er mit einer anderen veranstalten, aber nicht mit mir!

Nachdem ich nun also wieder gänzlich unbemannt war, stand meinem Plan, mich in die Arbeit zu stürzen und Karriere zu machen nichts mehr im Weg. Also marschierte ich am nächsten Tag schnurstracks zu Dr. Winkler ins Büro, um ihm mitzuteilen, daß ich endlich mal wieder ein paar größere Sachen übernehmen wollte.

»Das trifft sich glänzend«, meinte Dr. Winkler, nachdem ich ihm mein Anliegen vorgetragen hatte. »Ich hätte eine kleine Serie für Sie, ein Reisethema. Damit wären Sie für die nächste Woche voll ausgelastet.« Prima, freute ich mich, Reisethemen übernahm ich immer gern.

»Wo soll's denn hingehen?« wollte ich wissen. Hoffentlich weit weg, Amerika oder Australien vielleicht.

»Das hängt ganz von Ihnen ab, Sie selbst müssen sich eine Route überlegen.« Das wurde ja immer besser, da würde ich mir schon etwas Schönes ausdenken. Trotzdem mußte es ja immerhin einen thematischen Zusammenhang geben.

»Was soll das denn für eine Serie werden?« fragte ich deshalb.

»Also, der Arbeitstitel ist in etwa ›Mit dem Guten-Abend-Ticket durch Deutschland‹.« Ich hatte mich wohl verhört, Deutschland?

»Wie meinen Sie das?«

»Ja, eine Art Service für unsere Leser. Sie besorgen sich ein Guten-Abend-Ticket von der Bahn. Damit können Sie ja dann von neunzehn Uhr bis zwei Uhr nachts überall herumfahren. Ja, und dann überlegen Sie sich verschiedene Routen, die Sie in dieser Zeit von Hamburg aus bewältigen können. Fünf bis sechs verschiedene, das reicht vermutlich.«

»Moment«, hakte ich nach, »unter Reisegeschichte verstehen Sie also, daß ich eine Woche im Zug verbringe? Hab ich das richtig verstanden?« Dr. Winkler nickte begeistert.

»Ist doch eine tolle Story! Und Sie kommen dabei mächtig herum.«

»Aber dafür muß ich die Strecken doch nicht abfahren, das kann man doch auch im Fahrplan nachsehen«, wandte ich ein.

»Das ist doch nicht das gleiche!« sagte Dr. Winkler. »Ich stelle mir die Geschichte als eine Art Reportage vor. Sie, die Nacht, der Zug – eben die Erfahrungen, die Sie da machen. Ich möchte das Flair, die Stimmung!« Ich fühlte mich ziemlich auf den Arm genommen, das war – wenn überhaupt – eine Geschichte für einen Berufsanfänger. Das sagte ich Dr. Winkler dann auch.

»Richtig, deshalb nehmen Sie ja auch Stefan Held mit.«

»Wieso soll ausgerechnet ich mit Stefan Held durch Deutschland gondeln?« fragte ich nicht wenig aufgebracht.

»Weil Sie mich nach einer arbeitsintensiven Geschichte gefragt haben. Bitte, hier haben Sie sie.« Da hatte er recht, stressig würde die Angelegenheit bestimmt werden, noch dazu mit Stefan als Anhängsel. Aber ich hatte es ja nicht anders gewollt, jetzt konnte ich keinen Rückzieher mehr machen. In Zukunft, das schwor ich mir, würde ich nicht mehr auf die Idee kommen, Dr. Winkler nach Themen zu fragen.

Um null Uhr siebenundzwanzig erreichten Stefan und ich den Stuttgarter Hauptbahnhof. Nach fast fünf Stunden Zugfahrt, in denen sich nichts, aber auch rein gar nichts, ereignet hatte, wollte ich nur noch ins Hotel und in mein Bett fallen. Mir war schleierhaft, wie ich über diese Fahrt auch nur eine einzige Zeile schreiben sollte, die Sache war eigentlich mit einem einzigen Satz abgetan: Ich bestieg den Zug um neunzehn Uhr dreiundzwanzig in Hamburg-Altona, fuhr fünf Stunden durch die Nacht und erreichte Stuttgart fahrplanmäßig. Tolle Story, ein echter Reißer! Dabei war das Sommerloch längst überwunden. Ich fragte mich, weshalb Dr. Winkler diese Geschichte unbedingt im Blatt haben wollte. Aber ich vermutete, daß er damit den Anzeigenkunden einen Gefallen tun wollte.

Stefan sah die Sache wesentlich positiver als ich. Während der gesamten Fahrt hatte er sich eifrig Notizen gemacht: *Frau vor uns öffnet Cola-Dose, Mann links von uns liest den »Steppenwolf« von Hermann Hesse. Kind schreit, Mutter schimpft, junges Mädchen geht auf Toilette.* Zwar sah ich die Sache eher skeptisch, aber vielleicht würde es ihm tatsächlich gelingen, aus seinen Notizen etwas Brauchbares zu Papier zu bringen. Wenn sich wenigstens jemand im Abteil übergeben oder herumgepöbelt hätte, daraus hätte man ja noch etwas machen können, aber so? Und das Schlimmste war, daß wir noch fünf solcher Nächte vor uns hatten. Wenigstens hatte ich Dr. Winkler davon überzeugen können, daß es nicht nötig war, für jede Tour zurück nach Hamburg zu fahren, um dort erneut zu starten. Sonst hätte ich sicherlich einen Knall bekommen. Morgen würden wir tagsüber nach Bonn fahren und von dort aus wieder mit dem Guten-Abend-Ticket nach Hamburg. Dann konnte ich zwischendurch wenigstens immer eine Nacht bei mir zu Hause verbringen, bevor es wieder losging. Wenn ich mir überlegte, was diese dämliche Geschichte allein schon kostete! Bahntikkets, die Taxifahrt zum Hotel, die Übernachtungskosten … Aber bitte, das mußte ich vor dem Verleger nicht verantworten.

Um ein Uhr erreichten wir das Hotel, das die Sekretärin für uns gebucht hatte. Verschlafen blätterte der Portier in seinem Reservierungsbuch.

»Kröger und Held … Moment, das haben wir gleich. Ah ja, hier! Sie haben das Zimmer 215.« Damit griff er hinter sich nach dem Zimmerschlüssel.

»Zimmer 215? Und welches ist das zweite Zimmer?« fragte ich. Der Portier sah mich verständnislos an.

»Ich habe nur eine Reservierung für ein Doppelzimmer«, meinte er.

»Das muß ein Mißverständnis sein«, klärte ich den guten Mann auf, »die Redaktion hat für uns zwei Einzelzimmer reserviert.«

»Nicht laut Reservierungsliste«, widersprach der Portier. Nun gut, ich wollte mich nicht herumstreiten.

»Wir brauchen jedenfalls ein zweites Zimmer, also geben Sie uns bitte noch einen Schlüssel. Wir können auch gern im voraus bezahlen, wenn Ihnen das lieber ist.«

»Es tut mir leid«, sagte der Portier und zuckte mit den Schultern, »aber ich kann Ihnen kein zweites Zimmer geben. Wir sind völlig ausgebucht.« Na, wunderbar! Das hatte mir wirklich noch gefehlt. Ich drehte mich zu Stefan um, um mit ihm die Lage zu erörtern.

»Das wird schon gehen«, meinte er und versuchte angestrengt, ein Grinsen zu unterdrücken. »Für eine Nacht – ist ja nicht so schlimm.« So, so, unser kleiner Jungredakteur freute sich ganz offensichtlich über die Situation. Für seine vierundzwanzig war er ziemlich abgebrüht, fand ich. Ich war in dem Alter noch ganz anders gewesen. Aber da es vermutlich schwierig und anstrengend war, um diese Uhrzeit noch ein anderes Hotel zu finden, entschloß ich mich, das Beste aus der Situation zu machen. Außerdem war ich wirklich todmüde.

»Gibt es in dem Zimmer zwei getrennte Betten?« fragte ich den Portier.

»Bedaure«, erwiderte der, »das Zimmer hat nur ein Doppelbett und ein kleines Sofa.«

»Wie dem auch sei, wir werden das Zimmer nehmen.« Ich griff nach dem Schlüssel und machte mich auf in Richtung Fahrstuhl. Stefan blieb mir dicht auf den Fersen.

»So, Maike«, meinte Stefan, als wir das kleine Zimmer betraten, »dann wollen wir mal das Beste aus der Nacht machen.« Mein Blick wanderte zwischen dem großen Doppelbett und dem etwa ein Meter sechzig langen Sofa am Fenster hin und her.

»Genau«, meinte ich schließlich, »du nimmst das Bett, ich das Sofa.«

»Das ist doch albern«, widersprach Stefan.

»Stimmt«, sagte ich. »Du nimmst das Sofa, ich schlafe im Bett.«

»So meinte ich das doch nicht.« Ach nee, wäre ich nie drauf gekommen! »Wir können auch beide im Bett schlafen. Ich werde dich schon nicht belästigen.« Er hob die rechte Hand wie zum Schwur. »Jedenfalls nicht, wenn du es nicht willst«, fügte er dann hinzu. Ich war sprachlos ob dieser Dreistigkeit. Hatte ich Stefan bisher immer für einen netten, lieben Jungen gehalten – ich mußte meine Meinung sofort revidieren. Und dabei hatte ich mich noch kurz zuvor über Beas Bemerkung aufgeregt. Nun war ich in Stefans Fängen, so schnell konnte sich das Blatt wenden. Das konnte eine wirklich interessante Reise werden!

»Hör mal zu, Stefan«, begann ich schließlich mütterlich, »nicht, daß ich dich nicht mögen würde. Aber ich bin fünf Jahre älter als du, die Sache schlägst du dir am besten so schnell wie möglich aus dem Kopf.«

»Schon klar«, erwiderte er, »aber man kann es ja wenigstens mal versuchen.« Dann ließ er sich aufs Bett plumpsen. Ich traute dem Braten noch nicht so recht, der Junge gab ziemlich schnell auf. Aber vielleicht sah ich auch mittlerweile hinter jedem Strauch einen Räuber, also entschloß ich mich, Stefan zu vertrauen. Denn daß ich gerade darauf erpicht war, die Nacht auf einem unbequemen Sofa zu verbringen, konnte ich nicht behaupten. Und Stefan hatte sich auf dem Bett bereits ausgebreitet, ich bezweifelte, daß er es noch einmal räumen würde.

Am nächsten Morgen erwachte ich, weil mich etwas am Kinn kitzelte. Ein Blick nach unten zeigte mir, was es war. Stefan lag seelenruhig an mich gekuschelt mit seinem Kopf auf meiner Brust, wobei sein Haarschopf mein Kinn streifte. Als ich versuchte, diese erdrückende Last loszuwerden, seufzte er wohlig und schmiegte sich noch enger an mich. Vorsichtig schob ich seinen Arm zur Seite. Es gelang mir, darunter herauszurutschen. Als ich vor dem Bett stand und den schlafenden Stefan musterte, mußte ich doch lächeln. Er sah richtig zufrieden aus. Ich warf einen Blick auf die Uhr. In zwei Stunden sollten wir allerdings schon in der Bahn sitzen, also mußte ich Stefans süßen Träumen bald ein Ende bereiten.

Verrückte Welt, dachte ich, während ich mir im Bad die Zähne putzte. Noch einmal ließ ich die letzten Monate vor meinem inneren Auge Revue passieren. »Verrückte Welt«, sagte ich dann laut und ging zurück ins Zimmer, um Stefan zu wecken.

In der Not frißt der Teufel Fliegen   »Hamburger Express, Maike Kröger.«

»Hallo, hier ist Frank.« Respekt! Da hatte er doch glatt nur eine Woche gebraucht, um sich zu trauen, wieder bei mir anzurufen.

»Hallo, Frank! Na, wie geht's? Was macht deine Freundin?« Eigentlich hatte ich mich schon längst wieder abgeregt, aber diese kleine Spitze konnte ich mir nicht verkneifen.

»Maike, es tut mir alles so schrecklich leid!« begann Frank sofort mit seinem Schuldbekenntnis. »Ich weiß auch nicht, was mich geritten hat. Aber glaub mir, ich wollte dich damit nicht verletzen.«

»Das weiß ich.« Ich wollte es ihm nicht so schwer machen. Jetzt, als ich ihn mit geknickter Stimme am Telefon hatte, konnte ich ihm einfach nicht länger böse sein.

»Bist du denn noch sehr sauer auf mich?« fragte er leise.

»Nein, ist schon gut.« Er seufzte erleichtert.

»Dann können wir wieder Freunde sein?«

»Können wir. Aber, damit das klar ist: keine weiteren Tricks!« Frank lachte am anderen Ende der Leitung.

»Ist klar, Chef! In Zukunft lasse ich meine Finger aus der Trickkiste!«

»Dann ist ja alles bestens.«

»Was hältst du von einem Abendessen heute?« wollte Frank wissen. »Soll ich dich in der Firma abholen?«

»Gute Idee«, antwortete ich, »wie in den guten alten Zeiten.«

»Ja, wie in den guten alten Zeiten.«

Frank war nahezu aufgedreht, als wir nach dem Essen noch ein bißchen spazierengingen. Es war ein schöner Abend, für Mitte Oktober noch sehr warm. Ich erzählte Frank von der letzten Woche, von meiner Zugreise quer durch Deutschland und Stefans Annäherungsversuchen. Er kriegte sich kaum ein vor Lachen.

»Tja, Maike macht die Männer verrückt«, stellte er fest.

»Ach was«, wehrte ich ab, »für Stefan war das wahrscheinlich eher so eine Art Experiment. In dem Alter wollen sie doch alles mögliche ausprobieren.«

»Nein, nein«, meinte Frank energisch, »du bist schon eine tolle Frau. Kein Wunder, daß sich alle in dich verlieben. Die Kombination von Schönheit und Intelligenz ist schließlich selten genug!«

»Jetzt übertreib mal nicht!« erwiderte ich lachend. Mit so vielen Komplimenten auf einmal konnte ich gar nicht umgehen.

»Das ist nicht übertrieben!«

»Ja, ja«, wehrte ich ab, »ich benutze meine Intelligenz dazu, Zugfahrpläne zu studieren, das ist schon echt mitreißend.«

»Wart's nur ab«, gab Frank sich optimistisch, »die echten Herausforderungen werden schon noch kommen.«

»Hoffentlich«, seufzte ich. »Ich möchte einfach nur die Chance beikommen, zu zeigen, was in mir steckt.« Frank legte einen Arm um mich und drückte mich freundschaftlich.

»Das wirst du schon noch«, versicherte mir Frank. »Alles nur eine Frage der Zeit.«

Und ich bekam meine Chance. Schneller, als ich damit gerechnet hätte. Schon zwei Tage später bat mich Dr. Winkler nach der morgendlichen Redaktionskonferenz, noch ein paar Minuten zu bleiben, er müßte etwas mit mir besprechen. Innerlich betete ich, daß er nicht schon wieder vorhatte, mich auf einen langweiligen Termin oder eine öde Reise zu schicken. Doch er hatte mir etwas zu sagen, das alles andere als langweilig war.

»Frau Kröger«, begann er, »ich weiß, daß Sie in letzter Zeit nicht besonders zufrieden mit Ihrem Job sind. Und vielleicht haben Sie sich auch schon manchmal gefragt, ob Sie überhaupt den richtigen Beruf haben.«

»Nein, so etwas käme mir nie in den Sinn«, widersprach ich empört. Ich war einigermaßen erschrocken, daß Dr. Winkler offensichtlich mein Motivationstief bemerkt hatte.

»Wie dem auch sei«, fuhr Dr. Winkler fort, »ich bin zu dem

Entschluß gekommen, daß es für Sie höchste Zeit wird, sich an eine größere Herausforderung heranzuwagen.« Er ließ seine Worte ein paar Sekunden auf mich wirken, er war wirklich ein guter Rhetoriker. »Sie wissen ja sicher, daß die Hamburger Journalistenvereinigung jedes Jahr einen großen Wettbewerb ausschreibt, der bundesweit sehr viel Beachtung findet.« Ich nickte, natürlich wußte ich das. Wer diesen Wettbewerb gewann, konnte sich schon was darauf einbilden.

»Was ist mit dem Wettbewerb?« wollte ich wissen. Ich wagte nicht, zu hoffen, was ich eigentlich hoffte.

»Nun ja, dann wissen Sie ja sicher auch, daß man von seiner Redaktion zur Teilnahme vorgeschlagen werden muß.« Wieder nickte ich. Sonst hätte ich auch längst schon einmal versucht, daran teilzunehmen. Ich faltete verkrampft meine Hände.

»Kurz und gut: Ich habe Sie für den Express vorgeschlagen, Sie sind dieses Jahr dabei.« Ich starrte ihn ungläubig an. Dr. Winkler hatte tatsächlich eben ausgesprochen, was ich in meinen kühnsten Träumen nicht zu hoffen gewagt hätte.

»Ehrlich?« fragte ich und hörte mich dabei vermutlich etwas dämlich an.

»Ja«, bestätigte Dr. Winkler, »ich finde, Sie haben diese Chance verdient.« Alles in mir jubelte, das war zu schön, um wahr zu sein. Maike Kröger nahm am großen Hamburger Journalistenwettbewerb teil!

»Danke, Herr Dr. Winkler«, rief ich. Er lächelte verlegen.

»Gern geschehen.« Dann wurde er wieder ernst. »Sie haben allerdings nicht viel Zeit: Es werden nur Geschichten angenommen, die im Zeitraum vom fünfzehnten Oktober bis fünfzehnten November erschienen sind.«

»Was soll das denn?« Von dieser Regelung hatte ich noch nie etwas gehört. Ich hatte bisher immer angenommen, man könne sich mit jedem Artikel, der im Verlauf des Jahres veröffentlicht worden war, bewerben.

»Eine neue Regelung. Ich denke, sie soll der Chancengleichheit dienen. So hat jeder Teilnehmer in etwa die gleichen Voraussetzungen.«

»Aha.« Verstand ich zwar nicht ganz, aber war wohl nicht zu ändern.

»Vielleicht geht's denen auch nur darum, die Leute unter Zeitdruck zu setzen. Die Geschichte wird ja auch unter dem Gesichtspunkt der Aktualität bewertet, und somit ist es fast unmöglich, schon von langer Hand etwas vorzubereiten und pünktlich zum Einsendeschluß wieder aus der Schublade zu holen.«

»Na ja«, meinte ich selbstbewußt, »ich werd das Kind schon schaukeln.«

»Das hoffe ich doch! Immerhin muß ich Sie für die Sache einen ganzen Monat lang von Ihrer redaktionellen Tätigkeit freistellen. Noch so eine unsinnige Regelung!« Ach, so unsinnig fand ich das gar nicht, aber das sagte ich jetzt nicht. »Jedenfalls erwarte ich«, fuhr Dr. Winkler fort, »daß Sie vollen Einsatz zeigen. Es wäre schön, wenn wir den Preis einmal zu uns in die Redaktion holen könnten.«

»Ich gebe mein Bestes«, erwiderte ich.

»Dann legen Sie mal los!« Und ob ich das würde!

Bea war richtig stolz auf mich.

»Ich hab dir doch gesagt, daß du es noch zu was bringst«, meinte sie. Nachdem ich ihr von meiner Teilnahme am Journalistenwettbewerb erzählt hatte, hatte sie aus ihrem Schreibtisch eine Flasche Sekt gezaubert. Die hatte sie von Stefans Einstellungsfeier mitgehen lassen, und jetzt war genau der richtige Moment, sie zu leeren. »Maike, ich freue mich für dich!« sagte sie und prostete mir zu.

»Danke. Ich hab schon befürchtet, du könntest mir das übelnehmen.«

»Wieso sollte ich?« fragte sie überrascht.

»Weil du bisher noch nie daran teilgenommen hast«, meinte ich.

»Quatsch!« Bea machte eine wegwerfende Handbewegung. »Ich möchte überhaupt nicht mit dir tauschen. Ich bin froh, daß ich mit meinem Ressort so ein ruhiges Leben habe. Ein bißchen telefonieren, hin und wieder einmal zu einem Interview –

das ist meine Welt. Ich hätte überhaupt keine Lust, tagelang unterwegs zu sein und Geschichten auszugraben, das wäre mir viel zu anstrengend.«

»Du würdest also nicht am Wettbewerb teilnehmen wollen?« fragte ich ungläubig.

»Um Himmels willen! Die Zeiten, in denen ich wie versessen hinter irgendwelchen Storys her war, sind schon lange vorbei.« Sie grinste breit. »Aber du, du hast noch richtiges Journalistenblut in deinen Adern. Du bist noch hungrig, also zeig, was du kannst!«

Beas Worte verfehlten ihre Wirkung nicht. Ich wurde richtig kribbelig und hätte am liebsten sofort angefangen, meine Story zu recherchieren. Da gab es nur ein Problem – ich hatte noch nicht die geringste Ahnung, worüber ich schreiben sollte. Schließlich mußte es eine ganz besondere Geschichte sein.

»Aber worüber soll ich schreiben?« fragte ich Bea. »Ich habe überhaupt keine Idee.«

»Kommt Zeit, kommt Rat«, meinte sie optimistisch, »dir wird schon etwas einfallen.« Hoffentlich, dachte ich. Und hoffentlich war es etwas, das keiner der anderen Teilnehmer machen würde.

Eine Woche später hatte ich noch immer keine Ahnung, was ich für den Wettbewerb schreiben sollte. Stundenlang hatte ich Zeitungen und Zeitschriften gewälzt, alle möglichen Fernsehsendungen gesehen – nichts brachte mir die ersehnte Idee. Ich saß zu Hause und zermarterte mir das Gehirn. Schließlich rief ich Frank an.

»Hast du nicht einen schönen Versicherungsskandal auf Lager?« wollte ich wissen.

»Dir geht's wohl nicht mehr gut!« kam als Antwort.

»Schade.« Immerhin, es war einen Versuch wert gewesen.

»Mach doch wieder etwas mit Tieren oder Kindern, irgendein Rührstück, so etwas mögen die Leute«, schlug Frank dann vor.

»Ich weiß nicht«, meinte ich skeptisch, »diese Story muß wirklich ein Hammer werden.«

»Wenn mir etwas einfällt, sag ich Bescheid«, bot Frank an.

»Danke«, meinte ich, obwohl ich wenig Hoffnung hatte, daß ausgerechnet Frank eine sensationelle Geschichte ausgraben würde. Vielleicht sollte ich mich mal wieder bei meiner Mutter melden. Die war jedenfalls immer bestens über allen möglichen Klatsch und Tratsch informiert. Aber leider wurde ich enttäuscht, das Gespräch mit meiner Mutter war ziemlich unergiebig. Ein katholischer Pfarrer, der angeblich etwas mit seiner Haushälterin hatte, ein angeblich asbestverseuchter Kindergarten und ein großer Nachbarschaftsstreit – mehr hatte sie nicht auf Lager. Alles alte Geschichten, damit riß ich niemanden vom Hocker. Mir blieb nichts anderes übrig, als zu hoffen, daß die Zeit mir eine gute Story liefern würde.

Die nächste Woche verstrich, langsam wurde ich panisch. Ausgerechnet jetzt passierte aber auch rein gar nichts, es war zum Heulen! Mittlerweile hatte ich mein Lager wieder in der Redaktion aufgeschlagen, zu Hause würde ich noch mall werden. Außerdem hatte ich im Büro alle Dinge, die ich für eine Story brauchte. Verschiedene Zeitungen, den dpa-Ticker und nicht zuletzt meine liebenswerten Kollegen, die sich gemeinsam mit mir den Kopf zerbrachen.

Nach weiteren zwei Tagen war es schließlich Stefan, der den rettenden Einfall hatte. Freudestrahlend kam er in mein Büro spaziert und wedelte mit einem Fax.

»Maike, ich hab's!«

»Was hast du?«

»Deine Story für den Wettbewerb! Die Geschichte ist einfach genial!« Ich horchte auf.

»Dann schieß mal los.«

»Also«, begann Stefan, »ein Freund von mir studiert Archäologie. Und der macht mit acht anderen Studenten eine Forschungsreise nach Afrika. Sie glauben nämlich, daß es dort noch zu entdeckende Schätze gibt. Wieso, weiß ich nicht genau, er hat es mir erklärt, aber ich hab's nicht ganz verstanden.«

»Aha.« Auch ich verstand nichts.

»Das ist doch *die* Wahnsinnsstory!« rief Stefan aus.

»Seh ich noch nicht so ganz.«

»Ist doch klar, du fährst da mit! Zehn Tage im afrikanischen Busch, wenn das nicht ein Abenteuer ist! Das könnte ein richtig aufregender Artikel werden.« Hm, könnte doch ganz gut sein. Eine abenteuerliche Expedition von neun jungen Menschen, unterwegs im Namen der Wissenschaft! Keine üble Idee.

»Stefan, du bist ein Schatz! Und ich kann da wirklich mitfahren?«

»Kein Problem, geht allerdings schon am Montag los.«

»Ich hab sowieso keine Zeit mehr. Am Montag ist schließlich schon der erste November, mehr als höchste Eisenbahn!« In dem Augenblick, in dem ich das aussprach, wurde mir erst bewußt, daß ich tatsächlich nur noch knapp zwei Wochen Zeit hatte, eine sensationelle Geschichte auf die Beine zu stellen. Zehn Tage Expedition, dann käme ich am elften November zurück. Bis zum Nachmittag des vierzehnten müßte der Artikel fertig sein, damit er noch ins Blatt kam. Und es sollte ja ein absolutes Meisterstück werden, mehr als knapp also!

»Da wäre allerdings noch etwas«, riß Stefan mich aus meinen Gedanken.

»Was denn?«

»Es kostet tausend Mark.«

»Na ja, ein bißchen happig, aber für zehn Tage Afrika geht's gerade noch so«, fand ich.

»Nein, das sind nicht die Reisekosten, die kommen noch dazu. Die Studenten wollen tausend Mark, damit du überhaupt mitfahren kannst.« Mir blieb die Luft weg, so etwas von raffgierig! Ich wußte ja, daß viele Leute uns erst dann die Tür öffneten, wenn wir mit Geldscheinen wedelten, aber das hier war wirklich dreist.

»Für tausend Mark bekomme ich ja schon fast ein Exklusivinterview mit Madonna, inklusive Fotos!« regte ich mich auf. Na ja, vielleicht nicht ganz, aber trotzdem!

»Ich weiß, ist eine Menge«, stellte Stefan fest, »aber die Studenten haben auch nicht so viel Geld, und so wollen sie wenigstens einen Teil der Expedition finanzieren.«

»Da muß ich erst mit Dr. Winkler sprechen«, sagte ich, »kann ich mir kaum vorstellen, daß er dafür so viel Geld herausrückt.«

»Bitte«, flehte ich Dr. Winkler an, »habe ich Sie jemals um irgend etwas gebeten?« Er warf mir einen amüsierten Blick zu. »Jedenfalls nicht oft, oder?« fügte ich hinzu.

»Ich weiß nicht, Frau Kröger. Das ist ein ziemlich teures Infohonorar, ich muß das schließlich vor dem Verleger begründen.«

»Sagen Sie ihm, wenn ich den Wettbewerb gewinne, wirkt sich das auch günstig auf unsere Auflage aus. Eine bessere Werbung gibt es doch gar nicht!«

»Ich werd mir das mal durch den Kopf gehen lassen. Spätestens heute nachmittag sag ich Ihnen Bescheid.«

»In Ordnung«, meinte ich und hoffte, daß seine Entscheidung zu meinen Gunsten ausfallen würde.

Während ich in meinem Büro saß und auf Dr. Winkler wartete, überlegte ich mir schon, wie ich die Story am besten aufbauen könnte. Natürlich mußte sie dramatisch werden, ein Abenteuer eben. Vielleicht hatten wir ja Glück und gerieten tatsächlich in die eine oder andere brenzlige Situation, dann mußte ich mir wenigstens nichts ausdenken. Im Zweifelsfall müßte ich natürlich meine Phantasie etwas zur Hilfe nehmen, mit einem langweiligen Reisebericht hätte ich bei dem Wettbewerb keine Chance. Maike Kröger – Auge in Auge mit dem Alligator. Gab es die in Afrika überhaupt? Dann vielleicht: Maike Kröger – im Kampf mit dem Panther, klang auch ganz nett. Na ja, und die Ausgrabungen müßte ich natürlich auch erwähnen. Maike Kröger – auf der Suche nach dem verlorenen Schatz. Hörte sich schwer nach Karl May oder Indiana Jones an, daran müßte ich noch arbeiten. Aber was machte ich mir jetzt schon so viele Gedanken, bisher hatte Dr. Winkler mir noch immer nicht sein Okay gegeben.

Von Minute zu Minute wurde ich nervöser. Vier Stunden lag unser Gespräch nun zurück, weshalb brauchte er so lange für seine Entscheidung? Auf der einen Seite warf er das Geld für irgendwelche dämlichen Zugreisen quer durch Deutschland zum Fenster hinaus, auf der anderen Seite mußte er erst Stunden überlegen, ob er für eine richtig gute Geschichte tausend Mark locker machen konnte. Nun gut, natürlich mußte er auch hier noch die Reisekosten übernehmen, so daß mein Vergleich ein wenig hinkte, aber trotzdem fand ich, daß die Story ihren Preis wert war.

Ich hatte Glück. Dr. Winkler war zu der gleichen Ansicht wie ich gekommen. Um kurz vor sechs kam er in mein Büro und sagte mir, daß ich die Reise antreten könnte. Ich jubelte, der Wettbewerb war gerettet.

»Sie werden sehen«, meinte ich optimistisch, »das wird ein Artikel, mit dem wir Zeitungsgeschichte schreiben!«

»Übertreiben Sie es nicht«, erwiderte Dr. Winkler, »es reicht schon, wenn es ein gelungener Artikel wird. Aber ich habe eigentlich auch ein ganz gutes Gefühl.«

»Und ich erst!« Jetzt stand meiner Karriere nichts mehr im Wege!

Stefan half mir, am Samstag noch schnell die nötigsten Dinge zu organisieren, bevor es losging. Er bot mir sogar an, meine Koffer zu packen, aber das ging dann doch ein bißchen zu weit. Der Leiter der Expedition, ein gewisser Ulrich Gerber, teilte mir mit, daß ich am Montag pünktlich um acht Uhr am Flughafen Fuhlsbüttel sein sollte. Am Infoschalter im Terminal eins würde er mich abholen und mir den Rest der Crew vorstellen. Um alles weitere müßte ich mich dann nicht mehr kümmern, die Organisation würde er voll und ganz übernehmen. Bestens, ich liebte es, wenn man mir den lästigen Kleinkram abnahm.

Um Viertel vor acht stieg ich am Montagmorgen vor dem Flughafen aus dem Taxi. Keuchend schleppte ich mein Gepäck in Richtung Terminal. Ich hatte wieder einmal viel zuviel eingepackt, aber ich wollte für alle Fälle gewappnet sein. Zwei Dosen Insektenspray, mehrere Liter Sonnenmilch, mein Notebook, Tabletten gegen Wehwehchen wie Durchfall, Kopfschmerzen und Übelkeit. Meinen Bikini hatte ich dann doch zu Hause gelassen, schließlich sollte das hier kein Erholungsurlaub werden. Dafür hatte ich mir noch extra ein paar dicke Bergstiefel gekauft und sie gleich für die Reise angezogen, man konnte ja nie wissen. Dazu trug ich eine alte Camouflagehose, die Stefan noch in seinen Beständen hatte. Die absolute Krönung war aber der Tropenhelm, den ich in einem Exotikshop aufgetan hatte. Mit diesem Ding auf dem Kopf sah ich wie eine echte Afrikaforscherin aus.

Am Infoschalter im Terminal eins schaute ich mich ungeduldig nach Ulrich Gerber um. Ich wußte nicht genau, wie ich ihn erkennen sollte, aber momentan waren außer mir nur wenige Menschen in der Halle. Schließlich entdeckte ich einen großen, dünnen Jungen in Jeans, Stoffturnschuhen und Sweatshirt, der direkt auf mich zukam. Mein Verdacht bestätigte sich, er begrüßte mich mit Namen.

»Schön, daß Sie da sind, dann können wir zu den anderen gehen.« Bevor ich es vergaß, überreichte ich Ulrich Gerber erst einmal den Scheck über tausend Mark, so hatte alles seine Ordnung. Lächelnd griff er nach dem Stück Papier und deutete dann mit einer Kopfbewegung an, daß ich ihm folgen sollte. Ich kam mir ein bißchen lächerlich vor, wie ich in meinem Afrikaoutfit hinter ihm herwackelte. Ich wünschte, ich hätte die Sachen erst bei unserer Ankunft angezogen, Ulrich Gerber mußte mich für eine Verrückte halten. Aber daran ließ sich jetzt nichts mehr ändern, wozu also darüber nachgrübeln?

Nach zehn Minuten erreichten wir Terminal zwei. Schon von weitem konnte ich eine große Menschengruppe sehen. Einige davon winkten Ulrich zu, also mußte es sich um den Rest der Expediteure handeln. Allerdings mußte ich gar nicht erst nachzählen, um zu erkennen, daß es weit mehr als acht Menschen waren. Dreißig kam der Sache schon näher. Verwundert zog ich eine Augenbraue in die Höhe.

»Hat sich die Expedition noch vergrößert?« wollte ich von Ulrich Gerber wissen, »ich dachte, Sie wären nur neun Studenten.«

»Sind wir auch. Die anderen sind Journalisten wie Sie.«

»Wie? Ich glaube, ich verstehe nicht ganz!«

»Sie sind nicht die einzige, die uns bei unserer Expedition begleiten wird.« Ach, das war ja interessant.

»Und wie viele meiner Kollegen werden noch dabei sein?«

»Zwanzig, glaube ich.« Da hatte ich gut geschätzt. Schöne Exklusivstory, ich mußte sie nur mit zwanzig anderen Journalisten teilen!

»Aber ich dachte, ich würde mit Ihnen allein reisen?«

»Hat das jemand behauptet?« Nein, hatte niemand. Aber für tausend Mark Teilnahmegebühr war ich automatisch davon ausgegangen, daß ich die einzige sein würde. Und wahrscheinlich hatten die anderen ebensoviel berappt. Tausendmal einundzwanzig – das war schon ein ganz lohnendes Geschäft für die Studenten. Daß ich mich ärgerte, wäre die Untertreibung des Jahres gewesen. Ich kochte!

»Hören Sie, Herr Gerber! Was soll ich mit einer Geschichte, die außer mir noch zwanzig andere schreiben, damit kann ich nichts anfangen!« Mittlerweile hatten wir die Gruppe erreicht.

»Dann müssen Sie eben hierbleiben«, erwiderte Ulrich Gerber schulterzuckend und hielt mir meinen Scheck unter die Nase.

Klar war ihm egal, ob ich mitflog, er hatte immerhin mehr als genug Idioten, die ihm und seinen Freunden ihren Trip finanzierten. Auf einen mehr oder weniger kam es da auch nicht an. Ich kämpfte mit mir. Sollte ich wirklich gehen oder doch noch versuchen, das Beste aus der Situation zu machen? Ich ließ meinen Blick durch die Menge schweifen. Meine »Kollegen« unterhielten sich angeregt. Schweren Herzens entschloß ich mich zu gehen und nahm Ulrich Gerber den Scheck wieder ab. Selbst wenn keiner dieser Kollegen an dem Wettbewerb teilnahm – wenn sie alle über die Expedition schrieben, konnte von »neu«, »aufregend« und »sensationell« keine Rede mehr sein.

Damit war mein Problem noch immer nicht gelöst. Stefan entschuldigte sich lang und breit; er hätte keine Ahnung gehabt, daß seine Freunde noch andere Journalisten mitnehmen würden. Auch Dr. Winkler ärgerte sich, als ich ihm davon berichtete. Aber er war der Ansicht, daß meine Entscheidung, unter diesen Umständen nicht mitzufliegen, richtig gewesen war. Trotzdem merkte ich ihm an, daß er langsam ungeduldig wurde. Ich mußte mir wirklich schleunigst etwas einfallen lassen.

Am siebten November entschloß ich mich, Dr. Winkler gegenüber meine Niederlage einzugestehen. Ich würde ihm sagen, daß ich die in mich gesetzten Erwartungen nicht erfüllen konnte. Frank und Bea waren zwar der Ansicht, daß ich die Flinte zu früh ins Korn warf, aber ich wußte beim besten Willen nicht, wie ich in den verbleibenden sieben Tagen noch etwas auf die Beine stellen sollte. Ich war eben eine Versagerin, eine Niete, dieser Tatsache mußte ich nun ins Auge sehen. Nicht nur, daß ich in diesem Jahr so gut wie keine brauchbaren Geschichten für den Express geliefert hatte, ich war noch nicht einmal fähig, ein gutes Thema für den Wettbewerb zu finden.

So saß ich am schwärzesten Sonntagabend meines Lebens auf meinem Sofa und zerfloß nahezu vor Selbstmitleid. Morgen würde ich noch vor der Konferenz mit Dr. Winkler reden, und danach könnte ich vermutlich gleich meinen Schreibtisch räumen. Dann würde mir wohl nichts anderes übrig bleiben, als doch als Lehrerin zu arbeiten – falls ich jemals irgendwo eine Stelle bekommen würde. Mit diesem wenig erheiternden Gedanken ging ich ins Bett.

Nachdem ich mich zwei Stunden im Bett hin- und hergewälzt hatte, stand ich wieder auf. An Einschlafen war nicht zu denken, da mußte ich mit ein paar Mittelchen nachhelfen. In meinem Jogginganzug schlappte ich auf die Straße und machte mich auf den Weg zu der Kneipe nebenan. Nach drei, vier Bier würde die Sache schon anders aussehen. So saß ich, umgeben von einigen netten Jungs namens Heiner, Karl und Jost, in meinem Jogginganzug am Tresen und kippte mir mehrere Bierchen hinter die Binde. Niemals hätte ich gedacht, daß ich so tief sinken könnte. Aber wahrscheinlich würde ich ab morgen öfter in dieser Kneipe sitzen und meinen Kummer ertränken, da konnte ich mich jetzt schon einmal an die Atmosphäre gewöhnen. Natürlich konnten sich die Männer ein paar dämliche Sprüche bezüglich meines Aufzugs nicht verkneifen. Sollten sie, mir war es egal. Schon bald würden wir mit Sicherheit sehr gute Freunde sein.

Gegen zwei Uhr nachts trat ich den Heimweg an. Die anderen wollten mich zwar unbedingt noch zu einer Runde Kurze einladen, aber mir reichten meine fünf Bier vollkommen aus. Ich fühlte mich jetzt schon viel besser, beinahe leicht und beschwingt. Hier und da stolperte ich gegen ein parkendes Auto, aber so konnte ich wenigstens nicht auf die Straße fallen. Und falls ich doch umkippen sollte, würde ich vermutlich in ein, zwei Stunden erfrieren, und meinem Elend wäre ein schnelles Ende bereitet.

An der Eingangstreppe zu meinem Wohnhaus verlor ich meinen linken Hausschuh. Ich hob ihn nicht auf, dazu fehlte mir die Kraft. Die Dinger, ein Geschenk von meiner Mutter, hatten mir ohnehin nie besonders gefallen. Kurzerhand schleuderte ich den rechten Schuh auch noch ins Gebüsch und wankte auf Socken zu meiner Wohnung hoch. Morgen abend würde ich mit meinen neuen Freunden zusammen meine Kündigung feiern. Vielleicht könnten sie mir dann schon einmal erzählen, wie man sich nach zwanzig Jahren Arbeitslosigkeit so fühlte. Außerdem hätten sie bestimmt auch ein paar gute Tips auf Lager, wie man tagsüber seine Zeit rumbrachte.

Auf der Fußmatte vor meiner Wohnungstür lümmelte sich Joe. Mit einem Satz sprang er auf, als er mich sah.

»Wie siehst du denn aus?« fragte er entsetzt. »Ist etwas passiert?« Ich wischte mir die Augen, jetzt hatte ich in meinem Suff schon Wahnvorstellungen. Aber Joe verschwand nicht, er schien tatsächlich vor mir zu stehen.

»Was machst du denn hier?« fragte ich verärgert und wunderte mich, daß ich mich noch erstaunlich klar anhörte. Dann versuchte ich, mich an ihm vorbei in meine Wohnung zu quetschen. Bei meinem Zustand war das allerdings gar nicht so einfach. Ich konnte mich kaum auf den Beinen halten, geschweige denn einen Mann von gut achtzig Kilo beiseite schieben.

»Habe ich nicht deutlich gemacht, daß ich dich nicht mehr sehen will?« meinte ich und spürte, daß ich anfing zu taumeln.

»Hoppla«, rief Joe und hielt mich an einem Arm fest. »Haben wir etwas gefeiert?« fragte er ironisch. »Oder kommst du von einer Pyjamaparty?« fügte er mit einem Blick auf mein Outfit hinzu.

»Wüßte nicht, was das dich angeht!«

»Verzeihung, aber dein Anblick wirft einige Fragen auf.«

»Dein plötzliches Erscheinen bei mir ebenfalls.« Ich war selbst ganz platt, daß ich in meinem Zustand noch über solche rhetorischen Fähigkeiten verfügte. Respekt, Frau Kröger!

»Ich muß dringend mit dir reden«, meinte Joe.

»Ich aber nicht mit dir. Überhaupt bist du der letzte, mit dem ich reden möchte«, erwiderte ich und nahm erneut Anlauf, um an ihm vorbei in meine Wohnung zu kommen.

»Bitte, Maike«, sagte Joe und hielt mich erneut am Arm fest. »Es ist wirklich wichtig, sonst wäre ich nicht hier.«

»Und wenn es um dein Leben ginge – es würde mich nicht interessieren!«

»Es geht um mein Leben«, antwortet Joe zu meiner Überraschung, »und um deins. Jedenfalls in gewisser Weise.«

»So? Dann sag mal!«

»Nicht hier draußen. Bitte, Maike, laß mich für ein paar Minuten hereinkommen.« Ich schrieb es meinem vernebelten Gehirn zu, daß ich tatsächlich die Tür aufschloß und ihn mit einer Handbewegung hineinbat. Und ein kleines bißchen Neugier war natürlich auch im Spiel.

»Setz dich ins Wohnzimmer«, meinte ich drinnen, »ich komme gleich.« Joe setzte sich wie angeordnet aufs Sofa, während ich erst einmal kurz ins Bad verschwand. Um überhaupt ein wenig klar zu werden, mußte ich jetzt dringend eine Dusche nehmen. Bei diesem Mann mußte man seine Sinne beisammen haben, nur eine kleine Unachtsamkeit, und er hatte mich schon wieder um den Finger gewickelt.

Tatsächlich spürte ich bereits dieses verräterische Flattern in der Magengegend, ich war noch immer nicht immun gegen ihn. Als das kalte Wasser über meinen Körper floß, konnte ich mich langsam wieder sortieren. Joe war hier, in meiner Wohnung, auf meinem Sofa. Nun gut, ich würde mir anhören, was er von mir wollte und ihn dann so schnell wie möglich wieder auf die Straße befördern.

In meinen flauschigen Bademantel gehüllt, ein Handtuch um den Kopf geschlungen, ging ich zurück ins Wohnzimmer. Joe hatte sich bereits aus meiner Bar bedient und sich einen Cognac eingegossen.

»Aha, du hast schon etwas zu trinken gefunden. Fühl dich ganz wie zu Hause«, meinte ich sarkastisch und ließ mich auf einen Sessel plumpsen.

»Sorry, ich brauchte jetzt erst mal was zu trinken«, meinte Joe. »Wenn ich dir meine Geschichte erzähle, wirst du mich verstehen«, fügte er hinzu. Das hörte sich alles sehr geheimnisvoll an.

»Schieß los«, forderte ich ihn auf.

»In Ordnung. Erinnerst du dich noch an die Geschichte über die Privatklinik von Dr. Diederhoff?«

»Klar«, ich grinste, »wie könnte ich diese Geschichte vergessen?«

»Ja, ich weiß, sie hat mich zu deiner großen Freude den Kopf gekostet. Aber darüber will ich gar nicht mit dir sprechen.«

»Sondern?«

»Es haben sich da mittlerweile ein paar neue interessante Dinge ereignet.«

»So?« Vielleicht hatte die Klinik ihn doch verklagt, und er hoffte nun, daß ich zu seinen Gunsten aussagen würde. Aber da hatte er sich verrechnet. Ich war nach wie vor der Ansicht, daß Joe die Sache damals verdient hatte.

»Vor ein paar Wochen bekam ich zu Hause einen seltsamen, anonymen Anruf. Eine Frau war am Telefon und fragte mich, ob ich damals den Artikel geschrieben hätte. Zuerst habe ich alles abgestritten, aber dann meinte die Frau, daß sie damals jemandem beim Express die Informationen über den Tod ihres Mannes gegeben hätte.«

»Ja, das stimmt. Ein anonymer Anruf, den unser Volontär entgegengenommen hatte. Die Frau wollte allerdings ihren

Namen nicht nennen, daher habe ich die Geschichte verworfen. Jedenfalls bis zu dem Zeitpunkt, als ich eine bessere Verwendung dafür hatte«, erklärte ich und grinste.

»Ich weiß, aber das sind jetzt alte Kamellen.« Joe zündete sich eine Zigarette an und paffte hektisch den Rauch in die Luft. Erst jetzt fiel mir auf, wie nervös er war, richtig durch den Wind. »Die Frau hatte meinen Artikel gelesen und Wochen damit zugebracht, mich ausfindig zu machen. Das war natürlich nicht so einfach, da ich ihn ja unter Pseudonym geschrieben hatte. Und die Redaktion gab meine Identität ihr gegenüber auch nicht preis.«

Er nahm einen großen Schluck Cognac und goß sich nach. Wenn er so weitermachte, wäre er bald auf dem gleichen intellektuellen Niveau angelangt wie ich.

»Und wie ging's dann weiter?« wollte ich wissen.

»Wie genau, weiß ich auch nicht, aber die Frau hat mich schließlich doch enttarnt.«

»Frank ist das schließlich auch gelungen«, warf ich ein.

»Ist ja jetzt auch egal«, fuhr Joe hektisch fort. »Am Telefon erzählte die Frau mir, daß sie noch immer der Überzeugung wäre, daß in der Klinik einige seltsame Dinge vor sich gehen. Zunächst habe ich natürlich abgeblockt, mit der Sache hatte ich schon genug Ärger. Allerdings sagte mir mein Instinkt, daß diese Frau nicht einer von den üblichen Spinnern war. Irgendwie glaubte ich ihr. Trotzdem lehnte ich es ab, in der Angelegenheit weiter zu recherchieren.«

»Und dann?«

»Als ich mich von der Frau verabschiedete, sagte sie etwas, was mich sehr nachdenklich machte.«

»Was?« Joc wußte, wie man die Spannung langsam steigerte.

»Sie meinte, wenn *sie* es geschafft hätte, meine wahre Identität herauszufinden, dann würde die Klinikleitung dafür mit Sicherheit auch nicht mehr lange brauchen.«

»Na und? Das kann dir doch egal sein. Der Widerruf ist gedruckt, und deinen Job bist du sowieso schon los. Was soll es also?«

»Das habe ich zunächst auch gedacht. Aber irgend etwas in

der Stimme der Frau machte mir plötzlich Angst. Es klingt komisch, aber ich hatte das Gefühl, daß es nicht gut wäre, wenn Dr. Diederhoff wüßte, wer sich hinter dem Pseudonym Richard Baumann versteckt.«

»Du siehst ja Gespenster«, meinte ich. »Wieso sollte die das noch interessieren? Sie wollten dich ja noch nicht einmal verklagen.«

»Aber gerade das kam mir im nachhinein auch seltsam vor. Wieso haben sie keine Klage eingereicht, wenn ich sie doch nach ihrer Ansicht wirklich massiv verleumdet hatte?«

»Um nicht unnötig Staub aufzuwirbeln, ist doch klar«, erwiderte ich. Das war oft so, viele hatten Angst, daß ein Prozeß sie erst recht ins Gerede bringen würde.

»Möglicherweise hatten sie aber vor einem Prozeß noch viel mehr Angst, als wir denken.«

»Das wird mir jetzt zu blöd! Nun rück schon mit der ganzen Story heraus!«

»Maike, wir sind in Gefahr«, meinte Joe plötzlich völlig unvermittelt.

»Gefahr? Wir? Ich verstehe nur Bahnhof!«

»Du mußt jetzt stark sein«, sagte er und griff nach meiner Hand. Sofort entzog ich sie ihm wieder.

»Laß dein theatralisches Gequatsche und komm auf den Punkt!« fuhr ich ihn an. Er schluckte.

»Als ich heute abend nach Hause kam, wurde ich bereits erwartet.«

»Wie schön, eine neue Flamme?« konnte ich mir nicht verkneifen zu sagen.

»Ach, Unsinn«, meinte Joe aufgebracht. »Im Treppenhaus lungerten zwei Männer herum, die nicht gerade freundlich aussahen. Einer griff mich sofort beim Kragen und drückte mich gegen die Wand.«

»Uuups«, kicherte ich, »netter Besuch.«

»Mir scheint, du nimmst die Sache nicht richtig ernst!« fuhr Joe mich an. »Der eine war sogar bewaffnet!«

»Und, was wollten die von dir?«

»Sie sind mir in die Wohnung gefolgt und haben mir alle

möglichen Fragen zu der Diederhoff-Geschichte gestellt. Wer meine Informanten wären, was ich über den Vorfall wüßte und so weiter.«

»Was hast du gesagt?«

»Die Wahrheit. Daß die Informationen von jemandem kommen, den ich selbst nicht kenne. Ich kann dir sagen, ich hatte eine Todesangst.«

»Und dann?« Zwar hielt ich das, was Joe mir da erzählte, für ausgemachten Unsinn, aber wenigstens hatte es einen gewissen Unterhaltungswert.

»Sie haben mir natürlich kein Wort geglaubt. Sie meinten, daß sie mir die Fresse polieren würden, wenn ich nicht sofort auspacke.« Joe nahm wieder einen großen Schluck Cognac. Seine Hand zitterte, als er das Glas wieder auf den Tisch stellte. »Frag mich nicht, wie, aber ich hab es geschafft, den beiden zu entkommen. Dann bin ich gerannt, so schnell ich konnte. Ich hatte nur noch einen Gedanken: Wenn die mich schnappen, sieht's gar nicht gut aus. Und so bin ich schließlich bei dir gelandet.«

»Wieso kommst du ausgerechnet zu mir? Ist Rosi nicht zu Hause?« fragte ich herausfordernd.

»Das ist jetzt nicht der richtige Zeitpunkt, um alte Geschichten wieder aufzuwärmen«, fuhr er mich an. »Wir stecken beide drin.«

»Wo stecken wir drin? Ich versteh dich noch immer nicht.«

»Siehst du das denn nicht? Irgend etwas ist tatsächlich faul in Diederhoffs Privatklinik. Und sie wollen auf keinen Fall, daß es herauskommt.«

»Du spinnst ja! Du hast wohl zu viele Krimis geguckt!«

»Maike, ich flehe dich an! Du mußt mir glauben, das ist kein Spiel mehr. Die beiden Typen waren wirklich bei mir zu Hause und wollten mich auseinandernehmen!«

»Meinen Segen haben sie.« Joe starrte mich wütend an. »War nicht so gemeint«, fügte ich hinzu. Zwar hielt ich Joe nach wie vor für einen Spinner, aber er schien wirklich Angst zu haben. Vielleicht hatten sich ja ein paar seiner Freunde einen Scherz erlaubt.

»Joe«, begann ich daher, »ich kann mir vorstellen, daß du momentan etwas verwirrt bist. Aber ich bin mir sicher, daß es für all das eine ganz normale Erklärung gibt. Wir sind Zeitungsjournalisten und keine Kriminalbeamten, so etwas passiert nicht im wirklichen Leben. Am besten, du gehst jetzt wieder nach Hause und vergißt die Sache.«

»Ich kann nicht nach Hause, warum begreifst du das denn nicht? Glaubst du, das ist ein billiger Trick von mir, um wieder an dich heranzukommen?« Da brachte Joe mich auf eine Idee, die mir noch gar nicht gekommen war.

»Wäre doch möglich.«

»Du traust mir ja wirklich eine Menge zu.« Joe schüttelte den Kopf, kippte den letzten Schluck Cognac und stand auf. Ohne ein weiteres Wort ging er Richtung Flur.

»Moment, wo willst du denn hin?« rief ich ihm hinterher. Eigentlich wollte ich ja, daß er ging, damit ich mich endlich mit meinem Brummschädel ins Bett packen konnte. Aber zugleich wollte ich, daß er noch hierblieb. In meinem Gefühlswirrwarr kannte ich mich langsam selbst nicht mehr aus.

»Da du mir nicht glaubst, gehe ich wohl besser«, meinte Joe.

»Und wohin, wenn du nicht nach Hause kannst?« Joe zuckte mit den Schultern.

»Ich weiß nicht, vielleicht suche ich mir ein Hotelzimmer oder so. Leider habe ich so gut wie kein Geld dabei, aber mir wird schon etwas einfallen.« Aha, jetzt fuhr er also die Mitleidsschiene. Und ich sprang tatsächlich darauf an.

»Also, ich bin kein Unmensch. Du kannst von mir aus auf meinem Sofa schlafen, morgen sieht die Welt schon wieder anders aus. Was sollst du mitten in der Nacht durch Hamburg laufen?«

»Nein, danke«, erwiderte Joe störrisch, »ich will dir nicht zur Last fallen.«

»Nun hör schon auf!« Groß bitten würde ich ihn mit Sicherheit nicht. »Ich bitte dich, sei nicht kindisch. Ich hol dir Bettzeug, und dann schläfst du dich erst einmal aus.« Tatsächlich kam Joe ins Wohnzimmer zurück.

»In Ordnung, ist vielleicht wirklich das Beste.«

»Sag ich doch.« Irgendwie seltsam, dachte ich, als ich das Gästebettzeug aus dem Schrank im Flur holte. Eigentlich hätte ich Joe sofort hinauswerfen müssen, ihn erst gar nicht in meine Wohnung lassen dürfen. Und jetzt war ich auch noch diejenige, die ihn zum Bleiben überredete. Was hatte dieser Mann nur, daß er mich wieder um den Finger gewickelt hatte? Das mußte der Alkohol sein, sagte ich mir. Morgen früh würde ich Joe gleich nach dem Aufstehen hinauswerfen. Jetzt aber mußte ich erst einmal dringend ins Bett, ich konnte mich kaum noch auf den Beinen halten.

Am nächsten Morgen wurde ich durch ein lautes Klappern, das aus der Küche kam, geweckt. Beim ersten Versuch, aus meinem Bett zu krabbeln, fuhr ein stechender Schmerz durch meinen Kopf. Oje, ich hatte einen Riesenkater.

»Guten Morgen, Maike«, begrüßte Joe mich strahlend, als ich in die Küche geschlurft kam. Auf dem kleinen Klapptisch neben der Spüle hatte er ein opulentes Frühstück aufgebaut: Kaffee, Orangensaft, Brötchen, Müsli, Milch, sogar ein paar Pfannkuchen brutzelten auf dem Herd.

»Was wird das denn?« wollte ich erstaunt wissen. »Und woher hast du das alles?« Ich selbst hatte nämlich außer einer Dose Kondensmilch nichts mehr im Kühlschrank.

»Ich war heute früh schnell etwas einkaufen, nachdem ich deine Vorräte inspiziert hatte«, erklärte Joe grinsend.

»Ach? Das ist ja interessant. Ich dachte, du hast kein Geld!« War ich ihm also wieder auf die Schliche gekommen. Joseph Müller log, wenn er nur den Mund aufmachte.

»Zwanzig Mark hatte ich noch bei mir, das ist alles«, beteuerte Joe, »für ein Hotelzimmer hätte das nicht gereicht.«

Bleib ganz ruhig, Maike, sagte ich mir. Reg dich nicht auf, dafür hast du zu große Kopfschmerzen. Sieh es von der positiven Seite, so bekommst du ein ordentliches Frühstück.

»Ist ja auch egal«, erwiderte ich matt und ließ mich auf einen der Küchenstühle sinken. Joe flitzte wie ein Wiesel um mich herum, goß mir Kaffee ein, stellte mir einen dampfenden Pfannkuchen hin, reichte mir Butter und Marmelade.

»Setz dich, Joe, das macht mich nervös«, fuhr ich ihn übellaunig an.

»Du hast wohl einen Kater, was? Da hab ich auch immer schlechte Laune«, meinte Joe.

»Meine schlechte Laune hat weniger mit meinem Kater als vielmehr mit deiner Anwesenheit zu tun«, klärte ich ihn auf.

»Keine Sorge, bin gleich weg«, erwiderte Joe beleidigt. Eine Weile saßen wir uns schweigend gegenüber und mümmelten unser Frühstück. Eine absurde Situation.

»Du, das mit gestern abend«, begann Joe schließlich, »ich habe das völlig ernst gemeint, das ist wirklich alles passiert.«

»Komm mir nicht schon wieder mit deiner Gangstergeschichte.« Angestrengt versuchte ich, mich wieder an die Zusammenhänge zu erinnern.

»Denk doch mal darüber nach«, forderte Joe mich auf. »Die Geschichte ist wirklich seltsam. Wieso wollten die beiden Männer unbedingt von mir wissen, woher ich meine Informationen habe? Da steckt doch etwas dahinter!« Bei Tageslicht betrachtet mußte ich Joe recht geben. Wenn seine Geschichte nicht erstunken und erlogen war, mußte die Privatklinik tatsächlich etwas zu verbergen haben.

»Aber was könnte es sein?« überlegte ich laut.

»Wenn wir das herausfinden könnten, hätten wir vielleicht die Story des Jahres.« Die Story des Jahres – das war das Signalwort, auf das ich natürlich sofort reagierte. Eine gute Story – genau das suchte ich im Moment händeringend! Joe schien meine Gedanken zu erraten.

»Du machst doch beim Journalistenwettbewerb mit«, meinte er prompt. Klar, Joe war wieder einmal bestens informiert, was meine Arbeit betraf. »Wenn an der Sache etwas dran ist und wir es herausfinden, hätten wir damit schon so gut wie gewonnen!«

»Wir? Soweit ich weiß, nehme *ich* am Wettbewerb teil, nicht du! Und überhaupt, wenn die Geschichte so toll ist, warum kommst du dann zu mir? Wieso machst du sie nicht alleine? Plötzlicher Edelmut?« Das hielt ich allerdings für ausgeschlossen.

»Ohne dich kann ich es nicht machen«, gab Joe zu.

»Weshalb nicht?«

»Ist doch klar! Die kennen mich, wie soll ich denn da noch recherchieren? Ich brauche jemanden, der mir hilft. Jemanden, dessen Gesicht sie noch nicht kennen.«

»Laß mich raten: Dieser Jemand soll wohl ich sein?« Wie gut ich Joe doch kannte. Er war nicht hierhergekommen, weil er mir – quasi den Tod vor Augen – noch schnell seine Liebe gestehen wollte. Auch nicht, weil er zu der Überzeugung gelangt war, daß es nur fair wäre, mir diese Story zuzuspielen. Nein, er war hier, weil ihm selbst die Hände gebunden waren und er nun einen Deppen brauchte, der für ihn die Kohlen aus dem Feuer holte. Aber da hatte er sich verrechnet.

»Wenn du glaubst, daß ich mich jetzt für dich in die Recherche hänge, bist du schief gewickelt!« erwiderte ich deshalb.

»Bitte, Maike! Ich brauche dich dafür!«

»Ach, und wieso ausgerechnet mich, wenn ich fragen darf? Du kennst doch mit Sicherheit genug Journalisten.«

»Na ja«, gab Joe etwas kleinlaut zu, »meine ehemaligen Kollegen wollen seit meinem Rauswurf nichts mehr mit mir zu tun haben. Momentan meiden die mich wie der Teufel das Weihwasser.«

»Zu Recht, möchte ich sagen.«

»Ja, vielleicht. Aber das hier wäre für mich eine Chance, mich zu rehabilitieren und wieder einen Fuß in die Tür zu bekommen. Und für dich wäre es vielleicht der Sieg beim Wettbewerb! So eine gute Story bietet sich dir nicht alle Tage.« Er sah mich abwartend an.

»Selbst wenn ich mich darauf einlasse«, meinte ich, »was hättest du davon, wenn ich mit der Geschichte den Wettbewerb gewinne?«

»Du könntest so nett sein und hier und da verlauten lassen, daß ich dir geholfen habe, das würde mir schon nützen.«

»Wieso, glaubst du etwa, ich schaffe es nicht, den Wettbewerb ohne deine Hilfe zu gewinnen?« giftete ich ihn an.

»Nein, nein«, wehrte Joe sofort ab. »Ehrlich gesagt, bist du in meinen Augen die beste Journalistin, die ich kenne.«

»Genau, und deshalb hast du mir auch immer meine Geschichten geklaut.« Mit seinen plumpen Komplimenten würde Joe nicht bei mir landen.

»Wie oft soll ich dir denn noch sagen, daß es mir leid tut! Außerdem hat die Sache hier damit nicht das geringste zu tun.«

»Das sehe ich anders. Immerhin zeigt das, wie sehr man dir vertrauen kann.«

»Diesmal ist es anders«, beteuerte Joe, »diesmal wären wir ein Team.« Joe und ich ein Team? Niemals!

»Vergiß es«, meinte ich knapp.

»Bitte, Maike«, flehte er, »ich brauche diese eine Chance! Sonst kann ich gleich einen Taxischein machen!«

»Wieso nicht? Taxifahrer werden immer gebraucht.« Jetzt mußte ich fast grinsen, Joe sah wirklich jämmerlich aus. »Außerdem«, fügte ich gemeinerweise hinzu, »kann ich mich auch allein in die Geschichte reinhängen, dafür brauche ich dich nicht.« Joe starrte mich entsetzt an.

»Das ist nicht fair! Das ist meine Story!«

»Tja«, erwiderte ich und rührte in meinem Müsli, »was ist schon fair? Mich hast du damals auch nicht gefragt, ob ich es fair finde, wenn du meine Ideen klaust.«

»Aber ohne mich wüßtest du doch gar nicht, daß an der Sache doch etwas dran ist!«

»Jetzt weiß ich es aber. Und ich wäre falsch in meinem Job, wenn ich das so einfach wieder vergessen würde. Und außerdem – wenn man es ganz genau nimmt, kam die Geschichte ursprünglich doch von mir.« Ich zeigte Joe ein hämisches Grinsen. Doch dann, ganz plötzlich, verging mir meine Schadenfreude. Ich wußte nicht, wie es geschah, aber als ich Joe so betrachtete, wie er mit hängenden Schultern vor mir saß, bekam ich Mitleid mit ihm. Ich verwünschte mich dafür, aber ich spürte noch immer eine große Zuneigung zu ihm.

»Nun gut, ich werde mich trotzdem darauf einlassen«, hörte ich mich zu meiner eigenen Verwunderung sagen. Auch Joe schienen meine Worte zu überraschen, er blickte irritiert auf.

»Wie jetzt?«

»Na, wir machen die Story zusammen.« Joe strahlte.

»Oh, danke, Maike! Du wirst es nicht bereuen!«

»Aber wehe, du haust mich übers Ohr und reichst den Artikel bei irgendeiner Zeitung ein!« drohte ich. »Wir machen sie nur für meinen Wettbewerb!«

»Ich weiß, daß du mir das nicht glaubst – aber ich bin ein Ehrenmann.« Ich prustete den Schluck Orangensaft, den ich gerade genommen hatte, quer über den Tisch. Japsend rang ich nach Luft.

»Nein, Joe«, würgte ich hervor, »diese Bezeichnung ist wahrlich die letzte, die mir im Zusammenhang mit dir einfallen würde!«

»Du wirst es ja sehen«, meinte Joe und verzog beleidigt den Mund. »Also, gilt unsere Abmachung?« Er hielt mir seine Hand hin, und ich ergriff sie.

»Abgemacht, Partner!« Damit war es besiegelt. Joe und ich waren jetzt ein Team. Hätte ich mir auch nie träumen lassen. Hoffentlich begab ich mich da nicht auf dünnes Eis.

Nach dem Frühstück wartete ich darauf, daß Joe sich verabschiedete, damit ich endlich unter die Dusche konnte. Aber er blieb gelassen am Küchentisch sitzen und zündete sich eine Zigarette nach der anderen an.

»Hm«, räusperte ich mich schließlich, »ich würde jetzt ganz gern unter die Dusche gehen.« Diesen Wink würde er wohl verstehen, so unsensibel konnte er nicht sein.

»Geh nur«, meinte er, »ich komme hier schon allein zurecht.« Er war *nicht* so sensibel, hätte ich mir auch denken können.

»Ich meinte eigentlich, daß du langsam gehen solltest«, sprach ich mein Anliegen deutlich aus.

»Wieso gehen?« Joe musterte mich überrascht.

»Wolltest du hier Wurzeln schlagen?«

»Ich hab dir doch gesagt, daß ich in meine Wohnung nicht zurück kann.«

»Was hab ich denn damit zu tun?«

»Wir sind doch Partner«, stellte Joe fest, »also wohne ich bei dir.«

»Bitte?« Ich hatte mich wohl verhört. »Drehst du jetzt völlig durch?«

»Keineswegs«, erwiderte Joe und nahm einen tiefen Zug von seiner Zigarette. »Aber als Team müssen wir zusammenhalten. Das bedeutet, daß der eine dem anderen hilft. Und weil ich nicht mehr in meine Wohnung kann, ist es an dir, mir zu helfen und mir dein Sofa zur Verfügung zu stellen. So einfach ist das.«

»So, ist das so einfach?«

»Ja.« Was sollte ich sagen, die Dreistigkeit dieses Mannes machte mich sprachlos. Dann fand ich schließlich doch meine Stimme wieder.

»In Ordnung. Aber damit eins klar ist: Du übernachtest hier nur, nichts weiter. Bilde dir ja keine Schwachheiten ein.«

»Das würde ich nicht wagen!« erwiderte Joe gespielt entrüstet und ließ dabei seinen Blick herausfordernd über meinen Körper gleiten. »Es sei denn, du kommst irgendwann auf mich zu, dann stehe ich gern zu Diensten.« Mir blieb die Luft weg, was für eine Unverschämtheit! Kaum hatte Joe wieder Boden unter den Füßen, kam er mir schon wieder mit selbstgefälligen Machosprüchen. Wütend drehte ich mich um und ging ins Badezimmer. Ich *hatte* mich auf dünnes Eis begeben.

Das Spiel beginnt Nachdem Joe sich nun also völlig ungeniert bei mir eingenistet hatte, überlegten wir den gesamten Morgen, wie wir die Recherche angehen sollten. Viel Zeit blieb uns wahrlich nicht mehr. Einfach zur Klinik gehen und die Verantwortlichen mit Vorwürfen konfrontieren war angesichts der heiklen Situation wohl nicht die beste Idee. Zunächst einmal müßten wir uns schlau machen, das lag auf der Hand. Also orderte ich im Archiv alles Material, das es über die Privatklinik gab, und fuhr gegen Mittag in die Redaktion, um es abzuholen. Der Packen, der auf meinem Schreibtisch lag, war nicht gerade dick, aber wenigstens würden Joe und ich so ein paar Informationen bekommen.

»Na, wie geht's voran?« wollte Bea wissen, als sie mit einer Tasse Kaffee in der Hand das Büro betrat.

»Geht so«, antwortete ich einsilbig.

»Bist du denn jetzt an einer Geschichte dran? Viel Zeit hast du ja nicht mehr«, bohrte sie weiter.

»Könnte man schon sagen.«

»Mach es doch nicht so spannend! Erzähl mal!«

»Nö, lieber nicht, da bin ich abergläubisch.« Bea runzelte die Stirn.

»Seit wann bist du denn so ein Geheimniskrämer?« fragte sie. »Sonst erzählst du mir doch immer alles.«

»Laß dich überraschen«, erwiderte ich. Irgendwie war die Situation wirklich absurd. Hätte ich Bea erzählt, daß ich mit Joe gemeinsame Sache machte, sie wäre in Ohnmacht gefallen oder hätte mich direkt in eine Nervenheilanstalt eingewiesen. Es war besser, den Mund zu halten, auch wenn es mir schwerfiel. Sollte ich mit der Geschichte Erfolg haben, konnte ich ihr alles ausführlich erklären, aber bis dahin mußte ich abwarten. Ich hatte auch nicht vor, es Dr. Winkler, Frank oder Stefan zu erzählen, bevor nicht alles in trockenen Tüchern war. Für ein sonst so mitteilungsfreudiges Wesen wie mich war das natürlich besonders schwierig. Bea fragte glücklicherweise nicht weiter, sonst hätte sie am Ende doch noch etwas aus mir herausbekommen. Sie zuckte nur mit den Schultern und meinte: »Dann behalt es eben für dich.« Damit war die Angelegenheit für sie erledigt.

Auf dem Weg nach draußen begegnete mir Stefan auf dem Flur. Natürlich fragte auch er mich sofort, wie ich mit meiner Geschichte für den Wettbewerb vorankam.

»Ganz gut«, antwortete ich ausweichend.

»Wenigstens hast du was Vernünftiges zu tun«, meinte Stefan seufzend.

»Wieso?« fragte ich. »Langweilt sich unser Jungredakteur?«

»Ach.« Stefan machte eine wegwerfende Handbewegung. »Im Moment ist es nicht wirklich aufregend. Die Sekretärin ist krank, und Dr. Winkler hat mich gebeten, sie solange zu vertreten, damit das Sekretariat besetzt ist.« Der Arme! Da war er nun endlich Redakteur, und wurde immer noch wie eine Aushilfe behandelt.

»Na«, ich legte ihm tröstend eine Hand auf die Schulter, »nimm's nicht so schwer.«

»Nee, mach ich auch nicht.« Jetzt lächelte er wieder. »Sie wird ja wohl hoffentlich nicht ewig krank sein. Und Briefe tippen, Abrechnungen prüfen und Telefonate durchstellen ist schon unglaublich spannend.«

»Siehst du!« Dann wollte ich mich verabschieden. »Ich muß jetzt los«, meinte ich und hielt den dicken Stapel Papier in meiner rechten Hand hoch. »Das will alles noch gelesen werden.«

Als ich wieder nach Hause kam, lümmelte Joe sich in meinem Lieblingsbaumwollhemd auf dem Sofa und sah fern. Der Herr hatte es sich richtig gemütlich gemacht, seine Füße lagen auf dem Tisch, und bei näherem Hinsehen bemerkte ich, daß er auch Socken von mir trug. Die Ferse ging ihm dabei natürlich nur bis zur Hälfte des Fußes, aber das schien ihn nicht weiter zu stören.

»Schön, daß dir meine Sachen gefallen«, begrüßte ich ihn mit einem ironischen Unterton. »Hast du auch passende Unterwäsche für dich gefunden?« Joe grinste nur.

»Sorry, aber nach dem Duschen ziehe ich immer frische Klamotten an, sonst fühle ich mich unwohl. Ich dachte, du hättest nichts dagegen, wenn ich mir etwas bei dir borge.«

»Aber nein! Wieso sollte ich? Ich liebe es, wenn man in meinem Kleiderschrank herumwühlt!«

»Ich würde auch lieber etwas von mir anziehen«, meinte Joe nun, »aber leider kam ich gestern nicht mehr dazu, meinen Koffer zu packen. Verzeihung vielmals!« Na gut, da hatte er recht. Trotzdem – wenn ich ihn schon in meiner Wohnung ertragen mußte, hatte ich wenig Lust, daß er mir auch noch meine Kleidung ausleierte.

»Dann mußt du dir eben ein paar Klamotten aus deiner Wohnung besorgen«, stellte ich fest.

»Gute Idee, Frau Kröger!« kam er mir jetzt sarkastisch. »Ich fahre eben hin und hole ein paar Sachen. Falls ich nicht zurückkomme, haben sie mich vor der Tür abgefangen, aber mach dir dann bloß keine Vorwürfe!«

»Glaubst du denn, daß die immer noch vor deiner Wohnung herumlungern?«

»Klar, da kannst du sicher sein.« Zwar hielt ich das für eine Übertreibung, wir waren hier schließlich nicht in einem James-Bond-Film, aber ganz ausgeschlossen war es vielleicht doch nicht. Ich überlegte, wie wir Joes Kleidungsengpaß überbrücken könnten.

»Dann mußt du dir eben was Neues kaufen«, meinte ich schließlich.

»Ja, auf die Idee bin ich auch schon gekommen. Aber leider habe ich ja kein Geld dabei.«

»Du kannst dir doch bei der Bank etwas holen«, schlug ich vor. »Es soll ja auch Leute geben, die so etwas Praktisches wie eine Scheckkarte besitzen.«

»Liegt leider alles zu Hause, ich kann mich nicht einmal ausweisen. Da wird es wohl schwierig, an mein Geld heranzukommen.« Joes Handy klingelte.

»Oh, ein neues Telefon! Wenigstens konntest du das retten«, meinte ich sarkastisch, »das wäre ja auch sonst eine Katastrophe gewesen!« Joe nahm das Gespräch entgegen.

»Hallo? … Hi, Tante Rosi!« Aha, die liebe Rosi! »Nein …
ich bin bei einem Freund.« Der »Freund« war kurzfristig versucht, sich lautstark bemerkbar zu machen. Hätte Rosi sicher
gefreut, wenn sie wüßte, wo ihr goldiger Neffe sich herumtrieb.
Statt dessen ging ich lieber in die Küche, um mir etwas zu essen
zu machen. Fünf Minuten später erschien Joe in der Tür.

»Und, wie geht's Tante Rosi denn so?« Joe zuckte mit den
Schultern.

»Ganz gut, sie hat seit ein paar Wochen einen neuen Job als
Sekretärin.«

»Wo denn? Beim Bundesnachrichtendienst?«

»Nee«, sagte Joe und lachte, »in einer Anwaltskanzlei.«

»Dazu muß ich jetzt nichts sagen, oder?«

»Nicht nötig«, meinte Joe. »Was ist denn nun?« wollte er
dann wissen.

»Was soll denn sein?«

»Wie wir mein Kleiderproblem lösen, meine ich.«

»Du kannst dir ja Geld von Tante Rosi leihen.«

»Sehr witzig!«

»In Ordnung«, seufzte ich ergeben, »dann laß uns kurz in die
Stadt fahren und dir ein paar Sachen zum Wechseln besorgen,
das kann ich mir gerade noch leisten.«

»Okay«, sagte Joe.

»Aber damit das klar ist: Das ist nur eine Leihgabe. Sobald
du wieder in deine Wohnung kannst, will ich mein Geld zu-
rückhaben.«

Während Joe und ich durch die Läden schlenderten, mußte ich
feststellen, daß der Herr einen äußerst exquisiten – und kostspieligen – Geschmack hatte. Mit sicherer Hand griff er sich
die teuersten Kleidungsstücke heraus.

»Kommt nicht in Frage«, meinte ich immer wieder und
hängte die Sachen zurück. »Für die paar Tage mußt du deine
Ansprüche schon etwas zurückschrauben. Ich bin schließlich
nicht Krösus!«

»Aber du bekommst dein Geld doch wieder«, maulte Joe.

»Sagst du!« Joe grummelte zwar noch ein bißchen, gab sich

aber am Ende mit zwei Paar normalen Jeans, drei T-Shirts und zwei einfachen Wollpullovern zufrieden. Außerdem kauften wir Socken, Unterwäsche und ein paar Waschutensilien – damit würde Joe schon über die Runden kommen. Alles in allem hatten wir gut fünfhundert Mark ausgegeben, das hielt sich noch in Grenzen. Als Joe die Tüten in den Kofferraum seines Porsches warf, mußte ich über die Situation beinahe lachen. Porsche fahren, sich aber nicht einmal eine Zahnbürste kaufen können, so war das.

Wieder in meiner Wohnung angelangt, machten wir uns sofort über das Recherchematerial her. Mit einem Textmarker bewaffnet studierte Joe die eine, ich die andere Hälfte der Unterlagen. Am Ende waren wir nicht wesentlich schlauer als zuvor, die Klinik unterschied sich nicht sonderlich von anderen Privatkliniken. Dr. Diederhoff hatte sie vor fünfzehn Jahren gemeinsam mit einem befreundeten Kollegen gegründet. Sinn und Zweck der Einrichtung war, betuchten Patienten besonderen Komfort zu bieten. Die Klinik hatte nur achtzig Betten, aber bei einem Tagessatz von neunhundert Mark (jedenfalls wurde diese Summe in einem Artikel erwähnt) konnte sich Dr. Diederhoff sicher nicht über mangelnde Einnahmen beschweren.

Vor fünf Jahren hatte er zusätzlich noch eine Abteilung für ästhetische Chirurgie eingerichtet. Fettabsaugen, Brustvergrößerungen – alles, was die Dame von Welt heutzutage brauchte, wurde hier angeboten. Bis auf Joes Artikel, der sich ebenfalls im Recherchematerial befand, wies bisher nichts auf einen Skandal hin. Sämtliche Artikel lasen sich eher so, als hätte man sie aus einer Werbebroschüre herauskopiert, Dr. Diederhoff wurde in der gesamten Presse hochgelobt.

»Das bringt uns nicht weiter«, stellte Joe schließlich fest.

»Richtig«, stimmte ich ihm zu, »das kratzt noch nicht einmal an der Oberfläche.« Ich konnte Joe ansehen, daß er schwer grübelte.

»Wenn wir nur wüßten, wer diese anonyme Anruferin ist. Vielleicht könnte sie uns weiterhelfen.«

»Aber wie willst du das herausfinden? Wenn die Frau sich nicht freiwillig meldet, haben wir da schlechte Karten.« So verbrachten Joe und ich den Abend damit, nach einem Weg zu suchen, mehr über die Klinik herauszufinden. Als uns beim besten Willen nichts einfiel, entschlossen wir uns gegen Mitternacht, erst einmal schlafen zu gehen. Vielleicht würde uns morgen die zündende Idee kommen.

In der Nacht hatte ich ziemlich wilde Träume. Die Ereignisse der letzten zwei Tage hatten mich doch ganz schön mitgenommen; ich träumte von Männern, die mich verfolgten, von hämisch lachenden Ärzten und von Joe, der an einen OP-Tisch gefesselt war. Unruhig warf ich mich hin und her, immer wieder schreckte ich auf. Als ich gegen vier Uhr morgens erneut wach wurde, hätte ich fast einen Herzinfarkt bekommen. Direkt neben meinem Bett konnte ich schemenhaft eine Gestalt ausmachen, die sich über mich beugte. Wie im Reflex griff ich nach dem Wecker auf meinem Nachttisch und warf ihn nach der Gestalt.

»Au«, erklang Joes Stimme, »was machst du denn da?« Ich knipste die Nachttischlampe an. Tatsächlich, Joe stand neben meinem Bett und rieb sich den Kopf.

»Willst du mich zu Tode erschrecken?« fuhr ich ihn an. »Wie kommst du dazu, dich mitten in der Nacht an mein Bett zu schleichen?« Mein Herz raste noch immer. Ob vor lauter Schreck oder aus einem anderen Grund, konnte ich nicht sagen.

»Tut mir leid«, erwiderte Joe zerknirscht, »ich wollte nur nachsehen, ob du vielleicht auch wach bist.«

»Jetzt schon.« Joe setzte sich ohne zu fragen auf mein Bett. Seine Nähe verwirrte mich. Unwillkürlich sog ich seinen Körpergeruch ein, der in mir angenehme Erinnerungen weckte. Für den Bruchteil einer Sekunde dachte ich tatsächlich daran, ihn an mich zu ziehen und mit ihm zu kuscheln, und es fiel mir äußerst schwer, dieser Versuchung zu widerstehen.

»Ich konnte einfach nicht schlafen«, begann Joe nun, »andauernd mußte ich über die Geschichte nachgrübeln. Aber ich glaube, daß ich jetzt weiß, wie wir die Frau finden können!« Ich wurde hellhörig.

»Da bin ich ja mal gespannt.« Ich betete, daß Joe nicht merkte, wie aufgeregt ich in seiner Gegenwart noch war. Wir sind Partner, weiter nichts, versuchte ich mir selbst einzureden, also reiß dich zusammen!

»Die Sache ist eigentlich ganz simpel«, meinte Joe. »Komisch, daß ich nicht früher darauf gekommen bin. Wir müssen einfach nur die Todesanzeigen studieren.«

»Was für Todesanzeigen?«

»Na, die Anzeigen, die in dem Zeitraum erschienen sind, als die Frau dich angerufen hat.«

»Verstehe!« Endlich meldete sich mein Gehirn wieder, wurde auch langsam Zeit. »Die Frau hat nach dem Tod ihres Mannes bestimmt eine Todesanzeige aufgegeben, also könnten wir sie so ausfindig machen.« Joe nickte.

»Richtig! Und da wir ja wissen, daß der Mann um die Vierzig war, wird die Auswahl bestimmt nicht allzu groß sein. Wir besorgen uns die Zeitungen aus dem fraglichen Zeitraum, gehen sie durch und – Bingo – haben die anonyme Anruferin!«

»Joe«, meinte ich, »ich sag das wirklich nicht gern – aber du bist ein Genie!« Joe lächelte bescheiden und räusperte sich.

»So etwas aus deinem Munde! Das ehrt mich, vielen Dank!« Endlich tat sich etwas. Gleich morgen würden Joe und ich uns auf die Suche machen.

»Na dann«, meinte Joe, »gute Nacht.« Blitzschnell beugte er sich über mich und drückte mir ein Küßchen auf die Wange. Ehe ich reagieren konnte, war er auch schon wieder zurück ins Wohnzimmer verschwunden. An Schlaf war von diesem Augenblick an freilich nicht mehr zu denken. Diese kurze Berührung hatte mich so durcheinandergebracht, daß ich bis morgens früh wach lag und mit mir selbst kämpfte, um nicht zu Joe ins Wohnzimmer zu gehen und irgendwelchen Unsinn anzustellen. Dabei hätte ich absolut nichts dagegen gehabt, ein bißchen Unsinn anzustellen, aber ich blieb stark. Irgendwann, sagte ich mir, irgendwann triffst du einen Mann, den du genauso aufregend wie Joe findest. Einer, dem du vertrauen kannst, der deine Liebe auch verdient! Ja, irgendwann. Hoffentlich lag »irgendwann« nicht in allzu weiter Ferne!

Die Sache mit den Todesanzeigen stellte sich als schwieriger heraus, als wir gedacht hatten. Ich hatte mich den ganzen Vormittag im Archiv des Express vergraben, um die Anzeigen aus dem fraglichen Zeitraum – eine Woche vor und nach dem seltsamen Anruf – herauszukopieren. Jetzt hockten Joe und ich auf dem Fußboden im Wohnzimmer und studierten die Kopien. Dummerweise war bei vielen der Anzeigen das Alter des Verstorbenen nicht angegeben, so daß wir nicht wissen konnten, ob es sich um einen jüngeren oder älteren Menschen gehandelt hatte. Anzeigen mit Worten wie »wurde völlig unerwartet aus dem Leben gerissen« oder »ging in der Blüte seines Lebens von uns« schnitten wir aus und legten sie auf einen Stapel. Schließlich hatten wir insgesamt achtundzwanzig Anzeigen, von denen wir diejenigen auf einen gesonderten Stapel legten, bei denen das Geburtsdatum des Verstorbenen verriet, daß es sich um Männer Anfang Vierzig handelte. Hoffentlich, dachte ich, haben wir gleich am Anfang Glück. Ich hatte wenig Lust, mich von einer trauernden Witwe zur nächsten durchzutelefonieren. Außerdem mußten wir langsam vorankommen, mittlerweile blieben uns nur noch sechs Tage, und wir waren quasi bei Null.

»Am besten, wir fangen gleich an«, meinte ich deshalb und griff nach dem Telefon. Zunächst wollte ich die Auskunft anrufen, um die jeweiligen Telefonnummern herauszufinden. Ich hatte Glück, immerhin zwanzig konnte ich so ermitteln, die restlichen acht würden Joe und ich dann zur Not persönlich abklappern müssen.

»Moment«, meinte Joe, als ich die erste Nummer wählen wollte, »wir müssen uns doch erst überlegen, was du sagen sollst.«

»Wieso?«

»Na, wenn du gleich mit der Tür ins Haus fällst, wirst du unter Umständen nicht viel erreichen. Schließlich hatte die Frau damals sicher aus gutem Grund anonym angerufen. Ich kann mir kaum vorstellen, daß sie ihren Anruf damals jetzt ganz offenherzig zugeben wird.«

»Da hast du recht.« Auweia, Joe mußte mich mittlerweile für eine echte Stümperin halten. Ich machte auch wirklich die dämlichsten Anfängerfehler. »Was soll ich denn sagen?« fragte ich.

»Hm, laß mich mal überlegen.« Wieder saßen wir da und sinnierten vor uns hin. Und wieder war es Joe, dem zuerst eine Idee kam.

»Ich hab's!« rief er strahlend aus. Langsam nervte es mich, daß er mir immer zuvorkam. »Gib mir den Hörer, den ersten Anruf mache ich.« Ergeben reichte ich ihm das Telefon und wartete gespannt. Unter den ersten beiden Nummern meldete sich niemand, beim dritten hatte Joe schließlich Glück.

»Ja, guten Tag, Frau Stiller, hier spricht Rudi Spiekenberg«, meldete er sich. Beinahe hätte ich alles verraten, da ich nur mit größter Mühe einen hysterischen Lachanfall verhindern konnte. Rudi Spiekenberg, wie Joe immer auf solche Ideen kam! »Verzeihen Sie bitte die Störung«, fuhr er fort, »ich war ein Bekannter Ihres Gatten … Ach ja, ich meine Ihres Sohnes … er war gar nicht verheiratet … Dann verzeihen Sie bitte die Störung, da muß es sich um eine Verwechslung handeln.« Joe legte auf. »Der war es schon einmal nicht.«

»Das war jetzt deine tolle Idee? Das war doch nur Glück«, meinte ich.

»Stimmt, aber Glück gehört auch dazu.« Ohne weiter auf mich zu achten, wählte Joe die nächste Nummer. Wieder ließ er seinen Spruch ab, diesmal hatte er offensichtlich eine Ehefrau an der Strippe.

»Es geht um folgendes, Frau Reuss«, meinte er, »ich bin Immobilienmakler, und Ihr Gatte hatte mich kurz vor seinem tragischen Autounfall darum gebeten, für ihn nach einem Objekt in Spanien Ausschau zu halten. Er hatte Interesse an einer Ferienwohnung auf den Balearen. Und jetzt wollte ich wissen, ob Sie auch noch daran int… Oh, Verzeihung, da muß dann ein Irrtum vorliegen … Das tut mir leid, verzeihen Sie die Störung.« Mit einem siegesgewissen Lächeln legte Joe wieder auf.

»Und?« fragte ich aufgeregt.

»Der war es auch nicht. Seine Frau hat gesagt, daß ihr Mann Dachdecker war und bei einem Arbeitsunfall ums Leben gekommen ist. Also kein Herzinfarkt.« Er grinste.

»Du bist ja ganz schön skrupellos«, stellte ich fest. »Ein richtiges Schlitzohr.«

»Ja, das bin ich. Auf diese Weise bekommen wir die verschiedenen Todesursachen heraus.« Da hatte er wieder einmal recht. Auch wenn das nicht ganz die feine Art war, aber manchmal heiligte der Zweck eben die Mittel.

Drei Stunden später waren Joe und ich genauso weit wie vorher. Von den zwanzig Rufnummern hatten wir immerhin zwölf erreicht, aber keine davon schien der Frau zu gehören, die sich anonym bei mir in der Redaktion gemeldet hatte.

»Was nun?« wollte ich von Joe wissen. »Warten wir, bis wir die anderen acht auch noch erreicht haben?« Joe schüttelte den Kopf.

»Wer weiß, wann die zu Hause sind. Ich würde vorschlagen, daß wir jetzt die abklappern, die in ihrer Traueranzeige eine Adresse angegeben haben.« Bei dem Vorschlag bekam ich ein mulmiges Gefühl. Anrufen ging ja noch, aber höchstpersönlich bei jemandem auf der Matte stehen, der vor nicht allzu langer Zeit einen Angehörigen verloren hatte, das war nicht gerade meine Lieblingsbeschäftigung.

»Können wir nicht doch erst warten, bis bei den anderen Rufnummern jemand zu Hause ist? Vielleicht ist unsere Frau ja dabei.«

»Wenn dir die Sache so unangenehm ist, kann ich auch alleine gehen.« Joe hatte offensichtlich meine Gedanken erraten.

»Das ist es nicht!« widersprach ich, obwohl er natürlich recht hatte. Aber irgendwie wollte ich das nicht zugeben, schließlich mußte ich mein Image als Vollprofi aufrechterhalten. Besonders Joe gegenüber. »Es ist nur …«, leider fiel mir keine logische Erklärung ein. »Also gut«, meinte ich daher, »dann laß uns losfahren.«

Diesmal fuhren wir mit meinem Auto, ich fand das unauffälliger als Joes knallroten Porsche. Allerdings hätte ich Joe, als er mir während der gesamten Fahrt in Chefmanier Anweisungen erteilte, beinahe auf die Straße gesetzt. »Die Ampel ist grün«, stellte er fest, als wäre ich blind, »jetzt blinken«, »von rechts kommt einer«, »hier ist fünfzig, nicht dreißig.« Ungefähr bei seiner hundertsten unnötigen Bemerkung stieg ich voll in die Eisen. Joe wurde nach vorne geschleudert und knallte, weil unser »Verkehrsexperte« natürlich nicht angeschnallt war, aufs Armaturenbrett.

»Spinnst du?« fuhr er mich an. »Willst du mich umbringen?«

»Keine schlechte Idee! Jedenfalls dann, wenn du jetzt nicht endlich die Klappe hältst! Um hier mal eins klarzustellen: Wer die Pinne in der Hand hält, bestimmt auch, wo's langgeht! Alte Seemannsweisheit.« Damit hatte ich für den Rest der Fahrt meine Ruhe, Monsieur saß zusammengekauert auf dem Beifahrersitz und schwieg beleidigt. Komisch, dachte ich, manchmal läßt er den großen Macker raushängen, und im nächsten Moment benimmt er sich wieder wie ein kleines Kind. Eben ein Mann.

Bei unserer Suche begannen wir zunächst in den etwas nobleren Hamburger Stadtteilen. Schließlich war der Mann in der teuren Privatklinik von Dr. Diederhoff verstorben, so einen Luxus konnte sich nicht jeder leisten. So irrte ich also durch die Straßen Poppenbüttels, auf der Suche nach einer der angegeben Adressen. Ich konnte Joe an der Nasenspitze ansehen, daß er sich gern den Stadtplan gekrallt und mir den Weg beschrieben hätte – und eigentlich wäre das für die Sache auch ganz hilfreich gewesen – aber er schmollte immer noch wie ein Vierjähriger.

Eine halbe Stunde später erreichten wir endlich die erste Adresse aus den Todesanzeigen. Ein ziemlich großes Anwesen, mit gepflegtem Vorgarten und einem kleinen Springbrunnen vor dem Eingang. Nicht schlecht, dachte ich, irgend etwas mache ich falsch.

»Irgend etwas mache ich falsch«, brach Joe in diesem Augenblick sein beharrliches Schweigen, »in so einem Haus würde ich auch gern mal wohnen.« Bei diesen Worten mußte ich lachen. Natürlich konnte Joe nicht wissen, daß ich deshalb lachte, weil er genau das gleiche wie ich gedacht hatte. »Wüßte nicht, was daran so komisch ist«, meinte er beleidigt. »Auch wenn du es mir nicht zutraust: Irgendwann verdiene ich so viel Geld, daß ich mir so eine Hütte leisten kann!« Ich verzichtete darauf, ihn über den wahren Grund meiner Reaktion aufzuklären. Sollte er ruhig denken, daß ich ihn im tiefsten Innern meines Herzens für einen Versager hielt, das schadete ihm gar nichts!

Nachdem wir geklingelt hatten, erschien eine elegante Frau um die Vierzig am Eingang. Vom Alter her könnte es passen, dachte ich, jetzt kam es sozusagen nur noch auf die Todesursache an.

»Was kann ich für Sie tun?« wollte die Frau wissen.

»Guten Tag, Frau Fischer«, riß Joe wieder alles an sich. Erneut erzählte er seine Story von dem Ferienhäuschen auf Mallorca. Die Frau runzelte bei seiner Erzählung die Stirn, es war offensichtlich, daß sie ihm kein Wort glaubte.

»Was erzählen Sie denn da für einen Unsinn?« unterbrach sie Joe schließlich und bestätigte mich somit in meiner Vermutung, daß sie uns für zwei durchgeknallte Spinner hielt. »Mein Mann war Extremsportler und liebte Abenteuerurlaube. Ein Haus auf den Balearen? Für so etwas hätte er sich nie interessiert. Und wenn Sie glauben, daß Sie mit seinem Tod etwa noch Geld machen können, haben Sie sich geschnitten. Also verschwinden Sie lieber, bevor ich die Polizei rufe!« Die Frau war so in Rage, daß es Joe nicht möglich war, sie in ihrem Redefluß zu unterbrechen.

»Schon gut, schon gut«, versuchte Joe die Frau zu beschwichtigen, »wir gehen ja schon.« Dann packte er mich ungefragt an der Hand und schleifte mich in Richtung Auto. Seine Berührung jagte kleine Stromstöße durch meinen Körper. Trotzdem entzog ich Joe meine Hand nicht.

Als ich die Autotür aufschloß, ging mir auf einmal ein ganzer Kronleuchter auf.

»Das ist es!« rief ich aus.

»Was ist was?«

»Das ist die Frau, die mich angerufen hat!«

»Wieso?« Joe konnte mir offensichtlich nicht ganz folgen.

»Na, Extremsportler, das ist es doch! Die Frau am Telefon hat Stefan erzählt, daß sie einen Herzinfarkt für ausgeschlossen halte, da ihr Mann so sportlich gewesen sei.« Jetzt fiel auch bei Joe der Groschen.

»Also gehen wir zurück, los!«

Als Frau Fischer uns das zweite Mal die Tür öffnete, sah sie nicht unbedingt freundlicher aus als beim ersten Mal.

»Ich dachte, ich hätte mich klar ausgedrückt«, sagte sie und wollte uns die Tür vor der Nase zumachen.

»Frau Fischer«, warf Joe schnell ein und stellte einen Fuß zwischen die Tür. »Mein Name ist Joseph Müller, und ich habe lange Zeit unter dem Namen Richard Baumann für den Hamburger Kurier geschrieben.« Ein Blick auf Frau Fischer genügte, um zu wissen, daß wir an die richtige Adresse geraten waren. Pures Entsetzen spiegelte sich in ihrem Gesicht wider.

»Ich verstehe nicht, was Sie von mir wollen«, sagte sie mit einem leichten Zittern in der Stimme.

»Wir müssen dringend mit Ihnen reden«, meinte ich nun. Ein bißchen weibliches Feingefühl schien mir hier angebracht.

»Ich habe nichts mit Ihnen zu besprechen.«

»Das glaube ich schon«, sagte ich etwas bestimmter, »schließlich haben Sie in der Redaktion des Express angerufen und einige schwerwiegende Vorwürfe gegen die Klinik von Dr. Diederhoff vorgebracht.« Sekundenlang sagte die Frau gar nichts.

»Bitte, gehen Sie«, meinte sie schließlich. Ihre Stimme war fast nur noch ein Flüstern. »Sie müssen mich verwechseln, ich weiß nicht, wovon Sie reden.« Joe setzte dazu an, weiter auf die Frau einzureden, aber mir war klar, daß wir aus ihr nichts herausbekommen würden.

»Gut, Frau Fischer«, meinte ich, »dann ist uns wohl ein Irrtum unterlaufen.« Joe sah mich überrascht an. »Dann entschuldigen Sie bitte die Störung. Aber für den Fall, daß Ihnen doch noch etwas einfällt, lasse ich Ihnen meine Karte da.« Ich drückte ihr ein Kärtchen mit meiner Adresse in die Hand und nickte dann Joe zu, um ihm zu bedeuten, daß es besser sei, wenn wir den Rückzug antreten würden. Widerwillig folgte er mir zum Auto.

»Bist du verrückt?« fragte er mich, als wir davonfuhren.

»Das war sie doch, die Sache ist eindeutig.« Ich nickte.

»Du hast recht, aber ebenso eindeutig ist, daß wir aus ihr nichts herausbekommen. Wenn überhaupt, dann muß sie von sich aus auf uns zukommen.«

»Ich hätte schon ein paar Infos aus ihr herausgekitzelt«, meinte Joe jetzt mit seiner ihm eigenen Arroganz.

»Klar«, erwiderte ich sarkastisch, »du hättest sie auf einem Stuhl festgebunden und erst wieder freigelassen, wenn sie mit der Sprache herausgerückt wäre. So stellst du dir eine gute Recherche vor.«

Nachdem Frau Fischer als Informationsquelle ausschied, überlegten wir, was wir nun tun könnten.

»Wir sollten eben doch zur Klinik fahren und sehen, ob wir dort etwas herausbekommen«, schlug ich vor. »Am besten wäre es, wir könnten einen Blick in die Patientenkartei werfen, dann finden wir vielleicht jemanden, der gesprächiger als Frau Fischer ist.«

»Sicher«, antwortete Joe, »dann fahren wir gleich mal hin und fragen freundlich nach, ob sie für uns das Datenschutzgesetz brechen und uns kurz verraten, wer sich so alles in der Klinik hat behandeln lassen. Ein Kinderspiel!«

»Unsere ewige Streiterei bringt uns jedenfalls auch nicht viel weiter«, stellte ich fest.

»Richtig«, pflichtete Joe mir bei. »Aber ich für meinen Teil gehe jetzt erst einmal ins Bett, heute abend können wir ohnehin nichts mehr machen.«

»Dann schlaf schön, ich werd noch etwas fernsehen«, meinte ich.

»Das geht ja wohl kaum.«

»Wieso?«

»Weil der Fernseher im Wohnzimmer steht, und ich kann mit Beschallung nicht schlafen.«

»Dein Pech.« Langsam aber sicher gingen mir die Einschränkungen, die Joes Anwesenheit mit sich brachten, gehörig auf den Zeiger. Ich wollte mich in meiner Wohnung frei bewegen können, auf Dauer war das hier wirklich kein Zustand.

»Es gäbe natürlich eine Lösung für unser Problem«, unterbrach mich Joe in meinen Gedankengängen.

»Und die wäre?«

»Ich schlafe ganz einfach in deinem Bett, dann kannst du noch in aller Ruhe vor der Glotze sitzen.«

»Das wäre ja noch schöner«, erwiderte ich entrüstet. »Und wenn ich müde bin, schlafe ich auf dem Sofa, oder wie dachtest du dir das?«

»Du kannst gern nachkommen, wenn du auch schlafen willst«, meinte Joe mit einem anzüglichen Grinsen.

»Nein danke, so nötig habe ich das wirklich nicht!« Irgendwie verletzten mich seine Worte. Sex, das war das einzige, was Joe gern noch einmal mitgenommen hätte. Keine Anzeichen dafür, daß er vielleicht auch noch etwas für mich empfand, für ihn ging es nur um das eine. Und klar, wäre ich bereit dazu gewesen, hätte ich ihn bestimmt nicht zweimal bitten müssen.

»Ich geh noch mal raus.« Mit diesen Worten ging ich in den Flur und griff nach meiner Jacke. In der Tür drehte ich mich noch einmal zu Joe um. »Und wage es nicht, in meinem Bett zu liegen, wenn ich nach Hause komme!«

»Keine Sorge!« rief Joe mir nach. »Der Parasit macht es sich brav auf der Couch bequem.«

Eigentlich hatte ich nicht die geringste Ahnung, wo ich hinwollte, als ich mich in mein Auto setzte. Nicht einmal in meiner eigenen Wohnung konnte ich mich noch wohl fühlen, dachte ich, als ich ziellos durch die dunkle Stadt kreuzte. Aber ich konnte es nicht aushalten, mit Joe lange in einem Raum zu sein, ohne daß ich entweder sauer oder traurig wurde. Unsere kurze Beziehung hatte mir so viel bedeutet, mehr, als ich vor mir selbst zugeben wollte. Und jetzt tat Joe alles, um mir zu zeigen, daß es ihm nicht leid tat und daß ihm höchstens ein paar körperliche Streicheleinheiten fehlten. Ja, die fehlten mir auch, keine Frage, und in Joes Nähe wurde mir erst recht bewußt, wie sehr sie mir fehlten. Wie einfach wäre es gewesen, mich einfach auf ihn einzulassen, aber dann wäre ich wieder um so tiefer in die ganze Sache hineingerutscht. Ich konnte das einfach nicht trennen, Gefühl und Sex, das war für mich unmöglich. Jedenfalls dann, wenn es um Joe ging. Also ließ ich lieber gleich die Finger davon, bevor ich mich wieder einmal verbrannte.

Erst, als ich in den Falkenried einbog, merkte ich, daß ich unbewußt den Weg zu Franks Wohnung eingeschlagen hatte. Die Strecke war mir noch so vertraut, daß ich sie im Schlaf hätte fahren können. Ich parkte meinen Wagen vor Franks Wohnung und versuchte zu erkennen, ob bei ihm noch Licht brannte. Aber er hatte die Rolläden heruntergelassen, so daß ich nicht ausmachen konnte, ob er schon schlief oder noch wach war. Zehn Minuten lang saß ich unschlüssig im Auto, dann wurde mir langsam etwas kalt. »Was soll's«, sagte ich laut, »Frank hat schließlich einmal gesagt, daß er immer für mich da wäre.« Und jetzt brauchte ich jemanden, der für mich da war.

Entschlossen öffnete ich die Wagentür und ging auf den Hauseingang zu. Als ich klingelte, hoffte ich, Frank nicht aus dem Schlaf zu reißen. Vielleicht war er ja auch gar nicht zu Hause, dachte ich, als sich auf mein Klingeln hin nichts tat. Möglich auch, dachte ich auf einmal, daß er nicht alleine war. Woher konnte ich schon wissen, ob Frank mittlerweile nicht doch eine andere Frau kennengelernt hatte, die wahrscheinlich über mein Erscheinen zu später Stunde alles andere als begeistert war. Jedenfalls wäre ich selbst ganz schön sauer gewesen, wenn es bei meinem Freund um diese Uhrzeit an der Tür geklingelt und eine fremde Frau im Treppenhaus gestanden hätte. Ich wollte mich schon umdrehen und zu meinem Wagen zurückgehen, als der Türsummer erklang. Zögernd öffnete ich die Tür, ich war mir auf einmal gar nicht mehr so sicher, daß es eine gute Idee war, Frank zu besuchen. Aber nachdem er nun schon geöffnet hatte, konnte ich mich schlecht vom Acker machen und so tun, als wäre er das Opfer eines Klingelstreichs geworden.

Frank sah mich überrascht an, als ich die Treppe heraufkam. Seine Haare waren ziemlich verwuschelt, und er steckte in seinem Schlafanzug, also hatte ich ihn tatsächlich aus dem Bett geklingelt.

»Tut mir leid, Frank«, meinte ich und drückte ihm zur Begrüßung ein Küßchen auf die Wange. »Ich wollte dich nicht wecken. Am besten, ich gehe gleich wieder, damit du weiterschlafen kannst.« Mit diesen Worten wollte ich mich wieder umdrehen, aber Frank hielt mich zurück.

»Nein, nein, Maike, das macht doch nichts«, meinte er und bedeutete mir mit einer Geste, ich solle hineinkommen. »Ich bin heute ziemlich früh ins Bett gegangen, war ein harter Tag.«

»Mein Tag war auch nicht so toll«, sagte ich, als ich mich im Wohnzimmer auf die Couch fallen ließ.

»Aha«, erwiderte Frank. »Und was treibt dich zu so später Stunde zu mir?« wollte er dann wissen.

»Das weiß ich, ehrlich gesagt, auch nicht. Irgendwie bin ich nur ein bißchen mit dem Auto durch die Gegend gefahren, und da stand ich plötzlich vor deiner Haustür.«

»Soso, hat dich dein Unterbewußtsein zu mir geführt?« Die Tatsache schien ihn zu freuen.

»Offensichtlich.«

»Tja, dann.« Er setzte sich auf den Sessel mir gegenüber und grinste mich fröhlich an. »Dann schieß mal los.«

»Was denn?« fragte ich.

»Na, du scheinst doch was auf dem Herzen zu haben, wenn dich dein Unterbewußtsein zu mir führt, oder?« Da hatte er recht, aber das konnte ich ihm wohl schlecht sagen. Wie hätte ich ihm erklären sollen, daß ich jetzt gemeinsame Sache mit Joe machte, der auch noch bei mir wohnte. Und zu allem Überfluß das Gefühlswirrwarr, das er in mir auslöste. Frank hätte das nicht verstanden, er hätte wahrscheinlich noch nicht einmal nachvollziehen können, weshalb ich Joe bei seinem plötzlichen Auftauchen nicht sofort in die Wüste geschickt hatte. Also hielt ich es für besser, Frank nicht in die Sachlage einzuweihen.

»Hast du vielleicht etwas zu trinken?« fragte ich statt dessen.

»Sicher. Was möchtest du denn?«

»Ein Glas Rotwein?«

»Kommt sofort«, antwortete Frank, erhob sich und verschwand in Richtung Küche. Während er den Wein holte, ließ ich meinen Blick durch die Wohnung schweifen. Die gesamte Atmosphäre war geprägt von sachlicher Schnörkellosigkeit. Nichts Verspieltes oder Chaotisches, Frank war ordentlich und praktisch veranlagt. Im Geiste verglich ich seine Wohnung mit Joes Räuberhöhle. Während Frank nirgends Zeitschriften oder Papiere herumfliegen hatte, sammelten sich in Joes Wohnung überall große Papierstapel an, hier und da bedeckt von ein paar Kleidungsstücken, die Joe in der Regel erst dann in den Schrank zurückhängte, wenn der gesamte Inhalt sich über die Wohnung verteilte.

Und auch die Schlafzimmer der beiden waren so unterschiedlich, wie es nur ging. Franks Bett war immer gemacht, egal, zu welcher Tageszeit man ihn besuchte. Ich konnte zwar von meinem Sitzplatz aus nicht ins Schlafzimmer gucken, aber ich war mir fast sicher, daß Frank, bevor er mir die Tür geöffnet hatte, noch kurz die Federbetten zurechtgelegt hatte. Joe hingegen vertrat die These, daß Bettenmachen nichts weiter als unnötiger Zeitaufwand war. »Wenn ich mich abends sowieso wieder hineinlege, weshalb soll ich es dann tagsüber machen?« War irgendwie logisch, aber trotzdem natürlich nur eine Ausrede für seine Faulheit. Joe hatte nur eine einzige große Bettdecke, die einem gar keine andere Möglichkeit ließ, als sich an ihn anzukuscheln – jedenfalls dann, wenn man auch ein bißchen von der Decke abhaben wollte. Frank hingegen hatte zwei komplette Bettgarnituren, so kam es mit ihm nie zu nächtlichen Machtkämpfen um ein Stückchen Decke.

»Woran denkst du gerade?« wollte Frank wissen, der mit zwei Gläsern Wein in der Hand wieder hineinkam. Offensichtlich hatte er meinen amüsiert-lächelnden Gesichtsausdruck bemerkt.

»An Betten«, antwortete ich, ohne nachzudenken.

»An Betten?« kam es prompt.

»Das mußt du nicht verstehen.«

»Aha. Na, dann nicht.« Er reichte mir mein Glas Rotwein und setzte sich wieder. »Und du bist ganz sicher, daß du mir nichts erzählen willst?« Ich nickte.

»Es ist sowieso nur wieder das übliche Thema«, antwortete ich. »Meine Probleme mit der Arbeit, der Streß … Ich denke, das habe ich schon oft genug erzählt. Ich hatte einfach nur Lust, dich zu sehen, das ist alles.« Mit dieser Antwort gab Frank sich zufrieden. Er wußte, daß ich, wenn ich etwas auf dem Herzen hatte, entweder von allein mit der Sprache herausrücken würde oder eben gar nicht. Also plauderten wir belanglos über dies und das.

Gegen vier Uhr morgens mußte Frank immer häufiger gähnen.

»Tut mir leid«, meinte er, »aber langsam werde ich doch ein bißchen müde.«

»Oh, ich wollte dich wirklich nicht so lange wachhalten«, meinte ich mit einem Blick auf die Uhr und hatte gleich ein schlechtes Gewissen, weil ich ihn vom Schlafen abhielt. »Ich werd jetzt auch gleich nach Hause fahren.« Eigentlich hatte ich dazu nicht besonders viel Lust, jedenfalls nicht, wenn Joe vielleicht auch noch wach war oder sogar eine Diskussion vom Zaun brechen wollte.

»Wieso willst du so spät noch nach Hause fahren, das ist doch lächerlich«, meinte Frank, als hätte er meine Gedanken erraten. »Schlaf doch einfach hier, Platz genug hab ich ja.« Keine schlechte Idee, dachte ich, denn allmählich wurde ich auch ziemlich müde. Trotzdem wußte ich nicht so recht, ob es eine gute Idee war, bei Frank die Nacht zu verbringen. Schließlich siegten die Müdigkeit und meine Unlust, zu Hause Joe zu begegnen.

»In Ordnung«, antwortete ich daher, »ist vielleicht wirklich das Beste.«

»Na dann, komm«, meinte Frank und streckte mir auffordernd seine Hand entgegen. Für den Bruchteil einer Sekunde überlegte ich, ob es nicht besser wäre, auf dem Sofa zu übernachten. Aber dann fand ich, daß das totaler Unsinn wäre.

Frank war nicht der Typ Mann, der sich im Schlaf über eine Frau hermachen würde, und außerdem waren wir beide erwachsen.

Im Bett hörte ich Frank neben mir laut atmen, und trotzdem war er irgendwie so weit entfernt. Auf einmal wünschte ich mir, von ihm in den Arm genommen zu werden, ich hatte plötzlich ein unbeschreibliches Verlangen nach Nähe und Wärme. Kurz entschlossen robbte ich ein Stück zu ihm hinüber und rutschte mit unter seine Bettdecke. Als wäre es das Normalste auf der Welt, legte Frank seine Arme um mich und drückte mich fest an sich. Ich fühlte mich pudelwohl, wie ich so an meinen Exfreund gekuschelt dalag. Und ich hatte das Gefühl, daß er mich nicht mißverstand und wußte, daß ich nur ein bißchen Nähe brauchte. Keine Minute später war ich fest eingeschlafen.

»Wo warst du?« schleuderte mir Joe sofort entgegen, als ich am nächsten Morgen die Wohnungstür aufschloß.

»Unterwegs«, antwortete ich einsilbig.

»Ach ja, Madame war unterwegs!« Joe blitzte mich vorwurfsvoll an. »Kannst du dir vielleicht vorstellen, daß ich mir Sorgen um dich gemacht habe?«

»Nein, kann ich nicht.« Und das konnte ich mir tatsächlich nicht vorstellen. Ein Joe, der unruhig in der Wohnung herumtigerte und sich Gedanken über meinen Verbleib machte, das paßte so gar nicht in das Bild, das ich von ihm hatte.

»Hab ich aber«, meinte er jetzt, »ob du's glaubst oder nicht.«

»Dazu gab es keinen Anlaß.«

»Natürlich gibt es dazu Anlaß«, brauste Joe auf. »Wenn ich dich daran erinnern darf: Wir sind hier an einer Geschichte dran, in die möglicherweise Leute verwickelt sind, die uns beide nur zu gern aus dem Weg räumen würden!«

»Nun dramatisier mal nicht«, wollte ich abwinken und an ihm vorbei in die Küche gehen. Blitzschnell packte Joe mich am Handgelenk. Sein Griff war so fest, daß es mir unmöglich war, mich von ihm loszumachen.

»Du nimmst das alles ein bißchen auf die leichte Schulter«, sagte er und musterte mich so durchdringend, daß mir beinahe die Knie weggeklappt wären. »Ich dachte schon, du liegst irgendwo in einer dunklen Ecke und … Ach, was weiß ich, ich hab eben Angst um dich gehabt.« Er ließ mich los und fuhr sich durch die Haare. »Aber wie ich sehe, war meine Sorge völlig unnötig.«

Das Telefon klingelte. Ich war erleichtert, einen Grund zu haben, die Diskussion zu unterbrechen, schließlich war Joe nicht mein Kindermädchen.

Am anderen Ende der Leitung war Frank.

»Ich wollte nur hören, ob du gut nach Hause gekommen bist.«

»Ja danke, bin ich«, antwortete ich und wollte das Gespräch so schnell wie möglich beenden, bevor Joe noch irgend etwas sagte und Frank ihn durchs Telefon hören konnte.

»Da bin ich froh, du warst ja wirklich ziemlich erschöpft. Jedenfalls hast du geschlafen wie eine Tote.«

»Ja, ähm, war ich wohl. Aber hör mal«, meinte ich schnell, »ich muß jetzt wirklich aufhören, ich hab noch einen Termin.«

»In Ordnung, bis bald«, verabschiedete sich Frank. Erleichtert legte ich den Hörer auf und drehte mich wieder zu Joe um. Der musterte mich mit einem Gesichtsausdruck, der eine Mischung aus Ärger und Verwunderung zeigte.

»Laß mich raten«, meinte er, »das war dein Versicherungsfuzzi.« Die Art, wie er Frank bezeichnete, ärgerte mich. Aber ich ließ es mir nicht anmerken. So leicht würde er mich nicht aus der Reserve locken.

»Geht dich nichts an«, antwortete ich. Ich wußte, daß ich ihn damit erst recht auf die Palme brachte, schließlich war Joe mindestens so neugierig wie ich. Aber es ging ihn wirklich nichts an, mit wem ich gerade telefoniert hatte.

»Klar war er es«, insistierte Joe. »Und damit wäre auch klar, wo du heute die Nacht verbracht hast. Das ist doch wirklich nicht zu glauben!«

»Glaub von mir aus, was du willst«, fuhr ich ihn an. »Du führst dich hier auf wie ein eifersüchtiger Ehemann.«

»Eifersüchtig? Das könnte dir so passen!« sagte Joe erbost.

»Natürlich«, stachelte ich ihn weiter an. Langsam, aber sicher bekam ich Spaß daran, Joe ein bißchen zu pieksen. »Die Vorstellung, ich könnte die Nacht bei einem anderen Mann verbringen, während du hier alleine in meiner Wohnung sitzt, regt dich auf.«

»Ha! So ein Unsinn!« Aber an Joes Reaktion konnte ich sehen, daß ich ins Schwarze getroffen hatte. Beinahe freute ich mich, ich war ihm also doch nicht egal. »Jetzt paß mal auf«, meinte er mit einem nahezu feindlichen Unterton in der Stimme, »mein Interesse an dir ist rein beruflicher Natur. Ohne dich kann ich die Geschichte nicht machen, also möchte ich gern wissen, wo du wann steckst. Ansonsten kannst du von mir aus jede Nacht bei einem anderen Typen schlafen. Mir egal.« Jetzt mußte ich beinahe lachen, Joes Vorstellung war einfach nicht überzeugend. »Oder von mir aus auch *mit,* wenn du willst!« Dann riß er die Wohnungstür auf, stürmte hinaus und ließ die Tür mit einem lauten Krachen ins Schloß fallen. Verdutzt starrte ich auf die Tür. Wo wollte er denn hin? Und noch dazu in Unterhose?

Zwei Minuten später klingelte es an der Tür. Ich öffnete, Joe kam wieder hereinspaziert und ging wortlos ins Badezimmer. Mit einem weiteren lauten Knall warf er die Tür hinter sich zu und drehte den Schlüssel zweimal um. Dreißig Sekunden später hörte ich die Dusche. Ich mußte lächeln. Okay, Joe, dachte ich, etwas Abkühlung wird dir guttun.

Wie zwei Privatdetektive verbrachten wir den gesamten Tag im Auto vor der Klinik und beobachteten den Eingang. Zwar wußte ich auch nicht so recht, was das Ganze bringen sollte, aber vielleicht würde uns ja irgend etwas auffallen. Jedenfalls war das besser, als zu Hause herumzusitzen und gar nichts zu tun. Noch immer war die Stimmung zwischen uns beiden gespannt, allerdings hatte Joe mich nicht noch einmal nach meinem nächtlichen Aufenthaltsort gefragt. Wahrscheinlich war ihm unter der Dusche klar geworden, daß sein Verhalten nicht besonders gut zu seinem coolen Machoimage paßte, das er jetzt wieder an den Tag legte.

Die Klinik befand sich mitten in Pöseldorf, links und rechts eingerahmt von teuren Luxusvillen. Auch das Krankenhaus selbst wäre für jeden Immobilienmakler eine helle Freude gewesen, das eine oder andere Milliönchen hatte man dafür mit Sicherheit verlangen können. Tja, der eine hat's, der andere nicht, dachte ich.

Im wesentlichen ereignete sich nichts Aufsehenerregendes. Hin und wieder fuhr ein Taxi oder ein eleganter Wagen vor, und Leute stiegen aus oder ein. Einmal kam ein weißes Auto mit der Aufschrift »Eiliger Medikamententransport«. Ein junger Mann stieg aus, holte eine große Kiste aus dem Kofferraum und stiefelte die Treppen zur Klinik hoch. Eine Minute später kam er mit der Kiste zurück, stieg wieder ins Auto und fuhr rechts neben dem Gebäude zu einem anderen Eingang. Wahrscheinlich hatte ihn der Pförtner zum Lieferanten- und Personaleingang geschickt, das Hauptportal war offensichtlich nur für die betuchten Patienten gedacht.

»Joe, das bringt doch nichts«, meinte ich irgendwann. »Außerdem ist mir echt langweilig. Und Hunger habe ich auch!«

»Du kannst dich ja noch ein bißchen in der Stadt rumtreiben«, kam es prompt. »Vielleicht findest du da jemanden, der dir die Zeit vertreibt.« Er war also immer noch sauer. Ergeben lehnte ich mich in meinem Sitz zurück und hielt den Mund. Es sollte niemand denken, ich hätte nicht genügend Ausdauer.

Eine halbe Stunde später, ich war schon fast ein bißchen weggedöst, rammte Joe mir seinen Ellenbogen aufgeregt in die Seite.

»He, was soll das?« fuhr ich ihn an. Er ging gar nicht darauf ein.

»Sieh mal, da vorne!« rief er aufgeregt und deutete in Richtung Seiteneingang. Eine junge Frau in Weiß kam soeben um die Ecke gebogen und machte sich auf den Weg in Richtung Parkplatz.

»Eine Krankenschwester«, stellte ich fest. »Und?«

»Mensch, Maike! Das ist es doch! Die krallen wir uns!«

»Und dann?«

»Besorgen wir uns über sie die Patientenkartei. Die Krankenschwester hat jetzt mit Sicherheit frei«, erklärte er. »Wir folgen ihr einfach und – zack – dann haben wir sie.« Die Krankenschwester stieg in einen roten Golf und fuhr vom Gelände. Zwar hielt ich das für eine unsinnige Idee, aber trotzdem ließ ich den Motor an und folgte ihr.

»Das stellst du dir aber alles ein bißchen einfach vor«, meinte ich skeptisch, während ich mich darauf konzentrierte, den roten Golf nicht aus den Augen zu verlieren.

»Einen Versuch ist es wert«, meinte Joe optimistisch. »Immerhin ist sie eine Frau.«

»Was soll das denn heißen?« wollte ich einigermaßen empört wissen.

»Dich habe ich schließlich auch um den Finger gewickelt«, erwiderte Joe nun tatsächlich.

»Ich glaub's nicht«, konnte ich nur fassungslos erwidern. »Du hältst dich anscheinend tatsächlich für was ganz Tolles!«

»Na ja«, meinte Joe und strich sich wieder mit dieser affektierten Geste ein paar Haare aus der Stirn, »mit den Jahren merkt man schließlich, wie man auf Frauen wirkt. Auf der Party bist du immerhin auch sofort auf mich abgefahren.«

»So siehst du das also rückblickend! Der tolle Joe hat mich um den Finger gewickelt, ist ja klasse!« Vor lauter Wut stieg ich auf die Bremse.

»He«, rief Joe, »was machst du denn? Fahr ihr weiter nach!« Ich fuhr wieder an und sagte kein Wort mehr. Aber in mir brodelte es. Es traf mich sehr, daß Joe unsere erste Begegnung mit ein paar dämlichen Sprüchen so in den Schmutz zog. Bisher war wenigstens dieses Ereignis für mich immer noch eine angenehme Erinnerung gewesen. Ich warf Joe aus den Augenwinkeln einen bösen Blick zu. Aber er saß nur seelenruhig da und grinste selbstgefällig. In diesem Moment haßte ich ihn richtig.

Die Krankenschwester wohnte in einem hübschen Kneipenviertel in Ottensen, direkt neben einem netten mexikanischen Restaurant, in dem ich früher öfter mit Frank essen war.

»Völliger Quatsch, das hier«, stellte ich nach einer halben Stunde Stille fest. »Die ist von ihrem Arbeitstag mit Sicherheit total erledigt und geht gleich ins Bett.«

»Abwarten«, erwiderte Joe. »Mein Instinkt sagt mir, daß sich das Warten lohnt.«

»Das ist natürlich was anderes«, sagte ich mit einem ironischen Unterton und machte es mir auf dem Beifahrersitz bequem. Bei dieser Sache hier konnte es sich nur um Stunden handeln.

Zehn Minuten später fuhr ein Panda an uns vorbei und quetschte sich direkt in die Parklücke vor uns. Eine blonde junge Frau stieg aus und ging auf das Haus zu, in das die Krankenschwester verschwunden war.

»Die will bestimmt zu unserer Schwester«, meinte Joe aufgeregt.

»Abwarten«, erwiderte ich nun. Doch Joe sollte zu meinem großen Ärger tatsächlich recht behalten. Ein paar Minuten später kamen beide Frauen aus der Haustür und betraten lachend den Mexikaner.

»Hervorragend«, freute sich Joe, »sie trifft sich nicht mit einem Mann, das macht die Sache wesentlich leichter.«

»Und wie lautet dein Plan?« wollte ich wissen.

»Ich warte noch eine halbe Stunde, dann gehe ich auch in das Restaurant und setze mich zu den beiden.«

»Oh, die werden begeistert sein!«

»Abwarten.« Den Rest der Zeit verbrachten wir schweigend. Schließlich stieg Joe aus dem Wagen.

»Warte auf mich«, sagte er, bevor er die Tür zuschlug, »in spätestens einer Stunde bin ich wieder da.«

Joe war nach drei Minuten wieder da. Von Haar und Hemd tropfte eine rötliche Suppe, an seiner Nase hatte sich etwas Grünliches verfangen.

»Lecker!« begrüßte ich ihn lachend, als er sich mißmutig auf den Beifahrersitz fallen ließ. »Tomatensuppe?«

»Chili con carne«, war die Antwort. Joe versuchte sich mit dem Taschentuch, das ich ihm gereicht hatte, einigermaßen von der mexikanischen Köstlichkeit zu befreien. »Diese blöde Zippe!« fluchte er. »So was habe ich ja noch nie erlebt!«

»So, so«, stichelte ich, »du bist wohl abgeblitzt, wie?«

»Ach, halt doch die Klappe!« fuhr er mich an. »Laß uns fahren!« Ich hielt es für klüger, seiner Anweisung Folge zu leisten,
und ließ den Motor an. Die Sache war für ihn schon peinlich genug, da mußte ich nicht noch absichtlich auf ihm herumtram-
peln. Auch wenn mir der Verzicht darauf, ehrlich gesagt, nicht
sehr leicht fiel.

Zu viele Köche Trotzdem konnte ich es mir nicht verkneifen, auf dem Nachhauseweg die eine oder andere Bemerkung wie »Hmm, hab ich einen Hunger, hier riecht es so gut« oder »Also, zu Hause werd ich mir erst einmal ein paar Tortillachips reinhauen« fallenzulassen. Aber Joe reagierte überhaupt nicht, da machte das Ärgern wenig Spaß. Ich wußte, er war zutiefst in seiner männlichen Eitelkeit getroffen. Er, der große Joe, der doch jede Frau um den kleinen Finger wickeln konnte. Bei diesem Gedanken spürte ich wieder einen kleinen, schmerzhaften Stich in meiner Brust, weil ich unwillkürlich an den Beginn unserer »Romanze« denken mußte. Ich gab es vor mir selbst nur ungern zu, aber ich empfand noch viel für Joe. Verstohlen musterte ich ihn von der Seite. Ja, er sah sehr gut aus, das konnte niemand bestreiten. Und obwohl er mit mürrischer Miene und verklebten Haaren nicht gerade verführerisch wirkte, spürte ich schon wieder dieses Kribbeln im Bauch. Was hatten wir für Nächte miteinander verbracht! Völlig egal, wie dreckig und gemein er auch zu mir gewesen war, die Schäferstündchen mit ihm würde ich wohl nie vergessen. Ehe ich wußte, wie mir geschah, machte sich plötzlich meine rechte Hand selbständig und strich ihm sanft über den Nacken. Erschrocken zog ich die Hand zurück, wie hatte das jetzt passieren können?

»Was war das denn?« fragte Joe prompt und blickte mich überrascht an.

»Ähm«, meinte ich. Oh, Gott, war das peinlich, ich hatte mich selbst nicht mehr unter Kontrolle! »Du hattest da eine Chilibohne«, versuchte ich mich herauszureden.

»Guck lieber auf die Straße«, erwiderte Joe.

Den Rest der Fahrt versuchte ich verkrampft, meine Gliedmaßen bei mir zu behalten. Reiß dich zusammen, Maike! Joe ist für dich tabu, also sieh zu, daß du deine niederen Instinkte in den Griff bekommst!

Die Treppe zu meiner Wohnung rannte ich geradezu hoch. Ich wollte so schnell wie möglich in mein Schlafzimmer kommen und die Tür hinter mir verschließen, damit ich nur ja nicht noch einmal in die Versuchung geriet, Joe auf die Pelle zu rücken.

»Ich bin todmüde«, stellte ich daher mit einem betont ausufernden Gähnen fest, als Joe sich im Wohnzimmer auf der Couch niederließ. »Zähneputzen fällt heute aus, ich geh gleich ins Bett.«

»Gut«, erwiderte Joe, »dann werd ich mich mal von dieser Sauce hier befreien.« Mit diesen Worten begann er völlig ungeniert, sich vor meinen Augen auszuziehen. Dabei guckte er mich herausfordernd an, offensichtlich hatte er doch gemerkt, daß ich etwas durch den Wind war. Das war zuviel, ich mußte schleunigst zusehen, daß ich aus seiner Reichweite kam.

»Dann gute Nacht«, brachte ich hervor und flüchtete in Richtung Schlafzimmer.

An Schlaf war natürlich überhaupt nicht zu denken. Ziemlich aufgewühlt tigerte ich zwischen Kleiderschrank und Bett hin und her, und versuchte, die hormonellen Wallungen in mir wieder einigermaßen in den Griff zu bekommen. Dumpf drang Joes fröhliches Pfeifen unter der Dusche zu mir, ich war mir mehr als sicher, daß er das absichtlich tat. Wie konnte der Mann sich nur so bewußt darüber sein, daß er auf Frauen eine beinahe magische Anziehungskraft hatte?

Seufzend ließ ich mich aufs Bett fallen, wahrscheinlich würde ich heute nacht kein Auge zumachen können. Wieso hatte ich mich auch überhaupt erst in diese Situation gebracht? Es war doch wohl klar gewesen – jedenfalls, wenn ich ehrlich zu mir selbst war – daß ich Joe noch immer nicht völlig gleichgültig gegenüberstand. Und ich hatte ihn auch noch dazu eingeladen, bei mir zu wohnen! Dabei hätte ich ihn auch einfach hinauswerfen und die Geschichte alleine machen können! Ich mußte der Wahrheit ins Auge sehen: Ich hatte Joes Vorschlag zugestimmt, weil ich ihn bei mir haben *wollte*, nicht mehr und nicht weniger. Jetzt kam es darauf an, daß Joe das nicht mitbekam, denn er würde die Lage mit Sicherheit sofort wieder schamlos ausnutzen.

Mitten in meinen Überlegungen öffnete sich auf einmal die Schlafzimmertür, und ein splitternackter, pudelnasser Joe stand vor mir. Entsetzt starrte ich ihn an, und gleichzeitig fing meine Libido wieder an, mich zu tyrannisieren.

»Was willst du hier?« fuhr ich ihn an und sprang erschrocken vom Bett auf. Dabei hefteten sich meine Augen nahezu gierig auf seinen Körper, es war einfach peinlich. Joe grinste nur unverschämt.

»Sorry, mein Handtuch ist weg, hast du offensichtlich in die Wäsche getan. Ich brauche ein neues.« Wenn das mal nicht die blödeste Ausrede war, die ich je gehört hatte!

»Moment«, meinte ich und ging zu der Kommode neben meinem Bett. Starr ihn nicht so an, kommandierte ich mich selbst, du hast schon mehr als genug nackte Männer gesehen! Aber eher selten so einen, meldete sich sogleich das Teufelchen in meinem Kopf. Mit fahrigen Händen kramte ich ein Handtuch aus der untersten Kommodenschublade. Das Teufelchen redete unbeeindruckt weiter auf mich ein. Was ist denn schon dabei, Maike, wenn ihr jetzt noch ein bißchen Spaß habt? Du bist an niemanden gebunden, und es erfährt doch auch keiner davon! Die Karten liegen auf dem Tisch, es wäre rein sexuell! Beinahe hätte ich das Teufelchen lautstark zum Schweigen gebracht. Ich holte tief Luft und drehte mich lächelnd zu Joe um, der mittlerweile dreisterweise noch ein paar Schritte näher an mich herangetreten war. Als ich ihm das Handtuch reichte, berührten sich unsere Hände wie zufällig.

Das ist ja wie in einem schlechten Film, dachte ich, als ich ein angenehmes Kribbeln auf der Haut spürte. Schnell zog ich meine Hand fort, bevor sie sich schon wieder selbständig machte. Doch Joe griff sofort wieder nach ihr und zog mich ungefragt an sich. Die Knie drohten mir wegzuknicken, als ich ihn mit einem Mal so nah bei mir spürte. Ich wollte mich losreißen, ich schwöre es, aber ich konnte nicht. Bewegungsunfähig lag ich in Joes Armen und atmete seinen mir so vertrauten und doch fremden Körpergeruch ein.

»Hör mal, was ist denn schon dabei, wenn wir ein bißchen Spaß haben?« murmelte er mir ins Ohr. Es war eindeutig, er hatte einen Pakt mit dem Teufelchen in meinem Kopf geschlossen!

»Joe«, setzte ich an, dabei wußte ich gar nicht, was ich sagen sollte.

»Ich geb's ehrlich zu«, meinte er dann, »irgendwie steh ich ja noch auf dich.« Er schob mich ein Stück von sich weg und blickte mir direkt in die Augen. »Und du stehst doch auch noch auf mich, oder etwa nicht?« fragte er in einem Tonfall, der ohnehin keinen Zweifel zuließ. Und was tat ich? Ich machte mich nicht von diesem arroganten Macho los, schickte ihn in die Wüste oder irgendwas! Nein, ich starrte ihn weiterhin aus großen Augen an. Schwachheit, dein Name ist Weib! Joe legte eine Hand unter mein Kinn, hob meinen Kopf leicht an, beugte sich zu mir herunter und begann mich zu küssen.

»Was ist denn schon dabei?« seufzte ich, während Joe und ich auf mein Bett sanken. »Ich kann dir sagen, was dabei ist«, meldete sich plötzlich eine andere Stimme in meinem Kopf, »er hat dich belogen, dich ausgenutzt und beinahe deine Karriere zerstört!«

»Halt die Klappe«, erwiderte ich zu meinem Entsetzen laut und deutlich.

»Was?« wollte Joe wissen.

»Ach, nichts«, antwortete ich und kuschelte mich noch ein bißchen enger an ihn heran. Joe begann, an meinem Ohr zu knabbern, ließ seinen Mund langsam über meinen Hals wandern und zupfte mit der anderen Hand an meiner Bluse herum. Offensichtlich hatte er einige Schwierigkeiten mit den kleinen Knöpfen, also richtete ich mich schließlich auf und nahm ihm die Arbeit ab. Jetzt war sowieso schon alles zu spät, weshalb das Unvermeidliche noch unnötig hinauszögern?

Kaum hatte ich mich meines Oberteils entledigt, widmete Joe sich ausgiebig meinen Brüsten, die sich über die unverhoffte Zuwendung nach langer Abstinenz freuten.

»Na, meine beiden Süßen«, murmelte Joe, »habt ihr mich vermißt?« Für den Bruchteil einer Sekunde war ich irritiert, Joe redete tatsächlich mit meinen Brüsten! Ich ließ meine Hand an Joes Schenkeln entlanggleiten und tastete nach dem Körperteil, das zwischen seinen Beinen aufragte.

»Na, mein Süßer«, äffte ich Joe nach, »hast du mich vermißt?« Joe blickte auf und sah mir direkt in die Augen. Erst starrten wir uns eine Weile an, dann mußte wir beide in Gelächter ausbrechen. Was war bloß mit mir los? Hier lag ich, schmuste und lachte mit dem Mann, den ich eigentlich per einstweiliger Verfügung zu einem Sicherheitsabstand von mindestens zehn Kilometern hätte zwingen müssen. Und trotzdem – gerade in diesem Augenblick konnte er mir gar nicht nahe genug sein.

Joe drehte mich sanft auf den Rücken, streichelte mir über den Bauch und schob sich langsam und vorsichtig auf mich. Das Kribbeln in der Magengegend hatte sich mittlerweile in meinem gesamten Körper ausgebreitet, ich wollte, daß es passierte!

»Oh, Joe«, seufzte ich und preßte mich, soweit das überhaupt möglich war, noch näher an ihn heran. Ob vor Glück oder aus irgendwelchen anderen Gründen kullerte mir nun tatsächlich eine kleine Träne aus dem linken Augenwinkel. Zärtlich küßte Joe sie fort.

»Alles in Ordnung?« Da war er wieder, der Joe, in den ich so verliebt gewesen war. Mit einem Mal hatte sich der Macho verabschiedet, und der süße Kerl kam wieder zum Vorschein.

»Hm.« Ich nickte. Dabei war in Wahrheit gar nichts in Ordnung, ich war so durcheinander, daß ich kaum einen klaren Gedanken fassen konnte. Ja, ich wollte mit Joe schlafen, aber was wäre danach? Ich hatte nicht vor, mich wieder in eine emotionale Untiefe zu stürzen, dafür war es mir zu schwergefallen, über Joe hinwegzukommen. Ich will, hämmerte es in meinem Kopf. Ich will nicht. Ich will. Ich will nicht. Ich will. Ich will nicht.

»Willst du es?« fragte Joe.

»Ich will.«

Dingdingdong, die Türklingel. Meine Rettung. Ausgerechnet jetzt! Wie zwei Teenager, die man auf dem Schulhof beim Knutschen ertappt hatte, fuhren wir auseinander. Für einen kurzen Augenblick herrschte peinlich berührtes Schweigen, in Sekundenschnelle verpuffte die Vertrautheit zwischen uns und machte Platz für die harte Realität. Dann klingelte es wieder an der Tür.

»Ich seh mal nach«, sagte ich, während ich hastig wieder meine Bluse zuknöpfte. Meine Stimme krächzte verdächtig, und wahrscheinlich hatte ich auch eine, nun, recht gesunde Gesichtsfarbe. Das heißt, wenn ich nicht vor lauter Schreck über die plötzliche Unterbrechung kreideweiß geworden war.

»Aber warte, bis ich im Bad bin«, erwiderte Joe. Dann hastete er ins Wohnzimmer, schnappte sich seine Klamotten auf dem Sofa und verschwand im Bad.

Meine Knie zitterten noch immer, als ich zur Tür ging. Wer auch immer mir diesen unerwarteten Besuch geschickt hatte – entweder meinte es derjenige mit mir besonders gut oder aber besonders schlecht.

»Hallo?« rief ich durch die Sprechanlage.

»Ich stehe schon vor der Tür«, erklang daraufhin eine Stimme von draußen. »Ich bin's, Stefan.« Stefan Held, unser Jungredakteur? Was wollte der denn von mir? Verwundert öffnete ich die Tür.

»Hallo, Maike!« begrüßte Stefan mich knapp und wanderte, ehe ich ihn überhaupt hereinbitten konnte, durch meinen Flur schnurstracks ins Wohnzimmer und ließ sich auf dem Sofa nieder.

»Äh, hallo, Stefan, das ist ja eine Überraschung«, meinte ich noch immer etwas verblüfft. »Was verschafft mir die Ehre?«

»Rate mal!« erwiderte Stefan nahezu aggressiv und blitzte mich herausfordernd an. Keine Ahnung, was er von mir wollte, seine Anwesenheit war mir ein völliges Rätsel.

»Ich habe nicht die geringste Ahnung«, antwortete ich daher wahrheitsgemäß.

»Na, dann denk mal nach!«

»Also, ich finde, wenn du es mir einfach sagst, erleichtert das die Sache ungemein.« In diesem Augenblick erklang ein lauter Knall aus dem Badezimmer, gefolgt von einem nicht minder lauten »Scheiße!«

»Ich höre, du hast Besuch«, kombinierte Stefan sofort messerscharf.

»Gut erkannt«, meinte ich. »Joe, alles in Ordnung?« rief ich in Richtung Badezimmer.

»Ja, alles klar«, kam es aus dem Bad. »Ich hab mir nur gerade den Kopf am Allibert gestoßen.«

»Ich hoffe, ich störe hier nicht gerade ein Tête-à-tête?« fragte Stefan herausfordernd. Energisch schüttelte ich den Kopf.

»Keine Sorge, nur ein guter alter Freund.« Diese Lüge ging mir erstaunlich leicht über die Lippen.

»Aha, ein alter Freund«, wiederholte Stefan in provozierendem Tonfall und musterte meinen Körper geradezu anmaßend. Wie im Reflex blickte ich an mir herab. Auweia, meine Bluse war völlig schief zugeknöpft, und zu allem Überfluß lugte der Spitzenbesatz meines Slips aus dem Hosenbund hervor. Mit einer hilflosen Geste schlang ich die Arme um meinen Oberkörper, ich mußte tatsächlich einen recht zerwühlten Anblick bieten.

»Und jetzt sag mir, was du hier willst«, fuhr ich trotzdem fort, als wäre nichts. »Du bist doch mit Sicherheit nicht hier, weil du mich einfach mal besuchen wolltest.«

»Ich bin hier, um dich an dein Versprechen zu erinnern.«

»Was für ein Versprechen meinst du denn?«

»Ich meine das Versprechen, das du mir einmal gegeben hast, als ich noch Volontär war.«

»Ich weiß beim besten Willen nicht, was du meinst.«

»Dann geb ich dir mal eine kleine Gedächtnisstütze: Lesertelefon, klingelt da was?«

»Ja, das klingelt jeden Tag, und zwar ziemlich oft«, wollte ich einen kleinen Scherz machen, aber Stefans Miene zeigte mir, daß er nicht zu Späßen aufgelegt war.

»Also wirklich, Maike, so vergeßlich kannst du einfach nicht sein!«

»Offensichtlich doch, ich weiß mit deinen orakelhaften Andeutungen wirklich nichts anzufangen.«

»Du kannst dich doch sicher noch an die Leserin erinnern, die anrief und behauptete, in der Privatklinik von Dr. Diederhoff ginge es nicht mit rechten Dingen zu.« Schlagartig wußte ich nur zu genau, was Stefan meinte. Mir schwante Böses.

»Damals hast du versprochen, sollte aus der Geschichte etwas werden, würde ich sie mit dir machen dürfen«, wurde ich sogleich in meinen schlimmen Ahnungen bestätigt.

»Ja, ähm, stimmt«, versuchte ich, ein wenig Zeit zu schinden. »Aber daraus ist ja schließlich nichts geworden«, log ich schließlich dreist.

»Tatsächlich?«

»Ja, das heißt …«, stotterte ich, »bisher noch nichts.«

»Was will denn dieser Dreikäsehoch hier?« erklang es hinter mir. Joe war aus dem Bad gekommen und baute sich wirkungsvoll vor Stefan auf. Ha, damit war ich vielleicht aus der heiklen Situation gerettet! Joe bot glücklicherweise einen weniger derangierten Anblick als ich, zumindest saß bei ihm kleidungstechnisch alles so, wie es sollte.

»Das geht Sie wohl kaum etwas an«, erwiderte Stefan patzig und blitzte Joe böse an.

»Mit Verlaub«, antwortet Joe in seiner typisch süffisanten Art. Das war das erste Mal, daß ich seine Überheblichkeit gut fand, damit würde er Stefan bestimmt schnell einschüchtern. »Sie befinden sich zufälligerweise in der Wohnung meiner Freundin.« Eigentlich hätte ich an dieser Stelle mein Dementi einlegen müssen, aber ich schwieg. Sollte Joe von mir aus behaupten, ich sei seine Freundin. Von mir aus auch seine Schwiegermutter, völlig egal. Na ja, Freundin gefiel mir allerdings schon besser.

»Oh, Verzeihung«, meinte Stefan in sarkastischem Tonfall, »ich wollte Ihre Freundin nur an ein Versprechen erinnern«, kam er dann wieder auf das leidige Thema zurück.

»Ich denke, jetzt ist nicht der richtige Zeitpunkt, um die Angelegenheit zu klären«, gab Joe ungerührt zurück und ergriff Stefan beim Arm.

»Tut mir leid!« Energisch machte Stefan sich los. »Aber ich glaube, das können Sie nicht beurteilen!«

»So, glauben Sie!« He, Moment mal, dachte ich. Die beiden taten ja gerade so, als wäre ich Luft!

»Also, ich denke, ich habe da auch noch ein Wörtchen mitzureden!« mischte ich mich ein. Eigentlich wußte ich gar nicht, was ich sagen wollte, aber daß die beiden hier über mich sprachen, als wäre ich gar nicht anwesend, das ging ja nun auch nicht.

»Bitte?« antworteten Joe und Stefan wie aus einem Mund und sahen mich erwartungsvoll an. Na also, Maike, da hast du es! Hättest du bloß die Klappe gehalten und in aller Ruhe abgewartet, bis die beiden sich gegenseitig mundtot gemacht hätten. Aber nein, du bist ja so emanzipiert!

»Also, Stefan«, setzte ich wieder an, »mein Versprechen gilt natürlich nach wie vor. Sollte aus der Sache mit Dr. Diederhoff etwas werden, bist du natürlich dabei.« Stefan setzte schon zu einer Antwort an, aber Joe kam ihm zuvor.

»Dabei? Was soll das heißen?« meinte er überrascht. Wunderbar, Maike, lobte ich mich selbst. Jetzt mußt du dich nicht nur vor Stefan rausreden, nein, du darfst auch noch Joe erklären, was das hier alles soll. Und der ist wahrscheinlich hellauf begeistert.

»Die Sache ist so«, begann Stefan zu erklären, in der Annahme, daß Joe von der ganzen Geschichte nichts wußte. »Als ich noch Volontär beim Express war, rief mich eine Frau an, die behauptete, daß ihr Mann in der Privatklinik von Dr. Diederhoff durch die Fahrlässigkeit der Ärzte ums Leben gekommen sei.« Joe nickte interessiert.

»Ach, das ist doch total uninteressant«, machte ich den lieblosen Versuch, Stefan zu stoppen.

»Aber Schatz«, antwortete Joe und legte seinen Arm um mich, »ich finde das ganz und gar nicht uninteressant.«

»So, findest du?« Ich schob seinen Arm wieder weg.

»Ja, ich finde, wir sollten ihn in aller Ruhe erzählen lassen.« Nun setzte Stefan ein erfreutes Lächeln auf, offenbar glaubte er, einen Verbündeten gefunden zu haben.

In den nächsten zehn Minuten erzählte Stefan Joe die ganze leidige Geschichte und endete seine Erzählung damit, daß die Story schließlich bei der Konkurrenz gelandet war.

»Tja«, fügte er dann noch hinzu, »und ich bin hier, weil Ihre Freundin mir damals versprochen hat, daß ich die Geschichte mit ihr zusammen machen darf, falls doch etwas daran sein sollte.« Joe lächelte wieder süffisant.

»Verstehe«, antwortete er. »Aber ich kann Ihnen versichern, daß an der Sache wirklich nicht das geringste dran ist.« Ich atmete auf, Joe hatte verstanden, daß es darum ging, Stefan loszuwerden.

»Und woher wollen ausgerechnet Sie das wissen?«

»Nun ja«, wieder ein arrogantes Lachen, das mir durch Mark und Bein ging, »ich habe die Geschichte damals für den Kurier geschrieben.« Jetzt war Stefan platt, damit hatte er nicht gerechnet. Mir selbst wollte allerdings noch nicht so recht einleuchten, weshalb Joe sich geoutet hatte. Damit konnte er ja nun wirklich nicht angeben, schließlich wußte jeder, daß der »Schreiberling« damals in hohem Bogen beim Kurier hinausgeflogen war.

»Dann sind Sie ja«, fand Stefan seine Stimme wieder, »dieser, dieser …« Joe nickte.

»Ja, ich bin dieser Richard Baumann, das ist allerdings nur ein Pseudonym. Eigentlich heiße ich Joseph Müller. Und ich kann ihnen aus eigener, leidvoller Erfahrung sagen, daß die Sache wirklich von vorne bis hinten erstunken und erlogen war. Glauben Sie im Ernst, ich hätte meinen Hut nehmen müssen, wenn dem nicht so gewesen wäre?« Aha, jetzt verstand ich Joes Taktik!

»Ich versteh überhaupt nichts mehr!« Stefan machte einen leicht überforderten Eindruck. »Aber dann sind Sie doch auch derjenige, der Maike das Leben so schwergemacht hat. Und Sie sind Ihr Freund?«

»Ja, ich kann mir vorstellen, daß das für Sie alles sehr verwirrend ist, aber die Angelegenheit ist viel zu kompliziert, um sie zu erklären.« Da hatte er ausnahmsweise mal recht. »Und nachdem wir jetzt alles geklärt haben, können Sie in aller Ruhe wieder nach Hause fahren.«

Tatsächlich erhob Stefan sich und ließ sich völlig verdattert von Joe zur Haustür begleiten. In mir jubelte es, das war ja gerade noch einmal gut gegangen! Das einzige, worüber ich mir Sorgen machte, war die Tatsache, daß Stefan mit Sicherheit morgen in der Redaktion jedem erzählen würde, daß er mich in einer ziemlich eindeutigen Situation mit meinem Erzfeind angetroffen hatte. Aber darüber würde ich mir morgen Gedanken machen, da würde mir schon eine logische Erklärung für Bea und die anderen einfallen. Hauptsache, wir waren Stefan los!

»Also tschüs, Stefan«, verabschiedete ich mich und wollte gerade die Tür hinter ihm schließen, als er sich auf einmal wieder zu uns umdrehte.

»Augenblick mal«, sagte er und machte wieder einen Schritt in die Wohnung herein. Was war denn jetzt noch? Sein verwirrter Gesichtsausdruck war verschwunden, und er wirkte wieder so energisch, wie er mir anfangs gegenübergestanden hatte. »Das, was Sie mir da eben erzählt haben, ist ja alles schön und gut. Aber dann möchte ich jetzt doch noch wissen, weshalb Maike am Montag in unserem Archiv ausführliches Recherchematerial über die Klinik bestellt hat.« Woher wußte er das bloß? Offensichtlich konnte man mir die Frage am Gesicht ablesen, denn Stefan beantwortete sie prompt.

»Ich hab dich doch neulich im Flur getroffen, mit einem dicken Packen Recherchematerial unterm Arm. Da war ich einfach ein bißchen neugierig und bin im Sekretariat die Rechnungen vom Archiv durchgegangen«, erklärte er. »Tja, und als ich die so durchblättere, was sehe ich da? Maike Kröger hat doch tatsächlich alles geordnet, was mit der Klinik von Dr. Diederhoff zu tun hat!« Joe warf mir von der Seite einen Blick zu, der soviel sagte wie »Stimmt das?« Ich schluckte. Weshalb mußte unser vermaledeites Archiv auch Rechnungen schreiben? Seit der Verlag in mehrere eigenständige Unternehmen unterteilt war, die alle für sich selbst wirtschafteten, mußte jede Bestellung ordnungsgemäß mit Thema und Redakteur abgerechnet werden. Früher wäre so was nicht passiert! Da waren wir noch ein Verlag, ein Herz, eine Seele!

»Also, also, das war ...« Stefan stützte betont abwartend die Hände in die Hüften. »Interesse?« brachte ich schwach hervor. Joe schlug sich mit der Hand vor die Stirn.

»Das darf doch wohl nicht wahr sein!« rief er erbost. »Wie blöd bist du eigentlich? Erst versprichst du diesem Anfänger, daß er mit an der Geschichte arbeiten darf, dann bestellt Madame auch noch für jeden offensichtlich Material im Archiv!«

»Also, jetzt hör mal, damit konnte ich doch nun wirklich nicht rechnen«, rief ich zurück.

»Und ich konnte nicht damit rechnen, daß du vorhast, hier einen Kindergarten zu eröffnen!« schrie Joe mir nun entgegen.

»Was heißt hier Kindergarten?« Jetzt schrie Stefan auch. »Ich habe eine solide journalistische Ausbildung! Für wen hältst du dich eigentlich?«

»Für jemanden, der es nicht nötig hat, sich von einem Teenager ins Handwerk pfuschen zu lassen.« Aha, man war also kurzerhand zum »Du« übergegangen.

»Dann will ich dir mal was sagen: Entweder laßt ihr mich mitpfuschen, oder die ganze Sache fliegt auf!«

»Das ist Erpressung!« schrie ich jetzt.

»Man muß niemanden erpressen, der etwas auf sich hält, wenn er ein Versprechen gegeben hat«, erinnerte Stefan mich.

»Da hat er recht«, fiel Joe mir jetzt plötzlich und unerwartet in den Rücken. Wahrscheinlich war die Versuchung, mir gegenüber auftrumpfen zu können, zu groß für ihn, als daß er sich diese Chance hätte nehmen lassen. »Versprochen ist versprochen.«

»Ha! Das mußt du gerade sagen!«

»Ich hab dir nie etwas versprochen!«

»Ach nein?« Ich überlegte krampfhaft, was mir Joe vielleicht mal versprochen und dann nicht gehalten hatte, aber tatsächlich fiel mir nichts ein.

»Na, wie du Maikes Geschichten geklaut hast, das war ja wohl auch nicht die feine Art«, kam Stefan mir überraschend zur Hilfe.

»Damit hast du nichts zu tun!«

»Hab ich wohl!«

»Warum?« Das leuchtete mir nicht ganz ein.

»Darum!«

»Warum?« wollte Joe nun auch wissen.

»Weil … weil …«, Stefan suchte nach den passenden Worten, »weil Maike mit dem Kopf und nicht mit anderen Körperteilen denken sollte, wenn es darum geht, mit wem sie zusammenarbeitet!« Augenblicklich war es totenstill. Stefan hielt sich erschrocken die Hand vor den Mund. Ihm war wohl klar, daß er da etwas zu weit gegangen war.

»Das reicht«, stellte ich fest und griff nach meiner Jacke an der Flurgarderobe. »Von mir aus könnt ihr euch noch bis morgen früh anschreien, ich jedenfalls will keinen von euch beiden mehr sehen!« Mit diesen Worten riß ich die Haustür auf und ließ sie mit einem energischen Knall ins Schloß fallen. Draußen im Treppenhaus stand ich noch eine kleine Weile unschlüssig herum. Irgendwie kam mir diese Situation bekannt vor. Eigentlich hätte ich die beiden rausschmeißen müssen, schließlich war es meine Wohnung. Aber zurückgehen und eine weitere Diskussion riskieren kam nicht in Frage. Wohin also? Ich seufzte. Da gab es um diese späte Uhrzeit wohl nur eine Möglichkeit.

Diesmal erzählte ich Frank die ganze Geschichte, von Anfang bis Ende. Er hörte mir geduldig zu, während ich mir alles von der Seele redete und dabei seine Weinvorräte vernichtete. Selbst als ich ihm gestand, mich mehr oder weniger auf Joe eingelassen zu haben, unterbrach er mich nicht. Er machte mir auch keinen Vorwurf. Er war einfach nur da und verstand mich.

»Tja«, endete ich schließlich meine Ausführungen, »und jetzt sitzen die beiden bei mir in der Wohnung und gehen sich wahrscheinlich gerade an die Kehle.« Frank lachte.

»Dann hättest du immerhin keine Probleme mehr mit ihnen!«

»Sehr witzig!«

»Nein, im Ernst«, meinte Frank dann. »Ich will dir ja keine Vorwürfe machen, aber es ist mir unverständlich, wie du dich wieder auf Joe einlassen konntest.«

»Das ist ein Vorwurf«, erwiderte ich.

»Nein, Maike, aber du mußt zugeben, daß das für einen Außenstehenden alles etwas irritierend ist. Nach dem, was Joe dir angetan hat, sollte er der letzte sein, mit dem du gemeinsame Sache machst.«

»Aber es ging mir doch nur um die Geschichte!« verteidigte ich mich.

»Die hättest du auch allein machen können.« Da hatte er nicht ganz unrecht.

»Aber ich wäre mir dreckig und gemein vorgekommen, wenn ich Joe nicht geholfen hätte.« Jetzt lachte Frank richtig laut.

»Dreckig und gemein? Mensch, Maike, wenn hier einer dreckig und gemein war, dann ja wohl Joe!«

»Ich bin eben nicht so wie Joe«, gab ich einigermaßen patzig zurück, »und außerdem hat er sich geändert, glaube ich.«

»Nun hör sich das einer an!« rief Frank aus. »Vor fünf Minuten hast du noch über ihn gejammert und geschimpft, und plötzlich meinst du, er hätte sich geändert!«

»Er ist natürlich immer noch ein ekelhafter, arroganter, eingebildeter Selbstdarsteller«, wandte ich ein, »aber ich glaube, daß ich ihm bei der Geschichte wirklich vertrauen kann.«

»Ach, Maike.« Frank seufzte und legte mir seinen Arm um die Schulter. »Ich glaube, daß du ganz andere Gründe dafür hast, mit ihm zusammenzuarbeiten, als nur eine tolle Story.«

»Was soll das denn jetzt heißen?«

»Na, du bist doch noch in ihn verknallt, das sieht doch ein Blinder!«

»Wie kommst du denn auf so eine Idee?« fuhr ich ihn an. »Joe Müller ist mir schnurzpiepegal, es kommt mir nur auf die Geschichte an!« Augenblicklich mußte ich daran denken, daß Joe und ich vorhin beinahe im Bett gelandet wären. Aber das ging Frank ja nun wirklich nichts an. »Völlig egal«, bekräftigte ich deswegen noch einmal.

»Schon klar.«

»Ja, so ist es.«

»Hm, sicher.« Frank mußte sich mit aller Gewalt das Lachen verkneifen, das konnte ich deutlich erkennen.

»Ja«, betonte ich noch einmal, »wenn wir die Sache hinter uns gebracht haben, verschwindet er wieder aus meinem Leben!«

»Ich hab nichts anderes erwartet«, stellte Frank fest und betrachtete seine Fingernägel. »Tja, vielleicht hast du ja Glück«, fügte er dann hinzu.

»Wie?«

»Na ja, vielleicht zieht die Sache sich noch eine Weile hin.«

»Du Idiot!« schrie ich ihn lachend an und schlug ihm ein Sofakissen auf den Kopf.

»He, Moment mal!« prustete Frank und versuchte, die Schläge mit beiden Händen abzuwehren. »Aufhören, Gnade!« flehte er gespielt dramatisch.

»Nur, wenn du alles zurücknimmst!«

»Kommt nicht in Frage!«

»Okay, du hast es so gewollt!« erwiderte ich und holte noch einmal mit dem Sofakissen aus.

»Friede«, krächzte Frank atemlos, »ich nehme alles zurück und behaupte das Gegenteil!«

»Schon besser«, meinte ich und legte das Kissen zurück aufs Sofa.

»Ich wollte dich doch nur ein bißchen ärgern.«

»Ist dir gelungen«, stellte ich fest.

»Entschuldigung. Natürlich willst du nichts mehr von Joe.«

»Richtig.«

»Er ist dir total egal.«

»Ganz genau.«

»Eigentlich kann er machen, was er will.«

»So sieht's aus.«

»Und deswegen hast du dich auch überhaupt nicht aufgeregt, als er versucht hat, die Krankenschwester rumzukriegen.«

»Du!« rief ich drohend und griff erneut nach dem Kissen. Frank kringelte sich schon wieder vor lauter Lachen.

Nachdem wir uns eine ausgiebige Kissenschlacht geliefert hatten, kam ich noch einmal auf die Geschichte mit der Klinik zurück.

»Aber im Ernst«, meinte ich, »die Sache darf sich gar nicht länger hinziehen, spätestens nächsten Montag muß sie im Blatt sein, wenn ich noch Chancen bei dem Wettbewerb haben will.«

»Das ist knapp«, erwiderte Frank.

»Mehr als knapp«, stimmte ich ihm zu.

»Dann laß uns mal darüber nachdenken, wie du in der Sache weiterkommst.« Ich seufzte.

»Die ganze Angelegenheit ist total verfahren, ich weiß echt nicht, wie wir da weiterkommen.«

»Na, du hast doch gesagt, daß ihr an die Patientenkartei rankommen müßt.«

»Ja, aber ich habe keine Ahnung, wie wir das anstellen sollen.« Frank überlegte einen Augenblick.

»Dann müssen wir eben noch ein bißchen mehr nachdenken.«

»Hab ich doch schon, mein Kopf ist aber leer!«

»Stell dir doch mal vor, du findest die Lösung!« Frank ließ nicht locker. »Es wäre dir doch eine Genugtuung, wenn du Joe beweisen könntest, daß du etwas schaffst, was er nicht geschafft hat!« Das wäre mir in der Tat eine Genugtuung gewesen, da hatte Frank den Nagel auf den Kopf getroffen. Obwohl Joe mir ja, wie gesagt, eigentlich schnurzpiepegal war. Aber allein die Vorstellung, wie er gucken würde, wenn ich mir Zugang zur Kartei verschaffte, nachdem er selbst mit der Krankenschwester so peinlich Schiffbruch erlitten hatte – das wäre schon etwas!

»So weit, so gut«, stimmte ich Frank zu, »aber wie soll ich das bloß anstellen? Ich meine, ich kann ja wohl schlecht in die Klinik spazieren und sagen: He, Leute, rückt mal die Daten eurer Patienten raus!«

»Könnte unter Umständen nicht so gut ankommen«, teilte Frank meine Ansicht. Also grübelten wir weiter, es mußte einfach einen Weg geben!

»Ich hab's!« rief ich schließlich aus.

»Ja?«

»Ich ziehe mit eine Strumpfmaske über, besorge mir eine Spielzeugpistole und bedrohe den Nachtwächter!«

»Prima Idee!« meinte Frank. »Ich komm dich dann auch mal in der geschlossenen Abteilung besuchen, versprochen.« Er hatte recht, die Idee war wirklich schwachsinnig. Also, weitergrübeln.

»Es müßte jemand sein«, brach Frank schließlich das Schweigen, »der in der Klinik arbeitet.«

»So weit war ich auch schon«, gab ich etwas patzig zurück.

»Aber es darf niemand sein, der auf die Klinik angewiesen ist«, fabulierte Frank weiter.

»Wie, nicht angewiesen?«

»Na ja, jemand, dem es relativ egal sein kann, wenn er rausfliegt.«

»Aha. Wüßte nicht, wo wir so einen auftreiben.«

»Überleg doch mal!« Frank hatte vor Aufregung schon rote Ohren. »Die Krankenschwester, die Joe angesprochen hat, hat viel zuviel zu verlieren. Bei einem Arzt wäre es das gleiche. Wer arbeitet denn in einem Krankenhaus, hängt aber vielleicht nicht allzusehr an dem Job?«

»Frank, sag es einfach. Ich habe keine Lust auf Ratespielchen.«

»Zivildienstleistende!« schmetterte Frank mir triumphierend entgegen. Dabei grinste er so breit, als hätte er soeben im Lotto gewonnen. »Verstehst du? Das ist die Idee! Ein Zivi ist nur auf Zeit in der Klinik, er muß da wohl oder übel seinen Dienst absitzen!«

»Hm«, meinte ich, »gar kein schlechter Gedanke.«

»Kein schlechter Gedanke? Also, ich will mich ja nicht selber loben, aber das ist grandios!«

»Okay, ein ziemlich guter Gedanke«, gab ich zu.

»Du mußt dich einfach an einen Zivi ranmachen und ihn dazu bringen, dir die Kartei zu besorgen.«

»Ich soll einen Halbwüchsigen verführen?« fragte ich entsetzt.

»Wer spricht denn von verführen?«

»Wenn ich mich an ihn ranmachen soll, läuft es doch wohl darauf hinaus.«

»Aber nein, so habe ich das nicht gemeint. Ich rede von Bestechung.«

»Das wird ja immer besser.«

»Sag ich doch! Ein Zivi verdient nun mal nicht viel, den kann man mit einem Tausender bestimmt dazu bringen, die Kartei zu besorgen.«

»Das könnte wirklich klappen«, meinte ich, »wenn mir im Studium einer tausend Mark angeboten hätte, da hätte ich auch so einiges gemacht.« Jetzt sah Frank ein bißchen entsetzt aus. »Nicht, was du gleich denkst«, fügte ich schnell hinzu. Frank wirkte sofort beruhigt.

»Na also, dann haben wir die Lösung.« Frank strahlte.

»Noch nicht ganz«, mußte ich ihn in seiner Euphorie ein wenig bremsen.

»Wieso?«

»Wir müssen erst herausfinden, wer in der Klinik seinen Zivildienst leistet.«

»Darum kümmere ich mich«, antwortete Frank selbstbewußt.

»Verstehe, du bemühst deine Kontakte zur Unterwelt«, zog ich ihn auf, »der Pate der deutschen Krankenkassen.«

»Damit liegst du gar nicht mal so daneben«, erwiderte Frank und legte sich einen italienischen Akzent zu, »wir sssind la famiglia, wir lössen la problema.«

»Dann lös du mal la problema, und wenn's geht, bitte pronto!« meinte ich lachend.

»Jetzt mal ehrlich«, unterbrach Frank mein Gelächter, »die Angelegenheit ist mit einem Telefonanruf erledigt.«

»Oho«, gab ich mich beeindruckt, »dann leg mal los.«

»Geht heute leider nicht mehr, da mußt du schon bis morgen warten.«

»Und verrätst du mir auch, wie du das herausfinden willst?« Schließlich mußte ich über alles informiert sein, das brachte der Job so mit sich.

»Kleiner Grundkurs im Versicherungswesen: Zivildienstleistende sind krankenversicherungspflichtig«, erläuterte Frank, »und zwar alle beim Bundesamt für Zivildienst in Köln.«

»Aha.«

»Ja«, bestätigte Frank, »und jetzt rate mal, wer jemanden kennt, der da arbeitet!«

»Du.«

»So sieht's aus!«

»Du kennst aber auch wirklich und überall jemanden, das wird mir langsam unheimlich.«

»Ich sagte ja: La famiglia!«

Stefan hatte sich mittlerweile wieder verzogen, als ich am nächsten Morgen fröhlich trällernd nach Hause kam. Allerdings nicht, ohne Joe vorher ungefähr fünfzigmal an unsere Abmachung zu erinnern. Im Klartext hieß das: Wir sollten ihn in der Redaktion anrufen, sobald sich etwas Neues ereignete. Joe versprach es ihm hoch und heilig. Wieviel Stefan davon hielt, zeigte sich, als ich gerade eine Minute in der Wohnung war. Das Telefon klingelte, und Stefan war dran, um zu fragen, ob es schon etwas Neues gäbe.

»Nein, gibt es nicht«, antwortete ich genervt, »wir rufen dich dann an.«

»In Ordnung, ich warte«, antwortete Stefan, und ich hatte nicht den geringsten Zweifel, daß er die nächsten Stunden auf dem Telefon sitzend verbringen würde. Ich verabschiedete mich und legte auf.

»Also, was gibt's Neues?« wollte Joe dann wissen, der schon wieder seine sauertöpfische Miene zur Schau stellte.

»Nichts«, meinte ich, »hast du doch eben gehört.«

»Erzähl mir keine Märchen«, fuhr er mich an. »Du kommst hier singend rein, mit dem dämlichsten Grinsen, das ich je gesehen habe. Es liegt ja wohl kaum an mir, daß du so guter Laune bist.«

»Wohl kaum«, bestätigte ich ihn in seiner Vermutung.

»Schon gut«, winkte er ab, »kann mir denken, woran es liegt. Frankie-Boy, was?« Er musterte mich mit einem abschätzigen Blick.

»Ich *habe* immerhin Freunde, zu denen ich gehen kann, wenn mir alles zu bunt wird«, konterte ich seine Anspielung.

»Oh, verstehe! Verzeihung, daß ich mich bei Ihnen eingenistet habe. Der Parasit verschwindet, sobald es möglich ist!« Glücklicherweise klingelte das Telefon noch einmal, bevor ich mich wieder auf eine dieser leidigen Diskussionen einlassen mußte. Es war Frank, der mir die Namen und Adressen von drei Zivildienstleistenden, die in der Klinik von Dr. Diederhoff arbeiteten, durchgab.

»Danke, du bist ein Schatz!« sagte ich zum Abschied. Zugegeben, das mit dem Schatz hatte ich nicht ganz unabsichtlich gesagt. Jetzt blickte Joe noch sauertöpfischer drein, falls das überhaupt möglich war.

»Schatzi«, äffte er mich nach, »danke, Schatzi.«

»Joe, es tut mir wirklich leid«, sagte ich, »aber ich habe für solche Kindergartenspielchen jetzt keine Zeit. Ich muß los.« Mit diesen Worten war ich schon halb aus der Tür.

»Moment!« rief er mir nach. »Ich komme mit!«

»Nein«, erwiderte ich, »bei dieser Sache hier störst du nur.«

»Was soll das heißen?« fragte er, während er mich am Ärmel meiner Jacke festhielt. »Du bist doch wohl nicht etwa auf dem Weg zu deinem Frankie-Lover, während wir hier mitten im Schlamassel stecken?« Ich seufzte.

»Keine Sorge«, erwiderte ich, »ich fahre nicht zu Frank. Ich versuche, an die Patientenkartei zu kommen.« Joe blickte mich überrascht an.

»Dann komme ich erst recht mit!«

»Glaub mir, das geht nicht.« Das entsprach zwar nicht ganz der Wahrheit, aber es bereitete mir schon einige Freude, zu sehen, wie sehr Joe meine Geheimnistuerei wurmte.

»Ich denke, wir sind Partner«, kam es schließlich beleidigt.

»Sind wir ja auch«, beruhigte ich ihn, »aber in diesem Fall ist weibliche Raffinesse gefragt.«

»Das würde ich aber gern genauer wissen«, sagte Joe.

»Du wirst es erfahren, keine Sorge.« Wieder klingelte das Telefon.

»Nein, Stefan«, wiederholte ich genervt, »es gibt nichts Neues, wir rufen dich sonst an.« Männer!

Diesmal hatte ich ausnahmsweise Glück, das war mal etwas ganz anderes! Schon bei der ersten Adresse, die Frank mir gegeben hatte, wurde ich fündig. Auf mein Klingeln hin öffnete mir ein ziemlich verschlafen aussehender Zwanzigjähriger in Boxershorts und zerknülltem T-Shirt die Tür.

»Bitte?« fragte er und gähnte mich dabei herzhaft an. Hatte gute Zähne, der Junge!

»Entschuldige die Störung«, meinte ich, »aber ich suche Frederik Mertens, wohnt der hier?«

»Sind Sie von der GEZ?« fragte der junge Mann und musterte mich mißtrauisch. Ich schüttelte den Kopf. »Zeugen Jehovas?« Wieder verneinte ich. »Kennen Sie eine Manuela?« Auch damit konnte ich nicht dienen. Der Jüngling überlegte einen Augenblick. »In Ordnung, ich bin Frederik. Manuela ist meine Ex und nervt ein bißchen rum«, erklärte er dann noch. »Kommen Sie rein.«

Frederik Mertens schlurfte mir voran durch den Hausflur, wobei ihm seine Shorts auf halb acht rutschte. Beim Anblick der knackigen Pobacken, die zur Hälfte sichtbar wurden, überlegte ich kurzfristig, ob ich nicht doch von der Bestechungs- auf die Verführungsvariante ausweichen sollte. Als wir sein Wohn- und Schlafzimmer betraten, verwarf ich diesen Gedanken allerdings rasch. Ich hatte schon einiges gesehen in meinem Leben, aber diese Bude hier übertraf doch alles. Obwohl der Raum im Halbdunkel lag, konnte man die unansehnliche Staubschicht auf dem Mobiliar erkennen. Bier-, Wodka- und Weinflaschen verteilten sich hübsch angeordnet rund um das Bett, dessen Laken wahrscheinlich Frederiks Lebensgeschichte erzählen konnten – von der Geburt bis zur Gegenwart. Frederik ließ sich völlig ungeniert inmitten dieses Chaos auf sein Bett fallen und deutete mit einer Geste auf einen Stuhl zu seiner Linken – oder zumindest auf einen Kleiderhaufen, unter dem ich einen Stuhl vermutete. Mit einer lässigen Geste beförderte ich die miefenden Sachen auf den Fußboden und nahm Platz.

»Also«, begann Frederik, »was kann ich für Sie tun?«

»Nun ja«, antwortete ich, »die Sache ist ein bißchen kompliziert.« Augenblicklich ärgerte ich mich darüber, daß ich mir nicht vorher darüber Gedanken gemacht hatte, wie ich die Sache am geschicktesten einfädeln könnte. Frederik glotzte mich unbeeindruckt an. »Also«, fuhr ich fort, »du machst ja zur Zeit deinen Zivildienst in der Klinik von Dr. Diederhoff.«

»Jetzt sagen Sie bloß nicht, daß Sie von meinem Obmann geschickt worden sind«, fuhr Frederik mich plötzlich an.

»Von wem?« Ich hatte nicht die geringste Ahnung, wovon der Junge da sprach.

»Die paar Verspätungen, die sollen sich da mal nicht so aufregen«, fuhr Frederik fort, ohne auf meine Frage einzugehen. »Mann, da hätte ich auch gleich zum Bund gehen können, ist doch wahr!«

»Es tut mir leid, aber ich habe wirklich keinen Schimmer, wovon du sprichst.«

»Sie kommen also nicht von meinem Betreuer?«

»Nein«, erwiderte ich.

»Puh«, seufzte Frederik, »und ich dachte schon, die wollen wieder Streß machen.«

»Keine Sorge«, beruhigte ich ihn sofort und wußte mit einem Mal, wie ich diesen pflichtbewußten, ordentlichen Jungen dazu bringen könnte, mir die Patientenkartei zu besorgen. »Ich bin gekommen, um dir ein Geschäft vorzuschlagen.«

»Ein Geschäft?« Sofort wurde er hellhörig, das schien ihn zu interessieren. Bestens, Frederik war offensichtlich schlampig, faul und – hoffentlich – auch korrupt. Was war nur aus den netten jungen Männern geworden, die tagsüber Essen auf Rädern ausfuhren oder alte Damen in den Stadtpark begleiteten? Ich schob diese Gedanken beiseite, darauf kam es ja nun nicht an.

»Ja, ein ziemlich gutes Geschäft sogar«, warf ich die Angel noch weiter aus.

»Gut für wen?« Jetzt wurde er doch argwöhnisch.

»Gut für dich«, meinte ich und lächelte ihn an. »Es geht um tausend Mark.« Jetzt sah Frederik wirklich interessiert aus.

»Was muß ich dafür tun?« Huch, so leicht hätte ich mir das wirklich nicht vorgestellt. Für einen kurzen Moment überlegte ich, ob ich jetzt ein Foto aus meiner Brieftasche (soweit ich mich erinnerte, hatte ich da noch ein altes Paßfoto von meiner Mutter drin) ziehen und »erledige das bis morgen« raunen sollte. Wäre ein Spaß gewesen (entschuldige, Mami), aber dafür war ich nicht hier.

»Ich brauche die Kartei der Patienten, die in den letzten sechs Monaten in der Klinik von Dr. Diederhoff in Behandlung waren.« Frederik sah mich überrascht an.

»Sonst geht's Ihnen aber noch gut, oder?« Schade, ganz so leicht war es wohl doch nicht.

»Doch, ausgezeichnet«, sagte ich und bemühte mich, dabei scherzhaft zu klingen, »und mit der Kartei würde es mir noch besser gehen.«

»Wofür brauchen Sie die denn?«

»Das kann ich dir nicht sagen. Du hast die Wahl: Entweder nimmst du mein Angebot an und stellst mir keine weiteren Fragen, oder du läßt es.« Langsam kam ich mir wirklich vor wie in einem Gangsterfilm, Übergabe im Morgengrauen.

»Und das ist Ihnen tausend Mark wert?« Wahrscheinlich rechnete er gerade im Kopf sein Zivigehalt durch.

»Ja, ist es.« Ich gab mir Mühe, ihn mit festem Blick zu fixieren. Machten die schließlich immer so in Gangsterfilmen, gehörte irgendwie dazu.

»Tja, klingt verlockend«, sinnierte Frederik laut vor sich hin, »aber wo ist der Haken?«

»Es gibt keinen.« Ich glaube nicht, daß ich sehr überzeugend klang. Prompt fing Frederik an zu lachen.

»Klar, und deswegen bieten Sie mir auch tausend Mark, weil das alles seine Ordnung hat.«

»Es gibt jedenfalls keinen für dich.«

»Außer, wenn ich bei so was erwischt werde«, gab Frederik zu bedenken.

»Was soll denn schon passieren?« meinte ich leichthin.

»Och, da würden mir schon so ein paar Sachen einfallen ...«

»Tausendfünfhundert Mark«, wollte ich seine Ausführungen im Keim ersticken.

»Zweitausend.« So was Geldgieriges!

»Abgemacht.« Auch wenn der Spaß mich jetzt zweitausend Mark kostete – daß es so einfach sein würde, den Zivi zu überzeugen, hätte ich nun nicht gedacht. Na ja, die Jugend von heute hatte eben keine echten Werte mehr.

»Ich brauche die Unterlagen allerdings so schnell, wie es nur geht.«

»Kein Problem«, erwiderte Frederik leichthin, »technisch sind die in der Klinik sowieso nicht auf dem neuesten Stand. Ich hab mich schon öfter in das Verwaltungssystem eingeloggt, ist wirklich ein Kinderspiel.« Ich verzichtete darauf, zu fragen, was Frederik da gewollt hatte, wahrscheinlich war es besser, es gar nicht zu wissen.

»Also wann?«

»Heute nachmittag?« Mit einem so schnellen Service hätte ich nicht gerechnet.

»In Ordnung«, stimmte ich zu. »Dann würde ich sagen, ich gebe dir die erste Hälfte des Geldes jetzt und die zweite bei der Übergabe.«

»Hey, Lady, in welchem Film haben Sie das denn gesehen?« zog der Dreikäsehoch mich auf. Allerdings hatte er recht, ich wurde wirklich langsam zur »Patin«.

»Ist doch egal«, meinte ich, »so macht man das eben.«

»Dann bringe ich Ihnen die Sachen am besten vorbei, ich kann noch nicht genau sagen, wann ich allein an den Computer komme. Aber so zwischen zwei und drei müßte es klappen, da treffen sich fast alle zur Dienstbesprechung.«

»Gut, ich warte dann zu Hause.« Schnell kramte ich einen Stift und einen Zettel aus meiner Tasche hervor und schrieb Frederik meine Adresse auf. Dann gab ich ihm die tausend Mark, die ich vorher schon bei der Bank geholt hatte. Er nahm sie mit einem fetten Grinsen entgegen. Hoffentlich konnte ich ihm vertrauen, sonst hätte ich mir für das Geld lieber was Hübsches kaufen sollen.

»Ach, da wäre noch was«, fiel mir ein, als ich aufstand.

»Ja?«

»Wenn du mir noch einen klitzekleinen Gefallen tust, lege ich noch mal zweihundert Mark drauf.« In diesem Augenblick grinste ich wahrscheinlich noch fieser als Frederik, aber die Idee war einfach genial!

»Worum geht's?« Kurz erklärte ich ihm mein Anliegen. Er war sofort einverstanden, im Vergleich zu meiner ersten Bitte war das auch wirklich nur ein Klacks. Beschwingt machte ich mich auf den Heimweg. Endlich kamen wir in der Geschichte weiter. Tja, und meine kleine Zusatzüberraschung für Joe – allein bei dem Gedanken daran zogen sich meine Mundwinkel wieder unwillkürlich nach oben.

Diesmal kam ich noch lauter trällernd nach Hause als am Morgen. Einerseits hatte ich tatsächlich allen Grund für gute Laune, andererseits wußte ich, daß ich damit Joe wunderbar ärgern konnte. Joe saß noch genauso herum, wie ich ihn zurückgelassen hatte.

»Na, wie geht's?« wollte ich wissen und ignorierte seine mürrische Miene.

»Super« erwiderte er sarkastisch. »Wirklich, ganz toll!«

»Das ist ja schön! Ich hatte schon befürchtet, du würdest dich während meiner Abwesenheit langweilen.«

»Keineswegs. Schließlich ruft hier alle fünf Minuten Stefan an, um zu fragen, ob es was Neues gibt.«

»Dann warst du wenigstens beschäftigt«, stellte ich fest.

»Also, jetzt mal Schluß mit diesem Unsinn«, wechselte Joe das Thema, »wo warst du denn jetzt?«

»Nicht bei Frankie-Boy«, griff ich unser Gespräch vom Morgen wieder auf.

»Das hab ich mir gedacht, der hat nämlich auch schon dreimal angerufen.« Natürlich hätte ich Joe jetzt sagen können, daß ich in Sachen Patientenkartei ein entschiedenes Stück vorangekommen war. Aber sein verärgerter Gesichtsausdruck war einfach zu schön, als daß ich ihn gleich wieder hätte verschwinden lassen wollen. Außerdem hatte ich ja noch eine Überraschung für ihn.

»Ehrlich gesagt«, sagte ich, räkelte mich dabei und gähnte herzhaft, »bin ich todmüde. Ich glaube, ich lege mich ein bißchen hin.« Jetzt schlug Joes Gesichtsausdruck von Verärgerung in pures Entsetzen um, auch nicht schlecht.

»Das kann doch wohl nicht dein Ernst sein!« rief er aufgebracht und sprang vom Sofa auf. »Wir sitzen hier voll in der Klemme, und Madame will sich hinlegen!«

»So ist es«, erwiderte ich knapp und marschierte in Richtung Schlafzimmer. Joe blickte mir verdutzt nach. »Ach, und falls noch irgendwer anruft«, sagte ich, bevor ich die Tür öffnete, »die nächsten zwei Stunden möchte ich nicht gestört werden.« Mit diesen Worten warf ich die Tür ins Schloß. Einen kurzen Augenblick wartete ich, ob Joe mir nachkommen würde. Eigentlich paßte es gar nicht zu ihm, sich so von mir abspeisen zu lassen. Aber offensichtlich hatte ich diesmal wirklich das Unmögliche geschafft: Joe war sprachlos.

Gut anderthalb Stunden später kam ich wieder ins Wohnzimmer. Joe saß – welch Überraschung – auf der Couch.

»Wenn du nicht hin und wieder aufstehst, wirst du da noch festwachsen«, begrüßte ich ihn, erhielt als Antwort aber nur ein unfreundliches Grummeln. Dann eben nicht. In der Küche setzte ich in aller Ruhe einen Kaffee auf, schmierte mir ein Honigbrot und pflanzte mich dann zu Joe aufs Sofa.

»Und jetzt?« Die schweigsame »Ich-bin-beleidigt«-Nummer konnte er wohl doch nicht lange durchhalten.

»Warten.«

»Auf was?«

»Auf bessere Zeiten.« Das Telefon klingelte. Stefan: »Gibt's was Neues?« Joe und ich: »Neiiin!«

Die besseren Zeiten ließen nicht lange auf sich warten. Gerade hatte ich mein Brot aufgegessen, als es klingelte. In froher Erwartung hüpfte ich zur Tür und riß sie auf.

»Die Haustür stand offen.« Vor mir stand – ein diesmal sogar gekämmter – Frederik mit einem Stoß Papier unterm Arm.

»Jaja, ich weiß«, sagte ich und bat ihn hinein.

»Hallo, ich bin Joe.« Joe hatte sich tatsächlich vom Sofa erhoben und stand nun direkt hinter mir.

»Hi«, erwiderte der Zivi.

»Hier entlang«, meinte ich, ergriff Frederiks Hand und zog ihn hinter mir her durchs Wohnzimmer in Richtung Schlafzimmer. Was nun kam, ging meinen werten Herrn Kollegen nichts an. Aber ich hatte mal wieder nicht mit Joes Hartnäckigkeit gerechnet, denn er kam uns kurzerhand hinterher.

»Was wird das hier? Wer ist das?« wollte er wissen.

»Nicht jetzt, Joe«, antwortete ich und wollte ihn aus dem Schlafzimmer schieben.

»Wieso, was soll das Ganze?« insistierte Joe. »Was wollt ihr im Schlafzimmer?«

»Rate mal, Opa«, schaltete Frederik sich jetzt ein und legte dabei provozierend einen Arm um meine Schulter. Hups, der Junge spielte seine Rolle wirklich gut. Das »Opa« brachte Joe offensichtlich zum dritten Mal an diesem Tag aus der Fassung, denn er verschwand tatsächlich und warf die Tür mit einem lauten Knall hinter sich zu.

»Was'n das für'n Vogel?« wollte Frederik wissen.

»Uninteressant«, winkte ich ab, »hast du die Kartei?« Frederik hielt mir den Papierstapel hin.

»Alles wie gewünscht. Die Patienten der letzten sechs Monate, jeweils mit Diagnose und Entlassungsbefund.« Zufrieden nahm ich die Unterlagen an mich. Dann überreichte ich Frederik die restlichen zwölfhundert Mark.

»War mir 'ne Ehre, mit Ihnen Geschäfte zu machen«, meinte Frederik, während er das Geld in seiner hinteren Hosentasche verschwinden ließ. »Und jetzt zu meiner Zusatzdienstleistung.« Mit diesen Worten legte er plötzlich beide Arme um mich, und fing an, mich abzuknutschen und an mir herumzugrabbeln. Erschrocken schob ich ihn von mir weg.

»Doch nicht hier!« meinte ich empört.

»Sorry«, schon wieder dieses fiese Grinsen, »dachte, das Schlafzimmer wäre der richtige Ort dafür.«

»Gehen wir raus«, sagte ich bestimmt und drückte die Türklinke hinunter. »Und«, fügte ich hinzu, bevor ich die Tür öffnete, »du hast mich natürlich noch nie in deinem Leben gesehen.« Oh, Mann – Pate, Teil 1 bis 134.

»Alles klar.«

Als Frederik und ich Arm in Arm das Wohnzimmer betraten, saß Joe ausnahmsweise nicht auf dem Sofa herum. Ich konnte ihn in der Küche werkeln hören. So ein Ärger, so würde er ja Frederiks fulminante Abschiedsvorstellung gar nicht mitbekommen! Frederik blickte mich fragend an, ich zuckte mit den Schultern. Wenn ich Joe jetzt dazurief, wirkte die Sache hier wohl nicht mehr so überzeugend. Und in der Küche pflegte ich normalerweise auch nicht meine Gäste zu verabschieden. Es blieb mir also nichts anderes übrig, als Frederik einfach so von dannen ziehen zu lassen. Kaum war er aus der Wohnungstür, kam Joe wieder aus der Küche.

»So«, begann er, »ich will endlich wissen, was los ist!« Ich hielt ihm den Papierstapel entgegen und lachte triumphierend.

»Die Patientenkartei!« Joe glotzte ungläubig auf die Blätter. »Wie hast du das denn gemacht?« entfuhr es ihm.

»Tja«, erwiderte ich voller Genugtuung, »ich hab eben auch meine Reize. Und bei Zivildienstleistenden kommen sie besonders gut zur Geltung.«

»Du hast doch wohl nicht allen Ernstes dieses Jüngelchen verführt, um da heranzukommen?« Joe wirkte beinahe entsetzt. Wie nannte man das? Mit zweierlei Maß messen, oder?

»Darf ich dich daran erinnern, daß du mit der Krankenschwester genau das gleiche vorhattest? Aber das war wohl etwas anderes.«

»In der Tat«, meinte Joe prompt. »Das hier ist echt geschmacklos!«

»Geschmacklos?« Ich hörte wohl nicht recht. »Du bist doch nur sauer, daß ich es im Gegensatz zu dir geschafft habe, an die Kartei zu kommen.«

»Das ist doch wohl totaler Unsinn!«

»Das würde ich an deiner Stelle jetzt auch behaupten.« Es war einfach unglaublich, schon wieder hatten Joe und ich uns in den Haaren, wir waren wirklich ein tolles Team!

»Hast du denn schon einmal daran gedacht«, meinte Joe auf einmal unvermittelt, »daß du uns in Gefahr gebracht hast?«

»Gefahr?« Das wollte mir nun wirklich nicht einleuchten.

»Natürlich! Der Bursche weiß jetzt, wo du wohnst! Wer sagt dir denn, daß er es für sich behält, wenn sich hier zwei Leute für die Klinik interessieren?«

»Er hat mir versprochen, nichts zu sagen.« In Wirklichkeit lief mir gerade ein kalter Schauer über den Rücken, daran hatte ich gar nicht gedacht! Wenn Frederik so korrupt war, mir die Kartei zu besorgen, würde er gegen ein entsprechendes Entgelt vielleicht auch jemanden in der Klinik informieren. Einen besonders verläßlichen und charakterstarken Eindruck hatte er auf mich jedenfalls nicht gemacht.

»Er hat es dir versprochen!« Joe lacht laut auf. »Wenn das so ist, müssen wir uns ja wirklich keine Sorgen machen!«

»Gut«, gab ich zu, »das war vielleicht ein bißchen leichtsinnig von mir. Aber immerhin haben wir jetzt, was wir wollten.«

»Klar, und bald werden die Leute von Diederhoffs Klinik auch haben, was sie wollten: nämlich uns!« Joe regte sich noch immer nicht ab. Im Gegenteil, er regte sich immer mehr auf. »So blöd kann man doch gar nicht sein!« schimpfte er weiter. Gute fünf Minuten ging das so weiter, dann platzte mir der Kragen.

»Raus!« schrie ich.

»Wie bitte?« Joe schien verdutzt.

»Ich höre mir das nicht mehr länger an. Du verschwindest jetzt, unsere Zusammenarbeit ist ab sofort beendet!«

»Wie du meinst«, erwiderte Joe, »mit so einer Amateurin möchte ich ohnehin nicht mehr zusammenarbeiten.« Mit diesen Worten stakste er aus dem Zimmer, riß die Wohnungstür auf und verschwand laut polternd im Treppenhaus.

Wütend schleuderte ich ihm den Papierstapel mit den Patientennamen hinterher, ich kochte vor Wut. Dann mußte ich plötzlich auch noch heulen. Mein schöner Plan, alles umsonst! Dabei waren wir doch endlich ein Stück vorangekommen, und jetzt so was. Ich wartete noch einen Augenblick, ob Joe wieder zurückkommen würde, aber ich hatte ihn wohl tatsächlich in die Flucht geschlagen. Seufzend machte ich mich daran, die Papiere auf dem Fußboden wieder aufzusammeln. Mehr als zweitausend Mark hatte ich dafür hingeblättert, die hätte ich ebensogut einem Penner in die Hand drücken können. Ach, was hieß hier ebensogut, der hätte wenigstens noch etwas damit anfangen können. Wieder stieg eine unglaubliche Wut in mir hoch, ich griff nach den Blättern und begann sie zu Konfetti zu verarbeiten. Ratsch. Das hier war für Joe. Ritsch. Und das hier für Rosi. Raaatsch. Und das hier für meine eigene Blödheit. Und das hier ... Ich hielt plötzlich inne, denn mein Blick war auf den letzten Namen der Seite gefallen, die ich gerade am Wickel hatte: Nikolas Ravenstedt. Mit einem Satz sprang ich auf, stürzte ins Treppenhaus und stürmte in Rekordgeschwindigkeit die Treppen hinunter. Wenn ich Glück hatte, würde ich Joe draußen auf der Straße noch einholen.

Ich hätte mich überhaupt nicht so beeilen müssen, denn als ich unten ankam, stand Joe vor meinem Briefkasten und durchwühlte in aller Ruhe meine Post. Bei diesem Anblick hätte ich ihn beinahe doch wieder aus dem Haus geworfen, der Mann war wirklich unglaublich!

»Joe!« Erschrocken drehte Joe sich zu mir herum, die Corpora delicti fielen zu Boden. »Was machst du denn da mit meiner Post?«

»Ich, ähm, hier ist was Interessantes«, stotterte er, bückte sich nach einem größeren Päckchen und hob es hoch. »Hier«, sagte er und deutete auf den Absender, »es ist von Renate Fischer.« Das war in der Tat interessant.

»Komm«, meinte ich, »laß uns hochgehen.«

»Aber ich dachte …«

»Ich hab auch etwas Interessantes festgestellt.« So machten Joe und ich uns wieder auf den Weg in meine Wohnung. Mir war wirklich nicht mehr zu helfen!

Life's no picnic   »Das ist ja ein Ding«, war Joes Kommentar, als ich ihm erzählte, daß Nikolas Ravenstedt auch bei Dr. Diederhoff in Behandlung gewesen war.

»Finde ich auch. Damit hätten wir jedenfalls den zweiten mysteriösen Todesfall.«

»Na ja«, wandte Joe ein, »was heißt hier mysteriös? Ich denke, der ist an Drogen gestorben.«

»Schon«, erwiderte ich, »aber den Eltern war die Sache trotzdem unverständlich. Und auf dem Foto, das sie mir von ihm gezeigt haben, wirkte er nicht gerade wie ein Junkie.«

»Dann war also der befreundete Arzt, von dem die Ravenstedts dir erzählt haben und der sich um Nikolas gekümmert hat, Dr. Diederhoff?« fragte Joe noch einmal nach.

»Sieht ganz so aus.«

»Du hast recht«, meinte Joe jetzt auch, »das ist schon irgendwie komisch. Zufall?«

»Möglich«, überlegte ich, »aber ich hab so ein Gefühl.«

»Aha, dein Instinkt!« frotzelte Joe, hörte aber sofort auf, als ich ihm einen bösen Blick zuwarf. »Sollte nur ein Scherz sein«, meinte er kleinlaut.

»Zum Scherzen ist das hier wohl kaum der richtige Augenblick«, sagte ich belehrend, »wir müssen etwas tun.«

»Aber was?«

»Am besten sprechen wir noch einmal mit den Ravenstedts, vielleicht können die uns weiterhelfen.«

»Könnte allerdings ein bißchen schwierig werden«, gab Joe zu bedenken, »die Ravenstedts singen weder auf dich noch auf mich Lobgesänge.«

»Soll ich dich daran erinnern, wessen Schuld das ist? Wer hat denn damals die Geschichte im Kurier gebracht, hm?«

»Du willst doch wohl hoffentlich nicht wieder auf diesem Thema rumhacken!«

»Nein, nein«, wehrte ich ab, »ist schon gut.« Ich wollte mich nicht schon wieder mit Joe streiten. Ich griff zum Telefon. »Ich ruf bei den Ravenstedts an.«

»Okay.« Ich ließ mir von der Auskunft die Nummer der Ravenstedts geben und wählte sie. Mehr als zehnmal ließ ich klingeln, dann legte ich auf.

»So ein Mist, keiner da.«

»Dann müssen wir es später noch einmal versuchen«, stellte Joe fest.

»Nein, meinst du wirklich?« erwiderte ich ironisch.

»Blöde Kuh!«

»Arroganter Seppel«, gab ich zurück. Blitzschnell legte Joe seinen Arm um mich und nahm mich in den Schwitzkasten. Und wieder einmal wurde mir bei seiner Berührung ganz anders.

»Nimm das zurück!« rief er gespielt erbost und drückte mich noch ein bißchen fester an sich.

»Niemals!« keuchte ich. Ich bekam kaum noch Luft, allerdings nicht, weil Joe mich so umfaßte, sondern weil mir vor lauter freudiger Erregung glatt die Luft wegblieb. Nicht zu glauben, Joe mußte nur einen Finger krümmen, schon begann ich zu hyperventilieren!

»Du wirst das zurücknehmen«, insistierte Joe noch einmal.

»Nein, bei meiner Ehre!« rief ich pathetisch. Jetzt mußte ich auch noch gegen einen Lachkrampf ankämpfen.

»Nun denn!« meinte Joe, ließ seinen Arm ein Stück tiefer sinken und zog mich an sich. Sein Gesicht war nur noch einen Millimeter von meinem entfernt, so viel Beherrschung konnte ich beim besten Willen nicht aufbringen. Das wäre schon ein bißchen viel verlangt gewesen, oder? Gerade, als ich Joe küssen wollte, brachte er allerdings die nötige Beherrschung auf und schob mich von sich. Schade.

»Ähm.« Er räusperte sich. »Wo waren wir?« Kurz davor herumzuknutschen, dachte ich.

»Bei den Ravenstedts«, sagte ich statt dessen und gab mir Mühe, mich wieder unter Kontrolle zu bringen.

»Also dann«, fragte Joe, »was machen wir als nächstes?«

»Da die Ravenstedts im Moment nicht zu erreichen sind, sollten wir uns vielleicht mal das Päckchen ansehen, das uns Frau Fischer geschickt hat.«

»Das wird das Beste sein«, stimmte Joe mir zu. Zu meiner Genugtuung mußte ich feststellen, daß Joe offensichtlich auch etwas durcheinander war. Mit fahrigen Bewegungen machte er sich daran, das Päckchen zu öffnen. Zum Vorschein kam ein in Leder gebundener Kalender.

»Ein Filofax?« fragte ich.

»Sieht so aus«, erwiderte Joe. »Außerdem liegt noch ein Brief dabei.«

»Lies vor!«

»Sehr geehrte Frau Kröger, nach längerer Überlegung habe ich mich dazu entschlossen, Ihnen den Kalender meines Mannes zu übersenden. Ich weiß, daß Sie enttäuscht sind, weil ich Ihnen nicht persönlich weiterhelfen wollte. Aber vielleicht werden Sie verstehen, daß ich mich als Mutter zweier Kinder aus der Angelegenheit heraushalten möchte. Dennoch glaube ich, daß Sie in diesem Kalender möglicherweise nützliche Hinweise finden, einige Eintragungen erscheinen mir recht merkwürdig. Ich wünsche Ihnen viel Glück. Mit freundlichen Grüßen, Renate Fischer.«

»Komische Tante«, kommentierte ich. »Erst will sie uns weismachen, daß sie mit der Sache nichts zu tun hat, und dann schickt sie uns das hier. Verstehst du das?«

»Sie hat wohl einfach Angst. Gleichzeitig möchte sie, daß der Tod ihres Mannes aufgeklärt wird, das finde ich nur verständlich.«

Die meisten Einträge von Georg Fischer waren wenig aufsehenerregend. Besprechungen, Termine, Geburtstage, das Übliche. Doch ab Ende April, als er in die Klinik von Dr. Diederhoff gekommen war, fanden sich einige seltsame Einträge: »Dietmar Kolb (Zimmergenosse) schon wieder zum EKG«, stand da am zweiten Mai, »Kolb klagt über starke Schmerzen in der Brust« am vierten Mai. Diese Einträge wiederholten sich häufiger, doch uns war schleierhaft, was daran so interessant sein sollte.

»Laß uns doch mal auf der Liste nachsehen, was dieser Dietmar Kolb hatte«, schlug ich vor. Wir suchten in dem Durcheinander, das ich bei meinem kleinen Ausbruch in die Patientenliste gebracht hatte, fast eine Viertelstunde lang, bis wir ihn endlich hatten.

»Da ist er«, rief Joe, »Dietmar Kolb, geboren am 27. Juni 1968. Eingeliefert am 25. März 1999 mit ›unklarem Bauch‹. Was ist das denn?«

»Ich glaube, undefinierbare Bauchbeschwerden.«

»Und warum kommt der dann ans EKG?«

»Keine Ahnung«, mußte ich zugeben. »Bin ja schließlich keine Medizinerin.«

»Ist ja auch egal. Jedenfalls wurde er am 23. Mai ohne Befund wieder entlassen, steht zumindest hier.«

»Zwei Monate Klinikaufenthalt, das ist lang.«

»Stimmt. Vor allen Dingen, wenn man noch so jung ist.« Das alles war sehr kryptisch, was sollte das bloß heißen? Noch mysteriöser erschien uns allerdings Fischers Kalendereintrag vom 11. Mai, also einen Tag vor seinem Tod. »Helsinki 64« stand da, zweimal rot unterstrichen.

»Helsinki 64? Was soll das denn schon wieder bedeuten?« wunderte sich Joe.

»Keine Ahnung.«

»Aber es scheint wichtig zu sein, sonst hätte er es wohl kaum zweimal rot unterstrichen.«

»Oh, Mann, das wird mir hier langsam alles zu kompliziert«, stellte ich seufzend fest.

»Vielleicht waren da Olympische Winterspiele«, schlug Joe einen vor.

»Und was fangen wir dann damit an?« wollte ich wissen.

»War ja nur ein Vorschlag.«

Ich griff zum Telefonhörer.

»Was machst du denn?« wollte Joe wissen.

»Ich rufe Stefan an.«

»Wieso das?«

»Zum einen«, erwiderte ich, »weil wir ihm versprochen haben, ihn auf dem laufenden zu halten. Zum anderen, weil er mal eben im Archiv anrufen soll, ob die etwas zum Stichwort Helsinki 64 oder so finden. Sollten die was haben, kann er das nachher gleich aus der Redaktion mitnehmen.«

In knappen Worten schilderte ich Stefan, was Joe und ich mittlerweile herausgefunden hatten, und bat ihn, im Archiv eine Anfrage zu machen. Er versprach anzurufen, sobald er die Unterlagen hatte.

»So«, meinte ich, als ich aufgelegt hatte, »jetzt heißt es warten.«

»Versuch es doch noch einmal bei den Ravenstedts«, schlug Joe vor, »vielleicht sind die ja mittlerweile zu Hause.« Ich rief an, aber es meldete sich noch immer niemand.

»Dann laß uns in der Zwischenzeit die Patientenkartei weiter durchsehen, vielleicht finden wir ja noch etwas, das uns weiterbringt.«

»In Ordnung«, meinte Joe. Ich nahm den dicken Packen, der vor uns lag, teilte ihn in der Mitte und reichte Joe die eine Hälfte.

»So geht's am schnellsten.« Joe blickte ein wenig ratlos auf die leicht zerknitterten Seiten.

»Und wonach suchen wir jetzt genau?« wollte er wissen.

»Eben nach allem, was uns komisch vorkommt.« So genau wußte ich das allerdings auch nicht.

»Mir kommt hier, ehrlich gesagt, alles komisch vor.«

»Da haben wir schon wieder etwas gemeinsam«, stellte ich fest.

Eine Stunde später hatte jeder von uns seinen Packen durchgearbeitet. Aber viel schlauer als vorher waren wir nicht.

»Ich weiß nicht«, meinte ich, »wirklich weitergebracht hat uns das nicht. Wenigstens war in meinem Teil der Liste dieser Herr Fischer aufgeführt.«

»Ja? Zeig mal!« meinte Joe.

»Hier.« Ich schob ihm die Liste hin. »Georg Fischer, geboren am 14. November 1959. Diagnose bei Einlieferung: Herzrhythmusstörungen. Befund: Exitus am 12. Mai 1999, Herzinfarkt.«

»Das wußten wir ja schon«, stellte Joe fest.

»Sag ich ja.«

»Aber laut Aussage seiner Frau war er doch wegen starker Migräne in der Klinik.«

»Das stimmt. Aber vielleicht hat er sie angelogen.«

»Glaube ich kaum«, erwiderte Joe.

»Wir können nur hoffen, daß uns die Recherche zum Stichwort Helsinki weiterbringt.«

Leider hatten wir kein Glück. Zehn Minuten später rief Stefan an, um uns mitzuteilen, daß sie ihn im Archiv wegen seiner Anfrage erst einmal ausgelacht hatten. Schließlich hatten sie sich aber doch bereit erklärt, mal nachzusehen, und – o Wunder – rein gar nichts gefunden. Ich konnte mir schon vorstellen, wie deren Recherche ausgesehen hatte!

»Soll ich jetzt vorbeikommen?« wollte Stefan dann wissen.

»Nein«, meinte ich, »hier kannst du uns im Moment nicht helfen.« Wenn ich ehrlich war, wollte ich auch viel lieber mit Joe allein sein. Vielleicht ergab sich zu späterer Stunde ja noch die eine oder andere Möglichkeit zum Kuscheln. Natürlich nur, wenn es nichts Wichtigeres zu tun gab …

»Aber ich kann jetzt doch nicht einfach nach Hause fahren«, protestierte Stefan. Joe, der über Lautsprecher mitgehört hatte, nahm mir den Hörer aus der Hand.

»Paß auf, Stefan«, meinte er, »wenn du dich wirklich nützlich machen willst, dann könntest du zu den Ravenstedts fahren und warten, bis die wiederkommen.«

»Das ist ja nicht so aufregend«, erwiderte Stefan enttäuscht.

»Aber es wäre schon wichtig«, betonte Joe. »Wenn du ihnen erzählst, was wir herausgefunden haben, fällt ihnen vielleicht noch etwas ein.«

»Was soll denen denn noch einfallen?« maulte Stefan. Offensichtlich hatte er wenig Lust, vor dem Haus der Ravenstedts herumzusitzen und zu warten. Aber ebenso offensichtlich war, daß Joe ihn im Moment nicht hier haben wollte.

»Die können dir bestimmt noch mehr über Dr. Diederhoff erzählen, schließlich waren sie befreundet.«

»In Ordnung«, sagte Stefan schicksalsergeben, »dann fahr ich mal hin.«

Stefan war also bis auf weiteres beschäftigt. Und da Joe und ich momentan nichts mehr zu tun hatten, konnten wir eigentlich …

»Wieviel Uhr ist es jetzt?« wollte Joe plötzlich wissen. Ich blickte auf meine Armbanduhr.

»Kurz nach sieben, wieso?«

»So ein Mist, dann hat die Bibliothek schon geschlossen!«

»Was willst du denn jetzt in der Bibliothek?«

»Na, recherchieren, ist doch klar! Nur, weil die Leute in eurem Archiv nichts gefunden haben, muß das noch lange nicht heißen, daß da nichts zu finden ist. Wir sollten selbst noch einmal gucken, ob wir etwas zum Stichwort Helsinki 64 finden.« Schade, also nichts mit Schäferstündchen, Joe war noch mitten in der Geschichte. Aber eigentlich hatte er ja recht, und außerdem war die Zeit mehr als knapp.

»Stimmt«, meinte ich, »die Bibliothek können wir vergessen.«

»Habt ihr im Büro keinen Internetanschluß? Da kann man doch auch einiges recherchieren.«

»Du machst wohl Witze«, erwiderte ich, »wir haben Glück, daß der Verleger uns nicht noch auf Schreibmaschinen schreiben läßt, für so einen ›Schnickschnack‹ macht der kein Geld locker. Wir können von Glück reden, daß wir einen dpa-Ticker haben!«

»In unserer, also ich meine, in meiner früheren Redaktion haben wir Internet«, meinte Joe.

»Klar, und die werden sich auch unheimlich freuen, wenn wir zwei da heute abend hereinspaziert kommen.«

»Wahrscheinlich eher nicht«, mußte Joe mir recht geben. »In meiner Wohnung hab ich natürlich auch einen Anschluß.«

»Aber wenn ich mich recht erinnere, ist die zur Zeit eine absolute Gefahrenzone.«

»Na ja, so schlimm ist es auch wieder nicht.« Wie bitte? Ich hatte mich wohl verhört.

»Wie meinst du das?« wollte ich von Joe wissen.

»Ich meine ...« Er kam ins Stocken. »Was soll uns schon groß passieren?«

»Was passieren kann? Wenn ich dich daran erinnern darf, warst du derjenige, der hier nachts in Todesangst vor meiner Wohnungstür saß.« Das gab es doch wohl gar nicht, Joe litt ganz eindeutig an einer ziemlich ausgeprägten Gedächtnisschwäche.

»Maike, jetzt übertreib mal nicht gleich.«

»So, ich übertreibe also! Wenn ich dich zitieren darf: Maike, wir sind in Gefahr!«

»Da hatte ich wohl etwas dick aufgetragen«, meinte Joe. Jetzt schlug's wirklich dreizehn!

»Moment!« Ich mußte mich erst wieder sortieren. »Du willst mir nicht gerade schonend beibringen, daß du dir alles nur ausgedacht hast, oder?« Ich stand kurz vor einem Tobsuchtsanfall, da war ich doch tatsächlich schon wieder auf ihn hereingefallen! Aber es gelang mir trotzdem, ruhig zu bleiben.

»Nein, natürlich nicht!« versicherte Joe. »Also, ob die beiden Typen vor meiner Tür mich gleich um die Ecke bringen wollten, kann ich natürlich nicht sagen, aber sie sahen auf alle Fälle nicht besonders freundlich aus.«

»Für wie blöd hältst du mich eigentlich?« wollte ich von ihm wissen. »Na ja, bisher bin ich dir ja auch immer wieder auf den Leim gegangen, ich dämliche Kuh!«

»Ich bitte dich, Maike!« unterbrach er mich, »so ist es doch gar nicht! Jetzt reg dich doch nicht gleich wieder wegen nichts auf.«

»Wegen nichts? Seit Tagen habe ich schlaflose Nächte, und das nur, weil Joseph Müller sich irgendeine Gangstergeschichte ausgedacht hat!«

»Ich habe mir nichts ausgedacht!« erwiderte Joe heftig. »Jedenfalls nicht alles«, fügte er dann etwas leiser hinzu.

»Was heißt das, nicht alles?« Ich konnte Joe förmlich ansehen, daß es noch eine ganze Menge gab, die ich nicht wußte. Aber er schwieg beharrlich. »Joseph Müller, du rückst jetzt endlich mit der ganzen Wahrheit raus, oder du verschwindest sofort aus meiner Wohnung!« Das meinte ich tatsächlich so, wie ich es sagte. Ich wollte ein für allemal wissen, was hier gespielt wurde.

»Also gut, Maike«, begann Joe und kam einen Schritt auf mich zu. »Aber reg dich bitte nicht auf«, fügte er hinzu.

»Ich werde mein möglichstes tun.«

»In der Nacht, in der ich herkam, um dich um Hilfe zu bitten, konnte ich tatsächlich nicht in meine Wohnung.« Er hielt inne.

»Weiter!«

»Ähm, ja, konnte ich also wirklich nicht. Das war nämlich so...«

»Komm auf den Punkt!«

»Du weißt ja, daß ich in letzter Zeit mehr oder weniger arbeitslos war und ... und ...«

»Joe, mach mich nicht wahnsinnig!«

»Tja, also, ich hatte da ein kleines Problem mit meiner Miete.« Ich konnte es noch nicht glauben, aber langsam ahnte ich, in welche Richtung sich das Ganze bewegte.

»Problem mit deiner Miete«, wiederholte ich.

»Ja, ich konnte die nicht mehr zahlen. Und ... und ... na ja, um es kurz zu machen: Der Vermieter hat die Schlösser ausgewechselt. An dem Abend neulich hat er mich mit seinem Schwager im Treppenhaus empfangen, um mir mitzuteilen, daß er mich erst wieder in die Wohnung läßt, wenn ich bezahlt habe.« Eins, zwei, drei.

»Waaas!? Die beiden Männer waren in Wahrheit nur der Vermieter und sein Schwager?!«

»Reg dich nicht auf, ich ...«

»Ich soll mich nicht aufregen? Du hast mich mal wieder schamlos belogen, und ich soll mich nicht aufregen?«

»Aber was die Sache mit der Klinik angeht, da ist bestimmt etwas faul«, versuchte Joe mich abzulenken. »Diese Frau hat mich wirklich angerufen, und sie klang sehr überzeugend. Außerdem hatten sich auch einige Leute in meiner alten Redaktion über mich erkundigt, das ist doch alles sehr merkwürdig. Und wer weiß – vielleicht war ja mittlerweile sogar schon jemand bei mir zu Hause, könnte doch sein.«

»Ich faß es nicht«, sagte ich mehr zu mir selbst als zu ihm, »ich hab wirklich nichts dazugelernt! Und jetzt verschwende ich auch noch meine kostbare Zeit für so eine Räuberpistole, an der sowieso nichts dran ist!« Mittlerweile war ich den Tränen nahe. »Wie konntest du mir nur so etwas antun und mich schon wieder belügen?«

Joe schluckte. »Weil … weil … Wenn ich dir erzählt hätte, daß ich aus meiner Wohnung mußte, weil ich die Miete nicht mehr bezahlen konnte, hätte dich das doch nicht interessiert! Und außerdem *weiß* ich, daß diese Frau Fischer mit ihren Vermutungen recht hat.«

»Ich will von diesem Unsinn nichts mehr hören«, meinte ich, »wir jagen doch hier nur einem Phantom hinterher.«

»Das glaube ich nicht. Bitte, wir können doch jetzt nicht das Handtuch werfen! Oder findest du das, was wir bisher herausgefunden haben, alles normal? Was ist mit Nikolas Ravenstedt, da stimmt doch was nicht!« Richtig. Auch wenn er sich die Wahrheit mal wieder mehr als zurechtgebogen hatte – wenn ich ehrlich war, hatte auch ich mittlerweile das Gefühl, daß mit der Klinik etwas nicht stimmte.

»Trotzdem«, gab ich mich noch ein wenig trotzig, »du hättest mich nicht so anlügen dürfen.«

»Ich weiß«, gab Joe kleinlaut zu, »aber ich wollte eben auch unbedingt, daß du mit mir zusammenarbeitest. Und damals dachte ich, daß ich dafür ein bißchen übertreiben müßte. Du bist schließlich ein furchtbarer Dickkopf.«

»Ich?« Diese Bezeichnung paßte doch gar nicht zu mir.

»Sagen wir mal so«, schwächte Joe ab, »so richtig einfach hat man es mit dir nicht.«

»Da passen wir wunderbar zusammen.«

Joe grinste. »Finde ich auch.« Könnte es sein, daß er mich schon wieder um den Finger gewickelt hatte?

»Also gut«, meinte ich, »mein Vorschlag: Wir versuchen herauszufinden, was Helsinki 64 bedeutet. Außerdem bekommt Stefan vielleicht auch noch etwas heraus. Aber wenn sich herausstellt, daß Helsinki 64 ein Fußballclub ist, vergessen wir die Sache auf der Stelle.«

»Einverstanden.«

»Sag mal«, fragte ich Joe, während er an seiner Wohnungstür herumhantierte, »darf dein Vermieter das eigentlich? Ich meine, dich aus deiner eigenen Wohnung aussperren?«

»Weiß nicht«, flüsterte Joe, »aber ich wollte es nicht auf einen Rechtsstreit ankommen lassen. Bei meinem Glück hätte ich den eh verloren und hätte dann noch die Gerichtskosten tragen dürfen.«

»Aha.«

»Und außerdem«, fügte Joe hinzu und zwinkerte mich an, »hatte ich ja eine Möglichkeit unterzukommen.« Nicht aufregen, Maike, jetzt ist nicht der richtige Augenblick für Streitereien!

»Meinst du, daß du die Tür aufbekommst?« fragte ich ihn statt dessen.

»Klar, ich hab schon öfter Schlösser geknackt.« Ich verzichtete darauf, ihn zu fragen, warum. Ich glaube, ich wollte gar nicht so genau wissen, bei welcher Gelegenheit Joe schon irgendwo eingestiegen war.

»Aber wieso hast du das denn nicht schon früher probiert, statt dich bei mir einzunisten?« Diese Frage interessierte mich nun doch. Joe ließ von der Tür ab und drehte sich zu mir um.

»Das fragst du mich allen Ernstes?« fragte er mit einem ziemlich dreisten Unterton. Urplötzlich wurde mir weich in den Knien, ich konnte die sachliche Ebene zwischen Joe und mir einfach nicht halten. Verlegen räusperte ich mich.

»Nein, eigentlich nicht«, brachte ich hervor. Joe drehte sich wieder zur Tür.

»Voilà!« meinte er, als sich die Tür nach innen öffnete. »Willkommen in meiner bescheidenen Hütte!«

In Joes bescheidener Hütte schlug mir als erstes ein nahezu bestialischer Gestank entgegen.

»Puh«, keuchte ich, »was ist das denn? Hast du hier eine Leiche versteckt?« Joe grinste entschuldigend.

»Tut mir leid, aber bevor der Vermieter das Schloß auswechselte, hat er mich nicht darum gebeten, zuerst den Abwasch zu erledigen.« Der Gestank kam in der Tat aus der Küche.

»Fenster auf!« stöhnte ich mit einem gespielten Erstickungsanfall. »Ich sterbe!«

»Ist ja schon gut«, sagte Joe und öffnete das Wohnzimmerfenster. »Wenn wir erst einmal die Küche durchlüften und das dreckige Geschirr wegspülen, wird das schon besser.«

»Ich bin nicht gekommen, um bei dir klar Schiff zu machen«, stellte ich fest.

»Ich weiß, aber du wirst verstehen, daß ich ungern warten möchte, bis die Teller von allein weglaufen.«

»Und ich möchte zuerst wissen, was es mit diesem Helsinki 64 auf sich hat.«

»Erst die Küche«, insistierte Joe.

»Erst Helsinki.«

»Gut, du gehst ins Arbeitszimmer an den Computer, ich stürze mich auf den Abwasch.« Er deutete in Richtung Arbeitszimmer. »Was ist?« fragte er, als ich mich nicht rührte.

»Ich, ähm, ich weiß nicht, wie das mit dem Internet geht«, gab ich zu. Joe lachte.

»Tja, das ist Pech, dann mußt du wohl warten, bis ich in der Küche fertig bin.« Murrend folgte ich ihm in Richtung Bazillenherd. Ich wußte genau, daß er sich innerlich einen Wolf freute, daß er mir gegenüber seine Überlegenheit ausspielen konnte. Als nächste Amtshandlung würde ich sofort bei Dr. Winkler vorsprechen, daß wir dringend einen Internetanschluß in der Redaktion brauchten. Und eine Schulung, jawohl! Das mußte er beim Verleger endlich durchsetzen!

»Joe, du bist ein Schwein!« rief ich entsetzt, als ich in der Küche das Ausmaß des Chaos erblickte. Überall standen Teller, Töpfe und Pfannen herum, die zwar noch nicht weggelaufen, aber schon in einer guten Startposition waren. Das war eindeutig mehr als der Abwasch von einer Woche. Ein Monat, das kam schon eher hin.

»Ja, ähm«, hüstelte Joe, dem das offensichtlich doch etwas peinlich war, »ich hab mich in letzter Zeit wohl ein bißchen gehenlassen.«

»Ein bißchen?«

»Ich war eben nicht so gut drauf«, erwiderte Joe fast heftig. »Keine Arbeit, nicht mal die Aussicht auf einen Job und du ...« Er unterbrach sich. »Na ja, legen wir los.«

Wie er da so neben mir stand, das dreckige Geschirr auf einen Stapel packte, um überhaupt erst einmal Platz für eine Aufräumaktion zu schaffen, fand ich ihn auf einmal rührend.

Konnte es tatsächlich sein, daß der Supermacho Joe meinetwegen an handfestem Liebeskummer gelitten hatte? Die Vorstellung rief bei mir ein angenehmes Bauchkribbeln hervor, dann war ich also nicht die einzige, der die Sache an die Nieren gegangen war.

»Ach, Joe«, ließ ich mich von einer plötzlichen romantischen Anwandlung hinreißen und legte meine Hand auf seine Schulter, »geh du ruhig schon einmal an den Computer, ich mach das hier.«

»Kommt nicht in Frage«, wehrte er sich, »das ist mein Sauhaufen, und den mach ich auch selber weg.«

»Das ist doch Unsinn! In deiner kleinen Küche stehen wir uns nur gegenseitig im Weg, außerdem geht es viel schneller, wenn du schon mal im Internet suchst und ich mich um den Abwasch kümmere.«

»In Ordnung.« Ein bißchen mehr hätte er sich schon noch zieren können. Joe ging ins Arbeitszimmer, während ich mich seinen angeschimmelten Tellern und Töpfen widmete. Widerlich, ein passenderes Wort fiel mir dazu nicht ein.

Als ich die erste Lage Teller weggespült hatte, ging ich zu Joe ins Arbeitszimmer.

»Und, schon was rausgefunden?«

»Ja, guck mal hier.« Joe klickte ein Feld an, und eine Städtekarte erschien auf dem Bildschirm. »Helsinki«, begann er mir vorzulesen, »Hauptstadt von Finnland, 502 000 Einwohner …«

»Joe«, unterbrach ich ihn, »ich glaube nicht, daß wir das hier suchen.«

»So schnell geht das eben nicht, du mußt dich noch etwas gedulden.« Also ging ich zurück in die Küche, Kampf den Schimmelpilzen, zweiter Teil.

»Maike!« rief Joe nach einer Weile. Schnell ließ ich alles stehen und liegen und lief ins Arbeitszimmer.

»Hast du was gefunden?«

»Hier steht was: 1964 wurde der Bau der Technischen Hochschule in Otaniemi beendet, die der finnische Architekt Alvar Hugo Henrik Aalto entworfen hatte!«

»Joe?«

»Ja?«

»Willst du mich verarschen?«

»Ja!«

»Vielen Dank, ich geh wieder in die Küche.« Immer wenn ich dachte, daß Joe vielleicht doch ein paar normale Züge hatte, kam er mir wieder mit irgendeinem Unsinn.

Kaum hatte ich den Spüllappen wieder in der Hand, rief Joe erneut nach mir.

»Maike!«

»Laß den Quatsch!« rief ich zurück, »sonst werd ich hier nie fertig!«

»Nein, diesmal hab ich wirklich was entdeckt!« Joe klang ziemlich aufgeregt, er hatte wohl tatsächlich etwas gefunden. Also wieder ab ins Arbeitszimmer.

»Jetzt sieh dir das hier an!« Auf dem Bildschirm stand ein ziemlich langer Text, mit der Überschrift »Stellungnahme der Zentralen Ethikkommission bei der Bundesärztekammer: Zum Schutz nicht-einwilligungsfähiger Personen in der medizinischen Forschung«.

»Joe, das könnte was sein. Hat auf alle Fälle was mit Medizin zu tun.« Jetzt war ich auch aufgeregt.

»Lies mal!« Er klickte mit der Maus an eine bestimmte Stelle: »Personen, die ihren Willen noch nicht oder nicht mehr selbst äußern können, bedürfen eines besonderen Schutzes durch den Arzt und die Gesellschaft. Dies wird zu Recht in verschiedenen internationalen Erklärungen betont (Deklaration des Weltärztebundes von Helsinki 1964 …).«

»Deklaration des Weltärztebundes?« wiederholte ich fragend. Joe nickte.

»Ja, 1964 in Helsinki. Und jetzt guck mal hier!« Er öffnete eine andere Internetseite. Was dort unter der Überschrift »Von der Würde der Kreatur« stand, war unglaublich:

»Die moderne Medizin basiert auf klinischer Forschung und systematischer Erprobung an Menschen. Die Deklaration des Weltärztebundes von Helsinki 1964 gibt einen weltweit als verbindlich angesehenen ethischen Standard für die Forschung mit Menschen vor.«

Joe öffnete eine Seite, auf der mehrere »Grundsätze« aufgeführt wurden. Einen davon las er mir laut vor. »Bei Humanexperimenten ist die absolut freiwillige Zustimmung der Versuchsperson notwendig.« Ich wußte zwar, was die Worte meinten, aber es dauerte noch eine Weile, bis ich sie vollends verstand.

»Humanexperiment?« wiederholte ich fassungslos.

»Genau«, meinte Joe, »Experimente mit Menschen.«

»Du meinst …« sagte ich und ließ mich auf den Stuhl neben Joe sinken.

»Ja, es sieht so aus, als hätte unser Dr. Diederhoff mit seinen Patienten experimentiert, und zwar ohne deren Einwilligung.«

»Das wäre ja ein Skandal!«

»Kein Wunder, daß Dr. Diederhoff unbedingt wissen wollte, wer hinter dem Artikel steckt. Wenn das hier rauskommt, kann er seine Schickimicki-Klinik dichtmachen und nur noch seine Knastkollegen verarzten.«

»Ich glaub das nicht!« Ich stand noch immer wie unter Schock. Daß in der Klinik ein bißchen geschlampt wurde, damit hatte ich gerechnet, aber das hier war unglaublich. »Das hieße ja«, überlegte ich weiter, »daß Nikolas Ravenstedt vielleicht gar nicht an einer Überdosis gestorben ist.«

»Könnte sein«, stimmte Joe mir zu, »vielleicht war er tatsächlich Dr. Diederhoffs Versuchskaninchen.«

»Aber Herr Ravenstedt hatte den Arzt doch als einen ›Freund der Familie‹ bezeichnet.«

»Dann sieh dir das hier an«, sagte Joe und zeigte auf einen weiteren Text auf dem Bildschirm: »Der forschende Arzt hat jedoch das Wohl des Patienten nur bedingt zum Ziel. Er will invariante Zusammenhänge, Gesetzmäßigkeiten erkennen. Je weniger Rücksicht der Forscher auf seine Versuchsperson nehmen muß, um so größer sind im Prinzip seine Erkenntnischancen. In der Forschung zählt der Beitrag zum Wissen, nicht die Leistung für den Patienten.«

»Nicht die Leistung für den Patienten?« rief ich ungläubig aus.

»Ja, alles zum Wohle der Forschung.«

242

»Aber das kann doch nicht sein!«

»Richtig. Dafür gibt es ja ethische Regeln, wie sie der Weltärztebund aufgestellt hat. Ist aber ein Forscher fanatisch genug, sich über diese Regeln hinwegzusetzen, wird er sich wohl auch nicht daran stören, mit ›Freunden‹ zu experimentieren.« Mir lief ein Schauer über den Rücken. Hatte ich Joe vorhin nicht noch beschuldigt, mir eine Räuberpistole erzählt zu haben?

»Und Georg Fischer hat von den Experimenten Wind bekommen«, überlegte ich laut.

»Ist anzunehmen. Das war wahrscheinlich der Grund für seinen plötzlichen ›Herzinfarkt‹.«

»Weil Dr. Diederhoff Angst hatte, daß er ihn verraten würde«, mutmaßte ich.

»Genau – und weil ich annehme, daß Georg Fischer ihn erpreßt hat.«

»Wieso das?«

»Weil er doch sonst bestimmt zur Polizei gegangen wäre.«

»Da ist was dran«, stimmte ich ihm zu. »Übrigens, wo du es gerade erwähnst: Sollten wir nicht zur Polizei gehen?«

»Bist du verrückt?« meinte Joe aufgebracht. »Ich laß mir doch nicht meine Geschichte kaputtmachen!«

»Deine Geschichte?«

»Unsere«, verbesserte Joe sich schnell. »Aber wenn wir jetzt die Polizei benachrichtigen, ist die Story für uns gestorben, das weißt du genauso gut wie ich. Wenn die erst einmal ihre Ermittlungen aufgenommen haben, kommen wir an keine Infos mehr ran. Und wenn die Kripo sie dann herausgibt, kann sie jedes Provinzblatt drucken.« Ja, ja, ja, auch diesmal hatte Joseph Müller recht. »Außerdem«, fügte er hinzu, »ist es sowieso fraglich, ob sie uns glauben. So ganz ohne Beweise.«

»Dann müssen wir die eben besorgen.«

Wir druckten noch schnell die Seiten aus dem Internet aus, warfen die restlichen Teller ins warme Spülwasser und schlichen leise aus der Wohnung.

Auf dem Weg nach Hause war ich noch immer völlig fassungslos. Ich konnte einfach nicht glauben, was Joe und ich da herausgefunden hatten. Auch Joe schien weiter nachzugrübeln, ganz entgegen seiner Gewohnheit saß er schweigend auf dem Beifahrersitz und verkniff sich jegliche Fahranweisungen. Ich fragte mich, wie die Geschichte mit der Klinik von Dr. Diederhoff wohl weitergehen würde. Alles war so verwirrend, die Sache nahm langsam Ausmaße an, die mir Angst machten. Und noch etwas bereitete mir Kopfzerbrechen: Wie würde es mit mir und Joe weitergehen, wenn wir die Sache hinter uns gebracht hatten? Würden wir uns gegenseitig für die gute Zusammenarbeit danken und uns mit einem Händeschütteln voneinander verabschieden? Wollte ich das? Oder nicht? Oder doch? Sicher war jedenfalls, daß Joe eigentlich nicht der richtige Mann für mich war. Aber wie es im Leben so ist, mußte ich mir eingestehen, daß er gleichzeitig der einzige Mann war, den ich wirklich wollte. Warum auch immer, ob es nur die körperliche Anziehungskraft war, die er auf mich ausübte, oder ob da noch mehr war, konnte ich selbst nicht sagen. Immerhin hatte er mich ziemlich belogen, unter normalen Umständen hätte ich keinen Gedanken mehr an ihn verschwenden dürfen. Aber die Umstände waren nun einmal nicht normal, und ich war es wahrscheinlich auch nicht. Joe musterte mich verstohlen von der Seite, ob er das gleiche dachte wie ich?

»Was denkst du?« fragte ich.

»Daß die Welt schon ganz schön verrückt ist«, antwortete er. »Und«, fügte er hinzu, »daß ich gerade sehr froh darüber bin, daß wir hier zusammen sind.« Ich verkniff mir ein »ich auch«, das wußte er wahrscheinlich sowieso.

Zu Hause mußte ich wie so oft erst dreimal um den Block kreisen, ehe ich eine Parklücke entdeckte. Gerade wollte ich den Rückwärtsgang einlegen, um den Wagen hineinzusetzen, als die Tür hinter mir aufgerissen wurde und jemand auf die Rückbank sprang. Vor Schreck hätte ich beinahe einen Herzanfall bekommen.

»Fahr los!« schrie eine vertraute Stimme. Tatsächlich – auf der Rückbank turnte Stefan herum und guckte nervös durch die hintere Windschutzscheibe.

»Was?« fragte ich verwirrt.

»Fahr!« schrie Stefan. Ich trat aufs Gas, der Wagen schoß nach vorn.

»Was ist denn los?« brüllte ich gegen das laute Motorengeräusch an, während ich in einem Affenzahn die dunkle Straße entlangbretterte. Stefan wirkte furchtbar aufgeregt, noch immer blickte er wie gebannt nach hinten.

»Gleich«, meinte er und bedeutete mir mit einer hektischen Handbewegung, nicht langsamer zu werden. Joe warf mir fragende Blicke zu. Nachdem ich in einer Geschwindigkeit, die mich wahrscheinlich für die nächsten zehn Jahre meinen Führerschein hätte kosten können, am Dammtorbahnhof entlanggeheizt und mit quietschenden Reifen rechts eingebogen war, meinte Stefan schließlich:

»Ich denke, du kannst jetzt etwas langsamer fahren, sie verfolgen uns nicht.«

»Aha«, sagte ich und drosselte das Tempo. »Und *wer* verfolgt uns nicht, wenn ich fragen darf?«

»Keine Ahnung, sie haben sich mir nicht vorgestellt.«

»Könntest du vielleicht etwas ausführlicher werden?« fuhr Joe ihn jetzt genervt an. »Du hast Maike und mir eine Todesangst eingejagt.«

»Die hatte ich auch, das könnt ihr mir glauben.« Mittlerweile befanden wir uns auf einem Parkplatz. Ich lenkte den Wagen in eine freie Lücke und stellte den Motor ab.

»Also, erzähl uns doch alles mal der Reihe nach«, forderte ich Stefan auf, in der Hoffnung, ein wenig Licht in seine wirren Ausführungen bringen zu können. Stefan atmete tief durch.

»Das war so«, begann er. »Nach der Arbeit bin ich zu den Ravenstedts gefahren und hab dort fast eine Stunde gewartet. Dann fand ich, daß das keinen Sinn hatte, und bin zu mir nach Hause gefahren. Ihr wolltet ja nicht, daß ich komme.« Dabei klang in seiner Stimme ein beleidigter Unterton mit. »Jedenfalls«, fuhr er fort, »hab ich noch ein paarmal bei euch angerufen. Als nie jemand abnahm, hab ich mich gefragt, wo ihr steckt. Und schließlich bin ich dann noch einmal losgefahren. Hätte ja auch sein können, daß das Telefon kaputt ist.« Hätte ja auch sein können, daß Joe und ich beschäftigt sind, dachte ich.

»Und dann?« wollte Joe wissen.

»Als ich bei Maikes Wohnung ankam, brannte Licht.« Ich horchte auf, das war allerdings seltsam. Hatte ich das Licht angelassen? »Also dachte ich, ihr wärt doch zu Hause. Und oben stand auch die Wohnungstür offen.«

»Die Tür stand offen?« wollte ich einigermaßen schockiert wissen. Stefan nickte.

»Ich hab geklingelt, und als sich keiner gemeldet hat, bin ich einfach reingegangen.«

»Und?« Der Junge machte es wirklich spannend.

»Da waren zwei Männer, die alles durchgewühlt hatten.«

»Zwei Männer? Durchgewühlt? Sag bloß, du fängst jetzt auch schon an wie Joe!« Joe stieß mir mit seinem Ellenbogen in die Rippen und brachte mich so zum Schweigen.

»Laß ihn weitererzählen!«

»Jedenfalls habe ich natürlich einen riesigen Schrecken bekommen.«

»Frag mich mal, was ich gerade hab!« erwiderte ich. Ich schluckte schwer.

»Es sah wirklich schlimm aus«, erzählte Stefan und bemühte sich, seine Ausführungen noch ein wenig schillernder zu gestalten, »überall lagen deine Sachen herum, die beiden hatten wirklich alles aus den Schränken gerissen. Ich stand wie angewachsen im Türrahmen und dachte nur: Bloß schnell weg hier.« Er strich sich nervös mit einer Hand durchs Haar. »Aber als ich mich leise umdrehen wollte, muß mich der eine von den beiden gehört haben. Blitzschnell war er bei mir und hatte mich am Wickel. Dann schrie er mich an: Wo sind die beiden, wo sind die beiden? Immer wieder schrie er das und schüttelte mich dabei.«

»Was hast du ihm gesagt?«

»Ich konnte gar nichts sagen, meine Kehle war wie zugeschnürt. Und dann kam auch noch der andere auf mich zu und sagte zu seinem Kollegen: Warte, das prügeln wir schon aus ihm raus.« Ich konnte kaum glauben, was Stefan da erzählte. Hatte Joe erst kurz zuvor zugegeben, sich seine wilde Story mehr oder weniger ausgedacht zu haben, tischte Stefan uns nun etwas auf, das noch viel unglaublicher war! Aber ein einziger Blick auf ihn genügte, um sicher zu sein, daß er die Wahrheit sagte. Der arme Junge zitterte immer noch am ganzen Leib, und auf seiner Stirn zeichneten sich Schweißperlen ab.

»Sie haben dir doch nichts getan, oder?« wollte ich besorgt wissen.

»Nein.« Er schüttelte den Kopf. »Ich konnte mich losreißen, obwohl es mir selbst ein Rätsel ist, wie. Und dann bin ich die Treppe runtergerannt. Tja, und dann habe ich glücklicherweise euch gesehen.«

Joe wirkte sichtlich irritiert. Das hätte er wohl auch nicht gedacht, daß sein Märchen so schnell Wahrheit werden würde. So etwas sollte man eben nicht heraufbeschwören.

»Möchte bloß wissen«, sinnierte ich vor mich hin, »woher die wußten, wo ich wohne.« Joe warf mir einen vorwurfsvollen Blick zu.

»Was ist denn jetzt schon wieder?« wollte ich gereizt wissen.

»Na ja«, meinte er in einem unüberhörbar ironischen Tonfall, »ich kenne da eine, die hat doch tatsächlich einen Zivildienstleistenden zu sich nach Hause bestellt.«

»Schon gut«, erwiderte ich eingeschnappt, »da bin ich eben wieder die Dumme.«

»Ist doch auch egal«, mischte Stefan sich jetzt ein. »Hauptsache, wir sind in Sicherheit.« Tatsächlich ritt Joe nicht weiter auf meinem Fauxpas herum. Statt dessen erzählte er, was wir mittlerweile herausgefunden hatten, und Stefan bekam zusehends größere Augen.

»Das ist ja ein Hammer!« kommentierte er den Bericht.

»Allerdings«, meinte Joe.

»Und wie geht es jetzt weiter?« fragte ich schließlich in die Runde. »Die Sache wird mir allmählich zu heiß.«

»Mir auch«, schloß Stefan sich an. »Vor allem nach dem, was ihr noch herausgefunden habt.«

»Wir machen weiter, ist doch klar«, stellte Joe fest.

»Du hast gut reden«, wandte ich ein, »dir haben sie ja auch nicht die Bude auseinandergenommen.«

»Wer weiß«, erwiderte Joe, »vielleicht waren sie zwischen-

zeitlich auch schon bei mir.« Nicht auszudenken, sie wären auf-
getaucht, als Joe und ich gerade am Computer saßen! Ich
konnte jedenfalls gut auf die Bekanntschaft mit solchen Leuten verzichten! Auf einmal mußte ich anfangen zu lachen.

»Was gibt's denn da zu lachen?« kam es prompt von Stefan.

»Ich weiß auch nicht«, prustete ich, »die Sache ist einfach zu
absurd! Wer hätte je gedacht, daß ich mitten in der Nacht wie
eine Irre durch Hamburg brettern würde? Noch dazu mit zwei
Kollegen, die vermutlich noch viel verrückter sind als ich.«

»Das Leben steckt eben manchmal voller Überraschungen«,
kommentierte Joe lapidar.

»Eher voller Abenteuer«, erwiderte ich.

»Meine Abenteuerlust ist jedenfalls gestillt«, kam es von der
Rückbank. »Ich will nach Hause!« Oh, der Herr Jungredakteur hatte wohl die Hosen voll.

»Nein«, meinte ich, »Joe hat recht: Wir sind schon so nah
dran, jetzt können wir unmöglich die Flinte ins Korn werfen!
Die wollen uns bloß einschüchtern!«

»Bei mir haben sie das auch erreicht«, beharrte Stefan.

»Mensch, Stefan«, gab Joe mir Schützenhilfe, »überleg doch
mal: So eine Story am Anfang deiner journalistischen Laufbahn! Das passiert dir doch nie wieder, damit kannst du Karriere machen!«

»Oder aber mich umbringen, je nachdem.« Ich konnte Stefan verstehen. Ehrlich gesagt hätte ich auch am liebsten die
Notbremse gezogen, mir ein Flugticket nach Mallorca gekauft
oder was anderes Nettes gemacht. Aber wenn wir das hier
durchzogen – mit der Geschichte könnten wir ganz groß raus-
kommen. Wettbewerb hin, Wettbewerb her, hier ging es längst
um mehr! Andererseits fand ich, daß wir Stefan auch nicht
zwingen sollten, dabeizubleiben. Anfangs hatten wir ihn
schließlich gar nicht dabeihaben wollen, und jetzt kamen wir
auch ohne ihn zurecht.

»Du mußt ja nicht mehr mitmachen, wenn du nicht willst«,
sagte ich daher. Sollte der Junge sich ruhig wieder ausklinken,
er würde schon noch genug große Geschichten in seinem Leben machen. Joe schien das anders zu sehen, er warf mir einen

Blick zu, der übersetzt ungefähr so viel hieß wie: Halt die Klappe! Wieso denn bloß? Er war doch fast ausgeflippt, als Stefan sich mit in die Sache hineinhängen wollte. Männer, die sollte einer verstehen!

»Quatsch«, meinte Joe schmeichelnd, »du gehörst doch dazu!«

»Meinst du?« sprang Stefan sofort darauf an. Dazugehören, das war wohl das Zauberwort.

»Klar!« bestätigte Joe noch einmal. »Maike und ich brauchen dich doch!« Langsam trug er doch ein bißchen dick auf. Wenn ich nur wüßte, wieso!

»Na ja«, meinte Stefan. »Wenn ihr meint ...«

»Und ob wir das meinen! Oder, Maike?« Ich beschränkte mich auf ein nicht sonderlich aussagekräftiges Schulternzukken.

»In Ordnung, ich bin noch dabei«, gab Stefan sich geschlagen.

»Gut«, freute sich Joe. »Wo wohnst du?«

»Wieso?« Langsam ahnte ich, was das alles hier sollte.

»Ja, wir müssen doch unsere Einsatzzentrale verlegen«, erklärte Joe. »Zu Maike können wir nicht zurück, und ob die Typen von vorhin nicht auch schon in meiner Wohnung waren, ist mehr als fraglich. Also müssen wir wohl zu dir.«

»Aha.« Stefan sah so aus, als würde er gerade schwer darüber nachdenken, ob es vielleicht ein Fehler gewesen war, doch nicht aus der Sache auszusteigen. Aber schließlich nannte er mir die Adresse, Barmbeker Straße. Ich ließ den Motor an und fuhr los. Wahrscheinlich wußte Stefan nicht, daß er Opfer der berühmt-berüchtigten Joe-Masche geworden war. Ich allerdings wußte es um so besser. Aber ich sagte nichts, eine Nacht im Auto stellte ich mir auch nicht gerade gemütlich vor.

Stefans »Wohnung« war, nun ja, klein. Es war auch eigentlich gar keine richtige Wohnung. Ehrlich gesagt handelte es sich vielmehr um ein zwei mal drei Meter großes Zimmer im Studentenwohnheim.

»Ist billiger«, meinte Stefan entschuldigend, als er die Tür zu seiner Parzelle aufschloß. »Ich bin ja schließlich nicht Krösus.«

»Schon gut«, beruhigte ihn Joe. »Für uns drei wird's gerade noch reichen. Als ich meinen Blick durch den Miniraum schweifen ließ, bezweifelte ich das irgendwie. Am Fenster stand ein kleiner Schreibtisch, über und über mit Zeitungen und Zeitschriften vollgemüllt, und rechts an der Wand befand sich ein neunzig Zentimeter mal zwei Meter »großes« Jugendbett aus Kiefernfurnier. Insgesamt gesehen nicht gerade einladend.

»Und wo sollen wir hier schlafen?« fragte ich ein wenig entgeistert.

»Keine Sorge«, versuchte Stefan mich zu beruhigen, »ich hab noch eine Isomatte.« Na, wunderbar!

»Also, meine Tage als Pfadfinder sind eigentlich vorbei.«

»Jetzt spiel hier mal nicht die Prinzessin auf der Erbse«, fuhr Joe mich an. »Soll ja schließlich nicht für immer sein.« Das konnte ich nur hoffen.

»Na denn«, meinte ich und ließ mich auf das Bett plumpsen. »Ihr Jungs könnt es euch ja auf der Isomatte bequem machen, ich schlafe jedenfalls hier.« Zu meiner großen Überraschung kamen keine Proteste. Stefan rollte seine Isomatte neben dem Bett aus und holte einen Schlafsack aus dem Schrank. Zehn Minuten später hatten wir alle unsere Schlafposition eingenommen. Ich mußte mir schwer das Lachen verkneifen, denn es sah einfach zu verrückt aus, wie die beiden ausgewachsenen Männer versuchten, sich ein möglichst großes Stück von Isomatte und Schlafsack zu sichern, im Endeffekt aber beide halb auf dem Boden und unbedeckt dalagen. Ich hingegen kuschelte mich behaglich in meine Bettdecke.

»Dann schlaft mal schön«, meinte ich und gab mir noch nicht einmal Mühe, einen ironischen Unterton zu vermeiden.

»Machen wir«, erwiderte Joe und drehte sich lautstark ächzend zur Seite. Vermutlich würde er morgen früh die Rückenschmerzen seines Lebens haben. Allerdings würde ich heute nacht wahrscheinlich auch kein Auge zu tun, ich war viel zu aufgeregt. Wäre ich Lehrerin geworden, hätte die größte Aufregung vermutlich darin bestanden, einem kreischenden Schüler seinen Gameboy zu entreißen. Aber ich hatte es ja selbst so gewollt. So lag ich da also. In einem Minizimmer. Im Studentenwohnheim. Neben mir auf dem Boden der Mann, den ich einerseits haßte, mit dem ich andererseits aber jetzt am liebsten herumgeknutscht oder sonst etwas gemacht hätte. Und der Ex-Redaktionsdepp, der leise, röchelnde Laute von sich gab. War das alles eigentlich noch normal?

Am nächsten Morgen wurde ich wach, weil jemand mich ziemlich fest an sich drückte. Stefan, schoß es mir durch den Kopf, hatte er sich doch tatsächlich schon wieder in mein Bett geschlichen! Ich schlug die Augen auf und wollte ihn ein Stück von mir wegschieben – aber es war nicht Stefan, sondern Joe! Ich überlegte einen kurzen Augenblick, ob ich ihn trotzdem wegschieben sollte. Am Ende rückte ich aber noch ein Stückchen an ihn heran und genoß die Nähe und Wärme. Keiner von uns wußte, wie die Sache hier ausgehen würde, da konnte ich in meinen letzten Stunden meine Anhänglichkeit ruhig voll ausleben.

Etwa eine halbe Stunde lang lag ich so da, dann wurde auch Joe wach. Er öffnete blinzelnd die Augen und sah mich dann direkt an. Ein Lächeln zeigte sich auf seinem Gesicht, das hatte ich schon lange nicht mehr gesehen. Spontan drückte ich ihm einen Kuß auf.

»He! Hier wird nicht geknutscht!« Stefan, unser Anstandswauwau, war ebenfalls wach, kniete auf der Isomatte und beobachtete uns sichtlich interessiert.

»Das war kein Knutschen«, konterte Joe, »das sieht bei mir anders aus.«

»Egal, wir sollten jedenfalls schleunigst aufstehen und uns überlegen, wie wir heute weiter vorgehen.«

»Da gibt's doch wohl nichts zu überlegen!« erwiderte Joe.

»Ach ja?« fragte ich. »Wie sieht denn dein Plan aus?«

»Ich hab letzte Nacht nachgedacht«, meinte Joe, »und es gibt eigentlich nur eine Möglichkeit: Einer von uns muß in die Klinik und sich da umsehen.« Er warf Stefan und mir erwartungsvolle Blicke zu.

»No way!« sagte Stefan.

»Vergiß es«, schloß ich mich an.

»Aber es muß sein! Wir sind an einem Punkt, wo das unumgänglich ist, wenn wir mehr herausfinden wollen.«

»Dann geh du doch«, schlug ich vor.

»Sehr witzig, das geht ja wohl schlecht. Die kennen mich doch!« meinte Joe.

»Muß ich dich daran erinnern, daß der nächtliche Besuch von diesen beiden Typen einzig und allein deiner Phantasie entsprungen ist?« Joe glaubte seine Lügengeschichten scheinbar schon selbst.

»Ähm, nein«, gab er zu. »Aber rein theoretisch könnte es doch sein, daß sie mich schon eine Weile beobachtet haben.«

»Das ist aber ziemlich theoretisch.«

»Aber auch nicht ausgeschlossen.«

»Bei mir waren sie ja auch schon«, stellte ich fest. »Außerdem kennt mich der Zivi.« Das war doch wohl ein überzeugendes Argument.

»Ist doch kein Problem«, meinte Joe. »Wir können bestimmt leicht herausfinden, wann der Dienst hat. Wenn der nach dem überraschenden Geldsegen überhaupt noch arbeitet.«

»Und was ist mit dir?« wandte ich mich hoffnungsvoll an Stefan.

»Also, ich bin ja nun ganz eindeutig der einzige, den die Schläger von Dr. Diederhoff mit Sicherheit schon einmal gesehen haben. Schließlich bin ich doch diesen zwei Typen in die Arme gelaufen. Woher sollen wir wissen, ob die nicht in der Klinik herumlungern?« Verdammt, da hatte er natürlich recht!

»Oh, nein! Das könnt ihr abhaken, da mache ich nicht mit«, weigerte ich mich, als Joe und Stefan mich erwartungsvoll anblickten.

»Aber was soll denn schon passieren?« fragte Joe. Hatte ich das nicht schon einmal gehört?

»Darüber will ich erst gar nicht nachdenken«, erwiderte ich trotzig. »Meine Antwort ist und bleibt nein!«

»Stell dich nicht so an«, kam es nun von Joe. »Man muß schon was riskieren.«

»Haha! Seit ich dich kenne, ist mein ganzes Leben ein einziges Risikospiel!«

»Du übertreibst maßlos.«

»Sehe ich anders.«

»Ich nicht.«

»Interessiert mich nicht.«

»Maike, bitte!«

»Nein!«

»Du mußt es tun!«

»Nein, nein, niemals und nein!«

Keine zwanzig Minuten später saßen Joe und ich im Auto und waren unterwegs zur Klinik. Stefan wollte sich in der Zwischenzeit wieder vor dem Haus der Ravenstedts aufbauen. Wieso war ich eigentlich immer diejenige, die die undankbarsten Rollen aufgedrückt bekam?

In die Höhle des Löwen   Es war offenbar unumgänglich: Ich mußte in die Klinik. Joe hatte dort angerufen und sich nach Frederik erkundigt. Tatsächlich teilte man ihm mit, daß der Junge nicht mehr dort tätig war. Vermutlich hatte er sich sein Wissen mit einer Bescheinigung über den vollständig abgeleisteten Zivildienst bezahlen lassen. Pech für mich – nun gab es keinen Grund mehr für einen Rückzieher.

»Das Einfachste ist«, dozierte Joe, während ich durch Pöseldorf fuhr, »du tust so, als würdest du jemanden besuchen wollen.«

»Ach?« meinte ich ironisch. »Ich dachte, ich gehe da rein und sage: Hände hoch, wir wissen, was gespielt wird!«

»Ich will dir doch nur helfen«, gab Joe beleidigt zurück.

»Du hast mir schon mehr als genug geholfen, indem du mich in die ganze Sache hineingezogen hast.«

»Moment mal!« kam es empört. »Du wolltest doch hineingezogen werden.«

»In Ordnung«, wehrte ich ab, »laß uns nicht streiten. Was soll ich also tun?«

»Ich hab mir folgendes überlegt: Wir haben doch die Liste mit den Patienten.« Joe hatte den Stapel auf seinem Schoß liegen. »Da suchen wir uns einen hübschen Namen heraus, und dann sagst du dem Pförtner einfach, daß du den besuchen willst.«

»Klingt gut.« War jedenfalls besser, als nach einem Herrn Schmidt oder so zu fragen und dann zu hoffen, daß zufälligerweise ein Herr Schmidt in der Klinik lag.

»Was hältst du von Heinz Papendorf?«

»Nee«, meinte ich, »so einen will ich nicht besuchen.«

»Schade, der ist erst vor fünf Tagen in die Klinik gekommen. Da ist die Wahrscheinlichkeit groß, daß er auch noch da ist.«

»Okay«, gab ich mich geschlagen, »besuche ich eben Heinz Pappendorf.«

»Papendorf«, verbesserte Joe mich.

»Von mir aus auch den.«

Als ich mein Auto vor der Klinik parkte, war mir mehr als mulmig.

»Also, komm!« forderte Joe mich auf, als ich keine Anstalten machte, den Wagen zu verlassen.

»Ich weiß nicht«, sagte ich und versuchte einen letzten Rückzieher. »Ist das wirklich nötig?«

»Das ist es«, erwiderte Joe unbarmherzig, »du willst doch auch herausfinden, was hier gespielt wird, oder?«

»Nicht um jeden Preis«, antwortete ich und blieb weiter stur sitzen.

»Paß auf«, meinte Joe, »wir machen folgendes.« Er kramte in seiner Jackentasche herum, zog schließlich sein Handy hervor und gab es mir. »Wenn es irgendwie brenzlig werden sollte, rufst du mich einfach an. Dann komme ich sofort in die Klinik und hole dich da raus.« Ich starrte auf das Mobiltelefon in meiner Hand.

»Aber Joe, *wo* soll ich dich denn anrufen, wenn ich dein Handy habe?« Das war ja mal wieder eine tolle Idee von ihm!

»Ähm, stimmt.« Joe wirkte für einen Augenblick etwas ratlos. Dann blickte er sich suchend um. »Da vorne«, meinte er dann und deutete nach rechts. Ich folgte seinem Fingerzeig und entdeckte eine Telefonzelle. »Laß uns mal nachsehen, ob man dort angerufen werden kann.« Schicksalsergeben stieg ich aus und folgte ihm.

»Bingo!« rief Joe aus, nachdem er die Telefonzelle inspiziert hatte. »Da ist eine Rufnummer angegeben.« Das hatte ich befürchtet. Joe nahm mir das Handy aus der Hand, wählte die Nummer und wartete. Zwei Sekunden später klingelte es in der Zelle.

»Da gibt es aber noch ein Problem!« Mir war der rettende Gedanke gekommen, mit dem ich vielleicht doch noch um diese Kliniknummer herumkommen konnte.

»Das wäre?«

»Sollte mich tatsächlich jemand aufgreifen, wie stellst du dir das dann vor? Ich kann doch wohl schlecht das Handy rausholen und sagen: Moment, ich muß mal eben kurz telefonieren.«

»Auch für dieses Problem habe ich eine Lösung!« strahlte

Joe. Als wenn ich es geahnt hätte! »Das Telefon hat eine Notruffunktion!«

»Und was heißt das?«

»Ganz einfach: Hier, die große Taste oben rechts«, er hielt mir das Handy unter die Nase und deutete auf eine rote Taste, »da ist normalerweise die Nummer vom Notruf eingespeichert.«

»Aha.«

»Und wenn man die lange genug drückt, wird man automatisch verbunden. Ich kann aber auch eine andere Nummer einspei·chern.« Er fing wieder an, auf den Tasten herumzudrücken. »Ich speicher jetzt einfach die Nummer der Telefonzelle, und wenn du in Gefahr bist, kannst du heimlich in der Jackentasche auf die Taste drücken, das merkt kein Mensch! Sobald es klingelt, düse ich los.« Hm, klang ganz gut.

»In Ordnung«, gab ich mich geschlagen und steckte das Handy in meine Jackentasche. »Aber du weichst nicht von der Stelle, damit das klar ist.« Joe lachte.

»Zur Not übernachte ich hier«, versprach er. »Bleibt nur zu hoffen … Ach, Unsinn.«

»Was bleibt zu hoffen?«

»Ist nicht so wichtig.«

»Nun sag schon!«

»Na ja, bleibt zu hoffen«, er grinste breit, »daß du mit dem Handy in der Klinik auch Empfang hast.«

»Joe!« Ich wollte auf ihn losgehen. Er hob abwehrend die Hände.

»War nur ein Scherz, bisher hatte ich so gut wie überall Empfang!« Ob das stimmte, wer konnte das schon sagen?

»Gut, dann gehe ich jetzt in die Klinik.« Ich wollte mich zum Gehen wenden, aber dann drehte ich mich noch einmal zu Joe um. »Joe?«

»Ja.«

»Ich hab ein bißchen Angst.« Dazu hatte ich ja wohl das Recht, oder? Joe nahm mich in den Arm und drückte mich.

»Das brauchst du nicht.« Er blickte mich aufmunternd an. »Ich bin bei dir, ich verspreche es.« Auch wenn ich bisher auf

Joes Versprechen nicht allzuviel hatte geben können, fühlte ich mich besser, als ich auf den Eingang der Klinik zuging.

»Guten Tag. Ich möchte Herrn Papendorf besuchen.« Der Pförtner warf mir einen desinteressierten Blick zu.

»Papendorf?« Ich nickte. Er hantierte an seinem Computer herum. »Zimmer 316, dritter Stock. Der Aufzug ist vorne rechts.«

»Danke«, meinte ich freundlich und ging am Empfang vorbei. Bis hierhin hatte ja alles geklappt, hoffentlich ging das so weiter!

Als ich um die Ecke gebogen war und der Pförtner mich nicht mehr sehen konnte, blieb ich stehen, um einen Augenblick nachzudenken. Wo sollte ich mich nun als erstes umsehen? Herrn Papendorf wollte ich jedenfalls nicht besuchen. Vor dem Aufzug fand ich eine Tafel mit den einzelnen Abteilungen: Ambulanz, Röntgen, Notaufnahme … Das schien alles nicht das Richtige zu sein. Andererseits hatte ich nicht die geringste Ahnung, wonach ich überhaupt suchen sollte. Im großen und ganzen sah es hier aus wie in einer stinknormalen Klinik. Ein bißchen schicker vielleicht, aber das war es auch schon. Doch dann entdeckte ich auf der Tafel etwas Interessantes: Labor, UG. Labor klang gut, schließlich ging es vermutlich um Experimente. Mich schauderte ein wenig. Daß das Labor ausgerechnet im Keller sein mußte …

Ich stieg in den Fahrstuhl, um nach unten zu fahren. Allerdings mußte ich zu meiner Enttäuschung feststellen, daß der Knopf für das Kellergeschoß durch ein Schloß gesichert war. Offensichtlich kam man nur mit einem passenden Schlüssel in den Keller. Das machte alles natürlich ein wenig komplizierter – aber gleichzeitig auch noch viel interessanter. Wenn nicht jeder einfach in den Keller durfte, war es nur logisch, daß sich dort etwas befand, was nicht jeder sehen sollte!

Ich stieg wieder aus dem Fahrstuhl und sah mich nach einer anderen Möglichkeit um, in die Kellerräume zu kommen. Irgendwo mußte doch ein Treppenhaus sein, vielleicht hatte ich dort mehr Glück. Ich ging den Gang ein Stück entlang und fand tatsächlich eine Tür mit der Aufschrift »Treppe«. Sie war nicht verschlossen. Schnell eilte ich die Stufen zum Kellergeschoß hinunter. Große Hoffnung hatte ich nicht, wahrscheinlich würde ich hier nur auf eine verschlossene Tür stoßen. Ich ruckelte an der Tür – und sie öffnete sich. Bevor ich in den Gang hinaustrat, holte ich schnell noch einmal das Handy aus der Tasche. Sehr gut, ich hatte noch immer Empfang. Ich steckte das Telefon wieder weg und lugte vorsichtig durch die Tür. Auch hier meterlange Gänge, weit und breit kein Mensch in Sicht. Also los, Maike, machte ich mir selbst Mut, sieh dich in aller Ruhe um.

Die meisten der Türen waren nicht beschriftet. Vorsichtig drückte ich die eine oder andere Klinke hinunter, aber keine der Türen öffnete sich. Am Ende des Ganges erreichte ich eine große Glaswand. Dahinter befand sich ein Fitneßraum, in dem es vom Laufband bis hin zum Stairmaster alles gab, was das Sportlerherz begehrte. Tatsächlich ganz schön nobel hier, dachte ich, von dieser Ausstattung kann so manches Luxushotel nur träumen. Leise schlich ich weiter und bog um die Ecke. Hier standen auf der rechten Seite mehrere Glasvitrinen. Neugierig nahm ich sie genauer in Augenschein. Sie enthielten Pokale und Urkunden, alle ausgestellt auf den Namen Diederhoff. Offensichtlich war unser Onkel Doktor in jüngeren Jahren ziemlich sportlich gewesen, in einer Vitrine stand sogar eine Trophäe von den Deutschen Meisterschaften im Zehnkampf. Zwar aus dem Jahr 1972, aber immerhin hatte Dr. Diederhoff den dritten Platz errungen. Wenn ich daran dachte, daß ich immer schon fix und fertig war, wenn ich zwei Einkaufstüten in meine Wohnung hochtragen mußte …

Rechts hinter den Vitrinen ging ein kleinerer Flur ab. Dort befanden sich drei Türen. Zwei davon schienen mir nicht weiter interessant, die dritte dafür um so mehr: »Privat, Zutritt verboten!« war darauf zu lesen. Wenn das nicht fast eine Einladung war! Ich ruckelte an der Tür, aber wie zu erwarten tat sich nichts. Es war wohl zwecklos, hier weiter herumzusuchen, also beschloß ich, die Klinik wieder zu verlassen und Joe von meiner kleinen Erkundungstour zu erzählen. Viel hatte ich zwar nicht herausgefunden, aber was hatte ich auch erwartet?

»Können Sie mir sagen, was Sie hier unten suchen?« Die Stimme, die hinter mir erklang, ließ mir das Blut in den Adern gefrieren. Erschrocken fuhr ich herum und stand – vor Dr. Diederhoff. Zwar hatte ich ihn nur einmal kurz im Fernsehen gesehen, aber das war er, ohne Zweifel. Vermutlich war er aus dem kleinen Gang gekommen, in dem ich Sekunden zuvor die Türen inspiziert hatte.

»Äh«, brachte ich hervor und spürte, wie mir der Angstschweiß ausbrach. Ausgerechnet er mußte mich hier aufgreifen! Im ersten Augenblick wollte ich in die Tasche greifen und auf das Handy drücken, aber dann war ich mir nicht sicher, ob das die schlaueste Idee war. Vielleicht kam ich ja noch anders aus der Situation heraus.

»Also, was haben Sie hier zu suchen?« wiederholte Dr. Diederhoff und trat einen Schritt auf mich zu. Sah gar nicht freundlich aus, der Onkel Doktor.

»Ich, also, ähm … Blumen!«

»Blumen?« fragte Dr. Diederhoff verständnislos.

»Ja, ich …«, ich lachte etwas nervös, »ich … ich wollte jemanden besuchen, und da wollte ich doch noch Blumen mitbringen. Und es gibt doch in jedem Krankenhaus einen Blumenladen, nicht wahr?« Gut gemacht, Maike! Dr. Diederhoff sah noch immer mißtrauisch aus.

»Und da haben Sie hier unten nach einem Blumengeschäft gesucht?«

»Genau!« Ich fand, daß das gar nicht so unlogisch klang. Blieb zu hoffen, daß Dr. Diederhoff das auch fand.

»Wir haben hier einen kleinen Blumenladen, allerdings im Erdgeschoß.« Puh, er schien es zu schlucken. »Kommen Sie, ich bringe Sie hin.« Das mußte ja nun nicht sein.

»Oh, nein, danke, ich finde das schon selbst«, erwiderte ich schnell und wollte mich umdrehen.

»Aber, aber«, meinte Dr. Diederhoff lächelnd und kam noch einen Schritt auf mich zu, »ich bestehe darauf.« So konnte ich nichts tun, als mich von ihm zum Aufzug führen zu lassen. Mit seinem Schlüssel rief er den Fahrstuhl und schob mich freundlich, aber bestimmt hinein.

»Zu wem wollen Sie denn eigentlich?« fragte er, als sich die Türen schlossen.

»Zu, ähm ...« Himmel wie hieß der noch? Pappenheimer? Pappmann? Denk nach, Maike, vorhin wußtest du es doch noch! »Zu Herrn Papendorf«, stieß ich hervor, glücklich, daß mir der Name wieder eingefallen war. »Auf Zimmer 316«, fügte ich hinzu. Jetzt schien Dr. Diederhoff vollends beruhigt, der mißtrauische Ausdruck war aus seinem Gesicht gewichen.

»Sind Sie eine Verwandte?« wollte Dr. Diederhoff dann wissen. Was sollte ich nun darauf sagen? Bei meinem Glück sagte ich »ja«, und Herr Papendorf hatte Dr. Diederhoff und seiner Belegschaft schon vorgejammert, daß er niemanden mehr auf der Welt hatte. Das war zu gefährlich, also sagte ich nein.

»Aha, dann sind sie wohl eine ... Freundin?« Dabei musterte mich Dr. Diederhoff mit einem Blick, der keinen Zweifel daran ließ, an was für eine Art von »Freundin« er dachte. Aber jetzt war nicht der richtige Zeitpunkt, an Ruf und Ehre zu denken.

»Ja«, meinte ich daher, »eine Freundin.«

Beim Blumenladen angekommen, wollte ich mich nun endgültig von Dr. Diederhoff verabschieden, so angenehm war mir seine Gesellschaft nun auch wieder nicht.

»Tja, also dann, vielen Dank!«

»Holen Sie nur Ihre Blumen, ich warte hier auf Sie.« Mein Gott, was war der anhänglich! War er etwa doch noch mißtrauisch?

»Das ist aber wirklich nicht nötig. Ich möchte auch nicht länger Ihre kostbare Zeit in Anspruch nehmen«, versuchte ich ihn loszuwerden. Zwecklos, er verschränkte die Arme und lächelte stoisch.

»Das überlassen Sie mal mir.« Also mußte ich wohl oder übel ein paar Blümchen kaufen. Im Laden mußte ich allerdings zu meinem Entsetzen feststellen, daß ich nur noch ein Fünfmarkstück in meiner Hosentasche hatte. Damit konnte ich nun wirklich keinen Staat machen. Aber immerhin bekam ich eine einzelne rote Rose dafür.

»Wie ich sehe, haben Sie etwas Passendes gefunden«, meinte Dr. Diederhoff prompt, als ich aus dem Laden kam.

»Ja«, erwiderte ich, »ich werd dann mal hochfahren.« Mit diesen Worten ging ich in Richtung Aufzug, aber Dr. Diederhoff wich nicht von meiner Seite.

»Sie brauchen mich wirklich nicht hinzubringen.« Irgendwie mußte ich ihn doch loswerden!

»Ich muß sowieso in den dritten Stock.« Also standen wir zwei Minuten später wieder zusammen im Aufzug, Fahrstuhl zum Schafott sozusagen. Langsam wurde die Situation doch ein bißchen brenzlig, wie sollte ich nur wieder heil herauskommen? Oben im Flur faßte Dr. Diederhoff mich am Arm und zog mich nach rechts.

»Hier geht's lang.« Vielleicht war jetzt doch der richtige Zeitpunkt gekommen, um den Knopf an Joes Handy zu drükken? Dr. Diederhoff schob mich weiter den Flur entlang, was sollte ich bloß tun?

»So, da wären wir.« Dr. Diederhoff blieb vor Zimmer 316 stehen und drückte die Klinke hinunter. Gleich würde ich Herrn Papendorf gegenüberstehen, einem völlig Fremden, und alles würde auffliegen! Ich tastete in meiner Tasche nach dem Telefon und ging in Startposition. Dr. Diederhoff zog mich ins Zimmer, ich schloß die Augen und wartete darauf, daß nun gleich jemand einen Ausdruck der Verwunderung äußern würde. Aber nichts geschah. Ich öffnete die Augen wieder. Dr. Diederhoff und ich standen in einem großen, weißen Zimmer. Im Bett am Fenster lag ein älterer Herr – und schlummerte friedlich.

»Oh«, entfuhr es mir erleichtert, »er schläft.«

»Ich werde ihn für Sie aufwecken«, meinte Dr. Diederhoff und ging auf das Bett zu. Blitzschnell krallte ich meine Hand in seinen Oberarm und hielt ihn fest.

»Ach, er mag es gar nicht, wenn man ihn aufweckt.« Dr. Diederhoff blieb stehen.

»Aber für eine Frau wie Sie läßt man sich bestimmt gern wecken.« Ein echter Charmeur, der Doktor.

»Bestimmt nicht«, erwiderte ich lächelnd. »Glauben Sie mir«, betonte ich noch einmal und fügte dann süffisant hinzu: »Ich kenne ihn schließlich gut genug.«

»Wie Sie meinen.« Beinahe hätte ich einen Stoßseufzer der

Erleichterung von mir gegeben, das hier war ja gerade noch einmal gut gegangen!

»Ich komme dann einfach morgen wieder«, flötete ich und beeilte mich, das Zimmer zu verlassen, bevor mein lieber Freund Papendorf doch noch aufwachte. In Windeseile war ich beim Aufzug angelangt, ich wollte nur noch raus hier!

Draußen konnte ich schon aus der Ferne erkennen, daß sich mehrere Menschen vor der Telefonzelle versammelt hatten. Lautes Gepöbel war zu hören.

»Komm raus da!« schrie gerade ein junger Mann, als ich die Zelle erreichte. Joe hielt die Tür von innen fest.

»Eine Unverschämtheit«, kreischte eine ältere Dame jetzt, »er telefoniert ja noch nicht einmal!«

»Verzeihung«, meinte ich und bahnte mir meinen Weg durch die tobende Menge, »darf ich mal?« Als Joe mich sah, trat ein erleichterter Ausdruck auf sein Gesicht. Er öffnete die Tür und kam heraus.

»Sie, Sie!« wollte sich die ältere Dame auf ihn stürzen.

»Hier, bitte, für Sie.« Ich drückte der verdutzten Dame die rote Rose in die Hand. »Wissen Sie«, erklärte ich dann, »mein Freund leidet unter Agoraphobie. Ich mußte ihn schon öfter aus Telefonzellen befreien.« Unter den verständnisvollen, mitleidigen Blicken der Anwesenden zogen Joe und ich ab.

»Puh«, meinte Joe, als wir wieder im Auto saßen, »ich dachte schon, die lynchen mich.«

»Da hab ich dich wohl gerade noch einmal gerettet«, meinte ich scherzhaft.

»Das kann man wohl sagen. Ich dachte die ganze Zeit nur: Hoffentlich kriegen die die Tür nicht auf! Ich mußte doch beim Telefon bleiben.« Ich gab ihm sein Handy zurück.

»Ist ja noch einmal gutgegangen.

»Ja«, Joe grinste schief, »und du bist auch wieder wohlbehalten zurückgekehrt.«

»Stimmt«, meinte ich, »aber ich war auch ziemlich in Bedrängnis.«

»Wieso?«

»Erzähl ich dir gleich, laß uns lieber erst einmal sehen, daß wir hier wegkommen.«

Stefan war auch schon wieder zu Hause, als wir beim Studentenwohnheim ankamen. Die Ravenstedts hatte er noch immer nicht angetroffen.

»So ein Ärger«, meinte ich, »wo sind die bloß?« Stefan zuckte mit den Schultern.

»Vielleicht im Urlaub, was weiß ich. Wie war's denn nun in der Klinik?« Schnell erzählte ich Joe und Stefan, was ich gesehen hatte.

»Ist ja nicht gerade viel«, stellte Joe enttäuscht fest.

»Ich weiß«, gab ich zu, »aber immerhin scheint es im Keller etwas Interessantes zu geben. Dr. Diederhoff wirkte jedenfalls mehr als ungehalten. Ich sag euch, der hat was zu verbergen!«

»Das ist sowieso klar«, meinte Joe, »aber wie gehen wir jetzt weiter vor?«

»Es gibt nur eine Möglichkeit«, antwortete ich, »wir müssen noch einmal in die Klinik. Heute nacht.«

»Wer ist wir?« wollte Stefan sofort wissen.

»Keine Sorge«, beruhigte ich ihn, »ich meine Joe und mich. Du mußt weiter deinen Posten bei den Ravenstedts beziehen.« Stefan grinste, so gefiel ihm das.

»Aber ich kann nicht in die Klinik«, warf Joe nun ein. »Die kennen mich vielleicht.«

»Wenn wir dabei erwischt werden, wie wir versuchen, in einen der Kellerräume zu kommen, ist es egal, ob man uns kennt oder nicht. Dann sind wir sowieso dran.«

»Na, toll!«

»Joe, sei nicht so ein Angsthase«, meinte ich, »wir machen das schon.«

»Wenn du meinst.« Ich wußte selbst nicht, woher ich den Mut nahm, aber ich war plötzlich wild entschlossen, der Sache auf den Grund zu gehen.

Als wir wieder bei der Klinik ankamen, war es bereits stockdunkel. Angesichts der Situation wünschte ich mir plötzlich, den Mund nicht so voll genommen zu haben. Mit einem Mal war ich gar nicht mehr so erpicht darauf, hier durch dunkle Gänge zu schleichen.

»In Ordnung«, meinte ich betont optimistisch, »dann laß uns loslegen.« Joe und ich stiegen aus dem Auto und marschierten in Richtung Klinik.

»Ich sag's nur ungern«, meinte Joe auf dem Weg, »aber mir ist schon etwas mulmig.« Ich griff nach seiner Hand und drückte sie.

»Keine Sorge, ich bin ja bei dir.« Dabei warf ich Joe ein verschmitztes Lächeln zu. Jetzt mußte auch er lächeln.

»Kommt mir bekannt vor, der Satz.«

Im Eingangsbereich der Klinik brannte Licht, ich konnte schemenhaft eine Gestalt erkennen.

»So ein Mist«, meinte Joe, »der Empfang ist rund um die Uhr besetzt. Wie wollen wir da vorbeikommen?«

»Laß mich mal überlegen.« Ich dachte einen Augenblick nach. »Ist wohl nicht die richtige Uhrzeit, um Herrn Papendorf noch einen Besuch abzustatten, wie?«

»Wohl kaum.«

»Dann müssen wir uns wohl etwas anderes einfallen lassen.«

»Schnell, schnell, meine Frau!« Joe schrie sich fast die Seele aus dem Leib. Ich lag schlaff in seinen Armen und gab mir jede nur erdenkliche Mühe, ohnmächtig auszusehen. »Wo geht's zur Notaufnahme?« rief Joe.

»Vorne rechts, den Gang entlang bis zum Ende und dann durch die Glastür«, hörte ich den Pförtner aufgeregt antworten. Joe düste los, ich blinzelte und sah, wie der Mann am Empfang zum Telefonhörer griff. »Ich rufe den diensthabenden Arzt«, rief er uns nach, »er wird sofort da sein.« Joe peste mit mir auf dem Arm um die Ecke. Als wir außer Sichtweite waren, ließ er mich heruntergleiten. So, wir waren in der Klinik. Jetzt mußten wir uns beeilen. Sobald sich herausstellte, daß der »Notfall« verschwunden war, würden sie uns mit Sicherheit suchen.

»Hier entlang«, zischte ich Joe zu und zerrte ihn ins Treppenhaus. Wir stürmten die Stufen hinunter und rissen die Tür zum Gang auf. Hier unten war alles ruhig. Ruhig und stockdunkel. Ich wußte natürlich, daß das Unsinn war, aber ich hätte schwören können, daß mein Herz richtig laut pochte, als Joe und ich den Flur entlangschlichen. Als sich im Gang plötzlich direkt vor uns eine Tür öffnete, hätte ich vor lauter Schreck beinahe laut aufgeschrien. Blitzschnell zog Joe mich in eine dunkle Ecke und legte seine Arme um mich. Jetzt schlug mein Herz noch lauter. Aus der Tür kam eine Krankenschwester. Der Lichtstrahl, der aus dem erleuchteten Zimmer fiel, endete ganz knapp vor Joes und meinen Füßen. Unwillkürlich klammerte ich mich noch fester an ihn. Jetzt ist es aus, dachte ich, gleich haben sie uns. Die Schwester ging in ein anderes Zimmer, rumorte dort ein Weile herum und kehrte dann in den Raum zurück, aus dem sie gekommen war. Als sie die Tür wieder schloß, fiel mir ein Stein vom Herzen.

»Das war knapp«, flüsterte ich. Joe nahm mich bei der Hand.

»Los, weiter!«

Eine halbe Ewigkeit später erreichten wir den Fitneßraum, dann die Vitrinen und schließlich die Tür mit der Aufschrift »Privat. Zutritt verboten!«.

»Hier ist es«, flüsterte ich. Joe machte sich an der Tür zu schaffen. Zwar hatte er bei seiner eigenen Wohnung schon eindrucksvoll unter Beweis gestellt, daß er durchaus über Einbrecherqualitäten verfügte, aber diese Tür war bestimmt nicht leicht zu öffnen.

Sie war leicht zu öffnen. Joe und ich huschten hinein.

»Tja«, meinte Joe, nachdem er die Tür geschlossen und das Licht angeknipst hatte, »Wissenschaftler erforschen die unmöglichsten Dinge, aber wie man eine Tür anständig sichert, wissen sie nicht.«

Hinter der Tür befand sich ein Büro. Es machte einen ganz normalen Eindruck. Ein großer Schreibtisch, darauf mehrere Papierstapel, und an den Wänden große Plakate mit verschiedenen menschlichen Körperteilen. Auf dem Schreibtisch stand ein Computer, rechts an der Wand befanden sich zwei große Metallaktenschränke.

»Dann wollen wir mal«, sagte Joe und schaltete den Computer ein. Der fragte natürlich sofort nach einem Paßwort. »Schade«, stellte Joe fest, »das wäre auch zu einfach gewesen.« Lustlos hackte er ein paar Begriffe wie »Experiment« und »Helsinki« ein und drückte danach auf »Enter«. Aber nichts passierte. Das heißt, nach dem dritten Mal passierte schon etwas: Der Computer stürzte ab.

»Mehr als ausprobieren konnte ich ja auch nicht!« meinte Joe.

»Dann wollen wir nur hoffen, daß der Computer jetzt nicht einen Alarm oder so auslöst und hier gleich der Pförtner in der Tür steht.«

»Unsinn, du liest zu viele schlechte Krimis«, behauptete Joe.

Da der Computer uns nicht weiterhalf, wühlten wir ein bißchen in den Unterlagen auf dem Schreibtisch herum. Doch auch da war natürlich Fehlanzeige, es schien sich dabei vor allem um Privatsachen von Dr. Diederhoff zu handeln.

»Hätte mich auch gewundert, wenn er irgendwelche geheimen Unterlagen offen auf dem Schreibtisch herumliegen ließe«, meinte ich. »Wenn du mich fragst, bleiben uns nur noch die Aktenschränke.« Auch die bekam Joe kinderleicht auf. Langsam fragte ich mich wirklich, ob er vor seiner Karriere als Journalist in einem anderen Bereich tätig gewesen war.

Dr. Diederhoff war ein ordentlicher Mensch, das mußte man ihm lassen. Unterlagen für die Steuer, Versicherungen, Schriftverkehr – alles schön übersichtlich alphabetisch sortiert in Hängeordnern. Nur etwas über Experimente war nicht dabei.

»Hier ist nichts«, stellte Joe fest, »der hat den Kram bestimmt zu Hause.«

»Hoffentlich nicht, da wäre unsere Aktion ja völlig umsonst gewesen.«

»So leid es mir tut, war sie das wohl. Komm, laß uns abhauen. Vielleicht hat Stefan ja mittlerweile die Ravenstedts angetroffen.«

»Einen Moment noch«, erwiderte ich, »ich hab da so ein Gefühl.« Ich betrachtete die Aktenschränke ein bißchen genauer, irgend etwas daran kam mir komisch vor.

»Aha, dein Gefühl.«

»Ja, es sagt mir, daß hier noch etwas ist.«

»Dann sagt es dir hoffentlich auch bald, *wo* es ist!«

»Jetzt sei mal ruhig!« Ich zog noch einmal die oberste Schublade des Aktenschrankes auf. Das war doch merkwürdig! Ich stellte mich neben den Schrank und betrachtete ihn von der Seite. »Fällt dir was auf, Joe?« wollte ich dann wissen.

»Was soll mir denn da auffallen?«

»Stell dich mal neben mich.« Er tat, was ich sagte und betrachtete den Aktenschrank nun von der Seite.

»Wahnsinnig interessant, diese Perspektive«, meinte er ironisch.

»Guck doch mal genau hin!«

»Der Schrank ist ja fast doppelt so tief wie die Schublade!« stellte Joe überrascht fest.

»Genau das meine ich. Komm, hilf mir mal.« Gemeinsam zogen wir die Schublade so weit heraus, daß sie ihre Fassung in der Schiene verlor. Wir stellten sie auf dem Boden ab. Dann griff ich noch einmal in den Schrank.

»Das hab ich mir fast gedacht«, meinte ich und zog dabei eine weitere Schublade heraus. Ein triumphierendes Lächeln machte sich auf meinem Gesicht breit.

»Ich hab's doch gewußt!«

»Tatsächlich.« Joe versuchte zwar, die Bewunderung in seiner Stimme zu überspielen, aber es gelang ihm nicht ganz. »Wie bist du nur auf diese Idee gekommen?«

»Tja«, meinte ich, »das hab ich mal in einem Krimi gelesen. In einem ziemlich schlechten, wohlgemerkt.« Neugierig machten wir uns daran, die Ordner aus der versteckten Schublade genauer unter die Lupe zu nehmen. Hier bewahrte Dr. Diederhoff eindeutig medizinische Unterlagen auf, schon im ersten Ordner fanden wir zahlreiche Röntgenbilder und merkwürdige Diagramme.

»Das sind EKGs«, stellte Joe mit einem Blick auf die Diagramme fachmännisch fest.

»Woher weißt du das?«

»Steht drauf.« Na, das hätte ich auch gekonnt!

»Laß uns mal nachsehen, ob hinter den anderen Schubladen auch noch Geheimfächer sind.« Wir zogen alle Schubladen heraus und wurden tatsächlich fündig.

»Da, sieh mal«, rief ich aufgeregt, »da ist ein Ordner mit dem Namen Nikolas Ravenstedt!« Wieder drei Röntgenbilder und EKGs. Da wir aus den EKGs ohnehin nicht schlau wurden, knöpften wir uns die Röntgenbilder vor. An der Wand hing ein Leuchtkasten, mit dessen Hilfe wir mehr erkennen konnten. Wir hängten die Aufnahmen schön nebeneinander auf.

»Was das wohl ist?« fragte ich und starrte auf einen dunklen Fleck, der mit Adern durchzogen war. Auf allen drei Röntgenbildern war er zu sehen, links daneben stand jeweils ein Datum. Die Aufnahmen waren im Abstand von jeweils einem Monat entstanden.

»Was auch immer es ist, es hat sich vergrößert«, stellte Joe fest. Er hatte recht, der Fleck hatte von Aufnahme zu Aufnahme an Größe dazugewonnen.

»Offensichtlich handelt es sich um ein menschliches Organ«, mutmaßte ich. »Schade, daß vom restlichen Körper so wenig zu sehen ist, sonst hätten wir erkennen können, wo es sitzt.«

»Ein Organ, das größer wird«, überlegte Joe. »Leber, Lunge, Niere ...«

»Es ist das Herz«, erklang plötzlich eine Stimme hinter uns.

Alles hat ein Ende Irgendwie hatte ich von dem Augenblick an, als ich mich darauf eingelassen hatte, mit Joe zusammenzuarbeiten, gewußt, daß es böse enden würde. Nun hatte ich den Beweis für meine dunkle Ahnung. Vor uns im Büro stand Dr. Diederhoff himself, links und rechts von ihm zwei nicht gerade freundlich dreinblickende Muskelprotze.

»Da haben wir ja die Freundin von Herrn Papendorf«, stellte Dr. Diederhoff mit einem Blick auf mich fest. »Allerdings hatte ich schon vermutet, daß Sie hier eigentlich etwas ganz anderes wollten. Und wie ich sehe, haben Sie auch gleich Ihren Kollegen mitgebracht, wie schön!« Joe und ich standen da wie gelähmt, keiner von uns brachte auch nur einen Ton heraus. »Ich wußte«, fuhr Dr. Diederhoff weiter fort, »daß Sie beide über kurz oder lang hier auftauchen würden. Ich mußte einfach nur warten.«

»Wir wissen, was hier gespielt wird«, fand Joe nun endlich seine Sprache wieder. Dr. Diederhoff lachte.

»So? Wissen Sie das?«

»Wir wissen, daß Sie mit ihren Patienten illegale Experimente durchgeführt haben!« schleuderte Joe ihm nun entgegen. Wieder lachte Dr. Diederhoff auf.

»Illegal, was heißt das schon? Im Leben ist alles eine Kosten-Nutzen-Rechnung.«

»Ach?« meinte ich nun erstaunt, »ob das Nikolas Ravenstedt genauso gesehen hätte?« Dr. Diederhoff ging zu dem Leuchtkasten, an dem immer noch die Röntgenbilder hingen.

»Das mit Nikolas war ein bedauerlicher Unfall«, begann er. »Sehen Sie selbst: Diese drei Röntgenbilder zeigen das Wachstum seines Herzens in einem Zeitraum von drei Monaten.« Er fuhr mit seinem Zeigefinger an den äußeren Linien des Organs entlang. »Es ist phänomenal! Mehrere Zentimeter in nur wenigen Monaten! Für solch ein Wachstum brauchen Hochleistungssportler viele Jahre hartes Training. Ich hingegen habe ein Medikament entwickelt, das das gleiche Ergebnis schon nach wenigen Wochen liefert. Und das hier«, meinte er und griff nach der Mappe, in der sich die EKGs befanden, »sind die Leistungs-EKGs von Nikolas Ravenstedt. Auch hier eine enorme Entwicklung!« Ein fanatischer Ausdruck trat in seine Augen.

»Tja«, sagte Joe, »aber eines Tages ist er dann tot umgefallen.«

»Das bedaure ich, wie gesagt, sehr. Möglich, daß er aufgrund seines früheren Drogenkonsums der Testreihe irgendwann nicht mehr gewachsen war. Junge Menschen sollten mit ihrem Körper eben besser umgehen.«

»Besser umgehen?« regte ich mich auf. »Sie waren es doch, der ihm die tödlichen Mittelchen verabreicht hat!«

»Bitte, bitte«, wehrte Dr. Diederhoff ab, »etwas mehr Sachlichkeit!« Der Mann war tatsächlich verrückt. »Ich bin mit meinen Forschungen fast am Ziel. Zehn Jahre hat es gedauert, bis ich das Mittel entwickelt hatte. Mit diesem Medikament wird es möglich sein, mittelmäßige Sportler zu Spitzenathleten zu machen, und zwar in kürzester Zeit. Und im Gegensatz zu anderen Dopingmitteln kann man das Medikament später nicht mehr nachweisen!« Er gab ein irres Lachen von sich, langsam wurde er mir richtig unheimlich.

»Und Sie können dann damit einen finanziellen Reibach machen«, stellte Joe fest. Dr. Diederhoffs Miene wurde ernst.

»Es ging mir nie ums Geld«, behauptete er, »meine Forschungen dienen dem Wohl der Menschheit.«

»Sie wollen Spitzensportler züchten, gehen dabei über Leichen, und das soll zum Wohl der Menschheit sein?« fragte ich entsetzt.

»Ich gebe drittklassigen Sportlern die Möglichkeit, mehr zu leisten! Ich weiß selbst, was es heißt, wenn man an seine Leistungsgrenzen stößt!« Mittlerweile hatte er beinahe zu schreien begonnen. »Wenn man alles gibt und es doch nicht reicht.« Ich dachte an die Urkunden und Pokale draußen in den Glasvitrinen. Offensichtlich hatte Dr. Diederhoff das Ende seiner sportliche Laufbahn nicht so recht verkraftet. »Junge, gesunde Menschen«, fuhr er fort, »mit einem starken, gesunden Herzen!«

»Wie das Herz von Georg Fischer, den haben Sie ja wohl auch auf dem Gewissen«, warf Joe ein.

»Ja?« fragte Dr. Diederhoff unschuldig. »Das müßte man mir erst einmal beweisen.«

»Das werden wir beweisen«, erwiderte Joe bestimmt, »er hat Sie erpreßt, weil er alles herausgefunden hat, und deswegen haben Sie ihn aus dem Weg geräumt!«

»Was für ein Unsinn!« Schon wieder dieses furchtbare Lachen. »Ich räume doch niemanden aus dem Weg.« Dann winkte er seine beiden Gorillas heran. »Das machen meine Mitarbeiter.« Die Männer kamen auf Joe und mich zu. Mir brach der Angstschweiß aus.

»Alles wird gut, alles wird gut«, flüsterte ich leise vor mich hin. Uns würde schon nichts passieren, versuchte ich mir Mut zu machen. Stefan wußte ja, daß wir hier waren, er würde kommen und uns retten. Bestimmt. Hoffentlich. Er mußte einfach kommen!

»Also«, sagte Dr. Diederhoff im Befehlston, »gehen wir.« Joe und ich wurden hinaus in den Gang geschubst. Wo wollten die uns nur hinbringen?

»Sie werden damit nicht durchkommen«, meinte Joe, »geben Sie lieber gleich auf.« Mittlerweile waren wir bei einer Tür am Ende des Flurs angelangt.

»Machen Sie sich um mich keine Sorgen«, erwiderte Dr. Diederhoff ungerührt.

»Es gibt Mitwisser«, sagte ich, »ein Kollege von uns ist gerade in diesem Augenblick bei den Ravenstedts und erzählt ihnen alles. Selbst wenn Sie uns aus dem Weg räumen, die Ravenstedts werden schon dafür sorgen, daß man Sie drankriegt.« Ein amüsierter Ausdruck trat auf Dr. Diederhoffs Gesicht.

»So, werden sie das?« Er schloß die Tür auf und öffnete sie. Es war ein Labor voller medizinischer Apparaturen. Und mittendrin, ebenfalls mit zwei Aufpassern, Stefan und Herr Ravenstedt! Also war Stefan tatsächlich in die Klinik gekommen, allerdings anders, als ich es mir gewünscht hatte.

»Wir haben schon auf Sie gewartet«, sagte einer der beiden Aufpasser.

»Max!« meinte Dr. Diederhoff freundlich zu Herrn Ravenstedt, »sieh mal, wen ich hier mitgebracht habe!«

»Du, du …« Herr Ravenstedt wollte auf Dr. Diederhoff zustürmen, wurde von dem Aufpasser allerdings zurückgehalten. »Ist das wirklich wahr?« schrie er. »Hast du meinen Sohn auf dem Gewissen? Du Verbrecher, du Mörder!« Stefan betrachtete die Szenerie mit ängstlichem Schweigen.

»Max, ich bitte dich! Ihr habt mit dem Jungen doch immer nur Ärger gehabt.« Herr Ravenstedt sackte sichtbar in sich zusammen.

»Du hast ihn umgebracht«, stieß er tonlos hervor. »Aber das wirst du büßen.«

»Das werden wir sehen.« Dr. Diederhoff ging zu einer Anrichte und holte etwas aus einer der Schubladen.

»Was haben Sie mit uns vor?« fragte Joe. Lächelnd drehte Dr. Diederhoff sich wieder zu uns um. In der Hand hielt er eine Spritze! Plötzlich war mir gar nicht gut. Wir müssen etwas tun, hämmerte es in meinem Kopf. Joe, tu doch etwas, dachte ich. Tu doch irgend jemand etwas! Aber weder Joe noch Stefan oder Herr Ravenstedt machten Anstalten, etwas zu tun. Gegen diese Muskelpakete hätten wir sowieso keine Chance gehabt. Plötzlich kam mir eine Idee. Die Polizei, der Notruf, das war es! Ich versuchte Joe ein Zeichen zu machen. Immer wieder hielt ich unauffällig eine Hand ans Ohr, aber Joe starrte mich nur verständnislos an. Ich mußte irgendwie selbst an sein Telefon herankommen.

»Joe«, meinte ich, »gib mir bitte deine Jacke, mir ist kalt.« Ich versuchte ein wenig zu frösteln. Joe zog die Jacke aus und reichte sie mir.

»Moment«, rief einer der Gorillas und schnappte sich die Jacke. So ein Mist.

»Aber, aber«, tadelte Dr. Diederhoff ihn und nahm ihm die Jacke wieder ab. Dann gab er sie mir. »Wir werden doch eine Dame nicht frieren lassen.« Erleichtert zog ich die Jacke über und fing sogleich an, nach dem Handy zu suchen. Es steckte in der linken Tasche, was für ein Glück. Mit fahrigen Fingern suchte ich nach der richtigen Taste und drückte sie fest und lange. Gleichzeitig hoffte ich, daß Joe schon wieder auf Notruf umgestellt hatte, sonst würde es leider nur in der Zelle vor der Klinik klingeln. Bitte, bitte, betete ich, laß die Polizei abnehmen! Dann kam mein großer Auftritt.

»Es ist doch sinnlos, Dr. Diederhoff«, rief ich laut. Die anderen blickten mich verwundert an. »Man wird alles herausfinden!« Dr. Diederhoff bereitete ungerührt eine weitere Spritze vor. »Man wird uns finden«, sagte ich laut, »hier in Ihrer schikken Klinik in Pöseldorf, Dr. Diederhoff!«

»Das glaube ich kaum«, erwiderte er und drehte sich noch einmal lächelnd zu mir um. Immerhin gelang es mir offenbar, ihn von seinen »Vorbereitungen« abzulenken.

»Natürlich wird man uns finden«, betonte ich noch einmal. »Hier im Keller ihrer Klinik!« Und wagemutig fügte ich hinzu: »Mitten in Pöseldorf, Milchstraße 214 bis 216!« Hoffentlich kam ihm das nicht zu merkwürdig vor. Aber Dr. Diederhoff schien viel zu sehr von sich überzeugt, als daß er auf die Idee gekommen wäre, daß ihn jemand austricksen könnte.

»Ja, es ist schön hier, nicht wahr?« meinte er nur.

»Ha!« schrie ich. »Sie werden es bald nicht mehr so schön haben! Wenn man herausfindet, daß sie mit Ihren Patienten herumexperimentiert haben, werden sie bald nicht mehr ganz so schick residieren!« Ich mußte noch mehr Zeit herausschinden. Wieso halfen mir die anderen drei denn nicht? Sie standen völlig sprachlos da und beobachteten das Geschehen.

»Wie sollte das wohl jemand herausfinden?« fragte Dr. Diederhoff. »Schließlich gibt es keine Zeugen. Oder jedenfalls wird es bald keine mehr geben.«

»Halten Sie die Polizei nur nicht für dumm!« schrie ich jetzt noch lauter. Darauf mußten sie doch anspringen, unsere lieben Gesetzeshüter. »Die werden schon alles herausfinden, ist nur eine Frage der Zeit.« Ebenso wie das hier nur eine Frage der Zeit war.

»Ganz schön aufmüpfig, Ihre kleine Freundin«, meinte Dr. Diederhoff jetzt süffisant lächelnd zu Joe. »Das gefällt mir.«

»Das ist sie«, sagte Joe, »und sie hat recht, das werden Sie schon noch sehen.«

»Möglich«, erwiderte der Doktor, »aber leider wird das keiner von Ihnen mehr miterleben.« Er gab einem seiner Gorillas ein Zeichen, woraufhin Stefan beim Arm gepackt und auf einen Stuhl niedergedrückt wurde.

»Nein, nein!« schrie er und wehrte sich heftig, »lassen Sie mich los!«

»Keine Sorge«, sagte Dr. Diederhoff und schob Stefans Ärmel hoch. »Das ist nur ein Betäubungsmittel, nicht weiter gefährlich. Schließlich soll nachher alles wie ein Unfall aussehen, da muß ich mir noch etwas anderes überlegen.« Mir wurde abwechselnd heiß und kalt. Er wollte uns erst betäuben und dann ... Was auch immer er dann mit uns vorhatte – es war mit Sicherheit nichts Angenehmes.

»Lassen Sie den Jungen in Ruhe«, schrie ich, »er hat doch mit der Sache nichts zu tun!«

»Das sehe ich anders. Er hätte eben nicht mit meinem lieben Freund Max durch die Klinik schleichen dürfen.«

»Wir sind keine Freunde!« schaltete Herr Ravenstedt sich nun lautstark sein. »Ich verachte dich!« Stefan wimmerte vor Angst. Panisch beobachtete er, wie Dr. Diederhoff die Spritze in seiner Armbeuge ansetzte. Ich hätte ihm so gern geholfen, aber ich konnte nichts tun. Verflucht sei der Tag, an dem wir uns auf diese Geschichte eingelassen hatten! Dr. Diederhoff drückte den Inhalt der Spritze in Stefans Arm. Wenige Sekunden später sackte er in sich zusammen. Mir wurde schlecht.

»Komm her«, meinte Dr. Diederhoff zu Herrn Ravenstedt, »du bist der nächste.« Einer der Aufpasser packte Herrn Ravenstedt an beiden Armen, aber er machte sich los.

»Schon gut, ich gehe alleine.« Mit erstaunlicher Souveränität setzte er sich hin, krempelte den Ärmel seines Hemdes hoch und hielt Dr. Diederhoff seinen Arm hin.

»Ich wußte doch, daß du Stil hast«, stellte der Arzt fest. Sekunden später war auch Herr Ravenstedt nicht mehr bei Bewußtsein.

»Jetzt er.« Dr. Diederhoff deutete auf Joe. »Mit der jungen Dame möchte ich mich noch ein bißchen unterhalten.« Joe war nicht so souverän, sondern wehrte sich nach Leibeskräften.

»Laßt mich los, ihr Penner!« schrie er, aber er konnte nichts ausrichten, sie waren einfach zu stark für ihn. Jetzt wird's gleich zappenduster, dachte ich. Dr. Diederhoff griff zur dritten Spritze. Alles wird gut, betete ich still, alles wird gut! Es mußte einfach alles gut werden! Ich mußte plötzlich anfangen zu weinen. Joe warf mir einen hilflosen Blick zu. Dr. Diederhoff griff nach seinem Arm und setzte die Spritze an. Ich schloß die Augen.

»Halt!« Ich fuhr erschrocken herum. Ein kühler Luftzug ging durch den Raum, die Tür hinter mir war offen! Mehrere Polizisten stürmten herein. Einer schlug Dr. Diederhoff die Spritze aus der Hand, die anderen überwältigten die Gorillas. Ich konnte es noch gar nicht glauben, wir waren gerettet!

»Was geht hier vor?« rief einer der Polizisten. »Wir haben einen Notruf erhalten.« Vor lauter Erleichterung sackte ich auf den letzten freien Stuhl, mein Plan, die Polizei durch mein Geschrei herzulocken, hatte funktioniert.

»Das fragen Sie besser den Doktor«, meinte Joe und rieb sich seinen Arm. Dr. Diederhoff, der von einem weiteren Beamten festgehalten wurde, wirkte völlig überrumpelt.

»Das werden wir«, erwiderte der Polizist. »Los, bringt sie alle nach draußen«, wies er dann seine Kollegen an. »Und sagt über Funk Bescheid, daß wir einen Krankenwagen brauchen, hier sind zwei bewußtlos.«

»Wir sind doch im Krankenhaus«, meinte einer der Beamten.

»Stimmt zwar«, sagte ich. »Aber so gut für die Gesundheit ist es hier nicht.«

Um das Wichtigste vorwegzunehmen: Wir gewannen den Journalistenwettbewerb nicht. Irgendeine langweilige Story über ein studentisches Forschungsprojekt in Afrika heimste den Sieg ein. Trotzdem war Dr. Winkler sehr zufrieden, denn die Story wirbelte eine Menge Staub auf und brachte den Express gut ins Gespräch.

Dr. Diederhoff war, was die Beweislage anging, offenbar doch nicht ganz so selbstsicher, wie er uns gegenüber getan hatte. In einem unbeobachteten Moment nutzte er seine Chance zur Flucht. Gerüchten zufolge hat man ihn in der Karibik gesehen, wo er als Trainer einer Feldhockeymannschaft tätig sein soll. Aber es wird ja viel geredet.

Stefan und Herr Ravenstedt erholten sich schnell von dem Mittel, das ihnen Dr. Diederhoff gespritzt hatte, es war tatsächlich völlig harmlos gewesen. Ich war wirklich froh, daß meinem »Schützling« nichts passiert war, das hätte ich mir nie verziehen! Und noch besser: Ein paar Tage später wurde er vom Kurier abgeworben, nachdem er dem Chefredakteur in einem einstündigen Vorstellungsgespräch glaubhaft gemacht hatte, daß er es eigentlich gewesen sei, der die ganze Sache aufgedeckt hatte. Ich gönnte es ihm.

Frank und Karin haben sich tatsächlich ineinander verliebt, aber sie paßten ja auch ganz gut zusammen. Karin ist sogar in der dritten Woche schwanger und Frank beschäftigt sich rund um die Uhr mit dem Thema, welche Krankenkasse für sein Neugeborenes wohl die beste sei.

Familie Ravenstedt hat in einem Konkursverfahren die Klinik von Dr. Diederhoff aufgekauft und daraus ein schickes Seniorenheim gemacht. Die Warteliste für einen Platz ist bis ins Jahr 2010 ausgebucht.

Bea ist tatsächlich mit einem Interviewpartner durchgebrannt. Irgendein Jungschauspieler, den sie jetzt so lange durchfüttert, bis er endlich seinen großen Durchbruch hat.

Ja, und dann ist noch etwas passiert ...

Zur morgendlichen Konferenz erschienen mal wieder alle unpünktlich. Gereizt warf ich einen Blick auf meine Uhr, so was von undiszipliniert! So konnte man doch keine Zeitung machen!

»Schön, daß jetzt endlich alle da sind«, eröffnete ich die Konferenz, als schließlich der letzte eintrudelte. »Dann können wir ja beginnen, Herr Dr. Winkler wartet schon auf mich! Also, die Themenvorschläge für heute!« Während die Redakteure ihre Geschichten vortrugen, konnte ich deutlich hören, wie Jürgen mit seiner Sitznachbarin Gabi lästerte: »Also, ich finde, seit sie

Maike zur stellvertretenden Chefredakteurin gemacht haben, übertreibt sie es manchmal ein bißchen.«

»Ich hab's gehört, Jürgen«, meinte ich streng. Er erwiderte bockig meinen Blick. »Aber vielleicht hast du recht«, fügte ich versöhnlich hinzu. Es fiel mir noch einigermaßen schwer, mich in meiner neuen Position zurechtzufinden, da vergriff ich mich schon einmal im Ton. Ein Blick in die Gesichter meiner Kollegen zeigte mir, daß sie es mir nicht übelnahmen.

Nach der Konferenz ging ich zu Dr. Winkler, um ihm die Ergebnisse vorzutragen. Seit ich stellvertretende Chefredakteurin war, nahm er selbst nur noch selten an den Konferenzen teil und kam statt dessen ein bißchen später in die Redaktion. »Sie machen das schon richtig, Frau Kröger«, hatte er gesagt, »ich kann mich voll und ganz auf Sie verlassen.« Er mußte es ja wissen.

»Guten Morgen«, begrüßte er mich gutgelaunt, »war die Konferenz ergiebig?« Ich nickte. »Bestens!« freute er sich. »Ich habe auch eine gute Nachricht für Sie, Sie bekommen nämlich Verstärkung.«

»Wie, Verstärkung?«

»Ich habe einen Kollegen eingestellt, der Ihnen zur Hand gehen soll. Der Express hatte früher immer zwei stellvertretende Chefredakteure, das wurde irgendwann Ende der achtziger Jahre abgeschafft. Aber ich konnte die Einführung beim Verleger wieder durchboxen.«

»Ach?«

»Ja, so ist es. Und ich habe einen überaus kompetenten Partner für sie gefunden.« Er drückte auf den Knopf der Sprechanlage. »Frau Ludwig«, rief er die Sekretärin, »schicken Sie den neuen Kollegen bitte zu uns herein!«

»In Ordnung.« Zwei Sekunden später ging die Tür auf, und vor mir stand – Joseph Müller.

»Du?«

»Ja, Sie kennen sich ja bereits«, stellte Dr. Winkler fest. »Auch wenn es in der Vergangenheit vielleicht ein paar Schwierigkeiten gegeben hat, werden Sie sicher ein hervorragendes Team abgeben.« Er zwinkerte mich an. »Wenn ich mich dann in fünf Jahren aus dem Geschäft zurückziehe, wird einer von Ihnen meine Nachfolge antreten.« Ich stand immer noch völlig verwirrt vor Joe und wußte nicht, was ich sagen sollte.

»Ja dann«, sagte Joe und streckte mir seine Hand hin, »auf gute Zusammenarbeit!«

Draußen auf dem Flur konnte ich nicht länger an mich halten.

»Wie hast du das jetzt schon wieder gemacht?« zischte ich ihm leise zu, denn ich wollte nicht, daß Dr. Winkler mich hörte.

»Du kennst mich doch«, gab Joe mir zur Antwort.

»Allerdings!« gab ich ihm recht. »Aber wenn du glaubst, mir hier dazwischenfunken zu können, bist du schief gewickelt. Ich habe die älteren Hausrechte!«

»Wie du meinst«, erwiderte Joe seelenruhig. »Und fünf Jahre sind ja eine lange Zeit.«

»Was meinst du denn damit?«

»Na, Dr. Winkler will doch in fünf Jahren aufhören.«

»Denk bloß nicht daran, mir den Posten streitig zu machen«, drohte ich ihm.

»Nicht im Traum!« wehrte er entrüstet ab.

»Da tust du gut daran«, stellte ich fest. »Ich muß jetzt an die Arbeit.« Mit diesen Worten wollte ich in mein Büro verschwinden.

»He!« rief Joe und zog mich an einem Arm zurück. Ehe ich wußte, wie mir geschah, hatte er seine Arme um mich gelegt und drückte mir einen langen, knieerweichenden Kuß auf. Als er mich wieder losließ, schnappte ich nach Luft.

Da grinste er mich an und meinte: »Ich wollte schon immer mal eine stellvertretende Chefredakteurin küssen.«

Edith Einhart

Die Champagnerkönigin

Roman. 249 Seiten. SP 3302

Was tun nach seinem Seitensprung? Soll frau erst Geschirr werfen oder ihn gleich rausschmeißen? Charlotte Schlusenbaum, Anfang Dreißig, verzichtet auf beides und fährt mit ihrem untreuen Erich erst mal Richtung Venedig – in den Versöhnungsurlaub. Heimlich aber schwört sie Rache. Noch in Hamburg trifft das Paar auf die sechzigjährige Gräfin Mickie von Höhenstayn. Sie hat überstürzt ihre Villa verlassen, weil sie ihren Verlobten in flagranti erwischt hat – mit einer Jüngeren. Charlotte gewinnt die weltfremde Gräfin als Verbündete: Wir zahlen es den Kerlen heim! Mickie führt ihre neue Freundin in die piekfeine Gesellschaft ein, wo Charlotte sich ausgesprochen wohlfühlt. Doch plötzlich stirbt Mickies Verlobter im venezianischen Luxushotel, und Charlotte gerät unter Verdacht. Ein virtuoser, doppelbödiger und erotischer Roman der allerfeinsten Sorte.

Carina Klein

Wo geht's denn hier nach oben?

Roman. 196 Seiten. SP 3318

Pia, jung, dynamisch und frisch gebackener Single, weiß genau, was sie will: einen Job. Nach ihrem elend langen Studium steht einer hoffungsvollen Karriere als Anwältin nichts im Weg – wenn sie nicht von einer Absage zur nächsten stolpern würde. Pia muss feststellen, dass die größte Hürde nicht das Examen, sondern die Bewerbung im Allgemeinen und das Vorstellungsgespräch im Besonderen ist. Da nützen weder die Bewerbungsratgeber noch die gut gemeinten Ratschläge von Freunden und Eltern etwas. Da hat Pia eine zündende Idee ... Carina Klein erzählt vom Leben nach dem Studium: Von Bewerbungstipps und Motivationsgurus, von Bossen mit Machoallüren und giftigen Sekretärinnen, von besorgten, aber leider etwas anstrengenden Eltern – ein mit erfrischendem Galgenhumor gezeichnetes Porträt der Twentysomethings in der Großstadt.

Franziska Stalmann

Champagner und Kamillentee

Roman. 230 Seiten. SP 1541

Nach dreizehnjähriger Ehe wird die 39jährige Ines von ihrem Mann in Rekordzeit »ausgemustert«. Er wird anderweitig Vater und will eine schnelle Scheidung. Ines steht fassungslos und allein da, ohne Beruf, ohne Ausbildung, ohne Freunde.

Wie sie sich langsam fängt und sich mit neuem Outfit und neuen Aufgaben zum Schwan mausert, schildert die Autorin mit Charme, Sprachwitz und viel Situationskomik.

Eine Emanzipations-Komödie der allerfeinsten Art. Franziska Stalmanns spritziger Roman, erzählt in wunderbar leichtem Ton, ist längst zu einem Bestseller geworden, der sich bei Frauen wie ein Lauffeuer herumgesprochen hat.

Ein »Frauen-Power-Buch, süffig wie ein Glas Champagner.«
Brigitte

Lieber die Taube in der Hand

Roman. 260 Seiten. SP 1788

Agnes hat auf einmal ihre schaumgebremsten Männerbeziehungen gründlich satt, besonders ihr Arrangement mit Rainer, der mit ihr ins Bett und auch mal ausgeht, sonst aber nicht viel braucht. Agnes ist vierzig und Psychologin, seit langem geschieden, und hat noch Jessica, eine wohlgeratene Tochter, die schon studiert. Jetzt, nach all den mageren Jahren, könnte sie sich eigentlich mal was Richtiges gönnen, eine schöne, fette Liebe mit allem Drum und Dran. Doch wie und wo findet man in diesem Alter den passenden Mann? Sie weiß, daß sie eigenwillig und anspruchsvoll ist und nicht bereit, jeden zu nehmen. Sie weiß, daß ihre inneren Werte ansehnlich, die äußeren dagegen reichlich vernachlässigt sind. Unterstützt von Feundin Lea macht Agnes sich systematisch ans Werk. Da wird sie zum Abendessen eingeladen und begegnet Felix.

»Spaß vom Allerfeinsten.«
Die Welt

Gaby Hauptmann

Suche impotenten Mann fürs Leben

Roman. 315 Seiten. SP 2152

Wer seinen Augen nicht traut, hat richtig gelesen: Carmen Legg meint wörtlich, was sie in ihrer Annonce schreibt. Sie sucht den Traummann zum Kuscheln und Lieben – der (nicht nur) im Bett seine Hände da läßt, wo sie hingehören. Die Anzeige entpuppt sich als Knüller, und als sie schließlich in einem ihrer Bewerber tatsächlich den Mann ihres Lebens entdeckt, wünscht sie, das mit der Impotenz wäre wie mit einem Schnupfen, der von alleine vergeht.

Gaby Hauptmann ist das Kunststück gelungen, das Thema »Frau sucht Mann« von einer gänzlich anderen Seite aufzuziehen und daraus eine fetzige und frivole Frauenkommödie zu machen, die kinoreif ist.

»Mit Charme und Sprachwitz wird der Kampf der Geschlechter in eine sinnliche Kommödie verwandelt.«
Schweizer Illustrierte

Eine Handvoll Männlichkeit

Roman. 332 Seiten. SP 2707

Das kann noch nicht alles gewesen sein, meint Günther, wohlsituiert und aus den besten Kreisen. Am Abend seines sechzigsten Geburtstags faßt er einen nachhaltigen Beschluß: Eine neue Frau muß her! Auf seiner großartigen Geburtstagsparty sticht ihm die nichtsahnende Linda, die junge, attraktive Freundin des Bürgermeistersohns, ins Auge, das Gegenmodell zu seiner perfekten Frau Marion. Frei nach dem Motto: Hauptsache, er steht, setzt Günther alles daran, Linda herumzukriegen. Außerdem trifft er die notwendigen Vorbereitungen, sein beträchtliches Vermögen vor Marion in Sicherheit zu bringen. Doch Marion kommt ihm auf die Schliche und setzt ebenso unerwartet wie durchschlagend zur Gegenwehr an. Gaby Hauptmann weiß, was Männer mögen – und Frauen gerne lesen.

Gaby Hauptmann

Nur ein toter Mann ist ein guter Mann
Roman. 302 Seiten. SP 2246

Ursula hat soeben ihren despotischen Mann beerdigt. Doch obwohl sich der Sargdeckel über ihm geschlossen hat, läßt er sie nicht los. Während sie sich von der ungeliebten Vergangenheit trennen will, fühlt sie sich weiter von ihm beherrscht. Sie wirft seine Wohnungseinrichtung hinaus, will seinen Flügel und seine heiß geliebte Yacht verkaufen, übernimmt die Leitung der Firma. Er schlägt zurück: Männer, die ihr zu nahe kommen, finden ein jähes Ende – durch ihre Hand, durch Unglücksfälle, durch Selbstmord. Erst als Ursula langsam hinter das Geheimnis ihres Mannes kommt, gewinnt sie die Macht über sich selbst zurück. Und als sie dabei eine Ex-Freundin ihres Mannes kennenlernt, öffnet sich ein völlig neuer Weg für sie – doch dann stellt sich die große Frage: Woran ist ihr Mann eigentlich gestorben
Gaby Hauptmann hat eine listige, rabenschwarze Kriminalkomödie geschrieben.

Die Lüge im Bett
Roman. 315 Seiten. SP 2539

Für Nina ist Brasilien ein Geschenk des Himmels: Es wird Zeit, Sven loszuwerden. Doch in Rio kommt es nicht nur zu turbulenten Ereignissen während der Dreharbeiten ihres Fernsehsenders, sondern ernsthaft neue Perspektiven in Sachen Liebe tun sich auf: Hals über Kopf verliebt sich Nina in den smarten Nic. Ihr Puls klopft, ihr Herz rast – nur Nic scheint es nicht zu merken... Mit hinreißend leichter Hand und sprühendem Witz schickt Gaby Hauptmann ihre hellwache und erfrischend durchtriebene Heldin Nina in einen scheinbar undurchdringlichen Dschungel der Gefühle.

Die Meute der Erben
Roman. 318 Seiten. SP 2933

Mit frechem Witz und unnachahmlicher Hinterhältigkeit lockt die Bestsellerautorin Gaby Hauptmann in den Dschungel des großen Geldes.

SERIE PIPER

Judith Lennox

Das Winterhaus

Roman. Aus dem Englischen von Mechtild Sandberg. 541 Seiten.
SP 2962

Die drei jungen Freundinnen Robin, Maia und Helen schwören, sich ein Leben lang alles anzuvertrauen – aber das Schicksal läßt sie ganz unterschiedliche Wege gehen. In der Tradition von Margaret Mitchell erzählt Judith Lennox diese große englische Saga: Die bewegte erste Hälfte unseres Jahrhunderts bildet den Hintergrund für diese drei spannenden Frauenschicksale, die immer wieder in ein idyllisches Gartenhaus der Fenlands zurückführen.

Der Gartenpavillon der Familie Summerhayes – genannt das »Winterhaus« – ist ein Ort der Zuflucht für drei Freundinnen, die zwischen den Weltkriegen in der idyllischen Umgebung von Cambridge aufwachsen. Da ist die idealistische, kluge Robin, die in der nahegelegenen Universitätsstadt studieren soll. Da ist Maia, die schönste und ehrgeizigste der drei, auf der Suche nach einem reichen Mann, und da ist die stille He-

len, die von ihrem scheinbar gutherzigen Vater, dem Vikar der Gemeinde, mehr als vereinnahmt wird. Dramatisch, romantisch und voller Warmherzigkeit erzählt Judith Lennox, wie sich diese drei jungen Frauen in einer Welt behaupten lernen, die rauher und aufregender ist als das grüne Paradies der Kindheit.

»Judith Lennox' Winterhaus steht in bester Tradition des romantisch-realistischen Gesellschaftsromans.«
Brigitte

Tildas Geheimnis

Roman. Aus dem Englischen von Mechtild Sandberg. 552 Seiten.
SP 3219

Angela Huth

Brombeertage

Roman. Aus dem Englischen von Renate Zeschitz.
382 Seiten. SP 2607

England im Kriegsjahr 1941: Drei junge Frauen haben sich als Landmädchen zur Arbeit auf einer abgelegenen Farm verpflichtet. Die Farmerfamilie steht den jungen Städterinnen zunächst skeptisch gegenüber: Mit Mistgabel, Melkeimer und Overall bieten sie ein eher komisches Bild. Doch die unternehmungslustige Prue, die in puncto Männer nichts anbrennen läßt, die ernste Cambridge-Studentin Agatha, die mit dem Farmersohn Joe nicht nur geistigen Gedankenaustausch sucht, und die verträumte, schöne Stella, die nur an ihren Verlobten Philipp denkt, erweisen sich bald als geschickte, zupackende Kräfte. Dabei sorgen allerlei amouröse Verwirrungen um den attraktiven Joe für Spannungen, für Liebe und für Leidenschaft zwischen Kornfeldern und Kuhställen.

Septembergold

Roman. Aus dem Englischen von Renate Zeschitz.
348 Seiten. SP 3617

Einen Tag und eine Nacht dauert die Party der Farthingoes auf ihrem viktorianischen Landsitz in England. Sie ist der gesellschaftliche Höhepunkt der Saison. Die geladenen Ehepaare und Junggsellen, die Söhne und Töchter kennen sich zum Teil flüchtig, zum Teil sehr gut. Für eine Nacht und einen Tag umkreisen sie die Gäste wie die Gestirne am Himmel der Liebe, alte Bindungen werden in Frage gestellt, geheime Lieben gestanden – natürlich alles unter der Norm der englischen Etikette. Angela Huth hat mit typisch britischem Humor einen feinsinnigen und liebenswerten Roman geschrieben, der um die Rituale des Ehelebens kreist und sie vielschichtig beleuchtet. Sie läßt den Leser als schmunzelnden Beobachter teilhaben an den Irrungen und Wirrungen ihrer Protagonisten.

SERIE PIPER

Gabriele Wohmann
Die Schönste im ganzen Land

Frauengeschichten. 348 Seiten. Leinen

Nirgendwo gelingt Gabriele Wohmann die große Kunst
der kleinen Bosheit so präzise wie bei der Beschreibung
ihrer eigenen Geschlechtsgenossinnen, die sie in diesen
Geschichten mit viel Liebe zum Detail aufs Korn nimmt.
Da ist zum Beispiel Noomi, die ganz und gar unbegabte
Hausfrau, bei der »die Steaks immer aussehen wie Unfall-
opfer«: Einmal möchte sie doch auch Gäste einladen –
aber es kommt nie dazu, da ihr einfach niemand einfällt,
der sowohl ihre sagenhafte »Ruebli-Torte« wie ihre übrigen
Qualitäten wirklich zu schätzen wüßte.
Es ist die hohe Kunst der falschen Wahrnehmung, von der
die meisten Geschichten dieses Bandes erzählen: So würden
die beiden Frauen, die ihren jungen Dozenten im Fach
»kreatives Schreiben« mit Texten über ihre Orgasmus-
erfahrungen beglücken, nie wirklich erfahren wollen,
was er tatsächlich davon hält. Ihre Männer hingegen,
die den »Pornographen« verprügeln wollen, würden sich
sicher nicht durch das nebensächliche Faktum irritieren
lassen, daß sie zufällig den Falschen erwischt haben.

Susanne Mischke

Mordskind

Roman. 360 Seiten. SP 2631

Der fünfjährige Max ist ein wahrer Satansbraten, destruktiv und böse. Als Max plötzlich spurlos verschwindet, gerät die spießige Kleinstadt in Aufruhr, weil dies der zweite Fall in kurzer Zeit ist. Allerdings trauert niemand um ihn, nicht einmal seine Mustermutter Doris. Die sucht sich das Prachtkind Simon als Ersatz. Und ihre Freundin Paula, Redakteurin und beruflich ständig im Streß, bemerkt viel zu spät das teuflische Intrigenspiel um sich und ihren Sohn Simon.

Susanne Mischke hat mit »Mordskind« einen beklemmenden Psychokrimi geschrieben, der zugleich sarkastische Schlaglichter auf einen grassierenden Mutterschaftswahn wirft und das Dilemma zwischen Kind und Karriere mit Ironie und Einfühlungsvermögen zur Sprache bringt.

»Ein Kriminalroman der Extraklasse, lebensnah und spannungsvoll.«
Der Tagesspiegel

Karin Fossum

Evas Auge

Roman. Aus dem Norwegischen von Gabriele Haefs.
368 Seiten. SP 2705

Könnte sie als Prostituierte ihr Geld verdienen? Für die junge, bislang erfolglose Malerin Eva Magnus stellt sich diese Frage, als sie ihrer Jugendfreundin Maja begegnet. Diese ist der lebensfrohe Beweis dafür, wie man durch Anschaffen zu viel Geld kommt. Eva beginnt ihre Lehre: Durch einen Türspalt läßt Maja sie dabei zusehen, wie sie einen Kunden empfängt. Aber es kommt zu einem Streit, und die Voyeurin im Nebenzimmer bleibt mit der Leiche der Freundin zurück. Der sympathische Kriminalkommissar Sejer, der in dem Mordfall ermittelt, ahnt, daß die junge Künstlerin mehr zu erzählen hat, als sie aussagt, und Eva muß befürchten, daß der Mörder um die Zeugin weiß.

Ein ungemein spannendes Drama um eine junge, alleinerziehende Frau.

»Mit ›Evas Auge‹ liegt weit mehr vor als ein ausgezeichneter Kriminalroman.«
Bayerischer Rundfunk

SERIE PIPER